創元ライブラリ

サラゴサ手稿　上

ヤン・ポトツキ
工藤幸雄◆訳

東京創元社

MANUSCRIT TROUVÉ À SARAGOSSE
by
Jan Potocki

主たる底本
Manuscrit trouvé à Saragosse de Jean Potocki,
première édition intégrale établiée par René Radrizzani,
José Corti, 1989

目次

――見開き奇数ページ末の註は、訳者による。

サラゴサ手稿　上

緒言

余、曾《カツ》テ仏国軍士官タリシ時、さらごさ包囲戦[1]ニ加ハル。同都占領ノノチ過グルコト数日、若干僻遠ノ地へ向カフ途次、偶々《タマタマ》、一小館ヲ見ル。コレ結構ノ秀デタル造リニシテ、直チニ思ヘラク、未ダふらんす兵ノ狼藉ヲ受クルニ至ラザリシナラント。

余、好奇ノ心ニ駆ラルル所アリ、之ヲ訪レント欲ス。門ヲ敲《タタ》クコト暫時、看ルニ閉鎖門之ナシ。門ヲ推シテ入ル。呼ベド捜セド遂ニ何人《ナンピト》モ現ルルナシ。一見スルニ、何ラカノ価値アルモノハ既ニシテ悉《コトゴト》ク掠奪セラレタルニ似タリ。何トナレバ卓上ト言ハズ、家具ノ内部ヲ問ハズ、残存セルハ殆ド一顧ノ値ダニナキモノナレバナリ。独リ余ガ関心ヲ惹キタルモノ、一隅ニ散乱セル数冊ノ肉筆ノ書冊ノミ。余、一瞥《イチベツ》シテ、ソノ含ム所ヲ検ス。即チえすぱーにゃ語ニテ記シタル手稿ノ書巻ナリ。余、ソノ言語ヲ知ルコト甚《ハナハ》ダ尠《スクナ》シト雖《イヘド》モ猶《ナホ》、之ガ痛快無類ノ書タルヲ測ルニ十分ナリキ。談ズル所ハ山賊盗賊、妖怪変化、更ニハ降神ノ術、魔術ニ長《タ》ケタルかばりすとノ輩ノ縦横無尽ノ所業ニ非ズヤ。余、知ル、軍旅ノ困憊ヲ癒《イヤ》スコト、怪奇譚ヲ耽読スルニ如《シ》クハナシト。顧《オモン》ミルニ、コノ手稿、ソノ本来ノ所有者ノ手中ニ復帰スルコト遂ニ再ビナカラン。余、一瞬ノ躊躇ナク之ヲ我有ニ帰シタリ。

已《すで》ニシテ我軍、さらごさ撤退ノ止ムナキニ至ル。本隊ヨリ遠方ニ駐屯セル我隊ハ武運拙ク虜囚トシテ敵ニ捕ハルル所トナレリ。須《オモ》ヘラク、我命数ココニ尽クト。敵ノ連行ニ従ヒテソノ場ニ達スルヤ、えすぱーにゃノ兵士、我ラガ携帯品ノ没収ヲ開始ス。余、渠《カレ》ラニトリ有用タル能ハザル唯一ノ物品ヲ所持センコトヲ求ム、コレ我発見ニ係ル手稿ナリ。初メ敵方、若干ノ難色ヲ示ス。遂ニ隊長ノ意向ヲ打診ス。隊長、書冊ヲ一瞥シタルノチ余ノ許《モト》ニ来タリテ謝辞ヲ陳《ノ》ブ。著作ノ佚亡《イツバウ》ヲ未然ニ防ギタル余ニ感謝セルハ、篇中殊ニ、隊長ノ先祖タル一人物ノ活躍スル挿話ノ存スルヲ以テ、ソノ子孫トシテ書ノ意義ノ大ナルヲ感得シタレバナリ。余、語ルニ手稿ノ我掌中ニ陥レル経緯ヲ以テス。隊長、余ヲ伴ヒテ去ル。ソノ宿舎ニ起居ヲ共ニシテ稍、久シキニ弥《ワタ》ル、コノ間、余ハ厚誼ヲ以テ遇セラレシガ、コトサラニ隊長ニ懇願シテ手稿ヲふらんす語ニ翻訳センコトヲ請フ。茲《ココ》ニ江湖《カウコ》ニ問フハ、ソノ筆録ナリ。

1　一八〇九年二月、サラゴサ ***Zaragoza*** は二か月間の包囲戦のあとナポレオン軍の占領するところとなった。この包囲戦参加のフランス士官にかこつける設定を「緒言」に盛り込むことで、本作品は初めて『サラゴサ手稿』の標題を得た。言い換えれば、作者の存在を晦まし、作品に神秘性を増す卓抜な着想を歴史の偶然が供したわけだ。十八世紀初頭のスペイン（本訳書では敢えてエスパーニャとする）を舞台とするフランス語で書かれた六十六日間のこの怪奇譚は、冒頭の十日間の物語が、すでに一八〇四—五年、サンクト・ペテルブルグで自費出版され、好事家《こうずか》に迎えられていた。なお、占領に成功したナポレオン軍にはポーランド兵士も加わった。

第一日

オラビデス伯[1]が、点々たる入植者の部落をシエラ・モレナの山中に配置する以前のこと、アンダルシアとラ・マンチアの両地方を隔てるこの峻険の連山に潜《ひそ》み棲《す》むのは、法の目を恐れる密貿易者か山賊どもか、果ては通りがかりの旅人を取って食らうと噂《うわさ》された少数のヒターノス[2]（ジプシー）に限られた。エスパーニャの諺《ことわざ》に ***Les Gitanas de Sierra Morena quieren carne de hombres***[3]と言うのは、ここから来る。それだけではない。この深山の危地に身を投ずる旅人は、勇者の豪胆をも寒からしめる百千の恐怖に脅《おび》やかされると語り伝えられた。悲泣哀号の声が渓流の水音や山嵐《やまあらし》の蕭々《しょうしょう》たる風声に混じり合って聞こえ、狐火《きつねび》の薄明かりが行く手を迷わせ、目に見えぬ手が底なしの断崖へと人を押しやる。

1　*Olavides, Rablo Antonio*（一七二五―一八〇三）スペインの政治家、伯爵。アンダルシア総督（一七六七―七六）としてシエラ・モレナの教会所領の地に農民を入植させた。のちフランスの百科全書派と接触のかどで異端とされ、八年間、幽閉の刑を受けたが脱走、フランスで大歓迎を受ける。

2　*gitanos, gitanas*　前者は男性形、後者は女性形で、共にジプシーを指す。sは複数語尾。

3　シエラ・モレナのジプシー女たちは「人間の肉にこがれる」と「男の体が好き」と両方の意がある。

実は、この難路沿いにも、とびとびながらベンタと呼ばれる旅人宿《りょじんやど》がいくつかあったのだが、旅籠《はたご》の因業《いんごう》おやじどもも一段上の魔性《ましょう》を具《そな》えた妖怪変化に迫られて、やむなく宿屋を譲り渡し、他所《よそ》へ引っ込む破目《はめ》となった。そこなら平安の妨げは、自分自身の良心の呵責だけで済む。宿の元あるじとしては、いわば、こころの怪物と慣れ合うこととしたのである。摩訶《まか》不思議な話だが、これに嘘偽《いつわ》りのないことは、登山口のアンドゥハルの宿の亭主が、コンポステラの聖人《サンチァゴ・デ・コン》ヤコブ《ポステラ》[1]の名にかけて誓ったところだ。しまいに亭主は言い添えた——それによると聖エルマンダッド[2]団に属する取締りの男たちでさえ、シエラ・モレナの山への立ち入りは真っぴらご免と断ったと言い、また旅人は迂回してハエンあるいはエストレマドゥラへと通ずる街道を使うとのことであった。

おれは亭主に答えた。「並みの旅人ならば、その道を選ぶもよかろう。しかし畏れ多くもドン・フェリペ五世の勅《みことのり》[3]によりワロン人からなる近衛隊の隊長に親任の栄を賜ったわが身、その誉れにかけても最短の近道を辿ってこそマドリードへと赴くべきである。たとえ千万の危険ありとも顧《かえり》みることはない」と。

「お若い方」と亭主が申すよう。「お顔を拝見しますと、なおさら申し上げぬわけにはまいりません。花の顔《かんばせ》のその顎《あご》に薄いおひげの影もなきお若い身にて、近衛隊統率の勅命を賜ったからには、深謀遠慮の証《あかし》をこそ立てさせられて然《しか》るべく存じます。何はともあれ、申しますごとく、悪魔どもに乗っ取られたこの界隈でございますれば……」

向こうはその先を言いかけたが聞きもあえず、馬に拍車を食らわせるや、おれは亭主の諫言《かんげん》の耳に届かぬと思う辺りへ遠ざかり、やおら手綱を引いた。振り返ったおれの目に映ったのは、遙か彼方《かなた》にあって今もしきりと身振りをやめず、エストレマドゥラへの街道を指し示す亭主の姿であった。従卒のロペスと騾馬曳《らばひ》きのモスキートの両人は、これも殆ど同じ台詞《せりふ》を言いたげに哀れっぽい風情《ふぜい》でおれのほうを見やっている。そんな気持ちは毛ほども悟らぬふりを伴《よそお》い、おれは藪《やぶ》の茂みへと踏み込んでいった。そこはその後に入植者の村、ラ・カルロタが拓《ひら》かれた辺りである。

今日《こんにち》は馬継ぎの宿場として開けたところ、あの同じ場所に当時は休み小屋が建ててあり、

1 ***Santiago de Compostela*** 大西洋沿いのエスパーニャ北西部ガリシア地方の都市。中世にエルサレム、ローマと並ぶ三大巡礼地の一つとなり、ヨーロッパ各地から巡礼が多数、押しかけた（最盛時に年間五十万人）。サンチアゴとは聖ヤコブのエスパーニャ語名。ここである墓からキリストの十二使徒のひとり、大ヤコブ（聖ヤコブ）の遺体が発見されたとの伝説が九世紀初めに生まれた。十一世紀のレコンキスタの戦いで聖ヤコブはエスパーニャの守護聖人と崇められ、戦士が「サンチアゴ！」と絶叫しながら敵陣に切り込むありさま。かくて白馬に跨り天から下る勇姿〈イスラーム教徒殺しのヤコブ〉***Santiago matamoros*** 像が誕生する。聖人は十五世紀のグラナダ征服まで〈聖戦〉継続の最大のエネルギー源となった。ロマネスク様式の大聖堂が有名。

2 ***Santa Hermandad*** エルマンダッドは兄弟、同胞愛の意。前項のコンポステラへの巡礼を保護するために十二世紀にできた組織。十五世紀には政治的に利用されたが、のち異端審問所の直属機関として盗賊取締りに向けられる。

3 ***Felipe V*** 一七〇〇―四六年在位のスペイン国王。同王のもとで南ベルギーは一七一四年までスペインの治下となり、同地に住むワロン人が近衛隊に重用された。

騾馬曳き仲間に重宝がられていたが、彼らはそこを〈コルク樫《がし》〉[1] *Los Alcornoques* と呼んだ。そのわけは、二本のみごとなコルク樫が、滾々《こんこん》と湧きやまぬ泉の上に緑の蔭を落としていたからで、泉を受ける大理石《なめいし》の水飼い場もあった。アンドゥハルを発《た》って〈ベンタ・ケマダ〉なる屋号の宿へ辿り着くまでの道すがら、飲み水と木蔭に恵まれるのは、ここばかりであった。この宿屋は、荒れ野のただなかの一軒屋にしては宏大を極めた。元はといえばモーロ人の建てた古い館をペニャ・ケマダ侯爵が修復させた経緯《いきさつ》があり、〈ベンタ・ケマダ〉の名はそれに因《ちな》む。侯爵はこの館の管理をムルシアのとある物持ちに委ね、この人物が街道沿いでも最高を誇る宿屋にしつらえ直した。それゆえ、朝方、アンドゥハルを発った旅人は、まず〈コルク樫〉に杖を休め持参の糧食を摂《と》り、やがて、この〈ベンタ・ケマダ〉に投宿するという段取りとなる。宿泊の人々は、おおむね翌日も一日いっぱい、ここで過ごすのであるが、それは山越えに備えがてら新たに食べ物を仕込むためであった。そしてそれが、わが旅の心づもりでもあった。

　ところが、今や〈コルク樫〉まで程遠からぬところまで来て「そろそろ軽い食事に致そうではないか」とロペスに声をかけた折しも、おれは同行のモスキートの姿が見当たらぬことに気づいた。そればかりか一同の糧《かて》を積んだ騾馬の影もないではないか。「あいつめなら百歩ほどあとから蹤《つ》いてまいりまする、荷鞍の按配《あんばい》を何やら直しておりましたから」とロペスがおれに告げた。おれたちはやつを待ち受けた。そのあと何十歩か進み、またも足を止めて待った。大声で名を呼び立てもしたし、さらには踵《きびす》を返して捜しに戻ってもみた――一切が無駄であった。

モスキートの姿はなく、われらが最も貴重なる希望、つまりわれらの昼食ごといずこへか消えてしまった。空《す》き腹を抱えているのはおればかり、というのも、ロペスは自ら調達したトボソ[2]産のチーズを小やみなく齧《かじ》っていたからである、さりとてそのロペスも浮かぬ顔に変わりはなく、ぶつくさ呟きを繰り返した――曰《いわ》く、アンドゥハルの宿の亭主に、あれほど引き留められたのに……曰く、不運なモスキートを連れ去ったのは、悪魔の仕業《しわざ》に違いない……うんぬん。

〈コルク樫〉まで来てみると、水飼い場の上に手《て》籠《かご》が一つ、ぶどうの葉をいっぱい詰めたまま置き去られてあるのをおれは見つけた。果物をぎゅう詰めにしてきた籠を、いずれかの旅人が忘れていったものと見える。面白半分に探ってみたら、嬉しいことにみごとないちじくの実が四つとオレンジの実が一つ見つかった。いちじくの二つをロペスにやると、要《い》らぬと首を振る。夕刻まで我慢できぬわけではない、と言いおった。さればと、おれは果物をあまさず頬張り尽くし、あげく、目の前の湧き水で喉《のど》をうるおそうとした。ロペスがそのおれを押しとどめて、果物のあとの生水は食当たりの因とあげつらい、アリカンテ産のぶどう酒の飲み残しでよければ差し上げましょうと申し出た。言われるままにそれを受けたが、ぶどう酒の液が胃に届くや否や、おれはにわかに激しい胸苦しさを覚えた。おれの目のなかで、地と空とが、共どもくる

1　***Los Alcornoques***　ぶな科の常緑喬木。むろんコルクを採る。シエラ・モレナは地中海地方でも有数のコルク産地である。

2　***Toboso***　フィリピナス（フィリピン）諸島ネグロス島北東の海岸にある町。同じ島にエスパーニャ本国の港と同名のカディスがある。

くると回りだし、ロペスがとっさに支えてくれねば、間違いなくその場に卒倒するところであった。気絶の寸前から立ち直らせてくれたロペスは、何も心配なさることはございませぬ、ほかならぬ疲労と空腹のせい、とおれを慰めた。なるほど、おれは元気を取り戻した。それどころか、何やら異常なほどに力が充実して、一種の興奮状態に陥った。山野の景色が、いやが上にも生気に溢れた彩《いろどり》に輝きわたるように思われ、物という物の放つ燦光は、夏の夜の星々のごとくわが目に眩《まばゆ》く、血管のすべてが強く脈打つのをおれは感じた。殊にこめかみと喉の辺りでは、いっそうの強さで。

　おれの不調がこれで止まったと見て取ると、ロペスは抑え切れず先ほどの泣き言のあとを続けた。

「情けない！」やつは言った。「なんでおれはトリニダードの修道僧《フライ》[1]ヘロニモに言われたとおりにしなかったのか、説教師、聴罪僧、わが家の相談役たる彼の戒《いまし》めを。あれは、おれの義理の母親の義理の父親の義理の姉の義理の息子の兄弟に当たる。こうして、おれの一族のなかではいちばんに近い身内だから、おれの家では何かにつけて、あの人の意見どおりにせねば事が運ばぬ。その意見に従わなんだおれに罰《ばち》が当たった。あの人にはよく聞かされた、ワロン人の近衛隊の将校どもは異端の者ばかりだと。髪がブロンドなら、目の色はブルー、頰の色は紅《くれない》、一見してそれと知れると。本物のキリスト信者なら使徒ルカの描きなされたマドリードはアトチャ僧院に在《ましま》す聖母《マドンナ》[2]さまと同じ色と決まっておるのじゃと」

おれは果てしない泣き言を押しとどめた。そしてわが二連発の鉄砲をここへ持て、と命じてからこう言い渡した。「おれは、これから向こうの岩山に登ってくる。モスキートの所在を突き止めるためだが、それが無理でも、せめてはその痕跡なりと見つけてこよう。おまえは馬の番をしてここに待て」言われるなり、ロペスはわっと涙に暮れ、わが膝下《しっか》に平伏《ひれふ》すと、ありとある聖者の名を引き合いに出し、こんな危険の場所にひとり置き去りとは、むごすぎますと訴えた。「それでは、おれが馬の番に立とう、そのあいだ、おまえが捜しに行くがよい」こちらがそう持ち出すと、ロペスはいっそう縮み上がった。そこで、モスキートを捜しに出かけるわけを諄々《じゅんじゅん》と説き聞かせるに及んで、ロペスはおれが行くことをやっと承知した。ロペスは隠しのなかから数珠《ロザリオ》を取り出し、水飼い場の傍《かたわ》らでお祈りを始めた。

登攀《とうはん》を目指す山頂までの道は、見かけより遙かに難儀であった。ようやく辿り着くまでにほぼ一時間を要したが、さて、そこまで来ても、目に映るものとては、うたた荒涼の荒れ野原ばかり、人家はおろか人跡もなければ獣《けもの》の姿もない。おれが通ってきた街道のほかは小径《こみち》一つなく、通りかかる人影一つ見当たらない――どちらを見渡せど、ただ大いなる静寂《しじま》であった。その静けさを、おれはおれの叫びでつん裂いてはみたが、遠くより木霊《こだま》の響き返す虚《うつ》ろのみ。諦

1　*fray* は修道士に用いるエスパーニャの敬称。……師とも訳す。日本ではキリシタン用語に採り入れられた。

2　***Madonna de Atocha***　マドリードのアトチャ僧院にあるマドンナ像。使徒ルカ自身が写生したとされる聖母像、実はビザンチン絵画。

めて水飼い場への道を取って返すと、おれの馬はちゃんと立ち木につながれていた。しかるにロペス、あのロペスは杳《よう》として消えた。

二つに一つの策が残された──空しくアンドゥハルへ立ち戻るか、それとも、このまま旅を続けるか。ただし前者はおれの念頭にさえのぼらなかった。おれは、ひとり馬に打ち跨《また》ると、疾駆一番、二時間も駆けるうちにグアダルキビールの河畔へ乗りつけた。もっともあの辺りでは、かの川の流れもセビリャの市壁を洗う下流の漾々《ようよう》たるさまとは異なる。グアダルキビールは、山間《やまあい》の抜け口に至るところは両岸も川床もさだかならぬ急流となり、河勢を堰《せ》く岩を嚙んで轟々《ごうごう》の瀬音の絶えることがない。

そのグアダルキビールが幅を広げ平地へ延びようとする辺りに始まる谷を〈兄弟たちの谷《ロス・エルマノス》〉と呼ぶ。この地名は三人の兄弟に由来するが、兄弟とはいい条《じょう》、血の繋《つな》がりにも優って三人を一つに結ぶものは、盗跖《とうせき》の業《わざ》に寄せる共通の趣向であり、ここを根城《ねじろ》として長きにわたって山賊の所業を働いた。三兄弟のふたりは捕えられ、谷にさしかかる場所で縛り首となった。ふたりの骸《むくろ》は今もそこの横木に曝《さら》してあるのが見られたが、兄弟のうち総領《そうりょう》、ゾトと呼ぶ男は、コルドバの牢屋から脱け出て姿をくらませ、その後はアルプハラス[1]の山中に潜伏中と噂された。

首吊りの仕置を受けたふたりについては、いとも奇怪《きっかい》なことどもが語られていた。それも幽霊話ではない。なにしろ両人の骸は、いずれとやらの悪魔の魔法のお蔭を蒙《こうむ》って命を戻し、夜ごと身を振りほどいては絞首台を降り、娑婆《しゃば》の人間どもを痛めつけに出かけると言われた。これは一点の疑いもない事実として通用している。その証拠に、サラマンカのさる神学者が論考を物して立証したところによれば、首を括《くく》られた両人は吸血鬼の一種たるに相違なく、信じがたきことにせよ、かかる事例は他にも事欠かず、頑《がん》として疑いたがる人々も、ついにはこれを認めるに至ったという。もう一つ、妙な噂もあった。この説では、両人は共ども無実の罪を蒙ったものであり、その怨みを晴らさんがため、天帝の許しを得て、旅人や通りがかりの人間を襲うと言われた。こうした一切を、コルドバにおいて多く耳に入れていたから、おれは自《おの》ずと好奇の心をときめかせてその場へ近づいていった。その光景たるや酸鼻《さんび》を極めた。凶々《まがまが》しい骸は吹く風にあおられ、異様に揺れている。形相物凄い禿鷹《はげたか》が二羽、三羽、食い荒らされた死体をさらに引き裂いている。慄然《りつぜん》として目を背《そむ》け、おれは山道へ踏み込んだ。

〈兄弟たちの谷《ロス・エルマノス》〉が、山賊渡世には隠れ場としてもうってつけなことは認めねばならぬ。行く手を拒むものには、時に山の高みから突き出た突兀《とっこつ》たる崖があるかと思えば、嵐に薙《な》ぎ倒された大木がある。辿る道は随所で早瀬の川床に切られ、あるいは奥深い洞穴《どうけつ》が不気味に大きな口を開けた前をよぎる。

この谷を抜け切って、おれは次の谷へと入り込んだ、と間もなく一軒の宿屋《ベンタ》が見えてきた。

1 ***Alpujarras*** シエラ・ネバダ山脈の南で、グラナダと海岸のあいだにある高地。ただしこの作中ではシエラ・モレナの東の部分として扱われている。十六世紀後半、大虐殺に怒ったキリスト教改宗のアラビア人（モリスコ人）は、この山中のとりでに立てこもり、二年間の反乱を展開するがついに敗北する。

きょうの塒《ねぐら》ともなろうか、とは思うものの、遙か手前から遠望したそのとたん、おれは不吉な予感に捉われた。それというのも、打ち見たところ、窓の一つ、鎧戸《よろいど》の一つとてない、煙出しより立ち上る煙もなければ、辺りには何の気配もなく、おれの到来を告げる犬どもの吠え声さえ聞こえてこない。アンドゥハルの宿の亭主から聞いたあの捨てられた旅籠の一つに相違ないとおれは思った。

ベンタへと近寄るにつれ、寂寞《じゃくまく》の気はいよいよ深まるかに思われた。やがて、そこまで達したとき、おれが見たのは施しの金を投ずる慈善箱と、そこに記された次の文字であった。「旅のお方々。願わくは〈ベンタ・ケマダ〉の元亭主、ムルシアのゴンサレスが霊のため何とぞ御慈悲とお恵みを垂れたまへ。ただし、いかなる事情を問わず、ゆめゆめ当所に止宿は禁物につき、このまま旅をお続け召されよ」

おれは立ちどころに意を決した、戒めに逆らって敢えて危害に身を曝してみようと。とは言え、幽鬼の類などあるべくもないとの信条からではない。のちに見るとおり、もともとおれは名誉面目を守ること、些《いささ》かも臆病の振舞いのあるまじきことを心がけとして育った身だからである。

折から日輪はまさに西に沈もうとしていた。そこで陽の光の残るうちを利して隈《くま》なくこの館のなかを一巡してみようと心急いだ。それはここに棲みついた物の怪《もののけ》から身を守るためというよりは、何か食い物にありつかんがためで、なにしろ、途中、かの〈コルク樫〉で口中に投じたあれだけのものでは、ほんの気休めにすぎず、腹の虫の収まるはずもなかったからである。おれは部屋から部屋、広間から広間へと遍《あまね》く探《たず》ね回った。大方の壁は、人の背の高さまでモザイクに、また天井は、モーロ人が贅を尽くすかの美しい細工で一面飾られていた。台所、食料庫、穴蔵《あなぐら》はどこも見逃さなかった。穴蔵は岩を掘り開いたもので、いくつかは互いに地下道で繋がっており、数本もあるその地下道は山腹のかなり奥まで通じているように思われた。だが、食べ物はどこにも見当たらなかった。結局、日がとっぷりと暮れてから、おれは中庭に繋いでおいた馬を連れに戻り、厩《うまや》へと曳き入れた。多少ながら乾草のあるのを確かめておいたのである。そして自分はみすぼらしい寝台の置かれた一室に落ち着いた。広い館のなかで見かけた寝台はこれだけだった。本来ならば、灯明の一つもほしいところであるが、空腹はそんなことさえ忘れさせた。飢えにさいなまれて、おれはなかなか寝つかれずにいたのだ。

するうちに、夜陰はいよいよ深まり、それにつれておれはますます落ち着かぬ雑念に取り憑《つ》かれた。あるいは、行方知れずとなったふたりの従僕のことが思われ、あるいは空腹を満たす方策に思案を巡らせた。おれはこう考えた――ロペスにせよモスキートにせよ、ひとりでいたところを次々に襲われたわけだが、盗賊どもは、茂みの蔭か、地下の隠れ穴からやにわに跳び出して襲いかかったに相違ない。このおれが見逃してもらえたわけは、軍服姿に恐れをなして手強い相手と尻込みしたからであろう。それより何よりも空腹のことが、ひたすらおれの念頭を占めた。昼間、山中で山羊《やぎ》の群れを見かけたな、あの群れには番人がついていたに違いない、その男ならちっとはパンぐらい持っていたはずだ、そいつを食べながら山羊の乳を飲めば、さぞ旨《うま》かろうに。他方おれの鉄砲の腕も頼りにならぬではない。ともかくも、このままあとへ引き返して、アンドゥハルの宿の亭主の物笑いの種となるのは潔しとしない、そんなことは夢にもできぬ。旅は断乎として続けるべきである。

そうした思案が一しきり尽きると、おれの頭のなかにはどういうわけか、幼少のころ、眠りに就く前に聞かされたお伽噺《とぎばなし》の贋金《にせがね》づくりとか、その他の男どものことがよぎっては過ぎた。あの慈善箱に記された文字のことも思われた。ここの宿の亭主が、悪魔に絞め殺されたなどとは信じないにしても、さて、いかな惨事に果てたものか、その見当はつかなかった。

かくして数時間は森閑《しんかん》としたなかに過ぎた。と、思いも設けぬ大時計の鐘の音《ね》に、おれは不意を衝《つ》かれて身を震わせた。数えると、鐘の音は十二回でやんだ。知られるとおり、幽霊がその魔力を思いのままにできるのは、真夜中から一番鶏の鳴くまでのあいだと決まっている。おれが不意を衝かれたというのはほかでもない、大時計の鐘は、それまで一度も時を告げなかったからである。しかも、その音色には何やら不気味なものが感じられた。程なくして部屋の戸が開いた。見ると真っ黒な人影がすっと入ってくる。が、仰天することはない、それは半裸の黒人の美女ではないか。両手には松明《たいまつ》を掲げている。

黒人の女はおれのそばに歩み寄り、深々と一礼をしてから口をきいた。ごく上品なエスパーニャ語であった。

「騎士《セニョル・カバリエロ》さま、恐れ入りますが、こちらの宿に今夜逗留の、位高き外国の貴婦人から遣《つか》わされた者でござります。あなたさまをぜひとも夕食にお招きしたいとのこと、ご案内に伺いました。どうぞお出ましを」

先立つ黒人女に従って廊下から廊下へと伝わるうち、おれは灯《ともしび》も明るい広間へと導かれた。広間の中央にしつらえた食卓には三人前の膳立てが用意され、切り子ガラスの小出し瓶や日本の器やらが見えた。広間の奥には豪華な寝台が据えられていた。大勢の黒人が忙がしく立ち働くと見るうち、いっせいに列をなして恭《うやうや》しく並んだ。次におれの目に映じたのは、入室するふたりの淑女である。肌は白百合、唇の色は紅薔薇と見紛《まご》うその面《おもて》は、召使女たちの漆黒のあわいに、ひときわ鮮やかにも艶《あで》やかであった。連れ立つ淑女は互いに腕を組み合っていた。ふたりの身にまとうものは奇妙な趣味のものであった。いや、少なくとも、おれにはそう見えた。だが、実をいえば、ベルベリアと呼ばれる北アフリカの海岸地方の街々では、それが珍しからぬ装《なり》であることは、のちにそこへ旅した際に確かめたところである。その服装というのは、こうだ。つまり、下着と胴衣とそれぞれ一枚きりから成るにすぎない。下着は腰の辺りまでこそ麻地だが、そこから下はメキネス産の薄布が使われ、まるまる透《す》けて見えかねない。ただしそこに織り込まれた太幅の絹のリボンの幾筋かが、そこはかとなく気を惹く魅力の箇所を覆い隠すことで、それは免《まぬか》れている。胴衣のほうは、惜しげもなく一面真珠の縫い取りを施したうえに、ダイヤモンドの胸飾りを光らせて、ぴっちりと胸を覆っている。ただ、これには袖はなく、下着の、これも薄布でできた袖のような部分が、首の後ろで結び合わせてある。貴婦人たちの素肌の腕は、手首といわず、肘から上といわず、いくつもの腕環で飾られていた。ふたりの足は、万が一にも魔性の者であったなら、二つに割れた蹄《ひづめ》か、ないしは鋭い爪を具えているはずであるのに、さようなものは影も形もなく、縫い取りのある小さな部屋履きを素足につけ、足首には大粒のダイヤモンドを鏤《ちりば》めた足環が嵌《は》まっていた。

初対面の女たちは、寛《くつろ》いだ優しげな面持《おもも》ちで、こちらへ歩み寄ってきた。ふたりながら非の打ちどころのない美貌の主、一方がすらりと長身の眩いほどの女なら、他方は控えめな、魂を蕩《とろか》さんばかりの女性《にょしょう》である。大柄の女は、その体つきといい、顔立ちといい、すばらしいの一語に尽きる。年下のほうは、肉づきのよい体を持ち、唇は心持ち受け口で、伏し目がちだが、わずかに見せたその眸《ひとみ》も並みはずれて長い睫毛《まつげ》の陰に隠れていた。年かさのほうがカスティーリャの言葉で、おれに話しかけて言うよう。

「騎士《セニョル・カバリエロ》さま、ようこそお出ましくださいまして、ありがとう存じます。ささやかながら夕食へお誘い申しましたのは、さぞかしお困りかとお察ししてのことでございまして」この後半を女はいかにも意地悪げな口調で言ったから、食糧ごとわれわれの騾馬を掠《かす》めさせた親分は、てっきりこいつだと瞬間、おれは殆ど疑った。とはいえ、これだけの埋め合わせをしてくれるのなら、そう恨んでばかりもいられない。

われわれは食卓に着いた。すると今の女が日本の器をおれのほうに押しやりながら言った。

「騎士《セニョル・カバリエロ》さま、これはエスパーニャ名物のオリャ・ポドリダ[1]でございますよ。肉なら何でも使ってあります、もっとも一種類を除きますればですが。なにしろ、わたしどもは信者でございますので、と申してもイスラーム教徒のことでして」

「美しき見知らぬ女《ひと》よ」おれは応じた。「よくぞお聞かせくださった。信者の方でいらっしゃいましょうとも、イスラームは愛の教えですから。さりとて、食欲より前に好奇心を満足させてはくださらぬか、あなた方の身分をお明かし願いたい」

「召し上がりながらお聞きくださいませ、騎士《セニョル・カバリエロ》さま」美しきモーロ女は引き取った。「あなたさまには、身分を隠し立て致すつもりはございません。わたしの名はエミナ、妹はジベデと申します。今でこそ住まいはチュニスでございますが、わが家は、もともとグラナダの出、エスパーニャに残りました身内も少なからず、いずれも密《ひそ》かに祖先の教え[2]を守っております。わたしどもは、一週間前、チュニスを発ち、マラガの近くの無人の浜にて船を降り、ロハとアン

1　***olla podrida***　スペインのお国料理の一つ。別名 ***olio*** とも。肉、野菜のとりどりを煮たごった煮のようなシチューの一種。ここではイスラーム教徒の忌むブタ肉が除外されたはずだ。
2　スペインに住んだアラビア人、すなわちムーア（スペイン語では ***Moros***、本書では「モーロ人」を用いる）人は十五世紀から十六世紀にかけキリスト教への改宗を強制された。イスラーム教徒は居住を禁じられたばかりか、キリスト教徒に改宗した人々（モリスコと呼ばれた）でさえ、言語、名前、服装その他のアラブ風習を維持する者は追放された。異端取締りの異端審問所は一二三二年創設、これが十九世紀まで存続した。

テケラのあいだは山越えの道を抜け、そのあと、この人里離れた場所まで参って旅装束を解き、安全のために必要な手筈一切を整えたところでございます。お武家さま、こういう事情からおわかりのとおり、わたしどもの旅は大事な秘密でございますが、あなたさまを信じてこうして打ち明けましたわけで」

拙者のことならいかなる懸念も無用に願いたい、と美人の姉妹に請け合った上で、おれは食事にとりかかった。なるほど、些か貪《むさぼ》らんばかりであったとは申せ、婦人方の席にただひとり居合わせた若い男にふさわしい程度の上品さを保たなかったわけではない。空腹がまずは満たされ、エスパーニャで呼ぶところの食後の甘いものに取りかかるおれを見ると、麗《うるわ》しのエミナは召使の黒人女に向かい、故郷《ふるさと》の踊りをお客さまにお目にかけるよう命じた。それは女たちにとってこの上なく嬉しい言いつけと見えた。女たちは、さっそく命に従ったが、その活気溢れる動きは破目をはずしかねぬほどであった。あの様子では、そのまま果てもなく踊り続けたのであったやもしれぬ、が、そうはならなかった。それは折を見て、おれのほうから、時にはご自身も踊りをなさるかと美しい女あるじのふたりに持ちかけたからである。答える代わりにふたりは席を立ち、カスタネットを所望した。そして足さばきもみごとに、初めムルシアのボレロを舞ったが、次にはアルガルベのフォファァのテンポを踏んだ。あの地方を訪れた人々なら、フォファァとはいかようなものかご存じであろう。さりとて、その人々にしても、ふたりのモーロ娘が持って生まれた美しさと、さらには身にまとった透きとおる衣裳とより振りまかれる魅惑のすべてをば、ついぞ知ることはあるまい。

しばらくは一種、平静な気分でふたりを眺め入っていたおれだが、そのうちに、急調子に高まるその動き、モーロ音楽の陶然たる響き、加えて、急の腹ごしらえによって昂揚した情緒――おれのなかにあるもの、おれの外にあるもの、その一切が一つに混ざり合い、おれの理性を乱した。今では、同席の相手が本物の女であるのか、それとも、夢に現れては男と交わる夢魔であるのか、おれには分別もつかなくなった。おれは、目を開けていられなくなった――何も見たくなかった。おれは掌《てのひら》で両の目を覆った。今にも気を失うかとおれは感じた。

姉妹が駆け寄り、両側からおれの手を取った。エミナが、具合でも悪いのかと尋ねた。おれはうなずいた。胸元に吊った首飾りに目を留めたジベデは、そのなかには恋人の肖像でも収めてございますのと訊いた。

「これですか」おれは答えた。「これは母にもらった飾りで、片時もはなさず身につけると約束したものです。このなかには、十字架の小さな切れ端が収まっています」

その言葉に、ジベデが一瞬たじろぎ、かつは蒼ざめたのを、おれは見逃さなかった。

「どぎまぎしていらっしゃる」おれは彼女に言った。「十字架に震え上がるのは、悪霊だけのはずですが」

エミナが妹に代わって答えた。

「騎士《セニョル・カバリエロ》さま、わたしどもが、イスラームの信者であることはご存じのとおりです。妹がお見せした悲しみの気持ちに別段お驚きになることはございません。わたしも同じ気持ちでおります。あなたがキリスト信者でいらっしゃるのを見て、これほど悲しみますのは、実は、あなたがわたしどものごく近い身内であればこそです。こんなことを申してお驚きなさるかと思いますが、お母さまの苗字はゴメレスと仰ったのではございますまいか。わたしどもも同じ一族、アベンセラヘス家[1]の流れであるゴメレスの一族なのです。ともかく、こちらのソファにかけましょう。詳しい話は、今に申し上げます」

黒人の女たちは引き退がった。エミナはソファの片隅におれをかけさせ、自分は足を折っておれの横に坐り込んだ。ジベデはその反対側に腰をおろし、おれのクッションに倚《よ》りかかった。こうして三人はお互いに吐く息の区別もつかぬほどすれすれに身を寄せ合った。エミナはしばし夢見るように見受けられたが、やがて、いちだんと気を入れた様子でおれを見守りながら、おれの手を取って語りかけた。

「アルフォンスさま、隠しても無駄なことゆえ申します。あなたがここへいらしたのは偶然ではございません。わたしどもは、あなたをお待ちしておりました。万が一、怖さに駆られて、あなたが別の道をお取りになっていたら、わたしどもの尊敬を失ったでございましょう」

「嬉しいことを言うね、エミナ」おれは応じた。「それにしても、どうしてぼくの勇気をそれほどまで買ってくれるのか、そのわけが知りたい」

「あなたには、絶大な好意をお寄せするわたしどもでございます」麗しのモーロ娘は答えた。

「でも、わたしどもにとって、殆ど初めてお会いする男の方があなただとお知りになったら、さぞ興醒《ざ》めでございましょうね。びっくりなさっていらっしゃる、いや、まさか、というお顔をなさっている。先祖の話を申し上げる考えでしたが、まずわたしどもの身の上から始めたほうがよろしいかと存じます」

エミナとその妹ジベデの物語

――わたしたちは、現在のチュニスの太守《デイ》の母方の伯父に当たるガシル・ゴメレスの娘に生まれました。男の同胞《きょうだい》はございません、また父の記憶もありません。しかも後宮《ハーレム》の壁に閉じ込められているばかりですから、殿方がどういうものかは、何も知らずに育ちました。けれども優しさへの強い憧れは、ふたりがふたりとも持ち合わせておりましたので、それがわたしたちを結びつけ、これまでお互いに激しい愛情で愛し合ってまいりました。この愛着は、わたしたちのごく幼いころから始まりました。たとえ片時でも別れ別れにさせられそうになると、揃って泣き立てたものでございます。ひとりが叱られると、もうひとりがべそをかくといったありさまでした。昼は同じ机で遊び、夜になると同じ床に休みました。

こうした愛情は、大きくなるにつれて激しさを増すように見えましたが、あることがあって

1 *Abencerrages* グラナダ出身のモーロ人の名家。十五世紀に反キリスト教の旗頭となった。シャトーブリアンの小説に『アベンセラヘスの末裔《まつえい》』*Les Aventures du derniers Abencérage* がある。

からは、新たな強さが加わりました。それは、こういう話です。わたしが十六、妹が十四の年でした。そのずっと以前から、わたしたちは、母が何冊かの本を注意深くわたしたちに隠してしまっているのに気づいておりました。初めのうちは、たいして気にも留めませんでした。これを読め、あれを読めと教えられて読む本には、もうとっくにうんざりしていたのでございましたが、でも、年とともにわたしたちのなかで好奇心が膨《ふくら》んでまいりました。禁断の戸棚に鍵がかかっていないわずかな隙に、わたしたちは一巻の小さな本を大慌てで盗み出しました。とりあえず手にふれたということで取り出したその本は『マジュヌーンとライラの恋物語』[1]という、ペルシャ語からベン＝オマル[2]が訳したものでした。燃えるばかりの筆で愛の歓楽をあまさず描いたこの神聖なる書物が、年端《としは》もいかぬわたしたちの頭に火をつけました。男というものを目にしたことのないゆえ、よくは理解できなかったものの、ふたりは、その本に書かれたとおりを真似てみました。お互い恋人同士の言葉遣いで話をするうちに、物語の主人公たちのやり方で愛し合う気を起こしたのでございます。わたしはマジュヌーンの役、妹がライラの役になりました。初め、わたしが妹に愛を打ち明けます。それは何種類かの花を束にして捧げるもので、一種の暗号としてオリエント一帯で行なわれております。それからわたしは目で話しかけ、妹の前に跪《ひざまず》き、妹の歩む足跡に口づけをし、わたしの熱い訴えを彼女に運ぶように西風に頼みました。そしてわたしの溜息の火によって西風の息吹《いぶき》を燃え立たせることにわたしは夢中でした。

物語作者の教えに忠実なジベデは、わたしに媾曳《あいびき》の機会を許してくれました。わたしは彼女の膝元に身を投げ、彼女の両手に口づけし、彼女の足をわたしの涙で濡らしました。初めのうちこそ、わたしの恋する女は優しく抗《あらが》いましたが、あとでは愛の徴《しるし》を掠めとることをわたしに許し、しまいにわたしのわななく熱情に身を任せてくれました。事実、ふたりの魂はどちらがだれのものと見分けさえつかぬほどでした。そして、あのとき以上の幸せにどうしたらなれるのか、いまだにわたしにはわからないのです。あれらの燃えるような濡れ場をどれほどの期間、互いに楽しみ合ったことか、もう覚えておりません。ともかくも、そのうちに、わたしたちの愛情は穏やかなものと変わりました。

わたしたちは、ある種の学問の研究に興味を抱くようになりました。なかんずく植物についての知識です。それは名高いアベロエス[3]の書物から学びました。母親は、ハーレムの敵に対しては、どんなに警戒してもしすぎることはないとの意見でしたから、わたしたちの勉強好きを見て喜んでくれました。母はメッカから聖女ハゼレタを呼び寄せました。この名前自体、優れ

1　アラビアに古くから伝わる〈マジュヌーン・ライラ〉の恋物語を大詩人ニザーミー（一一四一頃—一二〇九）が四千七百行のペルシャ語にまとめた純愛と悲恋の詩篇。マジュヌーンは狂人の意。イスラーム文化圏の古典、オリエント世界の『ロメオとジュリエット』とされる。ニザーミーは現アゼルバイジャンの生まれ。邦訳『ライラとマジュヌーン（アラブの恋物語）』岡田恵美子訳　東洋文庫３９４（平凡社）に収められている。

2　***Ben-Omar, Omar ibn al Faridh***（一一八一—一二三五）アラブの詩人。

た聖女という意味なのです。ハゼレタからわたしどもは、預言者の掟を教え込まれました。コライシュ族[1]のあいだで話されるあの清らかで快い響きの言葉で講義をしてくれましたから、わたしたちは聞いても聞き飽きることなく、コーランは殆ど全部をそらで覚えてしまったほどです。その次には、母自身がわが家の歴史をわたしたちに教えました。そして数え切れぬほどの回想録の書物をわたしたちに読ませました。それはアラビア語のものも、エスパーニャ語のものもあったのです。ああ！　アルフォンスさま、あなた方の教えがどんなにか醜いものに思えたことか、迫害者であるあなた方の司祭をどんなにか憎んだことか！　それとは逆に、わたしたちの血管と同じモーロの血の流れた名門の人々の悲運に、どれほどか胸を痛めたことでしょう。

あるときは、異端審問の獄中で殉教の苦しみに遭ったサイド・ゴメレスのために、またあるときは、その甥で長い年月、深山にこもり、野獣にも等しい野生の暮らしを送ったあのレイスのために、わたしたちは全身が燃えるような思いに駆られました。こうした人々を知るにつけ、わたしたちは男の人に憧れました。男を見たい一心から、わたしたちはよく築山の高みに登り、ゴレッタの湖へ乗り出していく舟人たちや、ハマム＝ネフ[2]の温泉場へと向かう人々を、遠くから眺めたものでした。マジュヌーンの恋の教えは、決して忘れたわけではありません。しかし、少なくともわたしたちは、あれらの教えの真似はもう一緒にしなくなっておりました。妹へ寄せるわたしの愛情は、もう欲情という形ではなくなっているようにさえ、わたしには思われました。ところが、ある新たな出来事が、その思い違いをわたしに証明したのです。

ある日、母親がタフィレットのとある名家の老夫人をわたしたちのところへ案内し、わたしたちは鄭重《ていちょう》に彼女を迎えました。夫人が立ち去ったあと、わたしを夫人の息子の嫁にほしいと話があったこと、それに妹もゴメレスの姓を持つある男と結婚させること、を母から聞かされたのです。この知らせは、あまりにも青天の霹靂《へきれき》で、わたしたちはしばらく口もきけずにいました。やがて、生き別れの暗い運命を思うと、ふたりは目の前が真っ暗になり、激しい絶望に狂わんばかりでした。わたしは髪をかきむしり、ハーレムじゅうに響けと声を限りに泣き叫んだのです。しまいには手のつけられないほどに荒れ狂いました。母親は慌てふためき、わたしたちの嫌がるようには決してさせないと固く約束をして、娘のままでいるもよし、嫁に行く

3　（三一頁）*Averroes, Ibn Ruszd*（*Rochd*）（一一二六―九八）コルドバ生まれ、イベリア半島のアラブ文化繁栄期における最大の哲学者、医家、法家。アベロエスはヨーロッパの呼び名。晩年は異端として追放され、アリストテレスの流れを汲み、理性を貴び、物質を重視するその哲学の著作は焚書に遭い、赦免の直後マラケシで没した。キリスト教世界でも十三世紀、彼を異端としたが、その思想は却ってラテン訳、ヘブライ訳を通じて深く浸透した。男女同権論の先駆者でもある。なおトマス・アクイナスはアベロエス攻撃の急先鋒であった。

1　*Koreisz, Kuraiszyt, Quoraichite*　メッカ地方に住んだベドゥインの一種族、ムハンマッド（マホメット）はこれに出自する。隊商による通商およびカバ神殿への巡礼から収入を得ていた。コーランの文章は、アラブ文語（各国で違いのある日常語と異なり、各国とも現在なお文学はこれで書かれる）の規範となっている。

2　*Hamam-Nef*　チュニスの南にあり、古くから知られる温泉。四十八度の湯が出る。

ときはふたりが同じ主人を選ぶのもよかろう、とまで言ってくれました。それでわたしたちも、いくらか気が収まったのでした。

　何日か経つと、母親はわたしたちのところへ来て、ふたりが同じ男の妻になれるよう親族の長と話をつけてきたと知らせました。ただし相手はゴメレス家の血筋の男に限るという条件付きでした。

　わたしたちは、即座には何の返事もしなかったものの、ふたりが同じ夫を持つという名案は、日増しに楽しいものに思えてくるのでした。老若を問わず、男といえば、遠くから見かけただけでしたが、若い娘のほうがお婆さんよりずっと感じのよいことから、夫なら若い男がほしいと思っていました。もう一つの願いは、その夫がベン＝オマルの例の書物のなかで、わたしたちに意味のよくわからなかった箇所を説明してくれることでした。

　その時、ジベデが姉の話を遮り、腕のなかにおれを抱きしめながら、こう言った。

「アルフォンスさま、どうしてあなたはイスラーム信者ではないのかしら！　エミナの胸にあなたが抱かれるのを見られたら、わたしどんなにか幸せでしょう。あなたたちの快楽をつのらせたり、あなたたちの抱擁に連なったりできたなら。だってねえ、アルフォンスさま、わたしたちの家では預言者のムハンマッドの家と同様[1]に、娘の産んだ男子も、直系の男子と全く同じ権利が与えられるのですから。うちの家長になれるかなれないか、それはたぶん、あなただけにかかっていることなのですよ。それは、わたしどもの教えの聖なる真理に目を開きさえすればよいのです」

それが、おれには、まさしく魔王サタンの誘惑の言葉と思われ、ジベデの美しい額《ひたい》に、にょっきりと角《つの》の生えているのを早くも目に見る思いがした。おれは口のなかでわが信仰の数言を唱えた。ふたりの姉妹は、わずかに身を引いた。エミナは、いちだんと生まじめな顔になり、こんなふうに話を続けた。

――アルフォンスさま、妹やわたしのことばかり申し上げすぎました。本来はそんなつもりではなしに、ゴメレス家の由緒についてだけお話を限る気でしたのに。なにしろ、あなたの母方の家柄でございますものね。お聞かせする話と申すのは、こうなのです。

カサル・ゴメレス城館の物語

――わが一族の初代は、マスゥド・ベン・タヘル[2]といい、アラブの軍勢の総大将としてエスパーニャに乗り込み、自分の姓に因んで山をゲバル・タヘル（ヨーロッパ人はこれをなまってジブラルタルと呼びますが）と命名したあのユスフ・ベン・タヘルの兄弟でした。マスゥド

1　イスラームの教祖ムハンマッドの子は、娘ファーティマしかなかったが、一部の教派では彼女の直系をイスラームの精神的な長ムハンマッド唯一の後継者とあがめた。

はアラブ勢の破竹の勝利に大いに功をあげ、バグダードの教主《カリフ》よりグラナダの総督に任ぜられ、兄弟ユスフの死までその地にとどまりました。さらに長いあいだ総督を務めていられるはずだった、というのもマスゥドは、ただにイスラーム教徒ばかりでなく、モサラベ、つまりアラビア人支配の下に信仰を守ったキリスト教徒からも愛されていたからです。ところがマスゥドはバグダードに怨敵を持ち、この連中がマスゥドのことを教主に悪しざまに告げ口しました。教主の失寵は必定《ひつじょう》と知るとマスゥドは、自ら任地を離れることを選びました。そこでマスゥドは腹心の部下を集め、アルプハラスの山中に引きこもったのです。これはご存じのように、シエラ・モレナ山脈のつづきであり、この連山がグラナダ王国とバレンシア王国[1]との境界をなしております。

われわれアラビア族のエスパーニャ征服の際、潰滅したヴィシゴート族[2]は、昔からアルプハラスまで入り込んだことがなく、山間の河谷の大部分は人の住まぬままでした。そういう川沿いの地方のうち、人家のあった谷は三つだけで、それもエスパーニャの古くからの原住民の栖《すみか》となっていました。その種族をトゥルドゥレ族[3]と呼びましたが、この人々はムハンマドも、あなた方のナザレの預言者も一向に知りません。父親たちが子どもに歌い聞かせる歌のなかに彼らなりの信仰のこと、掟のことが歌い込まれているばかりで、かつては書き記された文書もあったのに、それらは散逸したままでした。

マスゥドによるトゥルドゥレ族平定は、武力よりもむしろ説得によって達成されました。自ら彼らの言葉を修得して、イスラームの教えを説いたのです。アラビアとトゥルドゥレの両民族は通婚によって混ざり合いました。ご覧のとおりのわたしたち姉妹の鮮明な肌の色は、この通婚と山間の空気のお蔭ですが、またこれはゴメレス家の女の特色でもございます。モーロ人の女性には、たいへんに色白な女が多いのですが、その場合も一様に透きとおった白さではございません。

マスゥドは長老《シェイク》[4]の称号を得たのち、極めて堅固な城を築かせ、それをカサル・ゴメレス[5]、つ

2（三五頁） 正式なアラブ名は ***Tarik ibn Zijad***、七一一年、七千の兵を率いてスペインに上陸、五世紀以来続いていたヴィシゴート族のロデリク王支配を打ち破った勇将。

七一三年平定は完了し、ここにまずバクダードと連繫した ***al-Andalus*** の名のイスラーム教国が生まれ、中世のアラブ文化の栄華の礎を作った。同地におけるアンダルシアの語源である。グラナダに残ったアラブ勢力が最終的に潰滅したのは一四九二年だった。上陸地の山 ***Dgebel-al-Tarik*** が、今のジブラルタル名のもととなった。

1 スペイン統一後は、これらは王国ではないが、一般にこのように呼び慣わされていた。

2 ***Visigoth*** 西ゴートとも言う。ヴァリア王の率いるヴィシゴート族はイベリア半島の南を侵したヴァンダル族を打ち破って、四一八年よりアラブに大敗するまで約三百年、スペインの地に割拠した。アル・アンダルスの国名は、ヴァンダルを意味する。

3 ***Turdule*** 今日のコルドバ付近に住んだ原住民。文化的にはかなりの伝統をもち、歌や散文による、伝承を有していた。

4 ***sheikh, sheik, shaikh*** イスラーム教団の最高の称号。語義は長老、老人。

5 カサル ***al-Kasr*** とは、城のこと。ヨーロッパ中世の築城術はアラブの様式に学ぶところが多いようである。

まりゴメレス城と呼びました。一族の総元締というよりも大判事を買って出たマスゥドは、いつでも気軽に人に会う、しかもそれを自分の義務と心得ていましたが、月末《つきずえ》の金曜になると決まって家族と別れ、ゴメレスの城の地下窖《あな》にこもって次の金曜日まで姿を見せませんでした。それが何のためかについては、さまざまな臆説がありました。一説によるとシェイクは、この世の果ての地上に現れることになっている十二代目の導士《イマーム》[1]と談じておられるのでした。また城の地下には反キリスト[2]が鎖につながれているとの説明もありました。いや、あそこにはコーランに伝えられる、かの七人の眠れる兄弟[3]が愛犬とともに休らっておるとも言われました。マスゥドは、これらの風説にわずらわされることなく、老体の許す限りにおいて、数多からぬ民草の政事にいそしみました。しまいに、彼は思慮深さでは部族中一番の男を選び、これを後継者に任じて地下窖の鍵を与えると、隠居所へ身を退《ひ》き、そこで余生を送りました。

　新しいシェイクの治世も先君と変わりなく、月末の金曜日から一週間、人前から姿を消すこともこれまでどおりでした。それが保たれたのも、時至って、バグダードのカリフの支配権から脱した特別のカリフたちがコルドバ[4]に現れるまでのあいだでした。このとき、この世直しに参画したアルプハラスの山の住民たちは平和に居を占めるようになりました。これがアベンセラヘスの姓で知られる一族で、一方、ゴメレスの苗字はカサル・ゴメレスの城主たるシェイクに忠義を守った一族が受け継ぎました。

　さるほどに、アベンセラヘス一族はグラナダ王国のほうぼうに絶好の地所を、また、グラナダの市中に美しい邸宅をいくつか買い取りました。一族の富裕ぶりは世間の目を惹き、これはシェイクの地下窖に巨大な財宝があったゆえと勘ぐられましたが、確かなことはわかりません。何せアベンセラヘスの一族の者さえ、その富の来たる源を知らないのでした。

やがて、この一帯の美しい王国は天上の怒りを買い、異教徒の手に委ねられました。グラナ

1　***imam*** とは、もと隊商のリーダーのこと、イスラームでは祈禱を指導する者の意の称号。ムハンマッドの娘ファーティマの夫、殉教者のアリー（アリー・イブン・アビ・クリバ）とその直系の十二人をイマームと認めるのは、イスラーム教の少数派シーア派 ***Shiah*** 中最大の分派イマーム派の信条。十二人目はアリーの曾孫、ムハンマッド・アブル・カシムだが八歳で行方知れずになった。サマラの大寺院のなかで消えたのである。イマーム派は、このイマームがムハンマッドにつぐ預言者《マフディ》 ***mahdi*** として再来すると信じている。イラン、インド、イラク、シリアのイスラーム教は同派に基づく。これと対立する正統派にスンニー（スンナ）派 ***Sunnite, Sunna*** がある。***imam*** はコーランでは「規範」「指導者」の意味。一般には正しい礼拝の仕方を心得た集団礼拝のリーダーのこと。シーア派ではアリーの子孫から出た最高指導者を指し、スンニー派のカリフと異なり、教義決定権・立法権が認められ、しかも不可謬性を持つとされる。スンニー派ではイマームとはカリフそのものを指す。

2　イスラーム教でも、聖書にある反キリストの出現が信じられている。これは目玉が一つの怪物で、世の末に現れて四十日間、地上を支配するがマフディに打ち負かされる。

3　伝説によれば、紀元二五一年、キリスト教徒迫害下のエフェソスの若者七人は愛犬とともに洞窟へ逃れて眠り、目が覚めたのは二、三百年後であったという（フランス語完全版の編纂者ラドリザニ ***René Radrizzani*** 教授による）、エフェソス ***Ephesos*** は小アジアのイオニア地方（現トルコ、イズミルの南）にあった古代都市。前四世紀半ばに建てられた廟は古代世界の「七不思議」の一つ（中巻「第二十二日」冒頭の註1参照）。

ダは落城し、それから一週間後、かの猛将ゴンサロ・デ・コルドバ[1]が総勢三千の兵《つわもの》を率いてアルプハラス山中に乗り込んできました。迎えた当時のわがシェイク、ハテム・ゴメレスが居城の鍵を差し出すと、エスパーニャの総大将は地下窖の鍵を要求しました。シェイクは難色も見せずその鍵をも渡したのです。ゴンサロは検分のため自らそこへ降りていきましたが、見つけたものは一基の墓と、数巻の書籍ばかりでした。いろいろと話を耳にしていた将軍は呵々大笑して、急拠、バリャドリードへ引き上げていきました。相愛の人に、また情事《いろごと》にも惹かれてのことです。

その後、わたしたちの山は平和のうちに過ぎて、それはカルロス一世[2]の即位のときまで続きました。そのころ、一族のシェイクの名はセフィ・ゴメレスといいました。この人物は、どういう動機があってか、それは突き止められないのですが、新皇帝に人を遣わし、皇帝が腹心の部下をアルプハラス山中へ送り込むなら、重大な秘密を明かそうと奏上しました。二週間を経ずして皇帝の使者としてドン・ルイス・デ・トレドがゴメレスの居城に至ったとき、使者の受けたのは、その前夜、シェイクが弑虐《しいぎゃく》に遭ったとの報告でした。ドン・ルイスは城中の数人を糺問《きゅうもん》しましたが、間もなくそれに飽きて宮廷へ帰還しました。

このような次第で、シェイク代々の秘密はセフィ殺害の下手人《げしゅにん》の手に握られました。この男は、名をビリャフ・ゴメレスといいましたが、一族じゅうの家長たちを一堂に集め、重大な秘密を守り抜くためには新たな手段を講ずる要ありとその論拠を述べました。そこで決まったのは、ゴメレス家の数名を選んでこの人々に秘密を明かすこと、ただし、それぞれに明かすのは秘密のわずか一部分ずつとすること、それも銘々が輝かしい勇気と思慮と忠節の証を立てたのちとすること、でした。

ここで、ジベデがまたもや姉を遮って、こう口を入れた。

「お姉さま、そういう試練でしたらアルフォンスさまはすべて乗り切ってみせると思いません

4 （三八頁） 七五〇年、ダマスカスのウマイヤ *Umajja* 王朝（スンニー派）は九十年、十四代目のカリフを以て、一族皆殺しとなりアッバース王朝（シーア派）が生まれた。新王朝はバクダードを王都と定めた。王朝はモンゴルに倒される一二五八年まで続く。一方、ダマスカスの支配権のもとにあったアンダルスにおいても同じ年、ウマイヤ政権は崩壊した。ところが全滅したはずのウマイヤ朝の最後のカリフの孫、アブド・アル・ラ・マンが、実は生き残っていた。彼は北アフリカに逃げたあと、アンダルスに現れ、多くの支持者を得て、コルドバに後ウマイヤ王朝を起こす。王朝は七五六年から一〇三一年の分裂まで栄え、この間コルドバはバクダードと競う学術・文化の中心として、全ヨーロッパの学者、学生の憧れの地となる。

1 ***Fernandez Gonzalo de Cordoba*** （一四五三—一五一五）一四九二年一月二日、グラナダを攻略したカスティーリャの将軍。これにより一二三二年から続いたナスル王朝のグラナダ王国は滅び、イベリア半島におけるアラブの支配の歴史は閉じる。グラナダにあった貴重なアラブ文献はすべて時の大僧正の命で焼き棄てられた。丘の上に立つアルハンブラ宮（赤い城）は栄耀のあとをとどめている。

2 ハプスブルク家出身の一五一六—五六年のスペイン国王。同時に神聖ローマ帝国（オーストリア）皇帝としてはカール五世でもあった。

か。ああ、そうに違いないわ！　アルフォンスさま、どうしてイスラーム信者でいらっしゃらないのかしら！　莫大な財宝があなたのものになるかしれないのに」

これもまた、そのまま悪霊の口から飛び出す文句にふさわしかった。おれを官能の誘惑へ引き込むのに失敗したので、こんどは黄金で陥れようと狙っているのだ。ふたりの美女はいっそうおれにすり寄ってきた。たしかにおれの体に触れているのは女の肉体であり、悪霊のそれではないように思われた。一瞬の沈黙を挟んで、エミナは続けて物語の糸をほどいた。

アルフォンスさま、カルロス一世の息子、フェリペ二世[1]の御代《みよ》、わたしどもがいかなる迫害を蒙ったかは、よくご存じと思います。幼い子どもらは連れていかれ、キリスト教の掟のなかで育てられました。ムハンマッドの教えを守ったその両親たちの財産はそっくり、この子どもたちに分けられたのです。ゴメレス家のあるひとりの男が聖ドミニコ派からデルビス教団に迎えられ、大審問官の大役に就いたのは、そのころのことでした。

折から暁《あかつき》を告げる雄鶏の高鳴く声が聞こえ、とたんにエミナの話がとぎれた。鶏はもう一声、鳴き立てた。迷信に凝《こ》り固まった人間なら、ここでふたりの美女が暖炉の煙出しに飛び込んで逃げ出す光景を予期するところであろう。だが、そんなことはなかった、ただ表情が夢見がちに、そして物思わしげになっただけである。

エミナがまず沈黙を破った。

「アルフォンスさま」彼女はおれに向かって言った。「間もなく朝が参ります。こうしていてもご一緒に過ごす時間のあまりに大切なことを思うと、物語ばかりお話し申し上げるわけにもいきませぬ。わたしどもの信仰を受け入れない限り、あなたの妻になることは、わたしどもにはできません。けれども、夢のなかでわたしどもに会うことでしたら、あなたには許されております。それなら、よろしゅうございますか」

おれは二つ返事で同意した。

「まだ、ございます」エミナはいちだんときびしい表情で言葉をついだ。「もう一つ申しておきます、アルフォンスさま。さらに、お誓いしていただかねばなりません。名誉の神聖な掟にかけて、わたしどもの名も、わたしどもの存在も、わたしたちについてあなたがご存じの一切も、何もかも決して明かさないということ。その誓いを立ててくださいますか」

おれは言われるままに約束した。

1　カルロス一世の子（在位一五五六―九八）、スペイン国王。異端審問所の圧力のもとにモリスコ人の迫害に乗り出し、一五六六年の勅命により三年間の猶予期間を設け、同化の徹底として、①言葉はカスティーリャ語を用いる、②アラブ式の名前を禁ずる、③女性のチャドルなどアラブ風の服装の着用をやめる、④アラブ式の公衆浴場を閉鎖することを厳命した。三年後、フェリペ二世は大虐殺に加え、教会まで破壊する暴挙に出たため、大蜂起に立ち上がったグラナダのモリスコ人は、二年後、敗北に至る。モスレム教徒が国外に脱出したのは、もちろんである。

「それで結構」エミナは言った。「さあ、妹よ、わが家の祖、マスゥドの手で聖なるものとされた大杯《おおさかずき》を持っておいで」

ジベデが魔法の杯を取りに行くあいだ、エミナは床《ゆか》の上に平伏し、アラビア語で祈りの言葉を唱えていた。ジベデが戻った。捧げ持った杯はエメラルドを彫り抜いて作ったように見えた。彼女がまずそこから一口すすった。エミナもそれに倣《なら》い、こんどは、一息に残りを飲み干すようおれに命じた。

おれは彼女の言うとおりにした。

エミナがおれの従順を賞でて礼を言い、いとも優しくおれを抱擁した。それからジベデがその唇をおれの唇に押しつけ、いつまでもそれが離せないふうであった。やがてふたりは部屋を出ていったが、その前にまた必ず会えること、なるべく早く眠りに就くよう忠告を言い置いた。

打ち重なった奇妙な出来事、不思議な物語の数々、加えて思い設けぬ優しさの披瀝――それらは、一晩じゅう思い巡らせても尽きぬことどもに違いなかったが、正直をいえば、それよりも、さっき約束のあったばかりの今夜の夢のほうにひたすらおれの心は奪われていた。おれは手早く服を脱ぎ、しつらえられた寝台に急いでもぐり込んだ。横になってから気づくと、めでたや、寝台はたっぷりと広く、これならばどれほどの夢もよもや場所には困るまいと思えた。しかし、そんなことを考えた次の瞬間には、堪《こら》えがたい睡けがおれのまぶたに重くのしかかり、たちまち夜の幻のすべてがおれの五感に取り憑いた。おれは、その五感が奇想天外な幻想の空間へさまよい出すのを感じた。思いは欲情の翼に乗り、わが意に逆らって、遙かアフリカのハーレムの真っただなかへおれを連れ出し、そのなかに封じ込まれた女の色香を次々に取り出しては、妄想に満ちたわが官能の喜びを形成するのであった。おれはそれが夢であると自覚していた。しかし、一方では、腕のなかに抱きしめたものは決して夢ではないとの意識を持ち続けた。おれは狂態の限りを尽くした、幻覚の波のなかに己《おのれ》を見失った。それなのに、おれは絶えず親類の美しき娘たちと共にいる自分を見出していた。いくどとなく、おれは彼女たちの胸の上にまどろみ、彼女たちの腕のなかで目を覚ました。

そのように眠りと目覚めとを繰り返したのが、いったいどれほどの回数なのか、おれは知らない。

第二日

　その果て、現実におれは目が覚めた。陽光がおれのまぶたを焼いた。おれは無理にも目を開けた。空が見えた。青天井の下に、おれは寝ていたのであった。それにしても睡けはまだおれのまぶたを重くした。もはや眠りはしなかったものの、おれはうとうとしたままでいた。次から次へと死の刑罰の光景が目のなかをよぎった。おれはぞっとした。おれはがばと身を起こし、坐る姿勢をとった。あのときおれを捉えた恐怖を表すにはいかなる言葉を用いたらよいのか。今の今までおれが寝ていたのは、あの兄弟たちの絞首台の真下であったとは。ゾトのふたりの弟の骸は、そこに懸ってはいなかった。二つの亡骸《なきがら》は、まさしくおれの両側に横たわっていた。どうやら、おれは死体とともに夜を過ごしたのだ。おれが休息をとった寝台とは、首吊り縄の切れ端や、滑車の残骸、滅び残った骸の部分から成っていた。腐り切った死体から脱げ落ちた衣服のぼろ切れもそこにあった。その上におれは眠ったのである。

　どうも、まだ寝ぼけている、悪い夢を見ているのだな、とおれは思った。おれは目を閉じて、前日の足どりを記憶のなかに探ってみた……と、おれは鋭い爪が脇腹に突き立てられるのを感じた。見れば、一羽の禿鷹がおれの体を踏み台にして、同衾《どうきん》のひとりの肉を啄《ついば》んでいるところであった。食い込んだ鉤爪《かぎづめ》の激痛が、こんどこそはっきりとおれを目覚めさせた。脱いだ服が手近にあるのをすぐさま見つけ、おれは急いで身じまいにかかった。着終わって、さて絞首台の囲いの向こうへ出ようとして気づくと、出入口が釘づけにされているではないか。戸を押し破ろうとしたが無駄な努力であった。かくなるうえは、不吉な仕切り囲いをよじ登るしかない。首尾よくそこへ登って、囲いの高みから、絞首台の柱を支えに周囲を見渡した。自分の所在は容易に確かめられた。ここはたしかに、〈兄弟たちの谷《ロス・エルマノス》〉の入口、グアダルキビールの岸から程遠からぬ場所である。

そうやって眺めているとき、おれは川の畔《ほとり》に二つの人影を認めた。ひとりは朝餉《あさげ》の支度にかかり、もうひとりは二頭の馬の手綱《たづな》を握っていた。おれは人間仲間を見つけた嬉しさに、思わず彼らに向かって叫んだ。「アグール、アグール！」アグール **agur** というのは、エスパーニャ語で、「やあ」とか「こんにちは」などの意味である。[1]

ふたりの旅人は絞首台の高みから自分たちに向けて挨拶《あいさつ》の声がかかったのに気づくと、瞬間、二の足を踏むかに見えたが、やにわに、それぞれの鞍に飛び乗るなり一目散に馬を駆って〈コ

1　この言葉の説明は、作者のスペイン語理解がイタリア語に劣る証拠だとフランス語完全版の編纂者ラドリザニ教授は指摘し、イタリア語の ***auguri*** = ***best wishes*** から作者がこのあり得ない挨拶を思いついたものと推定する。本来は「じゃ、またな」ほどの別れの挨拶に用いるようだ。

ルク樫〉への道を突っ走っていった。待て、待て、と喚《わめ》き立てても無駄だった。喚けば喚くほど、向こうはいよいよ激しく拍車を入れるばかりである。ふたりが視界から消えてしまってから、おれはやっと絞首台を離れることを思い出した。地面に飛び降りる拍子におれはしたたか足を痛めた。

足をひきずりつつグアダルキビールの畔に辿り着いたおれは、旅人が見捨てていった朝食をそこに見つけた。ひもじさに目も眩《くら》む思いのおれには、これほど時宜を得たもののあるわけがない。煮立てたばかりのココア、アリカンテのぶどう酒に浸した焼き菓子、パンに卵。腹ごしらえをしてまず人心地がつくと、おれは夜のあいだにわが身に起こったことについて、やおら思いを巡らせた。記憶は甚だ混乱していた。しかし、はっきりと覚えているのは、秘密はしかと守るという誓いを立てたことであった。そしておれは今もその約束を固く守る決心だった。いったん、そう肚《はら》を決めてしまえば、あとは、この瞬間何をするか、つまり、この先どの道をどう通っていくか、それを決める以外になかった。そうなると、男の名誉にかけても、シエラ・モレナ越えをするほかない、とおれには思われた。

それほどまでに体面にこだわり、ゆうべの出来事を殆どそっちのけにしていられるおれを見て、あきれ顔の向きもあろう。だが、こういう考え方、これもまたおれの受けた教育のしからしむるところなのである。それは、のちに、わが物語のなかで見られるとおりだ。が、当面は、わが旅の物語を続けよう。

おれは、〈ベンタ・ケマダ〉の宿に置いてきた馬がどうなったか、悪魔の仕業のほどが知りたくてうずうずした。それに、どうせ通り道に当たるから、ついでにそこへ寄る決心をした。〈兄弟たちの谷《ロス・エルマノス》〉、そこから宿屋《ベンタ》のある谷と、全行程を徒歩で行かねばならぬとなれば、この足が動かぬほどにもなってしまう、それにつけてもぜひ馬を取り戻したい一心であった。馬はたしかに見つかった。元どおりの厩にいたのだが、見るからに元気そうで、手入れが行き届き、さっぱりと櫛入れがしてあった。いったい、どこのだれがそんな気を遣ってくれたものか、おれには見当もつかなかったが、いやというほど不思議を見せつけられたあとだったから、今の場合も長くは考えなかった。すぐにも出発という運びになるはずが、ぐずついたのは、もう一度、宿屋《ベンタ》の内部を一わたり見ておこうという好奇心が動いたせいだ。自分の寝たはずの寝室は見つけたが、いくら探してみても、アフリカの麗人姉妹と対面のあの部屋は見つからずじまいだった。おれはそれ以上、探すのは諦め、馬上の人となって道を続けた。

先ほど〈兄弟たちの谷《ロス・エルマノス》〉の首吊り台の下で目の覚めたとき、陽はすでに中天に高かった。そこからベンタへやって来るまでに二時間以上も要した。だから、そこをあとに、ものの数里の道を馬に揺られたおれは、そろそろ宿をと物色したが、一向に見えてはこない。どこまでも馬を進めるほかはなかった。するうちに、遠方にゴシック風の御堂《みどう》が望まれた。御堂に片寄せて庵室《いおり》のあるのは、隠者の住まいと見えた。そこは街道から遠く奥まった場所になるが、空腹を覚え始めていたおれは、何か食べ物にありつくためには、どんな回り道も厭《いと》う気はなかった。

乗りつけて馬を立木に括《くく》り終え、住まいの戸をたたくと、ひとりの修道僧がおれを出迎えた。まことに敬虔崇高な顔をしている。僧は父親のような優しさでおれを抱き取ってから言った。

「お入りくだされ、さあ、急いで。夜の屋外は危険千万、恐ろしい悪魔めがおりまする。主は愚僧めらから手をお放し召されたによって」

おれは厚い親切に対する礼を述べ、空腹のはなはだしいことを告げた。僧は答えた。

「まず、そなたの霊魂をお休め召されよ。どうぞ、御堂のほうへ。十字架の前に跪かれるがよい。そなたの肉体の欲求については愚僧が取り計らって進ぜよう。このような隠所《いんじょ》ゆえ、つましい食事じゃが」

おれは御堂へ通り、こころから祈った。自身、不信心者《もの》ではないし、世にそのような徒輩のあろうとは思いもよらぬ。これまたおれの受けた教育の結果なのだ。

十五分も経つと僧が迎えに来、導かれるままに庵室《いおり》へ戻ると、些《ささや》かながらも、かなりまともな膳立てが待っていた。上等なオリーブの実、酢漬けの朝鮮薊《アーティチョーク》、ソースをかけた小玉葱、パン代わりの乾パンが並んでいる。小瓶ながらワインも出ていた。僧は、自分では決して口にせぬがミサに用いることがあるのでと話した。そう言われては、おれとて手を着けかねたが、酒抜きでも満悦な夕食ではあった。ありがたく頂戴している最中、そこへ入ってきた男があった。その形相はこの世のものとも思えぬ物凄さだ。年は若いらしいのだが、骨と皮ばかりに痩せ、目を背けたくなる。髪の毛は逆立ち、一方の目は虚ろに窪《くぼ》んで、血が滲《にじ》み出ている。舌はだらりと口から垂れ、しきりに涎《よだれ》が流れる。体には、まだしも上等な黒服をまとっているが、着ているのはそれのみで、靴下もシャツも着けてはいない。

醜悪な人物は、だれに口をきくではなく、片隅へ行って蹲《うずくま》り、彫像のように身じろぎもせず、片手に捧げた十字架に独眼を当てたままである。食事を済ませてから、おれはこの男が何者であるかを僧に尋ねた。僧は答えた。

「これは悪魔に乗り憑《うつ》られた男、愚僧が悪魔祓《ばら》いを致しておりまする。闇黒の天使どもが、この不幸な地方でいかに跳梁《ちょうりょう》をほしいままにしおるか、この男の身の上が何よりの証拠じゃ。そなたの救いの役にも立ちましょうゆえ、ひとつ話をするように申しつけましょう」

そこで、僧は魔に憑かれた男のほうに向き、声をかけた。

「パチェコ、パチェコ、贖主《あがないぬし》、イエズス・キリストの御名《みな》において命ずる。身の上話を聞かせて差し上げよ」

パチェコは一声、唸《うな》りを発し、それからこう語り始めた。

悪魔に憑かれたパチェコの物語

わたしはコルドバの生まれで、父親の暮らし向きといえば、それは裕福以上のものでした。母親は三年前に亡くなりました。父親は初めのうちこそ嘆き悲しんでいたが、何か月かして、セビリャへ旅する機会があり、そこで若い後家《ごけ》に夢中になった。カミリャ・デ・トルメスといって、世間の評判の芳《かんば》しからぬ女だったから、友人仲間は、あんな女とは手を切れと父親に勧めたほどです。しかし、そんな忠告もものかは、母親の死から二年後にこの女を後添《のちぞ》いに娶《めと》った。結婚の式や祝いはセビリャで済ませ、数日して父親は新妻のカミリャを連れて戻ってきた。カミリャの妹のイネジリャも一緒でした。

継母《ままはは》は悪評に違《たが》わぬ悪女で、うちへ来るなり、わたしを蕩《たら》し込もうとした。だが、そうはさせませんでした。その代わり、わたしが好きになったのは、妹のイネジリャのほうでした。程なく恋にのぼせ上がったわたしは、父親の足元に身を投げ出し、イネジリャとの結婚を許してほしいとせがみました。

父親は優しくわたしを起こして、言いました。

「息子よ、この結婚を夢見ることを、わしはおまえに禁ずる。その理由は三つある。第一にわしの子であるおまえが、わしの義理の弟となるのは世間体《てい》がよろしくない。第二に、教会の神聖な掟が、この種の結婚を許しておらん。第三に、おまえとイネジリャの結婚には、このわしが反対だ」

父親は、この三つの理由を挙げると、くるりと背を向けて行ってしまった。

わたしは自分の部屋に引き退り、悲嘆絶望に沈んでいた。そこへ、父親から事の次第を聞かされた継母がやって来て、そんなに嘆くに当たらないと言った。たとえ、イネジリャの夫になれなくても、イネジリャのコルテホ *cortejo*、つまり情夫《いろおとこ》にはなれる、それなら口をきいてやろうというのです。同時に継母は、わたしへの愛を楯に取って、それでも妹にあんたを譲るのだからと恩に着せるのでした。話半分に聞いてはいたものの、恋する身には結構な話に違いない。もっともイネジリャは控えめな女ゆえ、よもやわたしの愛に応ずるなどはかなわぬことと思われた。

そのころ、父親がマドリードへ旅することになった。コルドバの市庁に役職を得るための工作が目的で、継母とその妹を同行した。二か月ほどの留守だったが、イネジリャに置き去りにされた身には、一日千秋の思いがした。

ほぼ二か月が過ぎようとするころ、父親から手紙が届いた。迎えに出てくるようにとの言いつけで、ついてはシエラ・モレナの登山口、〈ベンタ・ケマダ〉の宿で待ち受けてほしいと言ってよこした。その数週間も前だったら、シエラ・モレナを越えるなど滅相《めっそう》もないことだが、たまたまゾトのふたりの兄弟が首吊りの刑となった直後で、一味が一網打尽となったからには道中はかなり安全と言われていた。

そこで、わたしは朝の十時ごろコルドバを発ち、その夜はアンドゥハルに宿をとった。アンダルシアでもいちばんのおしゃべりとして聞こえた亭主のいる宿だ。わたしは、夕食をたっぷりとこさえるように注文を出し、ある程度まで平らげ、あとは道中の用意に残しておいた。

翌くる日、昼めしは〈コルク樫〉で摂った。携えた前夜の残りを食べたのだ。そしてその夕方には〈ベンタ・ケマダ〉に着いた。父親はまだ来ていなかったが、ここで待つように書いてよこしたことではあり、それよりも広々として居ごこちいい宿をとれたことに気をよくして腰を落ち着けた。当時、宿のあるじはムルシアのゴンサレスとかいって、大言壮語の癖を除けば、なかなか気のいい男で、エスパーニャでは飛び切りの夕食を用意しましょうと大見得《おおみえ》を切って見せた。

その支度のあいだ、わたしはグアダルキビールの川岸へ散歩に出かけ、宿へ戻ってみると、なるほど悪くはない夕食ができていた。

食事が済むと、わたしはベッドを作ってほしいとゴンサレスに言った。すると、ゴンサレスは顔を曇らせ、わたしに講釈を始めたが、どうも雲を摑むようで何のことやら解《げ》しかねた。とうとう、ゴンサレスが打ち明けて言うには、この宿には幽霊が出る、だから自分も一家の者も夜は川岸にある小さな農園で寝ることにしている、あちらで休みたいなら、自分のベッドのそばに寝られるようにしよう、というのだった。

この申し出は、わたしにはひどく場違いに思われた。そうしたいなら勝手に行って寝るがよい、とあるじに言い、わたしの召使をこちらへよこすように頼んだ。ゴンサレスはそれに従い、首を振り、肩をすくめながら引き退った。

間もなくわたしの召使たちがやって来た。彼らも幽霊の噂は耳にしていて、夜は農園のほうで休むようわたしに勧めた。わたしはその忠告にかなり手きびしくやり返し、さっき夕食を摂った部屋にベッドを作るよう命じた。彼らはいやいやながらもそのとおりにし、ベッドができると、目に涙を見せて、農園で休むようまたもやわたしに懇願した。くどくど言われるのにいい加減、腹を立て、わたしがつい癇癪を起こすと、召使どもは退散した。もともと、わたしには召使に服を脱がせてもらう習慣はなかったから、彼らがいなくとも寝るうえに支障はなかった。もっとも、わたしの仕打ちとは逆に、彼らは大いに気を配ってくれた。ベッドの脇には一本の蠟燭《ろうそく》を灯し、予備にもう一本があるうえ、二挺のピストルと本も二、三冊が置いてあった。眠れない場合の気慰みの本なのだが、事実、わたしはすっかり目が冴《さ》えてしまっていた。

本を読んだり、ベッドのなかで輾転反側しながら、わたしは数時間を過ごした。そのうちに鐘の音だか、大時計の音だかが鳴りだすのが聞こえ、夜中の十二時を打った。わたしは不意を衝かれた、ほかのときには鳴るのが聞こえなかったからだ。間もなくドアが開き、入ってきた人はと見ると、それは継母だった。寝巻姿で燭台を捧げている。爪先立って歩きながら、口に一本指を当て、わたしが声を出さぬよう制止しつつ、継母はわたしに近寄った。それから燭台をわたしのベッド脇の小卓に置き、ベッドに腰をおろし、わたしの両手を取って、こう言うのだった。

「愛するパチェコ、約束の快楽をあんたに与えられるときは今よ。一時間ほど前、あたしたちはここに着いたの。お父さまは農園へ休みに行きましたが、あんたがここにいると知っていたので、今夜はこちらに妹のイネジリャと一緒に寝ると許しを受けてきました。妹はあんたを待っている、あんたの思いのままになる覚悟でいるよ。でも、あんたの幸せにはあたしの付けた条件がある、それを言っておかねばならないね。あんたはイネジリャが好き、あたしはあんたが好き。でも、あたしたち三人のうちふたりが、残るひとりを犠牲にして幸せになるのはいけないことよ。だから、こうするの。今夜、三人で一つのベッドを使いましょうね。いらっしゃい」

継母は、返事する時間もわたしに与えなかった。彼女はわたしの手を取り、廊下から廊下へと導き、とあるドアの前まで来ると、鍵穴に目を当て向こうを覗きにかかった。

「万事順調、見ればわかりますよ」代わって鍵穴から目を凝《こ》らすと、果たせるかな、愛らしいイネジリャがベッドにいる姿が見えた。それにしても、いつも見る控えめな彼女とは違い、なんというしどけなさだろう。その目の表情といい、乱れがちの息づかいといい、紅潮した顔の色、その姿勢、すべてが恋する男を待ちかねる女人に違いなかった。

カミリャは、わたしにたっぷり覗かせておいたうえで言った。

「愛するパチェコ、このままここにいてよ。そのときになったら知らせに来ますからね」

彼女が入っていったあと、鍵穴から覗き込んでいるわたしの目には、くさぐさの事どもが見えたのだが、それらを物語るのは容易ではない。初め、カミリャが、殆ど一糸まとわぬに近い裸となった。それから妹のベッドに入っていき、こう言った。

「あたしのかわいそうなイネジリャ、あんたが男をほしいというのは本当かい。かわいそうに、あんたは男から痛い目に遭わされるのを知らないんだね。男に倒され、のしかかられて、それから潰され、引き裂かれるんだよ」

弟子入りの手ほどきは、これで十分というところまで見届けると、カミリャはドアのところまで来て、わたしを妹のベッドへ導き入れ、自分でもわたしたちの横に寝た。

あの運命の夜について、何を話せばよいか。わたしは悦楽と罪の限りを尽くした。地獄のような官能の喜びを長びかせるために、わたしは長いこと睡けと自然とに逆らって格闘しました。とうとう、わたしは眠りに落ちた。そして翌日、目が覚めたら、わたしはゾトの兄弟たちの絞首台の下で、ふたりのおぞましい死体のあいだに寝ているのでした。


そのとき、隠者が話を遮り、おれに言った。

「いかがかな。どう思いなさる。さぞ震え上がることじゃろうな、そなたが、そうして首吊り男どもの死骸に挟まれて寝なさったとなれば」

おれは僧に答えた。

「お言葉だが、貴族の男子たるものに怖いもののござろうはずがない。ワロン人近衛兵の隊長たる名誉にかけてはなおさらのこと」

「だがな」僧は続けた。「そなたはお耳になさったことがおありかな、どこのだれかに、かようなことがあったなどと」おれは一瞬、ひるんだが、そのあとこう答えた。

「パチェコ殿がそういう目に遭ったからには、それは他の人にも起こり得ることだが、この先を聞かなくては、まだ判断がつきかねる。どうぞ話を続けるようにお命じください」

隠者は、魔に憑かれた男のほうへ向き直って言った。

「パチェコ、パチェコ、贖主イエズス・キリストの御名において命ずる。話の先を聞かせて差し上げよ」

パチェコは、一声、恐ろしい唸りを発し、それからこう続けた。


絞首台をあとにしたとき、わたしは半分、死んだ気分だった。あてどもなく、わたしは足を運んだ。そのうちに行き会った旅人たちが、わたしを気の毒がり、〈ベンタ・ケマダ〉まで連れていってくれた。宿のあるじも、わたしの召使たちも、ひどく心配しているところだった。わたしは、父親がゆうべ農園に泊まったかどうか尋ねた。だれも着いてはいない、との返事であった。

それ以上、宿に居とどまる勇気はとてもなかったので、わたしはアンドゥハルへの道を引き返した。そこへ着いたのは日暮れ過ぎだった。宿は満員で、わたしのためには炊事場にベッドを作ってくれた。横になったが寝つけない。前夜の恐ろしい事どもが頭につきまとうのを、どうすることもできなかった。

わたしは炊事場の竈《かまど》の上に蠟燭一本を灯しておいた。その灯がとつぜん消えた。次の瞬間、血管が死のような悪寒に凍りつくのをわたしは感じた。

わたしの掛けぶとんがめくり上げられ、かぼそい声がした。

「あたしはあんたの継母、カミリャだよ。寒くてたまらない、ねえ、おまえさん、ふとんのなかに入れておくれ」

次にもう一つの声が言った。

「あたしは、イネジリャ。あんたのベッドに入れてちょうだい。寒いの、寒いのよ」

それから、凍えきった手がわたしの顎をつかむのを、わたしは感じた。渾身《こんしん》の力を振りしぼって、わたしは大声で言った。

「サタンよ、退《しりぞ》け！」

すると、二つのかぼそい声が揃って言った。

「どうして、あたしたちを追い出すんだい。あんたは、あたしたちのかわいい夫じゃないかい。寒くてたまらないんだよ。ちょっと火を熾《おこ》してあげようか」

言ったとおり、間もなく台所の暖炉に火の熾るのが見えた。火は次第に明るくなり、そこに現れたのは、もうイネジリャとカミリャではなかった。ゾトのふたりの弟が暖炉のところにぶらさがっているのだった。

その幻を見て、わたしは我を忘れた。ベッドを抜けると、わたしは窓から飛び降り、がむしゃらに駆けだした。妖怪どもから難なく逃げられたと得意になったのも束《つか》の間、振り返ると、首を括られたふたりの追ってくるのが見えた。わたしは、さらに突っ走り、男どもとの距離が開くのを確かめた。喜びは長くは続かなかった。お化けは一時、車輪に姿を変え、たちまちわたしの背後に迫った。わたしは、またも走り続けた。しかし、ついに力尽きた。

そのとき、首吊り男のひとりに、左足の踝《くるぶし》を摑まれたのを、わたしは感じた。振りほどこうとしたが、もうひとりが行く手をふさいだ。そいつはわたしの前に立ちはだかり、恐ろしい目を剝《む》き、真っ赤な舌を突き出した。火のなかから取り出したばかりの灼《や》けた鉄のような舌だった。わたしは許しを乞うた。それは、無駄であった。一方の手で、首吊り男はわたしの喉笛をひっ摑み、もう一方の手で、目玉を抉《えぐ》り出した。すっぽりと空いたその目に、やつは灼ける舌を突き入れた。その舌で、やつはわたしの脳髄をひと舐《な》めした。わたしはその痛さに絶叫した。

すると、左足を握っていたもうひとりが鉤爪でいたずらを始めた。初め、やつは摑んだ足の裏をくすぐりだした。次には、足裏の生皮を剝いで、神経という神経をほどき、それを剝き出しにして、楽器みたいにそれを弾《はじ》いて奏《かな》でようとした。ところが、やつの気に入るような音をわたしが出さぬものだから、やつはわたしのひかがみに蹴爪《けづめ》を突き立て、そいつを腱に引っかけ、竪琴《ハープ》を調律するようにぴんぴんとつまんだ。しまいに、やつはわたしの片足を琴に仕立てて、演奏を始めた。わたしの耳に、やつの悪魔的な高笑いが響いた。その苦しみがわたしから悲痛な呻き声を絞り出させると、地獄の唸り声がそれに合唱した。そのあいだに混じって、呪われた男たちの歯の咀嚼《そしやく》する音を聞き取ったとき、わたしはわたしの筋がやつらの歯で嚙みくだかれているに違いないと思った。ついに、わたしは意識を失った。

翌日、羊飼いたちが行き倒れのわたしを見つけ、こちらの御堂へ連れてこられた。わたしは、犯した罪のすべてをここへ来て告白した。そして十字架のもとで、わたしの悪業への多少の慰めを見出したのでございます。


そこまで話すと、悪魔に乗り憑《うつ》られた男は一声、恐ろしい悲鳴をあげ、口をつぐんだ。

そのとき修道僧が声を発し、おれにこう言った。

「お若い方、サタンの魔力とは、かようなものじゃ。お祈りなされ、泣きなされ。だが、もう夜も更けた。休むと致そう。だが、わしの小房でお休み願うわけにはまいらぬ。パチェコが夜中に叫び出し、ご迷惑であろうによって、御堂のほうでお休み召されよ。あちらには悪魔に打ち勝つ十字架の庇護がございますすじゃ」

おれは言われるままに、どこで休んでもよいと僧に応じた。ふたりで帆布張りの小さなベッドを御堂に運び入れた。おれが臥《ふせ》ると、僧はおやすみを言った。

ひとりきりになったおれには、パチェコの物語が思い出された。おれ自身の身に起こった出来事と合致する点がいかにも多い。それやこれや考えていると夜半の鐘の鳴るのが聞こえた。鳴らしたのが修道僧であるのかどうか、今夜もまた幽霊と関わり合いを持つことになるのかどうか、それがおれには謎であった。そのとき、表戸を引っかく音が耳に届いた。おれは、そこまで立っていって声をかけた。

「だれかな」

かぼそい声が返事をした。

「あたしたち寒くて……開けてちょうだいな、あんたのかわいい妻ですよ」

「そうか、呪われた首吊りどもめ」おれは言葉を返した。「とっとと絞首台へ戻るがいい。ほっといてくれ、おれは眠るのだ」

するとかぼそい声が言った。

「あたしたちをからかうのね、礼拝堂のなかにいるもんだから。でも、ちょっと外へ出ておいでよ」

「すぐに行く」おれは即座に応じた。

おれは剣を取りに行き、そのまま表へ出ようとしたが、戸には鍵がおろされていた。そのことをおれは向こうに言ってやったが、何の返事もなかった。おれはベッドに戻り、朝方まで眠った。

第三日

　おれは隠者の僧に呼び覚まされた。おれが無事安泰なのに至極満足な様子であった。僧はおれを抱擁して涙でおれの頬を濡らし、そして言った。

「ゆうべ、奇妙なことが起こりましてな。本当のところをお聞かせあれ、そなたは〈ベンタ・ケマダ〉に泊まりなさらなんだか。悪魔に取り憑かれなさらなんだか。まだ取り返しはつきますじゃ。祭壇のもとに来なされ。過《あやま》ちを告解なされ。悔い改めるのじゃ」

　僧はそう言って勧めるのであった。ひとしきり言い終わると、おれの返事を待った。そこでおれは答えた。

「お坊さま、告解でしたらカディス[1]を発ちます折に済ませております。あれ以来、いかなる大罪も犯してはおりますまい、夢のなかを別とすれば。たしかに〈ベンタ・ケマダ〉には止宿しました。ですが、あちらで何を見たにしても、正当な理由あって、申すわけにはまいりませぬ」

　この返答は隠者にとって慮外と見えた。僧は、驕慢の悪魔に取り憑かれておる、とおれを責め、総体的な告解の必要をおれに説こうとした。ところが、おれが容易に屈しないと見ると、聖職者めいた態度を多少改め、より寛いだ調子でおれに言った。

「その剛胆ぶりには舌を巻きますじゃ。そなたはいかなるお方か、お話しいただけぬかな。どのような教育を受けなさったか、妖怪変化の類を信じなさるか、信じなさらぬか、身どもの好奇心を満たしてはくださらぬか」

おれは答えた。

「お坊さま、わたしごときを知りたいとのご要望、名誉とも恐縮とも存じます。これから起きますので、あとで僧庵のほうへ参ったうえ、お聞きになりたいことは、悉皆《しっかい》、申し上げましょう」

僧は、もう一度おれを抱いて引き退った。

身じまいを済ませ、おれは庵室へ行った。僧は山羊の乳を温め、それに砂糖とパンを添えたものをおれに勧め、自分では人参の煮たのを何本か食べた。

朝食が終わると、僧は魔物憑きの男に向かって言った。

「パチェコ、パチェコ。瀆王の名において、おまえに命ずる。山羊どもを山へ連れていけ」

パチェコは一声、恐ろしい唸りをあげ、その場を去った。そこで、おれは身の上話を切り出した。それは、かような物語である。

アルフォンス・バン・ウォルデンの物語

わたしは、たいへん古い家柄に生まれました。もっとも古いばかりで世の聞こえも高くなければ、財産はなおさらわずかな家です。父祖代々の資産と申せば、せいぜい貴族としての領地があるばかり。その領地の名はウォルデン **Worden** と申し、ブルゴーニュ県に属し、アルデンヌのなかほどに当たります。

父は、上に兄がひとりあったもので、実に些かな遺産に甘んじなければならなかったが、とはいえ、それ相当な名誉ある軍隊の位に就くに十分なほどでした。父は王位継承の戦役[1]に終始、従軍し、戦乱の治まったのちは、フェリペ五世より陸軍中佐の位を賜り、ワロン人の近衛隊を委ねられました。

1 （六三頁） ***Cádiz*** 大西洋に面する商・軍港。ナポレオン軍の侵攻に抗するゲリラ戦と独立戦争（一八〇八―一四）が全土で戦われるなか、非占領下だったこの地で召集の国民議会により、一二年、主権在民などを骨子とするエスパーニャ最初の「カディス憲法」が制定された。カディスと書くと、この民主憲法に対する作者の思い入れが感じられる。元はフェニキア人が前十世紀に拓いたヨーロッパ最古の街の一つで古名の ***Gadir*** は「壁に囲まれたところ」の意。大型船の投錨に適し、アメリカ植民地との交易を通じて十八世紀半ば最も繁栄した。その当時、同地の「商人の豪奢はロンドンをはるかにしのいだ」と歴史事典にある。国内で最初のブルジョアジーが育ち、自由の気風に溢れる新興階級として貴族階級と対立するのは、この街であったと想像される。コロンブスはここからアメリカへと向かい、ナポレオンの侵略を食い止めた無敵艦隊の出撃もこの港からであった。フランス語の辞書には、〈サージに似た厚手の織物〉の意味でこの地名に因む***cadis***という単語がある。

1 一七〇一―一四年のスペイン王位を巡る戦争。

その当時、エスパーニャの軍隊には軍人の名誉面目の心がけが教えられ、全軍極端なまでにその点では厳格だった。しかも父はその極端の上を行く厳格さだった。そういう父を責めることはできない、なぜなら名誉こそは軍人の魂であり命であるからだ。マドリードの街で決闘といえば、父が規則の取り決めを買って出ないものはなかったし、これで勝敗はあったと父が言いさえすれば、だれもが納得した。その際、偶々《たまたま》、だれか不服を申し立てると、その男はさっそく父を相手とする破目になったが、父はそのたびに剣の切っ尖《さき》一つで裁定の真価を守り抜いて見せた。のみならず、父は記録簿を備えて、決闘に関していちいち事の次第を細かに記しておいたから、どんなに込み入った場合でも、公平な裁決をくだすうえで、これが立派な後ろ楯となった。

流血の裁きにばかりほぼ専心していた父は、浮き世の恋の魅力には殆ど恬淡《てんたん》たる様子だったが、やがて、さる令嬢の美しさに心を捉われた。まだ若すぎるほどだったこの女性は名をウラキ・デ・ゴメレスと言い、グラナダの法務官の娘、エスパーニャの古い王家の血を引いていた。双方の共通の友人仲間が、さっそくあいだに立ってふたりを引き合わせ、結婚の運びとなった。

披露宴の席には、決闘の相手となった全員を残らず招くのがふさわしかろうと父は考えた。むろん、父に殺《あや》められずに済んだ人々のことだ。宴席に連なったその人たちは百二十二人を数えた。決闘相手の軍人仲間のうち十三人はマドリードに不在のため、また三十三人は音信不通のため欠席した。その宴会がどんなに並みはずれて晴れやかで、またいかに心のこもったものかは、母からよく聞かされたが、それはそうに違いないとわたしは思った。父という人は、事実、立派な心の持ち主だったたし、だれからも深く愛されていたからです。

父は父なりにエスパーニャに強い愛着を持っていて、この国をあとにするなど思いもよらぬことでした。ところが、結婚から三か月後、一通の手紙が届く。それにはブイヨン市の行政官の署名があり、兄の死去ならびに本人に子どもがないことに伴い、領地は父のものとなる旨《むね》の通知状でした。この知らせに父は大いに悩み、母の話では、しばらくは放心状態で、何を言われても口をきかぬ有様だったそうです。そのうちに、父は例の決闘記録簿を披《ひら》き、なかでも殊に果断を以て知られるマドリードの十二人の男を選び出し、彼らを自宅に招いて話したのは、こうです。

「親愛なる戦友諸兄、名誉が危殆《きたい》に瀕したさまざまな場合において、小輩が諸兄の良心を安んじさせたことといくたびに及んだかは、諸兄のよく知るところであります。本日は、小輩のほうよりして諸兄の英明に委ねざるを得ない仕儀と相成った。と申すのは、小輩自身の判断によっては誤りなきを期しがたい、というより、その判断が偏見に曇らされることに不安を抱くからであります。ここにブイヨン市の行政官より小輩宛の通知書がある。行政官は貴族の出身ではないとはいえ、その述べるところはなかなかのものであります。何とぞ、小輩にご指示を賜りたい。軍人の面目に照らして、わが父祖の館に居を定むべきであるか、それとも、常づね天恩を恵まれ、またこのたびは畏れ多くも小輩を准将に親任の栄を賜りたるドン・フェリペ王への忠勤を引き続き励むべきか、そのいずれが名誉に適《かな》うか、諸兄のご意見を承りたい。この手紙は卓上に置き、小輩はこれより退室致します。三十分後にこちらへ戻りまして、諸兄各位の決定の行方を伺いましょう」

こう言うと、父は部屋を出た。三十分経って父は戻り、票決を求めた。軍務に残るべしとする者五票、アルデンヌに帰国すべしとする者七票との結果が出た。父は黙として多数意見に従ったのでした。

母はエスパーニャに踏みとどまりたい気持ちはやまやまだったが、夫を愛し切っているから、離郷を嫌がる素振りなど、父にはかけらも見せなかった。それからというもの、わが家は長旅の準備、アルデンヌへ連れていくエスパーニャ人の人選に忙殺される。まだ、わたしの生まれる以前なのに、父はわたしの誕生を見越して、息子には武術の達人を付けねばならないと思い立つ。そこで目をつけたのが、マドリード随一の剣術師範、ガルシアス・イエロという男です。この若い男は、セバダ広場で来る日も来る日も派手な大喧嘩をするのに飽きていたから、やすやすと同行の気になった。一方、母は母で、司祭も一緒に行ってくれなくては困ると、クエンサで修行した神学者、インニゴ・ベレスというのに白羽の矢を立てた。ゆくゆくは、この人から公教要理《カテキズム》やらエスパーニャの標準語たるカスティーリャの言葉やらをわたしに仕込ませる下心もあった。こうして教育の準備が整ったのは、わたしの出生から遡《さかのぼ》る一年半も前のことです。

出発の支度が済むと、父はエスパーニャ宮廷の慣例に則《のっと》り、国王陛下にお別れの挨拶に参内《さんだい》しました。国王の御手《みて》に接吻しようと床《ゆか》に膝をついたとき、父は万感こもごも胸にこみ上げ、その場で気を失い、自宅に担ぎ込まれる騒ぎでした。その翌日、父は当時の首相、ドン・フェルナンド・デ・ララに挨拶に伺候した。首相は父を特別な栄誉礼を以て迎え、陛下から父のために年金として年額一万二千レアルを賜り、また少将相当のサルヘント・ヘネラル ***Sargento general*** の位を授けられたことを伝えた。もう一度、王君に見《まみ》えて足下に身を投げ出す満足のためには己の血の一部を引き換えても、と思ったが、すでにお別れの拝謁を済ませた身であったから、やむなく父は胸を満たす思いの何分の一なりとも礼状で吐露するにとどめた。父は万《ばん》斛《こく》の涙を流しつつ、ついにマドリードを出発した。

父はカタルーニャ経由の道を選んだ。かつての激戦の地を再び目にするためと、こちらの国境部隊のかつての戦友たちに別れを告げるためとであった。そののち父はペルピニャンからフランス入りした。

リヨンまでの旅は何の支障もなかったが、駅逓《えきてい》の馬車でこの街を発ったあと、父を追い抜いていく一人乗りの馬車があった。軽量なせいで、宿場にはそちらが先に着いた。一瞬、遅れて到着した父が見ると、先回りした馬車は、もう替え馬を付けているところであった。即座に父はおっとり刀で、その旅の男に詰め寄ると、はばかりながら折り入って話があると男に許しを求めた。旅の男はフランスの陸軍大佐だったが、将官の軍服を着た父を見ると、敬意を表して同じく軍刀を手にした。両人は宿場の向かいの旅宿に入っていき、部屋を求めた。ふたりになったところで父は切り出した。

「貴殿の馬車は、身どもの幌付き馬車を追い越して一足先に宿場に乗りつけましたな。このこと自体は、なるほど侮辱とは申せない。しかしながら、些か無礼の振舞いではないかと存ずる。理由を伺いたい所存であるが、いかがか」

大佐はひどく面くらって、一切、馭者に罪を着せ、自分としては何の気もなかったと明言した。

「身どもと致しても」と父は応じた。「同様、事を荒立てる考えは毛頭ない。最初の血の一滴まで戦うだけの決闘で収めたいが」

言うなり父は剣を抜いた。

「暫《しばら》くお待ちあれ」フランス人が言った。「考えまするに、当方の馭者が貴殿の車を追い越したのではない。貴殿の車がゆるゆると走りすぎていたので、あとに残されたということではござらぬか」

しばし頭をひねったあとで、父が大佐に言うよう、

「仰せはごもっともと存ずる。身どもが刀を抜く前に、些か早くさよう伺っておれば、決闘は無用なことと相成ったはず。ただし、かかる事態に立ち至ったからには、お心得のごとく、多少の血を見るのはやむを得ぬところ」

この理屈が気に入ったと見え、大佐も剣を抜いた。果たし合いは即座に落着した。やられた、と感ずるや否や父は剣尖を下げ、ご迷惑の段は平にご容赦を、と言葉を尽くして大佐に詫びた。相手は手当てに手を貸すことによって応え、パリの住所を与えて一人乗りの馬車に乗り込み出発した。

父は初め、傷は浅いと思っていたが、全身が古傷だらけだったから、新たな一太刀を食らうと、必ず古傷のどこかに触れぬわけにはいかない。事実、大佐の突いた一撃は、弾丸が一発、埋まり込んだままの鉄砲傷に命中していた。弾《たま》は再び陽の目を見ようと努力を開始し、二か月の手当ての末にやっと出てきた。こんなことに手間どってから旅は再開された。

パリに到着した父がまず気を砕いたのは、この大佐殿への表敬訪問の儀であった。大佐はデュルフェ侯爵といい、宮廷で大いに勢威を揮《ふる》っている人物のひとりであった。彼は至極、鄭重に父を迎え、大臣にでも名流の人々にでも紹介の労を厭《いと》わないと申し出た。父は感謝の意を述べ、紹介していただけるならド・タヴァンヌ公爵にお引き合わせ願えるだけで結構と答えた。この人は当時の元帥中の最古参で、父としてはフランスの貴族名誉法廷[1]の全貌を知りたくてうずうずしていたのだ。父はこの法廷についてはかねてから最高の敬意を払っていたし、その立派な評判はエスパーニャでもしばしば取り沙汰《ざた》されていたうえ、このような制度はぜひともエ

1　フランスで *tribunal du point d'honneur* または *tribunal des maréchaux de France* と呼ばれた裁判所。裁判の権能は元帥に委ねられ、一六五三年、決闘の裁きに関する細則が作成された。

スパーニャ王国にも採り入れたいというのが父の念願であったせいである。元帥は恭しく父を接見し、元帥府首席書記官で法廷の法務官をかねるド・ベリエーヴ准男爵に父を引き合わせた。准男爵は足しげく父のところへ来るようになり、例の決闘記録簿のことを知った。これは珍しい、拝借願えまいか、という話になり、元帥閣下たちに見せると、これも全くの同意見で、法廷の書庫に保管したいから写しの作成をという要望がきた。父はこの申し入れに鼻を高くし、言うに言われぬ喜びようであった。

こうして下にも置かず敬われたから、パリ滞在は父にとっては愉快そのものであった。それにひきかえ、母のほうはフランス語嫌いで、フランス語は覚えないこと、人のしゃべるのは聞かないことを掟としていた。聴罪僧のインニゴ・ベレスはきりもなく、フランス教会の放埒《ほうらつ》ぶりについて辛辣《しんらつ》な冗談ばかり言うし、ガルシアス・イエロのほうは、どんな話が出ても、いちばんしまいには決まってフランス人は臆病者揃いだと断定する始末であった。

そうこうするうちに、両親はパリを発ち、四日の旅ののちブイヨンに着いた。父は司法官のところへ出かけ、領地相続の手続きを済ませた。

父祖代々の館は、当主を失ったのと同様に、屋根瓦《がわら》の一部もなくなっていた。お蔭で、部屋のなかでも中庭と同じほどの雨が降り、その違いは、中庭の敷石はすぐに乾き上がるのに、部屋のなかでは池ができると一向に水の引かないことだった。父はこういう家庭内の大洪水に、少しも嫌な顔をしなかった、それは、その昔、腰から下を水に浸《つか》ったまま三週間も苦戦したレリダの包囲戦[1]のことが偲《しの》ばれるからなのだ。

それはそれとしても、新妻のベッドをいかにして水浸《みずびた》しから防ぐか、これが父の仕事となった。客間《サロン》にはフラマン風の大きな暖炉《マントルピース》があって、十五人は楽に暖をとれるほどだったが、大理石の炉囲いは、平たい庇《ひさし》の形が両側から二本ずつの柱に支えられて覆い被《かぶ》さっている。父はまず炉の煙出しをふさぎ、そうしておいて、突き出た庇の下にすっぽりと母のベッドを据えつけた。ナイトテーブルも椅子一脚もここに収まった。炉床《ろどこ》の高さが一尺はあるから、これが水を寄せつけぬ小島となってくれた。

父の場所はサロンの反対側の壁にこしらえた。二台のテーブルを並べ、そのあいだに板を渡す。これが父のベッドで、そこから母のベッドまで行き着くために桟橋を築き、桟橋のなかほどに長櫃《ながびつ》やら大箱やらのあるのが橋桁《はしげた》代わりとなった。この大工事の完成は、一家が館に到着した当日のことだったが、わたしが呱々《ここ》の声をあげたのは、この日から数えてきっかり九か月後のことであった。

これだけは手の抜けない館の修繕が大忙しで進んでいたころ、父の許に一通の朗報が舞い込んだ。ド・タヴァンヌ元帥の署名のあるその手紙には、そのころ法廷が扱っていたある名誉に関する事件について父の見解を求めたいと記されてあった。これは願ってもないお引き立ての

1　ピレネー山中の重要な軍事拠点、レリダは一七〇七年九月二十五日から十一月十一日にかけて、オルレアン公フィリップ指揮下の軍隊の粘りづよい包囲のなかで陥落した。

徴《しるし》と、父は手放しの喜びようで、隣近所の人々を招いて祝賀の集《つど》いを開こうと思い立った。ところが、隣も近所もありはしない。だから祝いの余興は、剣術師範と母の小間使頭《がしら》のセニョラ・フラスカとが踊るエスパーニャのダンス、ファンダンゴ[1]だけでおしまいだった。

　父は元帥閣下宛に返書を送り、「向後、相成可くば、法廷に持ち込まれ候訴訟の一件書類の抜萃にても逐次、御送付被下可候」と言いやった。これが聞き入れられ、毎月、月初めになると、父の許に一束《ひとたば》の書類が届くようになった。お蔭で続く四週間、話の種、細かな穿鑿《せんさく》の材料に事欠くことがなかった。冬の夜ならば大きな暖炉の周り、夏の日ならば館の正扉《おもてとびら》の前の二脚のベンチが、その談義の場となった。

　母が身籠っているあいだ、父は生まれるのは男の子だぞとしきりに母に繰り返し、それにつけても、洗礼に立ち会う代父にはだれがよかろうかと思案した。ド・タヴァンヌ元帥か、デュルフェ侯爵かと母は高望みした。そう願えれば一家にとり光栄の極みと父も思ったが、この両人の場合は軽々《けいけい》に引き受けてもらえない不安がつきまとう。しかるべき配慮の末に、父の選んだのがベリエーヴ准男爵だった。准男爵は恐懼《きょうく》感激して引き受けた。

　ようやく、わたしが生まれた。三歳にしてわたしは早くも小さな剣を握り、六歳では瞬《まばた》きせずにピストルを撃つことができた……。七歳ごろだったか、一家はわたしの代父の来訪を迎えた。彼はトゥルネで結婚して、職務のほうは今では軍事法廷[2]次席と貴族名誉法廷法務官を兼ねていた。

ベリエーヴ夫人は病気がちだったため、准男爵は妻を温泉地《スパ》へ連れていくことになっていた。夫妻はわたしを殊のほかかわいがり、ふたりのあいだに子どもがなかったことから、この子の教育は自分たちに任せてくれと父に申し出て、こちらのような人里離れたところに住んでいては、とても教育に手は届かないだろうからと言うのだった。父は首を縦に振った。家へ来たら貴族の子弟として恥ずかしくないあらゆる躾《しつけ》を怠らないつもりだ、という准男爵の言葉に動かされての決心である。

そこで、剣術師範のガルシアス・イエロをわたしのお伴に付けることが、まず問題になった。父は、剣を用いる果たし合いが貴族にふさわしい戦い方であり、なかでも、同時に左手で短剣を使う二刀流が最高である、と思い込んでいたからだ。ところがフランスでは、そのような剣法は全く知られていない。ところで、このところ父は毎朝、イエロの指南のもとに塀に向かってピストルの練習に余念なく、これが健康上にも欠かせないものとなっていたから、彼を手放

1　***fandango***　ふたりで踊るスペインの民族舞踊。ギター、カスタネットの伴奏する四分の三拍子の音楽に合わせて踊る動きの激しいダンス。

2　***connétablie***　七一頁註1の貴族名誉法廷とは独立して別に軍人の犯罪を裁く軍法会議。一六二七年、新制度のもとに発足するまで元帥格の ***connétale*** が主宰したので、この名が残った。（ポトツキは、この両者を混同したらしく、このすぐあと次のように記している。翻訳では、これを省略した。***Ce sont des emplois dont l'institution remonte au temps des jugements par champions et dans la suite, ils ont été réunis au tribunal des maréchaux de France.***）

すに忍びなかった。

神学者のインニゴ・ベレスをわたしに付けることもまた問題となった。しかし、この場合は、母のほうに事情があった。母はいまだにエスパーニャ語しか知らないからエスパーニャ語のわかる聴罪僧がいなくては夜も日も明けぬという次第で、わが出生の以前から早くもわたしの教育係に選ばれた両人は共どもわたしの許を離れることになった。その代わりにエスパーニャ人の召使の男がわたしに付いた。エスパーニャ語を使う習慣を忘れさせぬためである。

わたしは代父に連れられてスパへ発った。そこで二か月を過ごし、一緒にオランダを旅行したあと、トゥルネーに着いたのは秋の末だった。ベリエーヴ准男爵は、父の信頼に背かなかった。それから六年、わたしが将来、立派な軍人となる日を楽しみに、彼はひたすらそのためのよろずの事をわたしに仕込んだ。六年経ってベリエーヴ夫人が亡くなった。准男爵はフランドルを引き払ってパリへ居を移し、わたしは実家に呼び戻されたのだった。

季節は冬に近く難儀な旅の末、日暮れて二時間も過ぎてから館に着いた、そのわたしを家じゅうの者が大きな暖炉の周りに集まって待ち受けていた。父は、息子の帰りが嬉しいくせに、しかつめらしい顔を一向に崩さない。口のわるいエスパーニャ人なら気難し屋*gravedad*と言うやつだ。母は涙に暮れてわたしを抱いた。神学者インニゴ・ベレスはわたしに祝福を与え、剣術使いのイエロは祝いに一振りの剣《フルーレ》をくれた。イエロと一戦交えたわたしは年に似合わず手並みの鮮やかさを見せつけた。目利きの父が、それを見逃すわけはなく、父のしかめ面はたちまち生き生きとした優しさに変わった。夕食が運び込まれ、楽しい一時があった。夕食が済むと、再び暖炉を囲んで席に着いた。父が神学者に言った。

「ドン・インニゴ、ひとつお願いを聞いてもらえんかな。例の不思議な物語のたくさん書いてあるあんたの厚い本を持ってきて、何か一つ読んで聞かせてくれると嬉しいのだが」

神学者は自分の部屋へ上がっていき、二つ折判の書物を手に戻ってきた。装幀に使った羊皮紙は白かったのだろうが、時代がかって黄ばんでいる。当てずっぽうに本を開いて、彼の読み上げたのが次の物語である。

ラヴェンナのトリヴルチオの物語

その昔、イタリアはラヴェンナの街に名をトリヴルチオという若い男があった。美男のうえに金持ちで、世間の評判も高かった。ラヴェンナの若い娘どもは、この男が通りかかると窓に身を寄せて眺めるほどであったが、男の気に適う娘はなかった。と言って悪ければ、娘のだれかれに多少、気は動いても、過大な名誉を相手に施すことになるのを恐れて、意中を明かさずにいたのだ。さすが、そうした驕慢も、ニーナ・デイ・ジェラチという年若い美女の魅力の前には脆《もろ》くも腰を折った。トリヴルチオは辞を低くして娘に愛を打ち明けた。ニーナは、トリヴルチオさまにそのような名誉を頂戴するとは、と答えたが、続けて、わたくしは幼いころより従兄《いとこ》のテバルド・デイ・ジェラチを愛しておりますゆえ、他の方を愛するわけにはまいりませぬ、と言った。

思いも設けぬあしらいに、トリヴルチオは憤懣やる方ない色も露《あらわ》にその場を去った。

一週間後、それは日曜日のことであったが、ラヴェンナの市民がこぞって、この街の聖ペトロ教会へと繰り出すなかに、トリヴルチオはテバルドがニーナと腕を組んでいく姿を目敏《めざと》く認めた。トリヴルチオはマントをすっぽり頭から被ってふたりのあとを蹤《つ》けた。教会のなかではマントで顔を隠すことは許されないから、ふたりはトリヴルチオがあとから入ってきたのに容易に気がつきそうなものだが、ひたすら愛に夢中のあまり、ミサの最中でさえ頭のなかには恋情しかないほどであった。これが大罪であることは言うを俟《ま》たぬ。

トリヴルチオは素知らぬ顔で、ふたりのすぐ後ろのベンチに腰をおろした。ふたりの交わす睦言《むつごと》がそっくり聞こえてくる。それでなおのこと腹のなかは煮えくり返らんばかりであった。

そのとき司祭が説教台に登って申し渡した。

「会衆のご一同、婚姻の告示を申し上げます。デイ・ジェラチ家のテバルド、同じくニーナ、この両人の縁組にどなたか異議のある方はございましょうか」

「反対だ！」トリヴルチオはそう叫ぶなり一組の恋仲同士の背に剣を突き立てること二十回に及んだ。周りの者が取り押さえようとしたが、彼はさらにとどめの幾太刀かを使うと教会を脱け、街から高飛びしてヴェネツィア国へ逃げ込んだ。

トリヴルチオは驕慢ではあり、財産ゆえに増長してはいたが、感じやすい心情の持ち主だった。殺された男女の仕返しとでもいうのか、悔恨が彼の心をさいなんだ。こうして彼は街から街へと哀れむべき暮らしを続けた。何年か経って、両親は息子の事件の片を付けてやり、トリヴルチオはラヴェンナの街へ舞い戻った。だがそれは幸せに輝き、優越を誇る昔のままのトリヴルチオではなかった。あまりにも変わり果てたその様子は、養母でさえ息子と見分けがつかぬほどだった。

帰ってきたそもそも最初の日、トリヴルチオはニーナの墓所のありかを尋ねた。ニーナは従兄とともに聖ペトロ教会のなかに葬られていた。ふたりが刺された場所のすぐ近くである。そう聞くと、トリヴルチオは身震いしつつ出かけていき、墓の傍らまで来ると、彼はそこに口づけし、滝のごとく涙を流した。

そのとき不幸な殺害者の味わった悲痛がいかようのものだったにせよ、彼は泣いたことでこころの安らぎを覚えた。そこで彼は堂守の男に有り金を握らせ、いつでも好きなときに教会へ入る権利を手に入れた。こうして彼は毎晩、ここへ来るようになり、堂守もそれに慣れて別段あやしまなかった。

ある晩、トリヴルチオは、前夜、一睡もしなかったため墓所の傍らで寝入った。目覚めたとき、彼は教会の扉が閉ざされてあるのを見出した。彼は迷わずこの場で夜を過ごすこととした。それは悲哀に暮れ、憂悶に心痛めることを厭《いと》わなかったせいである。時を告げる鐘の音を、彼は次々に耳にした。そして、それが自分の死の時を告げる鐘であることを願いもした。

そのうちに夜半の鐘が鳴った。すると、聖具を収める部屋の扉が開いた。トリヴルチオの目には片手にカンテラ、片手に箒《ほうき》を持った堂守の入ってくるのが見えた。だが、その堂守は骸骨であった。顔にはわずかながら皮膚が残り、両の目が深く落ちくぼんでいたが、一片の肉とてついていないことは、骨の上にぺたりと張りついた白衣から知れた。

異形《いぎょう》の堂守は主祭壇の上にカンテラを置き、晩禱《ばんとう》のときのように大蠟燭を灯した。それが済むと堂守は教会のなかを掃き清め、ベンチの埃《ほこり》を払った。堂守は何度となくトリヴルチオのそばを通りかかったが、少しも目に入らぬ様子であった。

しまいに堂守は聖具室の入口へ行き、そこにいつも置かれた小さな鐘を鳴らした。すると墓がいっせいに口を開き、経帷子《きょうかたびら》に包まれた死人たちがそこから現れた。そして哀調に満ちた声を揃えて連禱を唱え始めた。

唱える声がこうしてひとしきり続き、はたととぎれると、白衣の上に頸垂帯《ストラ》を垂れた死者が説教台に登って申し渡した。

「会衆のご一同、婚姻の告示を申し上げます。デイ・ジェラチ家のテバルド、同じくニーナ、この両人の縁組にどなたか異議のある方はございましょうか」

父が、このとき読み手を押しとどめ、わたしに向かって言った。

「息子アルフォンスよ、トリヴルチオの立場だとしたら、おまえは怖いと思うか」

わたしは答えた。

「父上、非常に怖い思いをするかと思います」

すると父は席を立ち、怒気《どき》するどく、剣を手元に引き寄せるや、わたしの体を突き貫こうとした。人があいだに割って入り、ようやくに父を宥《なだ》めた。席へ戻った父は、物凄い目つきでわたしを睨みつけて言った。

「わが子とも思えぬやつ。そんな腰抜けは、ワロン人近衛隊の面汚《つらよご》しだ。おまえを入隊させるつもりでおったが」

われながら慙死《ざんし》するかと思われたその容赦ない叱責のあと、深い沈黙が来た。ガルシアス・イエロが、まずその沈黙を破り、父に向かって言った。

「ご主人さま、恐れながら申し上げます。わたくしめの思いまするに、ご子息さまには、幽霊も化物《ばけもの》もこの世になく、連禱を唱える死人もおらず、いるはずもないことを、証《あかし》することが大切かと存じます。さすれば、よもや怖がりなさることはございますまい」

「イエロ殿」父はいくらか棘《とげ》を含んで応じた。「わが曾祖父の筆になる幽霊話の一篇を、きのうお目にかけたが、あれをお忘れかな」

「ご主人さま」ガルシアスが言った。「閣下のご先祖さまの反論を致すのではございません」

「何と申す」父が言った。「反論を致すのではございませんだと。わかっておるのか、そういう言い回しの裏には、現にわが曾祖父の反論ぐらいやろうとすればやれるとの前提がある」

「ご主人さま」ガルシアスが、さらに言った。「わたくしめなど、ほんのくだらぬやつゆえ、閣下の曾祖父さまにお喜びいただける人間ではないことは、百も承知でございます」

　すると父は、いっそう恐ろしい権幕で言った。

「イエロ、神かけて、言い訳は控えるがいい。無礼と取られてもよいのか」

「かくなるうえは」とガルシアスは言った。「閣下のお気の済むまで、曾祖父さまの名においてわたくしめをお懲《こ》らしめくださいまし。ただし、わたくしめの職務の名誉にかけて、その役はわれらが聴罪僧にお命じいただきとう存じます。わたくしめとしては、それを教会の罰としてお受けしたいからでございます」

「それは悪くない考えじゃ」父は、穏やかな調子になって言った。「それで思い出した。わしは、その昔、『決闘に至り得ざりし場合において許容すべき償いに関して』と題する小論を書いたことがあったぞ」

　父は初め、そのことについてあれこれ考えを巡らせる様子であったが、そのうちに安楽椅子で眠り込んでしまった。母はとっくに居眠りしていたし、神学者もそうだった。そしてガルシアスも彼らの先例に後れず従った。退散の潮時は今だと、わたしは思った。帰館の最初の日は、こうして過ぎた。翌日、わたしはガルシアスと剣を交え、それから猟に出かけた。夕食が済み、食卓が片付くと父は、またもや神学者に彼の部屋から書物を取ってくるよう頼んだ。本を持ってきた尊師は、当てずっぽうにそれを開き、それから、次のような物語を読み上げた。

フェラーラのランドルフォの物語

昔、イタリアはフェラーラの街にランドルフォという名の若者がいた。男は極道の不信心者で、まともな町衆の爪弾《はじ》きであった。この悪党、悪所通いを道楽とし、街じゅうの売女《ばいた》を総なめにしたが、なかでもビアンカ・デ・ロッシという女が最もめがねに適った。淫奔にかけてこの女の右に出る者はないと睨んだからだ。

この女、ビアンカは強欲《ごうよく》、いかもの食いの放埒女であるにとどまらず、惚れて通う男どもに世間体をはばかる所業をさせるのがこの女の好みであった。そこでランドルフォにせがんだのがほかでもない、毎日、夕刻に男の家に連れていくこと、男のお袋と妹と夕餉《ゆうげ》を共にすることだった。ランドルフォはさっそくお袋のところへ行き、世にこれほど礼儀に適うことはないと言わんばかりに、その申し出を伝えた。気立ての優しいお袋は妹の手前もあることだしと涙ながらに悴《せがれ》に訴えた。ランドルフォはそういうお袋の頼みには耳を貸さず、事はごくごく内密にするからと安心させ、ビアンカを迎えに戻り、自分の家へ連れてきた。

ランドルフォのお袋と妹の迎えようは、とても商売女扱いではなかった。ところが女は、ふたりの人の良さにつけ込んで、いちだんと嫌がらせに出た。食事のあいだに、あけすけに淫《みだ》らな話をしたうえ、男の妹に要らでもの手ほどきまで施したのだ。そのあと女は、妹とお袋に向かって、ランドルフォとさし向かいにしてほしいから出てくれ、と言いだす始末だった。

翌くる日、この話を女が街じゅうに言い触らし、それから数日は、この話で持ち切りとなった。街の噂は間もなく、ランドルフォの母方の叔父、オドアルド・ザムピの耳に達した。オドアルドは腹を立てたが最後、ただでは置かぬ気質であった。姉の身に侮辱が及んだと知ると、その日のうちに、人をやって忌むべきビアンカを殺めさせた。女の許へ出かけたランドルフォは刺し殺されている血塗《ちまみ》れの女を見つけた。殺しの張本人が叔父であることは、すぐさま知れた。ランドルフォは仕返しに駆けつけたが、オドアルドは街の屈強な男どもに囲まれていて、こちらの恨みなど一向に歯牙《しが》にもかけない。

ランドルフォは怒りのぶちまけようがない。それではお袋に当たり散らしてやろうと母親の許へ飛んだ。哀れな母は娘と食卓に着いたところだった。悴がやって来たのを見ると、またビアンカが夕食に来るのかい、と尋ねた。

「来てほしいものさ」ランドルフォが言った。「地獄へ連れ出してくれるだろうよ、あんたも、あんたの弟も、ザムピの一族総勢をな」

哀れな母親は跪いて言った。

「ああ、神さま、この子の瀆神の言葉をお赦《ゆる》しくださいませ」

そのとき表の戸が激しい音を立てて開き、見ると、真っ青にやつれた幽霊が入ってくる。刀でめった刺しになってはいるが、それは身の毛もよだつビアンカの姿であった。

ランドルフォの母親と妹はお祈りを始めた。神はお慈悲を垂れたまい、ふたりが恐怖から息絶えることなしに、この光景に持ち堪《こた》えるようにしてやった。

幽霊はのろくさい足どりで近づくと、夕食を待つようにテーブルの席に着いた。ランドルフォは悪魔から授かった勇気を振るい立て、料理の皿を取って差し出した。幽霊は口を開けた。大きく開けた口は顔を二つに裂くかと見えた、と真っ赤な焔がそこから吹き出した。幽霊は焼けただれた片手を伸ばして、食べ物を一切れ摑むと、そいつを嚥《の》み込んだ。すると、嚥み込んだものがテーブルに落ちる音がした。こうして幽霊は皿のものをすっかり平らげた。平らげたものは、次々にテーブルに落ちた。皿が空《から》になると、幽霊は怨めしい目をランドルフォに向けて言った。

「ランドルフォ、ご馳走になったからには寝ていくよ。さあ、ベッドで待っていて」

ここで父は、読み手を押しとどめ、わたしに顔を向けて言った。

「息子アルフォンスよ、ランドルフォの身になったら、おまえは怖いと思うだろうかね」

わたしは答えた。

「父上、これっぱかしも怖くないと思います」

父は、この返事に満足げで、その夜はひどく上機嫌に終始した。

わが家の日々は、こうして十年一日《いちじつ》のごとく過ぎた。もっとも、気候のよい時節には、暖炉を囲む代わりに、表の扉のそばの二台のベンチに寛ぐこともあった。そのような静穏のなかにまるまる六年の歳月が過ぎていった。今から振り返ると、あの年月がわたしにはまるで六週間のように思える。

十八歳になったとき、父はわたしをワロン人近衛隊に入れようと、信頼していた元戦友の数人宛に依頼の手紙を書き送った。尊敬すべき軍人たちは、力を合わせてほうぼうに働きかけ、大尉の役職を確保してくれた。知らせを受け取った父は大感激のあまり、一時、死ぬかと危ぶまれるほどの重病になった。しかし間もなく本復して、わたしの出発の準備にあれこれ気を回した。海路、カディスからエスパーニャ入りするがいい、と父は勧め、その地の総司令のドン・エンリケ・デ・サに紹介しようと言った。わたしの昇進に最も尽力してくれた人物である。

駅馬車の支度が済み、館の中庭で待ち受けているとき、父はわたしを自室に導き、ドアを閉めてから、わたしに言った。

「愛するアルフォンスよ、おまえに秘密を打ち明けておこう。これは、わしが父親から授かったものだが、おまえも、おまえの息子が適当な年になったと思うときまでは、明かしてはならぬぞ」

わたしは、てっきり隠された財宝の話に違いないと思ったから、金《きん》のことでしたら、不幸な人々を救うための手段としか、わたしは考えておりません、というようなことを申した。

父はそれに答えて、

「そうではない、アルフォンス、金や銀の話ではない。剣法の秘術のことじゃ。敵の攻撃をかわし、脇腹に一突きを見舞う、これで相手を打ち負かすこと確実という技《わざ》がある」

そう言うと、父は剣を取り上げ、その秘伝の剣法の型を示した。それからわたしを祝福し、馬車まで送ってきてくれた。わたしは、もう一度母の手に接吻し、そして出発した。

わたしは陸路、フレシングまで行き、そこから船を見つけてカディスへ渡った。ドン・エンリケ・デ・サは、わが子のようにわたしを歓迎し、わたしの馬やお伴《とも》のことに気を配ってくれて、二名の従者を推薦した。ひとりはロペス、もうひとりはモスキートと名乗った。カディスから、わたしはセビリャに行き、セビリャからコルドバへ出る、そのあとアンドゥハルまで来ると、そこからシエラ・モレナへの道を辿った。ところが、不運にも〈コルク樫〉の水飼い場の辺りまでに従者とはぐれることになってしまった。それでも、その日のうちにわたしは〈ベンタ・ケマダ〉に着き、それから、きのうこちらの庵室へ参った、とこういうわけです。

「いやはや」隠者は言った。「お話にはなかなか堪能致した。よくぞお聞かせくださり、まことに忝《かたじけな》い。それだけの躾があったればこそ、そなたは臆病風など寄せつけもせぬ、その事情がしかとわかった。だがな、〈ベンタ・ケマダ〉で寝てきたからには、例のふたりの首吊り男の死霊に取り憑かれなんだかな。パチェコのようなひどい目に遭わなんだか、そこが気がかりじゃな」

「わたしはですね」おれは隠者に答えた。「けさ方、パチェコ殿の話をいろいろと考え合わせてみました。あの人は、なるほど悪魔に取り憑かれてはいるが、かといって、れっきとした貴族の子弟の身に変わりはない。してみれば、それほどの人に嘘のつけるはずがない、とわたしはこう思うわけです。反面、わが家の聴罪僧、インニゴ・ベレスから聞いた話では、たしかに教会が始まって以来、初めの数世紀には悪魔に憑かれる者が出たが、現在では、その種の人たちはいないということです。この証言は大いに尊重すべきだと思いますね。信仰に関することなら、どんなことでもインニゴの話を信じなさい、というのが父の口ぐせでしたし」

「だがな」隠者は言った。「パチェコの恐ろしい顔、抉りとられた片目、あれを見なかったとは言わせぬぞ」

おれは反論した。

「あの片目は悪魔の仕業とは限らぬかもしれないのです。それはともかく、わたしは何事にせよ、わたしよりもっと物知りの人々に信を置くことにしています。幽霊とか、吸血鬼とかを怖がらないこと、わたしとしては、それで十分です。もっともそういう悪鬼の災いを封じ込めるような聖物でも頂戴できるのでしたら、大切に携えてまいりますが」

隠者は、そんな子どもっぽさを多少、笑うような表情を見せたが、続けて言った。

「そなたは、まだ信仰を持ちなさるように見受けるが、さて、どこまで長続きするやら、それが心配でな。そなたの母方に当たるゴメレスの一族と言えば、キリスト教を受け入れて、そう間もない。なかには、いまだに、心の底のほうではイスラームを信じる者もおると聞く。そなたにしても、一財産やるが信仰を変えぬかと話を持ち出されたら、おとなしく受け入れはせんかな」

「まさか、絶対にそんな」おれは答えた。「信仰を捨てる、軍旗を手放す、この二つほど不名誉なことはないと思います」

　すると隠者は、またもやにやりと笑い、そして言った。

「愚僧の気に入らんのは、それじゃ。そなたはむやみと大げさに名誉を振り回し、それを美徳の規準としておる。予《あらかじ》め申しておくが、今のマドリードでは、そなたの父上の時代と違って、決闘好きはそううじゃうじゃとおるものではござらん。だいいち、美徳にはもっと確かな原理がある。しかし、これ以上お引き留めはせずにおこう。なにしろきょうは、きつい旅が控えとるわけじゃから。泊まりは〈岩の宿《ベンタ・デル・ペニョン》〉となる。あそこの亭主が、盗賊の狼藉も物かは、踏みとどまっておられるのは、あの界隈にたむろするヒターノスの一味に頼ってのことでな。あさってには、〈ベンタ・デ・カルデニャス〉に着きなさる。あそこまで行けば、シエラ・モレナを抜けるわけじゃ。鞍の物入れのなかに多少、食べ物を入れておきましたぞ」

　そう言うと、隠者は優しくおれを抱擁したが、悪魔除《よ》けのお守りを渡すではなかった。おれは、そのことを口に出す気にはなれず、そのまま馬に跨った。

　道々、おれは、さっき聞かされたばかりの僧の言葉を噛みしめていた。おれは美徳の拠りどころとして名誉ほど確かなものはないと思っていた。すべての美徳は名誉を根幹とする、とおれには思われた。そんな考えに耽っているとき、騎馬の男が背後の岩陰からとつぜん躍り出ると、おれの行く手に立ちはだかって言った。

「貴公、名前はアルフォンスと申すな」

おれは、そうだと答えた。

「しからば、貴公を逮捕する」騎馬の男は言った。「国王と至聖なる異端審問所の名において。剣を渡せ」

おれはおとなしく従った。すると騎馬の男は呼ぶ子笛を一吹き鳴らした。たちまち、そこらじゅうから一隊の男どもがおれを取り囲んだ。おれは後ろ手に両手を縛り上げられ、横道に折れて山中を連れていかれた。一時間もすると、道は堅固な城砦へ通じた。跳ね橋が下ろされ、一行はなかへ入った。本陣のある塔の下まで来たとき、脇の小さな戸口が開かれ、おれは土牢のなかへほうり込まれた。引き縄はほどかれず、そのままだった。

土牢のなかは全くの闇であった。手探りしようにも縛られているから、うっかり前へ歩きだせば壁に鼻をぶつけかねない。そこで、おれは、その場に坐り込んだ。そして、お察しのとおり、いったい何のせいでこんな場所へ押し込められたのか、思案を巡らせた。まず思いついたのは（しかも、それしか頭に浮かばなかったのだが）、わが美貌の従妹《いとこ》たちが異端審問所に捕えられ、ベンタ・ケマダでの一件を白状させられたのだろう、ということであった。あのふたりのアフリカ女のことで調べを受けるとすると、おれの出方は二つに一つだ。彼女らを裏切って、おれの誓いを破るか、それとも、そんな女は知らぬ、とあくまで白《しら》を切るか。あとの場合も、おれは一連の恥ずべき嘘を重ねることになる。しばし対策に頭をひねった末、おれは絶対黙秘を守ることに決めた。何を訊かれても返答一つしない覚悟を固めたのである。

いったん気の迷いがふっ切れると、おれは二日前の出来事を夢に描き始めた。おれは、あの従妹たちが、血も肉もある正真正銘の女であることを疑わなかった。しかとは捉えがたいある思い(それは悪魔の魔力について人に吹き込まれた一切を上回った)が、そうおれに告げていた。ただ、絞首台の真下に寝かされたあのいたずらに、おれはひどく腹を立てていた。

こうして数時間は過ぎた。おれは腹が空き始めていた。以前から、土牢にはパンや水差しが備えてあるときもある、と聞いていたので、おれは両足を伸ばして、何やらそんなものでもあろうかと探った。そのとおり、間もなく一種、違った感触のものに触れた。それが、パンの欠片《かけら》であった。口へ持っていくのが一苦労だった。おれはパンのそばに寝そべって、口にくわえようとしたが、うまく歯がかからず、するりと逃げられてしまう。壁際に追い込むようにして、食いつくことができた。千切れたパンだったのが幸いした。あれが丸のままだったら、噛みつけなかっただろう。水入れも見つかったが、飲むことは絶望的だった。わずかに舌の先を濡らしたとたん、水をすっかりぶちまけてしまった。おれはさらに牢のなかを探った。片隅に藁束が見つかった。おれはそこに身を横たえた。おれの手は物のみごとに縛られていた、というのは、結び方はきついのに痛くはない。お蔭で苦痛なしに眠ることができた。

第四日

　起こされたのは、数時間も眠ったかと思われるころであった。聖ドミニコ派の僧を先立てて、醜悪な顔の男ばかりが数人、それに続いて入ってくるのを、おれは見た。二、三の男が松明をかかげ、他の者は、見たこともない道具を手にしていた。拷問に使うのだろう、とおれは思った。おれは先ほどの決心を思い、気を引き締めた。父のことが思われた。父は拷問を受けたわけではないが、外科医の執刀のもとに何百回となく苦しい手術に身を曝《さら》したではないか。その父が呻き声一つ発しなかったのを、おれは知っていた。その父を手本に、一言も発すまい。できれば、溜息一つ洩らすまい。

　異端審問の僧は肘掛椅子を運ばせ、おれのそばに腰かけると、柔和な表情をつくり、ほぼ次のように弁じ立てた。

「親しき者よ、わが子よ、この牢へ導かれた恵みを天に感謝するがよい。だが、わしに言え、なぜ、おまえはここにおるのか。いかなる過ちを犯したのか。告白するのだ。おまえの涙をわしの胸に流せ。答えぬのか。ああ！　わが子よ、おまえは間違っておる。わしらは尋問は致さぬぞ。それがわしらのやり方だ。わしらは罪ある者が進んで自らを責めるよう仕向ける。そのような自白は、多少、強いられたものにせよ、無価値ではない。殊に共犯者の名を洩らせばなおさらだ。答えぬのか。ではしかたない、糸口を与えてやろう。チュニスのふたりの公女を知っておるか。いや、むしろ、おぞましい魔法使、呪うべき吸血鬼、人間の姿をした二匹の悪魔と言わねばならぬ。何も言わぬな。堕天使《ルシファー》の王宮のあのふたりの公女を引き立ててまいれ」

おれのふたりの従妹が連れてこられたが、ふたりはやはり後ろ手に縛り上げられていた。やがて審問の僧は続けた。

「どうじゃ。親しき息子よ、この女らを知っておるだろう。まだ何も言わぬな。わが子よ、これからわしの申すことを恐れてはならぬ。些か痛いめに遭わせねばなるまい。この二枚の厚い板が見えるか。おまえの二本脚をこのあいだに挟み、両側から太縄でぐるぐる巻きにして締めつける。そのあと、ここにある楔《くさび》を幾本も脚のあいだに嵌め、そして大槌《おおづち》でそれらを打ち込むのだ。まず、おまえの足が腫れ上がる。次には足の親指が血を吹く、そして他の指の爪が一つ一つ弾けとぶ。それから足の裏が裂け、潰された肉が脂肪とともにぐわっと口を開く。これは相当に痛むはずだ。まだ何も言わぬな。よいか、そんなのは、まだ手ぬるいばかりじゃ。そのうちに、おまえは気を失う。ここにある瓶は、いろいろな薬が入っておる。これを使えば、おまえはすぐ正気に戻る。正気に戻ったところで、前に打った楔を抜き取る。そして、もっと太いやつ、ほれ、この楔を次に打ち込む。初めの一撃で、おまえの膝と踝が割れる。次の一撃で、脚は上から下まで縦に真っ二つだ。骨の髄《ずい》がはね飛び、血と混ざってこの藁の上を流れるぞ。言う気はないのか。……よろしい、こいつの親指を痛めつけてやれ」

男どもは、おれの脚をひっつかみ、二枚の板で挟んで動かなくした。

「言わないのか……楔を入れろ……まだ言わぬか……大槌を持て」

そのとき、銃声が轟《とどろ》いた。エミナが叫んだ。

「ああ、ムハンマッドさま！　助かった。ゾトが救いに来たのよ」

ゾトは手下を連れて乗り込むと、刑の執行人どもを追い出し、審問の僧を土牢の壁の鉄環に括《くく》りつけた。それからわれわれ三人の縄をほどいた。自由になったふたりのモーロ娘は、その自由を真っ先におれの腕のなかに跳び込むことに使った。われわれは引き離された。ゾトは、娘たちを連れてあとから続くと言い、おれに馬を勧めて、先立って行くように命じた。

先頭は、おれを入れて五騎だった。昼過ぎ、われわれは砦《とりで》に着いた。人けはなかったが、替馬が揃っていた。それから、一隊はところどころ雪を被った山々の頂を次々に越えたり、また尾根道を辿っていった。

四時ごろ、馬を停めたのは大岩の陰の窪地だった。今夜はここに泊まるのだろう。だが、それよりも、おれは日中の明るいうちに、ここに来られたことを喜んだ。それは周囲のすばらしい眺めが、住み慣れたアルデンヌ高原やゼーランド地方に特有の懐かしい景色を思わせたためである。眼下にはあの美しい〈グラナダの織女星《ベガ》〉が見遙かせた。〈われらの小さき村〉*Le*

Nuestra Vegilla と反語を使うのがグラナダ市民の呼び方である。六つの街と四十の村々、その全体が目の前にある。ヘニル *Genil* 川の蛇行する流れがアルプハラスの山々の高みから落ちる急流、点々たる森、鮮やかな緑蔭、大廈《たいか》高楼《こうろう》、庭園、そして広がる耕作地——目路《めじ》の限り美しからざるものとてない広大な絶景に陶然として、おれは感嘆これ久しくした。大自然をこそ、おれは愛するのだ、と思った。従妹たちのことは思慮のほかだった。間もなく、彼女たちは馬に載せた輴《かご》で到着した。ふたりは洞窟のなかの石椅子に座を占めた。ふたりがいくらか元気を取り戻すのを見計らっておれは声をかけた。

「ご婦人方《セニョラス》よ、ベンタ・ケマダで送った夜にぼくは何の不服もないが、あの結果は、どうも気に入らないのだがね」

　エミナが答えた。

「わたしのアルフォンス、あなたの夢の美しい部分だけでわたしたちを責めないことよ。それにどうしてそんな泣き言を仰《おつしや》るんですか。人並みはずれた勇気を見せる機会をお持ちになれたんではないかしら」

「おやおや」おれは答えた。「だれか、ぼくの勇気を疑う人間がいるのかな。そんな人がいたら決闘の相手になってやるよ、〈マントの上でも〉***sur un manteau***〈ハンカチを口に入れて〉***le mouchoir en bouche***[1] でも、どちらでも」

　エミナが応じた。

「わたしにはわけがわかりません、そんなふうにハンカチだとか、マントだとか言われても。わたしには、あなたに言ってはならない事柄もあるし、わたし自身、知らない事柄もあります。わたしは、シェイク・マスゥドの後継者で、カサル・ゴメレスの城の秘密を知っているわが家長の命令どおりのことしかできないのです。わたしから申し上げられる事柄、それはあなたが、わたしたちのたいへん近い身内だということです。グラナダの軍法会議法務官だったあなたの母親の父、その人には、秘伝を伝えるべき男子はひとりしかありませんでした。このお母さまのたったひとりの男兄弟に当たるこの息子はイスラームの教えを受け入れ、チュニスの太守《ディ》の四人娘を娶りました。四人のうち子を産んだのはいちばん上の姉だけで、それが、わたしたちの母親です。妹のジベデが生まれて間もなく、父も、また母以外の三人の妻も亡くなりました。当時、北アフリカの沿岸一帯ベルベリアを破滅させた流行病《はやりやまい》にかかったのです……でも、こういう話は、またそのうちお話することになるでしょうから、このぐらいでやめます。あなたのことを話しましょうね。わたしたちがあなたをどんなにありがたく思っているか、あなたの勇気にどれほど感服しているかのお話を。拷問の支度を見てあんなに平気でいられるなんて。それに、いったん約束したらその言葉を守り抜く、なんという見上げた信仰の心がけ。そうなの、アルフォンス、あなたは、わたしたちの種族の英雄たちのだれよりも立派な人よ。だから、わたしたちはあなたのものになったの」

ジベデはまじめな話のあいだは姉におしゃべりを任せていたが、姉の話し方に恋情が帯びてくると、負けじと自分の権利を主張するのであった。ついに、おれは心地よく愛撫に身を委ね、おれ自身に、また彼女らに満足した。やがて召使の黒人女たちがやって来た。夕食が出され、ゾトは極めて恭しげに、自分で立ってわれわれに食事を勧めた。それから黒人たちは、洞窟の奥に従妹たちのため気持ちよげな臥所《ふしど》を用意した。おれは別の場所へ行って休んだ。こうしてわれわれのだれもが、必要とした休息を味わった。

1（九五頁）　共に決闘のやり方をいい、前半は、一枚のマントを広げた狭い場所で決闘するのであろう。後半は不明だが、さぞや苦しい戦いになることは想像できる。ポーランド訳 ***przez płaszcz albo z zawiązanymi oczyma.***（マントを通して、それとも目隠しをして）も危うげだ。

第五日

翌日、一隊は早くから行動を起こした。山をくだり、底深い谷をいくつも巡った。それは谷というより、地の底に届くかと見えるほどの切り立った絶壁であった。谷という谷は、打ち続く連山を、思い思いの方向に切っているので、今、進んでいくのが東か西か、南か北か、見当も見分けもつきかねた。

こうして六時間のちに行き着いたところは、住民が立ち退いたまま廃墟となった村の跡だった。そこまで来ると、ゾトは一同に下馬を命じた。ゾトは、とある井戸のそばへおれを導き、そして言った。「アルフォンス殿、このなかを覗き込んで、いったいこれが何か言い当ててください」

水が見える、つまり井戸ですね、とおれは答えた。

「残念」ゾトが言った。「違いますよ、これがおれさまの宮殿の入口さ」

そう言うと、彼は井戸に首を伸ばし、何やら叫んだ。見ると、井戸の横穴からするすると厚板が滑り出し、水面の何尺か上をふさいだ。それから、同じ穴から武装の男がひとり這い出し、続いてもうひとりが現れた。ふたりが井戸をよじ登って出てくると、ゾトが言った。

「アルフォンス殿、紹介します、これが弟のチチオとモモ。どこやらの絞首台でふたりの遺体をご覧になったかと思いますが、それでもこのとおり達者なもの。ゴメレス家の偉大なシェイクの部下として、今後、いつまでもあなたに献身することは、おれさま同様」

危難から救ってくれた人物の弟君にお目にかかれるのは光栄です、とおれは言葉を返した。

それから、井戸のなかへ降りる段となった。縄梯子《なわばしご》が運ばれてくると、姉妹ふたりは、思いがけぬ身がるさで降りていった。おれはふたりに続いた。板の上に降り着くと、そこに横穴が開けていたが、身を屈めてようやく潜《くぐ》れるほどの大きさしかない。が、いったんそこを通り抜けると、岩を掘り抜いたきれいな階段があり、燭台の明かりに照らされていた。階段はゆうに二百段はあった。降り切ると、そこは、いくつもの広間や部屋に仕切られた地下の住居になっていた。常用の数室の床にはコルクが敷きつめられ、湿気を締め出している（その後、リスボンから遠くないチントラ *Cintra* にある岩穴の修道院[1]で、おれは同様にコルクを敷いた僧房を見かけた。そのため、そこはコルクの修道院の呼び名がある）。そればかりではない、ここには、ところどころに火が熾してあり、快適な気温が保たれている。一隊が乗り回す馬は、離れた場所に散らばってここに収容されている。洞窟の奥の出入口は谷に向かって開かれており、用便のさいは、そちらへ馬を連れ出すことができる。馬の嘶声《いななきごえ》を外へ洩らさぬために用いる

1　*conventodacortica*　チントラ *Cintra* の西部 *CabomaRoca* にある僧院、一五六〇年創設。

特別な器械が一台あったが、これはめったに使用されずに済んでいた。

「すばらしい隠れ家でしょう」エミナが言った。「すっかりゴメレス家の一門一統がこしらえたものなの。ゴメレス家がこの国の支配者だったころに工事した、いいえ、工事の仕上げをやったわけ。というのは、一統が来るよりも前にここに住んでいた偶像崇拝の異民族が、もうかなり掘り抜きをやっていたからです。ローマの支配下でバエティカ[1]と言われた当時、ここでは金山が掘られていたという学者の説もあるし、それに昔から、この土地は必ずいつかゴメレス家の手に握られるだろうと預言者は言っています。どうお思いになる、アルフォンス。すばらしい遺産になるわ」

エミナの講釈は、今の時と場所にそぐわぬ話に聞こえた。おれは、そう彼女に言い、話題を変えて、これからどうする計画かを尋ねた。

エミナは、こんどのことがあった以上、エスパーニャに居とどまるわけにいかないが、船出の用意ができるまでは、もうしばらく休息したいと答えた。

豊富な食事が供された。特に猪肉がたっぷり出た。乾菓子の類も多かった。三兄弟は心を込めてわれわれを遇した。首吊りにされながら、これほどに誠実な人柄とは思いもよらぬこと、とおれは従妹に耳打ちした。エミナはうなずき、ゾトに向かって言った。

「あなたにしても、あなたの弟方にしても、きっといろいろと珍しい冒険をしたのでしょうね。そんなお話をわたしたちに聞かせてくれませんか」

ゾトは、ちょっと困ったような表情を見せたが、われわれのそばに席を占め、こう話を切り出した。

ゾトの物語

おれの生まれた街はイタリアのベネヴェントといって、そういう苗字の公爵家の領地にあった。おやじはおれと同じゾトを名乗り、鉄砲づくりにかけては腕利きの職人だった。街には鉄砲鍛冶の名人がほかにふたりもいた。そのせいでおやじは女房と子ども三人、つまりおれたち三兄弟を食わせるのがやっとの暮らしだった。両親が所帯を持って三年後、うちのお袋の妹が嫁に行った。嫁入り先は、オリーブ油の商人でルナルドといった。この男が花嫁に贈り物をしたのが、金の耳飾りと、同じく金の首飾りの一組だった。お袋は婚礼から戻ってくると、ひどく浮かぬ顔をしていた。わけを聞かれても、お袋は長いこと何も言わなかったが、とうとうおやじに白状した。妹の持ってるような耳飾りと首飾りがほしくてほしくて死にそうなぐらい、と言ったのだ。おやじはむっつり何も言わなかった。おやじには自慢の品があった。狩《かり》用の鉄砲の精巧な作りのやつを一挺と、それとお揃いの細工のピストルが数挺、それにやはり狩用の

1　*Baetica*　ローマ帝国はイベリア進出のさい、今日のアンダルシア地方を属州とし、ここをバエティカ（祝福された）と呼んだ。前述のように異民族、ヴァンダルの来襲は五世紀。このときバエティカは解体したのであろう。

ナイフとだ。鉄砲は途中、弾込《たまご》めせずに続けて四発が撃てる。おやじが四年がかりでこさえあげた業物《わざもの》だった。おやじの値踏みでは、それだけでもナポリの金《かね》で三百オンチア[1]はくだらなかった。おやじは、とある好事家のところへ行き、この一式をそっくり、たったの八十オンチアで売りとばした。その足で女房にねだられたとおりの品を買ってやった。お袋はさっそく、その日のうちにルナルドのおかみ、つまり妹にそれを見せびらかしに出かけた。比べてみると、自分の耳飾りのほうが妹のものよりいくらか上等だったから、お袋はひどく気をよくした。

　ところが、それから一週間すると、ルナルドのおかみがお袋のところへやって来た。おかみは蝸牛《かたつむり》みたいな恰好に髪を結い上げて、そこに金の簪《かんざし》を挿していたが、それは薔薇の花の形をした金の透《す》かし細工で、おまけに、小粒ながらルビー玉が一つ光っていた。この金の薔薇の棘が、ちくりとお袋の心臓に突き刺さった。お袋はまたふさぎ込んでしまい、そっくり似たものを買ってやる、とおやじに言われるまでは沈んだきりだった。大見得を切ったものの、おやじは現金どころか何の金策もあるわけじゃない。それに、あれとそっくりの簪となると四十五オンチアはかかる。こんどはおやじのほうが、数日来のお袋みたいにふさぎ込んでしまった。

　とかくするうち、おやじのところへ土地のならず者でグリロ・モナルディという男が、数挺の短銃を持ち込んで手入れを頼みにきた。浮かぬ顔をいぶかったモナルディに問われて、おやじは包まずわけを話した。モナルディは、しばし思案顔の末、こう言った。「ゾト殿、わっしはな、ご存じねえだろうが、たいへんな借りがお宅にできた。つい先日、ナポリへ向かう街道で殺された男の死体に、わっしの短刀が突き刺さっているのが見つかったとそう思いねえ。お上《かみ》じゃ、その刀を持って武具屋という武具屋をしらみ潰しに聞いて回った。そうしたら、ありがてえことに、お宅が、こんなものに見覚えはねえ、と白ばっくれた。実は、あの刀はこさえたのもお宅なら、わっしに売ったのもお宅だった。お宅が本当を言っちまったら、とんでもねえ目に遭うとこだった。さあ、ここにそっくり四十五オンチアある。役に立てておくんな。これから先も、わっしの財布はいつだってお宅のために開けてあると、そう思っておくんなせえ」

おやじはありがたく頂戴して、ルビー玉のついた金の簪を買いに行った。お袋はそれをもらうと、その日のうちに見栄っぱりの妹にひけらかしに出かけた。

戻ってきたお袋は、そのうちに妹がまた新しい宝石を飾り立てて現れるに違いないと思っていた。ところが向こうは、まるっきり裏をかいた。お仕着せ姿の従僕を雇い、お伴つきで教会へ出かけようという趣向だ。そこで亭主に相談を持ちかけた。ルナルドはひどい締まり屋で、これまであれこれ金目《かねめ》のものを買ってやったのも、実をいえば、女房の頭に飾らせておけば、自分の金庫のなかと同じくらい安全と考えてのことであった。だから、教会の女房の席の後ろに半時間ぽっち侍《はべ》らせておくだけのことで、そこいらの薄のろに一オンチアもはたくとなると話は違った。それでも女房に激しく、しつこく食いさがられたあげく、とうとう兜を脱ぎ、自

1　*oncia*　ナポリのオンチアは金二六・五グラム。

分がお仕着せをまとってお伴となることにした。ルナルドのおかみは、亭主だってこの役に向かぬわけでもないと諦め、次の日曜日を待ちかねて、この新種の従僕をお伴に連れて教会へと出かけた。この仮装行列は些か近所の連中の笑いものとなったが、みんな羨ましいものだから笑ってごまかしてるのさ、とうちの叔母は高を括《くく》った。

教会の入口近くまで来ると、乞食《こじき》どもがわっとはやし立て、独特の俗語でふたりに向かって叫んだ。

「ルナルドを見なよ、かかあの従者に化けやがって」

さすがの乞食どもも、それ以上の雑言は吐かなかったから、叔母は澄まし顔で教会へ入った。教会では、下にも置かぬ扱いを受けた。真っ先に聖水を供される、それからベンチの席を勧められる。片や、うちのお袋のほうは最下級の女どものあいだに紛れて立ちんぼうのままだった。

家へ帰ってきたお袋は、いきなりおやじの青色の服を取り出し、その袖に、もと弾薬盒《だんやくごう》についていた黄色の負い革の残りを縫い付けにかかった。あっけに取られたおやじが、何をしとる、と尋ねた。お袋は妹の一件を逐一、話して聞かせ、お仕着せ姿のルナルドが得々として女房のお伴をしている様子を物語った。そんな真似は絶対せんぞ、とおやじは言い放った。その代わり、次の日曜日、おやじは従僕を金一オンチアで雇った。その男を従者に連れて教会へ出かけたお袋は、前の日曜日の妹を上回る扱いを受け、大いに面目を施した。

その日、ミサのあと間もなく、モナルディがおやじのところへ来て、こんな話をした。「ゾト殿、わっしは小耳に挟んだんだが、お宅のかみさんがその妹とのあいだで、とっぴな張り合いをやってるそうだな。今のうち手を打たねえと、お宅、一生の破滅だ。となると、やることは二つに一つ。ここでかみさんの性根を叩き直すか、それとも、費用《かかり》に糸目をつけず好き放題にできるような商売《なりわい》に切り替えるかさ。荒療治のほうをやる気なら、ひとつ、魔法の杖を貸してあげよう。うちのかかあが死ぬときまで、わっしの役に立った代物よ。魔法の杖と言や、こう両はじを握って歩くと自然にくるくるっと回りだし、それで水の出る場所やら、時には宝のありかが見つかる、そんなのもある。だが、わっしのは、そんな効き目はありやしない。その代わり、杖の根元を握ってかみさんの背中をどやす、それだけでもうかみさんの気まぐれがぴたりと治まる。こいつは絶対、わっしが請け合う。もしも反対に、何が何でもかみさんのむら気をかなえてやる気なら、イタリア全土のならず者に顔の利くわっしだ、お宅に紹介するぜ。国境に近い街[1]だもの、連中、喜んでベネヴェントに来てくれるさ。まあ、そういうわけだ、ようく考えてみなされ」

そう話すと、モナルディはおやじの仕事台に魔法の杖を置いて立ち去った。

そのあいだ、お袋はミサのあと大通りの散歩道をぶらついたり、女友達のところへ寄ったりして、雇いの従者を見せびらかして回った。ようやく、お袋が肩で風切って戻ってきた。ところが案に相違のおやじの迎えようだ。おやじは左手でお袋の右腕を引っ捉え、右手に魔法の杖

1　ベネヴェントはヴァティカンの領地で、ナポリ王国のなかの飛び地だった。

を握って、モナルディに言われたとおりにした。お袋はその場で気絶した。そのあと、おやじは杖を呪い、お袋に詫びを入れ、仲直りした。

数日後、おやじはモナルディのところへ出かけ、魔法の杖が効かなかったこと、このうえは、先日の話どおり、ならず者の仲間入りをしたいと話した。

「ゾト殿、そいつは驚きだ、お宅はかみさんにお灸も据えられないほどの弱気、そのくせ、森の連中と関わりを持とうなんて強気があるなんて。まあ、それも珍しいこっちゃあない、人間の気分なんて矛盾だらけだもんなあ。喜んで仲間に引き合わせましょう。ただ条件がある。その前に人殺しの一つはやってのけてくれにゃまずい。これから、毎晩、お宅の仕事が片付いたあと、長剣と短剣、一本ずつを腰にぶっ込んで、マドンナさまの教会の入口辺りをのして歩く。そのうちきっと、だれかに加勢を頼まれるだろうよ。では、いずれ。神のご加護のありますように」

おやじはモナルディに言われたとおりにした。やがて気がつくと、似たように刀を差したさまざまの剣士、それに目明《めあかし》どもが、したり顔に挨拶してくるようになった。こうして二週間経ったある晩、りゅうとした身なりの男がおやじに近寄ってきて言った。

「ゾト殿、ここにある百オンチアを礼に差し上げる。半時もすると、ふたりの若者が通るはず。白い鳥の羽根を帽子につけておるから見分けがつく。何やら折り入って話ありげなふうにふたりに近づき、小声で尋ねる。『侯爵のフェルトリ殿は、どちらの方でござるか』『拙者でござる』とひとりが言うだろう。そうしたら、その男の胸元に短剣をぐさりとやってもらいたい。連れの若者は腰抜けゆえ、とっとと逃げ出す。その間《ま》にフェルトリめにとどめを刺す。首尾を済ませたら教会へ逃げ込まずに、そのまま悠々と家に立ち戻る。わっしは後ろからずっと蹤《つ》いていく」

おやじは指図《さしず》のままに間違いなく事を運び、家に戻ると、仇討《あだう》ちをおやじに頼んだ当人がやって来た。名の知れぬ男は言った。

「ゾト殿、まことにご苦労であった。ここにあと百オンチアある。ぜひともお納め願いたい。それからこちらにもう百オンチア、これは手が回ったあかつきに、初めに来たお上の者へ渡す分とお心得くだされ」

そう言いおくと、男は去った。

間もなく、与力の元締めがおやじのところへ現れ、おやじは即座にお上に渡す分の百オンチアを差し出した。与力は夕食に仲間を招いてある、あんたも来てほしいとおやじを自宅へ誘った。蹤いていくと、そこは監獄と隣り合わせの住まいで、相客には典獄と、それに教誨僧とが来ていた。おやじは些かたじろいだ。初めて人殺しを果たしたあとなのだから無理もない。どきまぎしているおやじの様子を見抜いて僧が言った。

「ゾト殿、しょげるのは無用になされ。大聖堂でミサを献げるには、一度につき十二タリ[1]で済

1 *tari* 単数は *taro* 銀貨で、金オンチアの七十分の一の価値。

む。聞くところによると、フェルトリ侯爵が暗殺にかかって亡くなったそうじゃ。故人の霊を慰めるがために二十回ほどミサを納めなさるとよろしい。そうすれば、さらに免罪符という功《く》徳《どく》まで頂戴できますぞ」

そのあと、事件のことはこれっぱかしも話に出ず、結構にぎやかな夕食の席となった。

翌くる日、モナルディがおやじのところへやって来て、おやじの腕っぷしの確かさを褒《ほ》めた。おやじが、以前にもらった四十五オンチアを返そうとすると、モナルディは首を振って言った。

「おっと、そんなにされちゃ気分がわるいや。あれっぽっちのはした金のことを二度と口にするようなら、このわっしのことを、何も尽くしてくれぬけちな野郎と恨んでやがる、とそう観念しちまうぜ。わっしの財布はお宅のもの、わっしの仲間はお宅の仲間さ。今さら隠すこともねえ、以前に話に出した一味は、そっくりわっしの手下ってわけだ。どいつもこいつも、名誉心も俠気《おとこぎ》もある連中よ。お宅がひとつ仲間入りしようって気なら、人さまには鉄砲に使う銃身を仕入れにブレスチアへ行くと偽《いつわ》って、カプアでわっしらに合流すりゃいい。向こうへ着いたら、宿は〈金の十字架〉*Croce d'oro* にとること、あとは心配めさるな」

おやじは、それから三日後、出かけていった。そして縦横の手柄を上げ、男も上がれば、しこたまの稼ぎもふところに入れた。

ベネヴェントは気候のいいところだし、おやじはまだ新商売に慣れていない。だもので、おやじは寒い時節に仕事はごめんだと、冬場はうちで過ごした。女房、つまりおれんとこのお袋は、日曜日には従者を連れて出歩く、黒の晴れ着にあちこち金の胸飾りをつける、家の鍵をぶらさげる金具までが金細工ってさまだった。

春近いころ、おやじは通りでどこかの召使に呼び止められた。街はずれの木戸門《きどもん》まで来てほしいという。行ってみると、騎馬の者四人を控えたお年寄りの領主が待っていた。

「ゾト殿、お収めくだされ。財布の中身は五十ツェッキーノ[1]ある。遠からぬところの館まで蹤いてきていただきたいが、目隠しを許してもらえるかな」

おやじはうなずいた。かなりの道のりを何度か角を曲がって、老領主の館に着いた。なかへ通されてから目隠しがはずされた。と目の前に、仮面の女が肘掛椅子に縛りつけられ、猿ぐつわをかまされていた。領主が言った。

「ゾト殿、さらに五十ツェッキーノをお渡しする。どうか、わたしの家内を短刀で始末していただきたい」

ところが、おやじは、こう答えた。

「わたしを見そこなっちゃいけません。わたしは通りで人を待ち伏せするとか、森のなかで人を殺めこそすれ、首斬り役人の真似ごとなんぞは、男の沽券《こけん》に関わります」

そう言うや否や、おやじは嫉妬に狂う領主の足元に大金入りの二つの財布を投げつけた。領主はそれ以上、一言もなく、再び目隠しさせ、街の木戸門までおやじを送り届けるよう命じた。

1 *zecchino* 金貨で、十三世紀、フィレンツェのフィオリーノに対抗してヴェネツィアで鋳造された。

天晴れな心ばえと、おやじはこの一件で大いに男を上げたが、続いて次の事件があってからは、おやじの名はいっそう広まることになった。

ベネヴェントには二つの名門があった。一方はモンタルト伯爵といい、もう一方はセラ侯爵だった。モンタルト伯爵はおやじを呼び寄せ、セラを殺してくれるならとの条件で、五百ツェッキーノの謝礼を約束した。おやじは引き受けたものの、しばらく時間がほしいと返事した。侯爵の身辺は警固が厳重だと知っていたからだ。

二日後、セラ侯爵からお召しがかかり、人里離れた指定の場へ出かけたところ、話というのはこうだった。

「ゾト、ここに五百ツェッキーノ入りの財布がある。これをおまえに進ぜよう。ただしモンタルトのやつめを刺すという男の約束と引換えにだ」

おやじは財布を収めて言った。

「侯爵さま、しかとお約束致しましょう、モンタルトは必ず殺して差し上げます。その代わり、はっきり申し上げておかねばなりません。実は、手前は伯爵さまに確約致してございます、あなたさまを討ち取ると」

侯爵は笑いながら言った。

「そいつばかりは、平にご容赦をと申したいところじゃな」

おやじは威儀を正して答えた。

「お許しを願いたく存じます、侯爵さま、約束は約束ゆえ、この場でやらせていただきます」侯爵はあとずさるなり剣を抜き放った。が、そのとき遅く、腰に吊したおやじの短筒《たんづつ》が火を吹き、侯爵の頭をぶち割った。その足でおやじはモンタルトのもとへ馳せつけ、敵はもはやこの世のものではないと言上した。伯爵はおやじを抱き寄せ、約束の五百ツェッキーノを渡した。そのうえでおやじが些か恐縮の色を作《な》して、実は、生前、侯爵が五百ツェッキーノをくださり、伯爵さまを殺せとのご依頼で、と申し上げた。伯爵は、敵の先《せん》を越してめでたき限りじゃ、とお喜びであった。

「伯爵さま」おやじは、それに答えた。「そのかいはございません、男子に二言はない」

その瞬間、おやじの短剣が伯爵を突き貫いた。倒れる伯爵の悲鳴を聞きつけて召使が殺到した。おやじは短剣を揮ってやつらを追い払い、モナルディ親分の一味が潜む山中へ逃げ込んだ。約束を違《たが》えぬこと神に背かぬにも似た美挙に、一味の者はひとり残らず舌を巻き、おやじを褒めそやした。この話はいまだに世間の口にのぼり、これからも長らくベネヴェントの語りぐさになるに違いない、おれは、そう断言するね。

おやじのことを物語るゾトの話がそこまで来たとき、弟のひとりがやって来て、船の手配について指図を待っているとゾトに告げた。ゾトは、話のつづきはまたあしたにするがよろしいか、と許可を得て去った。それにしても、ゾトの話はおれにいろいろと考えさせた。ゾトはしきりに名誉だ、心がけだ、誠実だと、連中のことを祭り上げたが、実は、首を括ってもらったほうがありがたいような悪党どもの話ではないか。そうした美辞を濫用して、信頼をひけらかすゾトの話に、おれの頭のなかはごちゃまぜにされた。

エミナは、おれがぼんやりしているのに気づいて、どうしたのかと尋ねた。おれは、ゾトのおやじの物語を聞いて、二日前、ある隠者の僧から聞かされた言葉を思い出したところだと答えた。美徳の拠りどころとしては、名誉よりも確かなものがある、という文句をおれは繰り返した。

「愛するアルフォンス、そのお坊さまは大事にしなくちゃ、そして信ずることよ、その人の言うことを。あなたの一生のあいだには、一度ならず、その方に会うことになるんですから」

それから姉妹は席を立ち、黒人たちに付き添われて住まいの奥へ消えた。つまり、ここの洞窟のなかでふたりに当てがわれた部屋のことである。彼女たちは、夕食時にいったん戻って来、そのあと一同はそれぞれ寝《しん》に就いた。

ところが、洞窟のなかがひっそり静まり返ったころ、おれの寝所《しんじょ》にエミナが忍び込んできた。エミナは、女神プシュケのように片手に灯りを持ち、もう一方で妹の手を引いていた。妹は天使より美しかった。おれのベッドは、ふたりがそっくりそこに腰をかけられるようにできていた。エミナが言った。

「愛するアルフォンス、わたしたちはあなたのものだって、申し上げましたでしょ。大いなるシェイクよ、ご勘弁ください、あらかじめお許しを受けませんことを」

　おれは彼女に答えた。

「美しいエミナ、君にこそ勘弁願いたいね。これでもう一度、ぼくの美徳を試そうとするのなら、ぼくの美徳は持ちこたえられそうもない」

「そのことでしたら、安心してちょうだい」美しいアフリカ娘は答え、おれの手を彼女の腰に置き、そこの帯に触れさせた。それはヴェヌスの帯ではなく、その夫、ヴルカンの鍛冶の腕前を思わせた。帯には錠がかかっていた。これを開ける鍵はわたしたちの自由にはならないの、ふたりは少なくともそうおれに保証した。操《みさお》の中心を、こうして覆い隠されている以上、彼女らの許さぬ肌の表面のあるべくもなかった。ジベデは、その昔、姉を相手に習い覚えた恋の女の役どころを思い起こした。年上のほうは、おれの腕のなかに彼女の愛の真似ごとの対象が抱かれているのを見ると、そのさまをうっとりと見つめ続けることに己の官能を委ねた。年下の女は、しなやかに、激しく、燃えるようにほてり、触覚によって貪り、愛撫によって分け入ろうとした。われわれの刻一刻は、さらに何か知らないもので満たされた——説明の施されぬままの数々の企てによって、また今過ぎたばかりの思い出と間近な幸せの望みとのあいだに挟み込まれたうら若い男女のすべての睦言によって。

　とうとう睡けが、従妹たちの美しいまぶたに重くのしかかり、ふたりは居室へ戻っていった。ひとりきりになると、おれは思った、あの嫌な目に遭わされるのはごめんだぞ、またもや絞首台の真下で目を覚ますなんて。そう考えると、おれは声に出して笑ったほどだが、そのくせ、眠りに就くまでのあいだじゅう、それがおれの気がかりだった。

第六日

おれはゾトに揺り起こされた。寝坊ですね、もう昼めしの用意ができているのに、と彼は言った。慌てて服を整え、おれは従妹に会うべく急いだ。ふたりは食堂でおれを待ち受けていた。ふたりの目がまたもやおれを愛撫した。彼女たちはゆうべのことで頭がいっぱいで、出される食事にはうわの空の様子に見えた。卓が片付けられると、ゾトはわれわれの傍らへ席を移し、こんなふうに物語を続けた。

ゾトの物語――承前

おやじがモナルディの一味に身を投じたころ、おれは七つになっていた。忘れもしない、そのころ、おれたちは獄にぶち込まれた。お袋と、ふたりの弟、おれの四人共どもだ。もっとも、これは形だけのことで済んだ。お上への鼻ぐすりを忘れるおやじじゃなかったお蔭で、おやじとおれたちは何の関わりもなしと、向こうはやすやすと信じてくれたのだ。

与力頭《がしら》は、おれたちが臭いめしを食っているあいだ、あれこれと気を配り、早めの放免も、この人のお蔭だった。牢屋から出てくると、お袋は隣近所どころか、界隈一帯の人たちから大歓迎を受けた。なにしろ、南イタリアじゃ、盗賊は民衆のなかの英雄豪傑だからで、この点ではエスパーニャにおける密貿易の連中と同じ扱いだ。おれたち兄弟も世間から眩《まぶ》しい目で見られたわけで、殊におれは、近所の餓鬼どもを率いる王子格に見られたものだ。

そのうち、モナルディが事情あって殺され、あとを継いで一味の頭目となったうちのおやじは、初舞台を一発、派手に飾ろうと焦った。おやじはサレルノ街道に待ち伏せして、シチリアの副王[1]が送り届ける上納金をかっさらおうと折を窺った。事は上首尾に運んだが、おやじはマスケット銃の弾丸を一発、腰に食らい、これがもとで、もはや親分が務まらなくなった。おやじがいよいよ一味から身を退くときの別れの場面は並々ならぬものだった。手下のなかには涙を抑え切れぬ者もあったというが、はたして本当かどうか。おれ自身に照らしても、おれは一生に一度しか泣いていない。あれは、おれが情婦《いろおんな》を刺したときのことだが、その話はまたにしよう。

一味は、そのあと間もなくばらばらになった。トスカナへ流れて、あっちで総なめに縛り首になった仲間もあれば、そのころシチリアで名を売り始めたテスタ＝ルンガ *Testa-Lunga* 親分に加わった連中もある。おやじはといえば、海峡を越えてメッシナへ渡り、デルモンテのアウグスチノ派の修道院に匿《かくま》ってもらった。おやじは、わずかな貯えを坊さんたちの手に差し出し、正式な罪滅ぼしの式もやったうえで、教会の表口の脇の小部屋に住まわせてもらい、僧院の庭園やら中庭の散歩も許されて安穏な暮らしを送った。スープは修道僧から差し入れがあったから、近くの食いもの屋から一皿、二皿、料理を届けさせれば十分だった。おまけに僧院付きの医者が傷の治療を無料でやってくれた。

その実、どうやらおやじは、たっぷりとうちへ送金してきていたらしい。なんせわが家の暮らしは豪勢なものだった。お袋は年々、カーニバルの催しに一枚加わって、四旬節にはキリストの降誕の人形まで作らせた。土地の言葉でプレセピオ ***presepio*** というのだが、小さな人形がいくつも並び、砂糖菓子のお城が立ち、そのほか子どもの喜びそうな物が飾ってある。ナポリ王国ではこれが国じゅうどこでも大流行で、街の金持ち連が競って贅《ぜい》を尽くす。ルナルドの叔母さんも作らせたが、うちのプレセピオとは比べものにならなかった。

おれが覚えている限り、お袋はいたって気立ての優しい女だったから、危険に身を張るおやじのことで、よくめそめそしているのを見かけた。それでも妹やら、近所の人やらに一段も二段も上のところを見せつけたあとは、けろりと涙が乾くのだった。ある年、うんと張り込んで作らせたプレセピオで大自慢したのが、お袋のその種の楽しみの最後となった。どういうわけか、お袋は肋膜を患《わずら》って、ほんの数日で急死した。

お袋に死なれたあと、典獄が引き取ってくれなかったら、おれたち三兄弟がどうなったかしれない。何日かそこで世話になってから、兄弟はある騾馬曳きの男に預けられ、カラブリアを

1　シチリアは約二百年間（一五〇四—一七〇七）スペインの領土となり、副王が支配した。

ずうっと突っ切って、二週間目にメッシナに届けられた。おやじは、もうお袋の亡くなったことを知っていた。おやじはおれたちを優しく迎え、自分のすぐ近くにおれたちのござ筵《むしろ》を敷かせ、それから坊さんたちに引き合わせると、三人とも合唱隊の子どもの仲間に入れてくれた。おれたちはミサに侍ったり、大蠟燭の芯切りをしたり、ランプの火を灯したりした。そういうことが済んだあとでは、ベネヴェントにいたころ同様の手に負えないいたずら坊主だった。おれたちが坊さんの出してくれる粗末な食事を食べ終わると、おやじはひとりに一タロずつお銭《あし》をくれた。その金でおれたちは焼き栗やら駄菓子を買ってから、たいていは港へ遊びに出かけ、日の暮れるまで戻らなかった。要するに気ままな餓鬼どもだったわけだが、今でも思い出すと腸《はらわた》の煮えくり返るほどのある事件が、おれの一生の運命を決めた。

ある日曜日のこと、午後のお勤めで皆と合唱に出た。それから、弟や自分のために買ってきた焼き栗を抱えて教会の表玄関へ戻り、それを分けてやっているとき、すごく立派な箱馬車《カローサ》が目の前に停まった。馬は六頭立てで、おまけにその先頭には同じ毛色の馬をもう二頭を轅《ながえ》に付けずに走らせる、シチリアでしか見たことのない贅沢な仕立ての馬車だ。

戸が開いて、真っ先にお付きのブラッチェロ[1]の腕に凭《もた》れて、美しい奥方が降りてきた、続いて司祭、そのあとがおれと年のころの同じ坊主、かわいらしい顔立ちで、そのころ上流のあいだに流行ったハンガリー風の服をきらびやかに着ていた。上にまとったマントは、青いビロード地に金の刺繡があり、黒貂《くろてん》の毛皮で飾られてある。それが脛《すね》のなかほどまで垂れ、モロッコ革の茶色の長靴の一部を隠していた。帽子も貂の毛皮付きで、やはり青のビロード、真珠を連ねた総《ふさ》が、そのてっぺんから肩まで下りている。金モール編みで、どんぐり形の総がいっぱい垂れた帯のところには宝石の光る小さなサーベルを吊っていた。おまけに、その子は金で装幀された祈禱書を抱えていた。

おれは、同じ年ごろの男の子が、そんなにきれいな服を着ているのに目を瞠《みは》った。そして、殆どわれを忘れて、その子に近づくと、手に載せていた焼き栗を二つ差し出した。すると、おれのささやかな友情に応じる代わりに、憎らしい腕白は、手にした祈禱書でおれの鼻っぱしを力いっぱい殴りつけた。おれは左の目にあざができたほどだが、祈禱書を閉じておく留め金が鼻の穴に嵌《は》まり込んだから、そこが裂けてどっと鼻血が流れ出した。そのとき、相手は何か恐ろしいことを喚き立てたようだが、おれはもう意識を失っていた。正気に戻ったとき、おれは庭の噴水のそばに寝かされ、周りではおやじや弟たちがおれの顔に水をぶっかけ、鼻血を止める手当てをしてくれていた。

おれがまだ血塗れでいるうちに、気がつくと、例のおぼっちゃんがこっちへやって来るのが見えた。やつの後ろには、司祭、ブラッチェロ、そのあとに徒歩《かち》の従者ふたりが控え、うちのひとりは箱を手にしている、鞭を収めた箱なのだ。ブラッチェロは、奥方さまロッカ・フィオリタ公爵夫人のお言いつけで、彼女をはらはらさせた罪の代償として血の出るまでおれに鞭を

1 *bracciero* 既婚の貴婦人に仕える眉目秀麗の独身者。

加えること、息子の小公子プリンチピノにも同様にすることを言葉みじかに宣告し、さっそくふたりの従者がお仕置きに取りかかった。

うちのおやじは、隠れ場所を失うのを恐れて初めは黙っていたが、情け容赦なしに息子が鞭打たれるのを見かね、怒りを抑えながらブラッチェロに言った。

「すぐにやめさせろ。いいかね、わしは、あんたの十倍ぐらいも値打ちのある人間をこの手でずいぶんと片付けた男だ」

こう凄まれて、お仕置きの手はすぐにやんだ。だが、おれがまだ腹這いになっているうちに、プリンチピノが近づき、おれの顔を蹴とばして言った。

「貴様の面《つら》は盗賊だ」

この悪口《あっこう》におれの怒りは心頭に発した。あのときから、おれはもう子どもでなくなった。少なくとも、あの年ごろの喜びがおれには味わえなくなった、と言える。その後も長いあいだ、おれは贅沢な身なりの人間を見ると、冷静でいられなかった。

復讐、こいつはおれたちの故郷《ふるさと》の原罪ってものに違いない。たった八歳のおれは、夜も昼も、あのプリンチピノに仕返しすることしか頭になかった。やつの髪の毛をひっつかんで、したたかに殴りつけた夢を見ては、はっと目を覚ました。日中は、やつを遠くから痛い目に遭わせる工夫を思案した。とても近くには寄れないと思ったからだ。やつをやっつけたうえは高飛びしよう、そうも考えた。とうとうおれは、やつの顔に石をぶっつけてやろうと心に決めた。石を投げるのは得意だったが、それでも腕を磨くため、おれは的を選んで終日、石投げに余念がなかった。

あるとき、おやじが、何をしているのか、とおれに訊いた。あのプリンチピノの顔をぶっ潰してやる、それから逃げ出して山賊になる、とおれは返事した。おやじは本気にしなかったしいが、やるならやれと言うように、にっこり笑った。

仕返しの日となるはずの日曜日が、ついに来た。箱馬車が現れ、人が降り立った。おれはかっとのぼせ上がったが、落ち着け、と自分に言い聞かせた。敵は人ごみを分けて出ると、おれに向かってべろを出した。おれは握りしめた石を投げつけた、やつはもんどり打って倒れた。

すぐさまおれは駆けだし、街はずれに来るまで走り続けた。そこでおれは顔見知りの煙突掃除の少年に行き会ってどこへ行くんだ、と訊かれた。おれが事情を話すと、少年はさっそく親方のところへ連れていった。手伝いの子どもが足りず、汚れ仕事の人集めに困り切っていた親方は、喜んでおれを雇った。煤《すす》だらけになっていれば顔を見破られる恐れもなし、それに煙突を登り降りするのも結構、役立つ勉強になる、と親方は言った。なるほど、そのとおりだった。あのころ身につけたことが、その後、何度かおれの役に立った。

煙突のなかの埃や煤の臭いが初めのうちは苦手だった。でも、おれはそれにも慣れた。何をやっても平気な年ごろだったからだ。仕事に就いて半年ほど経ったころ、ある事件が起こった。その話というのは、こうだ。

おれは、そのとき屋根の上にいて、親方の声がどの煙突から聞こえるのか、耳を澄ましていた。それは、おれのすぐ近くの煙突から聞こえるように思えた。降りていってみると、屋根の高さから下は、煙突が二つに分かれている。そこで、呼んでみてもよかったのだが、そうはせず、おれは間違って別の穴を下った。降りたところは立派な広間だったが、そこで真っ先に目に留まったのは、ほかならぬプリンチピノのやつだ。シャツ姿で羽根を突いて一人遊びをしていた。

煙突掃除ぐらい前に見かけなかったはずはないのだが、やつはおれを悪魔と思い込んだ。やつは跪いて、どこへも連れていかないでと頼み、いい子になるからと約束した。そう泣きつかれて憐れを催しはしたのだろうが、おれは手にした煙突掃除の箒を使う誘惑に抗しかねた。考えてみれば、このプリンチピノに祈禱書で殴られた恨みと、鞭で打たれた恨みの一部の仕返しは済んでいたが、顔を蹴とばされた遺恨はまだ胸にしみついている。「貴様の面は盗賊だ」の面罵とともに。ナポリっ子の仕返しは、少なめよりはいくらか多めを好む。

そこで鞭にする分だけ一つかみ箒から穂を抜き取ると、おれはプリンチピノのシャツを引き裂き、背中を剝き出しにして、その背中まで引き裂いてやった。というのが大げさなら、少なくともしたたか痛い目に遭わしてやった。ところが、奇妙にも、やつは怖さに声も出ないのだった。

これでよしと思うところまでやってから、おれは顔の煤を拭《ぬぐ》い落として言った。

「何が悪魔なもんかい、おれはな、アウグスチノ派の小悪人よ」

するとプリンチピノはやっと声が出るようになり、救いを呼ばわったが、こちらは人が現れるより早く、降りてきたところからするすると上がってしまった。

屋根まで来ると、まだ親方の声がおれを呼んでいた。だが返事をしてはまずいとおれは判断した。屋根から屋根を伝って、厩の屋根まで来たら、目の下に乾草を積んだ馬車が見えた。おれは屋根から馬車へ、そこから地面へと飛び降りた。あとは、アウグスチノ修道院の門までひた走りに走り、おやじに会って、それまでのことを洗いざらい話した。おやじは身を乗り出して聞いていたが、最後に言った。

「ゾト、おまえも盗賊になる人間だな」

そしてそばにいた男に向かって言った。

「レッテレオ親方、あんた、引き取ってくれんかね」

レッテレオ *Lettereo* はメッシナ独特の洗礼名だ。その名は、マドンナが街の住民宛に書き送った手紙 *Lettera* に由来するというが、その手紙の日付には〈わが子、イエズス誕生の年より千四百五十二年〉とある。メッシナの人たちは、この手紙を崇《あが》め奉っている。それはちょうどナポリ市民が大聖堂に祀《まつ》られた殉教者、聖ヤヌアリのミイラから年に三度、血が流れると信じているのと同じことだ。こんな話を詳しくするのは、その後、一年半して、おれは〈手紙のマドンナさま〉*La Madonna della Lettera* にお祈りを捧げたことがあるからだ。これが今生《こんじょう》で最後のお祈りになる、とおれは思ったもんだ。

さて、そのレッテレオ親方というのは、三本マストの鉄甲船の船長《カピタン》だった。この船は表向きは珊瑚《さんご》採りが仕事だが、内実は抜け荷、つまり密貿易、折あらば海賊までやっていた。もっとも、海賊はめったにやらない。大砲を積んでいないから、大船を襲うにも人けのない浜を狙うしかないからだ。

メッシナではだれひとり知らぬ者はなかったが、レッテレオは街の重だった大商人たちに頼まれて抜け荷に精出していた。分け前は税関吏にも行き渡るのだ。それに、親方は剣の達人として通っていた。お蔭で邪魔立てしようという連中も歯が立たなかった。そのうえに、親方は全くもって威風堂々の押し出しだった。背丈《せたけ》といい肩幅といい、それだけでこの人と知れるほどだったが、そのほかどこを取っても、いかにもこの人物にふさわしく、気の弱い連中は、一目拝んでも震えが起きた。顔はもともと焦茶色なのが、大砲の煙硝でいっそう黒ずみ、ほかにもたくさん砲弾の痕跡を残していた。おまけに褐色の肌は、奇想天外のさまざまな図柄で飾り立てられていた。腕とか胸に組合わせ文字や、古い船の形とか十字架、その他もろもろの彫《ほ》りものを入れるのは、地中海の船乗りなら殆ど必ずやるところだ。ところがレッテレオのに比べれば顔色なしだった。レッテレオは片方の頬にはキリスト磔刑《たっけい》の像を刻ませ、もう一方にはマドンナ像が彫ってあった。ただしその両方とも上の部分しか人には見えない、というのは、下のほうはもさもさの顎ひげに隠されているからだ。そのひげも剃刀《かみそり》を当てることは絶対にせず、せいぜい鋏《はさみ》を使ってなんとか一定の限界を保っているのだった。まだある。金色に光る耳飾り、縁《ふち》付きの真っ赤な帽子、同じ色の腰紐、チョッキ、きゅっと締まった船乗りの股引《ももひ》き、剝き出しの腕そして足、ポケットは金貨で膨れ上がっている。これが親方の姿だった。

評判によると、親方は、若いころには上流社会に出入りして浮き名を流したという。またそのころは、同じ階級の細君たちの憧れの的ともなり、亭主どもに恐れられもした。

レッテレオの人物紹介の仕上げに話しておかねばならないことがある。それは、親方の大の親友に、その後、カピタン・ペポと呼ばれたなかなかの人物があったことだ。ふたりはマルタ島の私掠船《コルサリオ1》で一緒に仕事をしていた。その後、ペポが国王に仕える身となったのに反して、レッテレオは、名誉心よりも金銭欲に富んでいたから、あらゆる手段を尽くして荒稼ぎする側につき、そのため昔の親友とは不倶戴天の敵同士となった。

1 *corsaire*（仏）*privateer*（英）「十五―十九世紀、政府の公認を得て敵船を略奪した一種の海賊船」（ロワイヤル仏和中辞典）。一方、英和には「昔、特にアフリカ北岸で、政府の公認を得てキリスト教国の船舶を略奪したトルコ人、サラセン人の私掠船」（ランダムハウス英和大辞典）とある。後者の記述は宗教的偏見に基づく人種差別の疑いが濃い。むしろ、横行したのはキリスト教国らしく、平凡社大百科事典には「特に十六世紀には英、仏、ネーデルランドなどの私掠船が、スペインの銀船隊を襲うことが多く、〈新世界〉植民地をめぐる闘争の主要な戦術とさえみなされた」（川北稔）とある。私拿捕船とも呼ばれ、戦利品は国王と船長の間で定められた比率に応じて分配――とも記されている。〝公認海賊船〟とも呼ぶべき、私掠船の廃止宣言はある仏仏辞典によると、一八五六年四月十六日に公布された。

匿われている身のおやじは、もはや治る望みを捨てた傷の治療を受けるほかに何一つすることもないから、同じ手合いの大物とは喜んで話友達になった。レッテレオとのつき合いは、こうしてできたわけで、おれを預けるときも、この男なら断るまいと見込んだうえであった。おやじの見通しに狂いはなかった。レッテレオは、この信頼の徴《しるし》にいたく感じ入りさえした。レッテレオは、水夫見習いの修業をやらせるが、そんなにこき使うようなことはしない、とおやじに約束し、煙突掃除をやってきたからには、マストの登り降りに慣れるに二日とかかるまいと断言した。

おれはひどく嬉しかった。煙突をがりがり引っかくよりは、新しい仕事のほうがよほど上品に思えたからだ。おれはおやじと弟たちに別れのキスをし、レッテレオのお伴をして意気揚々と彼の持ち船への道を急いだ。乗船してから、親方は乗組みの一同を集めた。総勢二十人、その面魂《つらだましい》は、いずれ劣らず親方の子分に似つかわしかった。親方は、こう言っておれを皆に引き合わせた。

「野郎ども、こいつはゾトの餓鬼だ。意地の悪い真似をしやがったら、骨をぶち折ってやるからな、そう思え」

この紹介は十分な効果を発揮した。手下どもは、共同の食卓でめしを食えとおれに言ってくれたが、おれと同じ年ごろの見習いが食卓の世話をし、自分たちはその残りものを食うのを見て、おれもそれに倣った。皆はおれの勝手に任せたが、いっそう気に入ってもくれた。次におれが帆桁《ほげた》をよじ登るのを見ると、一同、驚嘆の声をあげぬ者はなかった。ラテン式の帆には横木の帆桁の代わりに縦のアンテナと呼ぶものが使われるが、当然、こちらのほうがずっと危険が大きいのだ。

われわれは出帆した。三日目には南のサルデーニャと北のコルシカの二つの島を隔てるサン・ボニファチョ海峡に着いた。そこには珊瑚採取に来た船が六十艘以上も見えた。われわれも採取にとりかかったが、はっきりいえば、そのふりをしたまでだ。ただ、おれに関する限り、この作業は大いに修業になった、おれは四日経つうちには、仲間の一番の者に負けず泳ぎも潜りも上達したからだ。

一週間後、おれたちの小船隊は、地中海を北東から吹く風、グレガラーダ *gregalada* に襲われて、ちりぢりとなった。各船とも、逃げ切れるところへ逃げた。おれたちの場合は、風を避けてサン・ピエトロという名で知られる辺りに船を着けた。これはサルデーニャ島沿岸の無人地帯の浜だ。見ると、嵐でだいぶ傷《いた》めつけられたらしいヴェネツィアの船が避難している。親方は、とっさにこれを襲撃する心組みで、隣り合わせに錨を下ろした。それから親方は、乗組みの一部を船底に隠れさせた。いかにも小人数らしく見せかけるためだ。もっとも、これは要らぬ算段かもしれない。ラテン式帆船は他より人が多いと決まっているのだ。

レッテレオは、ヴェネツィア船の人の動きから目を離さず、相手は船長《カピタン》と水夫長のほか水夫が六人、見習いがひとりと見当をつけた。さらに親方は、中檣帆《トップスル》が破れたため帆を下ろして修理中だと見抜いた。商船は予備の帆を持たないのが普通なのだ。こう見届けたうえで、親方は鉄砲八挺とサーベル八本を短艇《カッター》に用意させ、防水布ですっかり覆いをして好機を待った。天気が良くなると、向こうの水夫たちはさっそく帆を広げに中檣《ちゅうしょう》へと登っていった。だが、うまく渉《はかど》らない。そこで水夫長が登っていき、船長が続いた。そのときレッテレオは短艇を降ろせと命じ、七人の水夫を率いて滑るように漕ぎつけると、船尾から帆船へと乗り込んだ。帆桁に乗っていた相手の船長が叫んだ。

「失《う》せやがれ、海賊ども」

　レッテレオは船長に鉄砲の狙いを定め、降りてくるやつは撃つぞ、と嚇《おど》した。船長は果断な男と見え、支檣索《シュラウド》に跳び移って滑り降りかけた。レッテレオはそれを目がけて引き金を引いた。船長は海へ落ちて、二度と見えなくなった。乗組みの者たちは降参した。レッテレオは四人の手下を見張りに残し、三人を連れて船内を一巡した。船長室で樽が一つ見つかった。オリーブの実を入れるのに使うやつだが、かなり目方があるし、箍《たが》のかけ方も頑丈だ。これはただものではない、とレッテレオは睨んだ。こじ開けてみて息を呑んだ、金貨の袋が詰まっているではないか。それ以上は欲張らず、親方は一声、鋭く口笛を高鳴らした。総員引き揚げ。一行が甲板に戻るや、本船は走りだした。ヴェネツィア船の艫《とも》をかすめたとき、おれたちは大声ではやし立てた。

「万歳《ヴィヴァ》、聖《サン》マルコ！」

五日後、おれたちはリヴォルノに着いた。すぐさま、親方はこの土地のナポリ領事のところへ手下二名を伴に参上して申し上げた。「当船の乗組み、ヴェネツィア船の乗組みと喧嘩仕りましたる折、相手方カピタン、不幸にも水夫の一名に押され、海中に転落致し」うんぬん。この作り話をいかにももっともらしくするためにオリーブ樽の中身の一部が用立てられた。

海賊稼業が何より好きなレッテレオのことだから、この種の悪事はいくらでも重ねたいところだったが、リヴォルノで別の話が舞い込み、そっちの新商売に力を入れる結果となった。ユダヤ人のナタン・レヴィという男が、銅貨の鋳造でしこたま稼いでいるローマの教皇やナポリの国王のやり方に目をつけ、それならこの手を使わぬ方法はない、と考えた。そこでイングランドはバーミンガムという街で同様の銅貨を造らせておいた。それが相当の大量にのぼるので、レヴィはヴァティカンとナポリの国境《くにざかい》にあるラ・フラリオラという漁村に手代を差し向けた。レッテレオは、銅貨をそこまで船で運び、荷卸しする役目を引き受けたわけだ。稼ぎは相当なものだった。それから一年以上、おれたちは幾航海となく往ったり来たりを繰り返し、そのつどローマとナポリの銅貨を積み込んできた。当分、そんな航海が続くはずであったが、投機の才に長《た》けたレッテレオは、ついでに金貨やら銀貨造りもやったらとユダヤ人に入れ智恵した。

ユダヤ人はその案どおり、リヴォルノにツェッキーノ金貨やらスクード銀貨[1]を造る小さな工場を建てた。われわれの稼ぎは、教皇や国王の嫉妬を買った。ある日、船がリヴォルノ出帆の

1　*scudo*　銀貨、目方は〇・二四グラム。

用意を整えたところで、レッテレオにご注進があった。ナポリ国王からレッテレオを召し捕えよとの勅命がカピタン・ペポにくだった、ただしペポは今月の末まで船出できない、との知らせだ。これがペポの仕組んだたぶらかしで、本人は実はもう四日前から沖に出ていた。レッテレオは、まんまと計略に引っかかったのだ。風は順風だったから、このぶんならばもう一航海はできると踏んで、レッテレオは船を出した。

その夜が明けると、おれたちの船はペポの率いる艦隊の真っただなかにあった。向こうは中《ガ》型艦《リオタ》が二隻、小型艦《スカンパヴィア》二隻の仕立てだ。本船は包囲されて、どうにも逃げ場はない。レッテレオは死を覚悟した。親方は満帆を命じ、全速で衝き当てようと敵の旗艦に迫った。艦橋に立ったペポは、強行突入をはかるべく次々に命をくだした。

レッテレオが狙いを定め、弾丸はペポの片腕を撃ち抜いた。すべては数秒間の出来事だった。間もなく、敵艦は四隻ともが舳《へ》先《さき》を立て直して、こちらへ向けて肉迫した。敵の喚き立てる声が届いた。

「降参しろ、海賊め」、「降参しろ、不信心な犬ども」

レッテレオはまともに横風を受けるように船の向きを変えた。船が大きく傾き、おれたちは水面すれすれになったほどだ。それから親方は、おれたちに言った。

「野郎ども、おれは船は渡さんぞ。おれのために〈手紙のマドンナさま〉にお祈りしろ」

おれたちはいっせいに跪いた。レッテレオが砲弾を二、三個ポケットへ入れた。海に身を投ずるのだな、おれたちは思った。だが、札《ふだ》付きの海賊の親方が、そうおめおめ手を上げるものか。風上《かざかみ》には銅材の詰まった大きな樽がロープに縛られてあった。レッテレオは斧を揮って、その荷綱を切った。大樽はおれたちのほうに転がってきた。傾き切っていた船が、すっかり傾《かし》いだ。初め、膝を折っていたおれたちは残らず帆の上にほうり出された。そして船が沈みだすと、幸いに帆はその弾力で、反対側の数間《すうけん》先の海中へおれたちを弾きとばした。

ペポはおれたちを引っぱり上げた。親方とそれに水夫、見習いのひとりずつが行方知れずになった。海から引き上げられたおれたちは、順々に縛り上げられ、旗艦の船底へ押し込まれた。

四日後、おれたちはメッシナに着いた。ペポは、縄付きを引ったてたてきたとお上に知らせた。おれたちの下船は、ちょっとした華やかさだった。折しも散歩の時間[1]に当たったから、街じゅうの貴族が総出で海岸通りに来ていた。おれたちは、前から後ろから目明《めあかし》の護衛付きで、もったいぶって歩いていった。

野次馬の人だかりのなかにプリンチピノが交じっていた。やつは、目敏くおれを見つけて叫び立てた。

「ざまあ見ろ、アウグスチノのちび盗賊」

1　*corso*　夕刻、着飾ってどっと目ぬき通りを埋めるほどの人出に驚くのは、例えばユーゴスラヴィアのベオグラードだが、もとはイタリアの風習である。これは社交の場でもある。プロムナードほどの意味で、都会の散歩用の大通りも、イタリアではこう呼ばれる。

言うなり、うむを言わさず髪の毛をひっつかみ、顔じゅうをひっ掻いた。後ろ手に縛られているから、おれには防ぎようがなかった。

そのとき、おれはリヴォルノでイギリスの水夫がやっていた手を思い出した。おれは頭を振り払い、プリンチピノの腹の辺りにしたたか頭突きを食らわせた。やつは仰向けにひっくり返った。と、身を起こした敵は、怒り狂って懐中ナイフをかまえると、おれに突っかかろうとした。おれは、ひらりとその手をかわし、相手の足を薙《な》ぎ払った。もんどり打った拍子に、やつは手にしたナイフで自分を傷つけた。その場に駆け寄った公爵夫人は、またもや、お伴の者におれを殴らせようとした。だが、目明《めあかし》たちが押し返し、そのままおれたちは獄屋《ひとや》に連れていかれた。

お裁きは長くは続かなかった。おとなの乗組み員たちは吊し落としの刑を受けたあと、死ぬまでガレー船を漕《こ》ぐ漕役《そうえき》刑に回された。助かったほうの見習いとおれとは、弱年ということで放免となった。自由の身になったおれは、その足でアウグスチノ僧院へ行った。ところが、おやじはいなかった。門番の修道士は、おやじが死んだこと、弟たちはエスパーニャ船の水夫見習いになったことを話した。おれは僧院長に会わせてほしいと頼んだ。引き合わされたおれは、おれのこれまでを話した。プリンチピノに頭突きと足掛けを食らわせた一件も忘れなかった。

院長はいたって優しげに聞き入っていたが、しまいにこう言った。

「わが子よ、おまえの父親は亡くなる前に相当な金額を僧院に寄進なさった。この金は悪銭ゆえ、おまえが受け取る権利はない。神の手に委ねられた金は、神に仕える者たちの支えに役立てなければならぬ。しかしながら、そのうち何エキュかを、敢えて別にしておいた。その金はおまえの弟たちを預ったエスパーニャの船長《カピタン》に渡してある。おまえの身柄についてだが、これ以上、この僧院に匿ってやるわけにはまいらぬ。それは僧院の恩人たるロッカ・フィオリタ公爵夫人へのはばかりからだ。だがな、わが子よ、おまえはエトナの麓《ふもと》にあるわれらの農園へ赴くがよい。そしておまえの幼き日々をあちらで安穏に過ごすことだ」

そう話すと、僧院長は助修士を呼び、おれの身の振り方について指図を与えた。

翌日、おれは助修士と一緒に出発した。農園に着き、おれはそこに落ち着いた。時折、おれは買い出しの用事で街へ使いに出された。出かけるたびに、おれはできる限りプリンチピノを避けるようにしていた。しかし、ある日、おれが通りで焼き栗を買っているところにやつが来合わせ、おれと知って、従者にさんざん打擲《ちょうちゃく》させた。それからしばらくして、おれは他人に化けて、まんまとやつのところへ入り込んだ。あのとき、やつを殺そうと思えば、やれないことはなかった。今でも、そうしなかったのを後悔している。だが、あのころのおれは、それほど無茶になっていなかったから、ただひどい目に遭わせるだけで気が晴れた。あの三、四年、おれは六週間と言わず、四週間に一度ぐらいは、あの呪われたプリンチピノに行き会うことになった。そんなとき、殆ど決まって、こちらは多勢に無勢だった。やがて、おれは十五になった。年や頭からいえばまだ子どもだったが、力と負けん気にかけては、おれはだいたいおとな並みだった。海の上、山の上の空気や風が、おれの気性を鍛え上げたことを思えば、それも驚くには当たらない。

こうして十五の年、おれは生まれて初めて、シチリア随一の盗賊の大豪傑、テスタ＝ルンガに会った。よかったら、この人物の話はあした話して聞かせよう、この人の記憶は、おれの心に永遠に生き続けるだろう。きょうは、これで失礼しよう。洞窟のなかで大切な相談事があって、ぜひ顔を出さねばならぬのでな。

ゾトは出ていった。それからわれわれは、ひとりびとり今の話をもとに、ゾトの人となりについて似かよった感想を述べ合った。今、話に出たような勇気ある人々は、尊敬せざるを得ない、とおれは明言した。勇気といっても、美徳の尊重に向けてそれを役立てなくては、尊敬に値しない、というのがエミナの意見だった。十五、六歳の盗賊って、さぞかし、ふるいつきたいほどだったでしょうね、とジベデが言った。

夕食が終わり、あとはそれぞれ寝所へ引き上げた。夜中、従妹は、またもや、おれのところへ忍んできた。エミナが言った。

「わたしのアルフォンス、一つだけ犠牲を払ってくださらないかしら。それは、あなたのためにも、わたしたちのためにもなることなの」

「美しい従妹よ」おれは彼女に答えた。「そういう前置きは、一切やめにしてくれ。どうしてほしいか、飾らず、ぼくに言いなさい」

「愛するアルフォンス」エミナが言った。「その首にさげた飾りが。わたしたち、それがあると身が縮まって寒けがするの。それ、本物の十字架の切れ端だとか言ってたわね」

「ああ、これかい」おれは、すかさず言った。「これだけは、お断りだ。片時も手放さないと母に約束したのだ。約束はすべて守るぼくだからね。そんなぼくではないと、ゆめ疑わないでほしいね」

従妹たちは何も言わず、ただいくらか拗《す》ねたように顔を硬ばらせた。そのあとは、その夜も前夜と殆ど変わりなく過ぎた。というのは、彼女らの貞操帯がはずされることはなかったのである。

第七日

翌日の朝、おれは前日よりも早めに目を覚ました。さっそく従妹たちに会いに行った。エミナはコーランを読んでいた、ジベデは真珠の飾りものやショールをいろいろと試しているところだった。それらの生まじめな営みをおれは甘い愛撫で中断させた。それは友情にも愛情にも充ちた愛撫であった。それから、われわれは食事をした。食事のあと、ゾトが途切れた話の糸を取り上げ、次のように語り始めた。

ゾトの物語――承前

テスタ＝ルンガの話をすると約束しておいたが、その約束を果たそう。このおれの親友は、元はといえばエトナ山の麓にある小さな街、ヴァル・カステラの平和な住民だった。この人には美しい妻があった。ある日、領主の若いデ・ヴァル・カステラ公爵が、領地巡視の折、他の名士夫人たちとともにお迎えに出たこの美女に目をつけた。若い公爵は思い上がった男だったから、美女の手によって捧げられる領民らの敬意に感じ入るどころか、ただただテスタ＝ルンガ夫人の魅力に心を奪われた。公爵は己の官能に呼びかける夫人の女らしさに圧倒されたとあけすけに口に出し、片手を彼女の服の下に滑り込ませた。そのとき、夫は妻のすぐ後ろにいた。彼は隠しからナイフを取り出し、公爵の心臓深く突き刺した。名誉を弁《わきま》えた男ならこんな場合、だれでもそうするだろうと、おれは思う。

このあと、テスタ＝ルンガは教会へ逃げ込み、夜中までそこに潜んだ。そこで、この先は別の生き方をしなければならぬと思いまどった末、つい先ごろからエトナの頂に逃げ隠れた山賊の仲間入りをしようと決心した。そこへ行くと、彼は山賊たちから頭目として迎えられた。

そのころエトナ山はとてつもなく大量の熔岩を吹き出したあとだったから、テスタ＝ルンガは手下とともにその熔岩流の真ん中に砦を築いた。それは彼を除いてだれも道を知らない場所にあった。こうして安全な巣窟が出来上がると、剛胆な頭目は副王に申し入れ、自分と仲間たちの罪に対する特別の恩赦を求めた。お上はこれを断った。思うに、それはお上の体面が傷つくのを恐れたためだ。すると、テスタ＝ルンガは近在の主だった百姓たちと談合に及んだ。そしてこう言った。

「わしらは盗賊だが、お互い円満に行こうじゃないか。わしがやって来て取り立てたら、あんた方の気の向くだけよこせばそれでよい。却《かえ》って領主もさぞ大事にしてくれるだろう」

これも盗みに変わりはなかった。もっともテスタ＝ルンガは、どんな場合にも掠めたものはそっくり仲間に分け与え、自分のためには最低の必要分しか取らなかった。それどころか、村里を通過するときには、並みの値段の二倍支払って品物を買い上げたから、間もなくテスタ＝ルンガは両シチリア全土の住民の賛仰の的となった。

前にも言ったとおり、うちのおやじの一党にいた部下の一部はこのテスタ＝ルンガの仲間に加わったが、当時、数年間というもの、一味はエトナ山の南を根城にヴァル・ディ・ノトやらヴァル・ディ・マザラやらの地方を荒らし回っていた。ところが、おれのこの話に出てくる時代、つまり、おれが十五歳になり立てのころ、山賊の一党は、ヴァル・デモニに本拠を移していた。そしてある日、僧院の農園に彼らが乗り込んできたのだ。

その敏捷ぶりといい、その派手やかさといい、いかような想像も絶するのがテスタ＝ルンガの兵《つわもの》どもだ。揃いの兵服をまとい、頭には絹の編み帽子を被り、腰の帯にずらりと吊った短筒や短剣がものものしい。銘々が長剣に加え鉄砲さえ備えている、これがおよその装備だ。彼らは三日がかりで農園の鶏を食い尽くし、ワインを飲み平らげた。四日目、シラクーザの竜騎兵の一隊が、一味を一網打尽にしようと進撃してくる、との知らせが入った。一同はそれを聞くと、心から大いに笑った。彼らは切り通しの道の両側に待ち伏せし、騎兵隊を襲ってちりぢりにした。十人にひとりの劣勢だったが、火力からいえば、こちらは全員のこらず、十にあまる飛び道具を敵に向けた、それもすべて極上の業物ばかりである。

勝ち戦《いくさ》のあと、山賊は農園へ引き揚げてきた。遠くから彼らの合戦ぶりを眺めていたおれは、すっかり夢中になってしまい、頭目の足元に身を投げると、ぜひとも一味に加えてほしいと頼み込んだ。テスタ＝ルンガは、何者かとおれに尋ねた。山賊ゾトの悴とおれは答えた。その懐かしい名を耳にすると、その昔、おやじの手下だった連中がいっせいに歓声をあげた。それから、そのひとりがおれを抱きしめ、テーブルの上におれを立たせて言った。

「皆の衆、テスタ＝ルンガの副頭目は、先ごろの合戦で殺された、代わりをだれにするか、一同、思案に暮れておった。二代目ゾトを副頭目に仕立ててはいかがか。娑婆では公爵やら大公爵の小悴に連隊を委ねたりしおるではないか。勇者ゾトの悴を、そう致して悪いわけがない。必ずやこの名誉を汚《けが》さないことは、わしが請け合う」

言い終わると、やんやの喝采《かっさい》が湧き起こり、衆議一決、おれは副頭目 ***Signortenente*** にされた。

おれの位は、初めのうち、ほんのご愛嬌のものだった。だからだれでも〈副頭目〉とおれを呼ぶたびに笑いだした。ところが、そんな調子を変えないわけにはいかなくなった。いつでもおれは、攻めるときには真っ先だったし、逃げる際には殿《しんがり》と決まっていた。それどころか、敵の動きを探るとか、一同の休憩地を確保するとかにかけて、おれに敵う男はひとりもなかった。時に、おれは敵地を窺うのに好適な岩山のてっぺんによじ登って時宜を得た合図を送り、時に、おれは幾日でも、敵の真っただなかに潜み、たくみに木から木へと隠れ了《おお》せることをやってのけた。エトナ山中のそれは高い高いマロニエの木の上で幾晩かを送ったのも、しょっちゅうのことだった。そんなとき、眠くてどうにも我慢しかねると、自分の体を大枝に縛りつけたものだ。それもこれも、おれにはたいしてつらくはなかった。なにしろ水夫見習いと煙突掃除で鍛えてあったからだ。

大活躍が認められて、とうとうおれは一党全体の安全を任されることになった。テスタ＝ルンガは、わが子のようにおれをかわいがってくれた。もっとも、口幅《くちはば》ったい言い方をすれば、おれの勇名は頭目を凌《しの》ぐほどになり、二代目ゾトの手柄話はシチリア全土の話題をにぎわせた。さしもの栄光も、年ごろの男としての甘い気晴らしに目をつぶらせたわけではない。前にも言ったが、おれたちの国では、山賊は英雄豪傑として人に慕《した》われる。だから、察しのとおり、エトナの羊飼い娘たちの心臓を射止めようと思えば苦もないはずのおれではあったが、おれの心臓は妙《たえ》にも美しい魅惑にこそ屈する運命にあった。そして愛の女神はおれの心臓のために願ってもかなわぬ女を用意していた。

副頭目になってから三年ほどが過ぎた、おれが十八のころ、一党は南へ移らざるを得なくなった。エトナ火山がまた噴火を起こして、隠れ家《が》が台無しにされたためだ。四日後、おれたちが乗り込んだ館はロッカ＝フィオリタと言った。おれの仇敵、プリンチピノの最大の領地と屋敷なのだ。

おれは、昔、やつから受けた侮辱などもう忘れかけていた。それでいながら、土地の名を耳にしたとたん、おれの恨みがそっくり頭をもたげた。驚くには当たらない、おれの土地では、人の心は無情なのだ。もしもプリンチピノ当人がそこにいたとしたら、おれは館を火と血の地獄にしてやっただろう、と今も思う。おれはせいぜい、そこらじゅうをめちゃくちゃにするだけにとどめたが、おれの動機を知る仲間は、おれに倣って狼藉の限りを尽くした。召使どもは、初めのうち抵抗しようとしたが、館のワインをふんだんに振舞ってやると、もうおとなしくなった。こうして、ロッカ＝フィオリタは、さながら、おれたちの〈夢の国〉となった。

こんな暮らしが五日続いた。六日目、間者《かんじゃ》から知らせがあった。シラクーザが総攻撃をかけてくる、隊のあとからはプリンチピノが公爵夫人とメッシナの名流の女どもと連れ立ってやって来るという。おれは仲間を引き揚げさせ、自分は好奇心から踏みとどまった、庭園のはずれのよく茂った槲《かしわ》の大木の上に身を潜めたのだ。それに先立ち、おれは庭を囲む石塀に、脱け出す便宜のため、穴を開けておいた。

待つうちに、軍隊が到着した。周囲一円に見張りを立てたあと、兵士たちは館の大門の前に野営した。やがて一つづきの輌が馬に揺られて着き、貴婦人らが降り立った。おしまいの輌にはクッションを積み重ねた上にプリンチピノが凭れていた。やつは、ふたりの馬丁の手を借りてようやっと輌を降り、一隊の兵士に先導されていった。館の建物にひとりの賊も残っていないと確かめてから、やつは貴婦人たちや、それにお付きの男たち数人を伴ってなかへ入った。

おれの大木の下には冷たい泉が湧いていて、大理石の卓のそばにベンチがしつらえてあった。ここは庭のなかでも、いちばん手のかかっている場所だった。そのうち一行はこちらへ来るだろう、とおれは見当をつけ、来たらよくよく彼らの顔を見てやろうと待ちかまえた。思ったとおり、半時間も経ったころ、おれと同じ年ごろの娘がひとりでやって来るのが見えた。天使もあれほど美しくはあるまい。おれは、にわかに心を揺すぶられ、そのあまり、木の高みから落ちかねないほどだった——安心して息《やす》めるように、いつものとおり、腹帯で枝に体を縛りつけていなかったとすれば。

娘は顔をうつ向けたまま、沈みきっている様子に見えた。ベンチにかけ、大理石の卓に倚りかかり、とめどなく涙を流した。思わず知らず、おれは枝を大きく傾《かし》げ、こちらは姿を隠したまま娘が眺められる場所へと身を移した。そのとき、プリンチピノが花束を片手に歩いてくるのが見えた。三年ぶりである。体つきは、もうおとなだった。味はないが、顔立ちは美しい。娘がやつを見たとき、その面《おもて》には一種の蔑《さげす》む色があった、おれはそのことで彼女に感謝した。

プリンチピノは娘に歩み寄り、得意げな様子で言った。

「ぼくの婚約者《フィアンセ》」彼はそう呼びかけた。「さあ、この花束を上げようね。でも約束してくれなくちゃ嫌だよ、二度と口には出さないって——ゾトの名前を」

娘は答えた。

「公爵さま、愛の徴《しるし》をくださるのに条件をお付けになるのは、間違いではございませんか、それに、わたしがすてきなゾトの話を聞かせなくなろうとも、家じゅうの者がゾトの噂をあなたにするでしょうね。あなたのお義母《かあ》さまご自身だって、あれほどの美少年は見たことがないと、お話しなさっていらっしゃいましたし。そういえば、あなたもあの場にお見えでしたよ」

プリンチピノは、ひどく気を損ってやり返した。

「シニョリナ・シルヴィア、忘れないでください、ぼくの婚約者だということを」

何も言わず、シルヴィアは泣きだした。

するとプリンチピノは、かっとなって言った。

「嫌なやつだ、そんなに山賊に惚れてるなら、思い知らしてやる」

言うなり、やつは口笛を鳴らした。

と、娘が大声で言った。

「助けて、ゾト、もしここにいたら、嫌なやつを懲らしめて」

言い終わらぬうちに、おれはその場に躍《おど》り出て、プリンチピノに言った。

「おれを覚えているだろうな。おれは山賊だ、殺す気なら貴様を殺せる。だがな、助けをお呼びになったお嬢さまに敬意を表して、貴様らの流儀どおり、決闘したいもんだな」

おれは短剣二本と短筒を四つ持ち合わせていた。おれは、そいつを半分に分け、十歩の距離を挟んで、それぞれに置いた。どちらに立つかは、プリンチピノの自由に任せた。ところが情けなや、やつは気を失ってベンチに倒れた。

それを見てシルヴィアがおれに口をきいた。

「勇ましいゾト、貴族の娘でも、わたしほど不幸せな者はないわ。ああ、公爵に嫁《とつ》ぐか、さもなくば修道院行き。そのどちらも、嫌です。一生、あなたのものになりたい」

娘はおれの腕のなかに倒れかかった。

おれが二つ返事で応じたのは、おわかりだろう。それにつけても、おれたちの退散をプリンチピノに邪魔されてはかなわない。短剣を抜き、石を金槌《かなづち》代わりに使って、起き直っていたやつの片手を取り、その手をベンチに釘づけにした。やつは悲鳴をあげ、またもや気を失った。

おれたちは庭の石塀に開けておいた穴を潜って脱け出し、山奥へ逃げ帰った。

おれの仲間で情婦《いろ》を持たぬやつはいなかった。おれにもそれができたのを仲間は喜び、女たちは、おれの女に従うと誓った。

シルヴィアと暮らして四か月経ったころ、おれは彼女をあとに北へ旅することとなった。そのころ新たな噴火があって、あとがどんな様子かを偵察するためだ。この旅のあいだ、おれは、それまで気づかなかった自然の美しさに目を開いた。打ち続く草原、随所に口を開けた洞穴、木々の緑、これまでは待ち伏せの場やら防塁《ぼうるい》しか目に映らなかった場所にそれらがあるのにおれは気づいた。おれの不風流な山賊の心をシルヴィアが和らげてくれたのだった。だが、そのこころが再び荒れ狂うまで長くはなかった。

しかし先を急ぐまい、話は山の北への旅に戻る。山の北——これはシチリア流儀の言い回しで、エトナのことは、いつでも、山 ***il monte*** と呼ぶ慣わしだ。まず、おれは、仲間うちで〈哲学者〉[1]と通称のある切り立った大岩を目指したが、そこへは近づけなかった。エトナの中腹に開いた風穴が熔岩流を噴き出して、それが鋭い峰の少し上で二手に分かれ、一マイルほど下で合流している。このため、そこだけが近寄りがたい島のようになったからだ。

おれは、すぐさま、これはたいした場所だぞと思い当たった。もう一つ、ここの頂にはごっそり栗の実を貯蔵しておいたから、それをみすみす捨てかねもした。苦心のかいあって、おれは昔、通った覚えのある岩穴の抜け道を見つけた。それを辿っていくと峰の下、というより峰そのものにぶち当たった。とっさに、おれは、この土地には一党の女たちを住まわせるがいいと決心した。おれは、そこに木の葉で屋根を葺《ふ》いた小屋をいくつか建てさせた。おれは、丹念にその一つに飾り付けをした。それから南へ戻ったおれは、全員を連れて、そこへ戻った、一同は新しい隠れ家に満悦だった。

あの幸せな隠れ家で過ごしたころの記憶を今こうして話していると、あの時間が、おれの一生を襲った酷《むご》たらしい波瀾万丈のなかで、いかにもそこだけ森閑と際立っているのがわかる。おれたちは焔を上げる熔岩流のお蔭で人間世界から切り離されていた。愛情の焔がおれたちの官能を灼いた。だれもがおれの命令に従い、だれもがおれのかわいいシルヴィアに従順だった。最後に、おれの幸せの骨頂は、ふたりの弟が、おれのもとへ来てくれたことだ。弟はふたりとも、痛快な冒険を潜り抜けてきている。そのうちいつか、お聞きになりたければ、話し聞かせるでしょうが、おれの話などよりよほどお気に召すこと確実ですよ。

1　エトナ火山の南にある。伝説によれば、ギリシアの哲学者、エムペドクレスがこの高みに観測所を設け、日の出を観察したという。

一生のうちにすばらしい何日間かを数え上げられないような人は少ない。しかしすばらしい何年間を指折り数えられる人がいるかどうか。おれの幸せは、まる一年と続かなかった。仲間の男どもは、お互い同士、極めて実直だった。仲間の女に色目を使うやつはいなかったし、ましておれの女に対してはなおさらだ。おれたちの島では嫉妬心は禁物だった。というよりは、一時的に排除されていただけのことだ。なぜなら、この狂気は愛の花畑への道を容易に見つけるものだから。

年若い山賊のアントニーノという男がシルヴィアに懸想《けそう》した。その激情は色に表れた。それはおれにも見て取れた。しかし男の浮かぬ表情に、片思いのままと知って、おれは平静でいた。ただ、やつの勇敢さを買っていたおれは、アントニーノを立ち直らせたいと心に願った。もうひとりの仲間、モロというのはこの男とは逆に臆病者で、おれは嫌いだった。テスタ＝ルンガがおれの意見を入れていたら、やつはとっくに追っ払われていたはずだ。

モロはうまうまと若いアントニーノの信用を買い、恋の仲立ちを約束した。モロはまた、言葉たくみにシルヴィアの耳に吹き込んで、おれには近くの村に隠し女があると思い込ませた。シルヴィアはそのことでおれを問い詰めるのを恐れた。女が不自然な態度をとり始めたのを、おれは彼女の心変わりのせいにした。同時に、アントニーノは、モロに焚きつけられ、これまで以上にシルヴィアにつきまとった。男の満足げな様子から、おれは、シルヴィアが彼を幸せにしているのだと思った。

おれは、この種の紛《もつ》れごとを解きほぐすのが不得手だった。おれはシルヴィアとアントニーノのふたりを刺した。瀕死のアントニーノは、おれにモロの裏切りを明かした。おれは血塗れの短剣を握りしめ、極悪人モロを求めた。やつはおろおろと膝をつき、おれに白状した――ロッカ＝フィオリタ公爵、つまりあのプリンチピノから金で雇われ、おれとシルヴィアとを亡きものにしようとしたこと、おれたちの仲間に投じたのも、まさにこの企みを果たすためだったこと。おれはモロを刺し殺した。それから、おれはメッシナへ行き、娑婆の人間に化けて公爵家に潜り込むと、プリンチピノを血祭りに上げ、やつの腹心とあとふたりの犠牲をおれが先立たせてやったあの世へ送った。これがおれの幸せの結末、栄光の幕切れだった。おれの勇気は、命を命と思わぬ不遜に変わった。こうして仲間たちの無事についても、おれは全く気を払わなくなったから、たちまちに、おれは彼らの信頼を失った。つまるところ、はっきり言って、あのときからこっち、おれは月並の一介の盗賊になりさがったのだ。

それから間もなくテスタ＝ルンガが胸を患って死んだ。そこで一党はばらばらになった。エスパーニャに詳しい弟たちは、あちらへ行こうとおれを説得した。おれは十二人の手下を率いて出発した。タオルミナの湾《いりうみ》に出て三日間潜伏のあと、四日目に二本マストの船を分捕《ぶんど》り、それに乗ってアンダルシア地方の浜に着いた。

なるほどエスパーニャには、いくつも連山があって、都合のよい根城ならすぐにも見つかるが、おれはシエラ・モレナを選んだ、そして一度もそれを悔んだことはない。輸送中のピアストル貨[1]を奪ったのが二回、そのほかの大泥棒も何度かやった。

おれの跳梁に宮廷はやきもきしだした。カディスの知事は、生け捕ろうと殺そうとかまわぬから、おれたちをやっつけろと命じ、数隊を差し向けた。一方、ゴメレス家の大長老からは、ここの岩屋を隠れ家にしてはどうかと、おれに言ってきた。おれは迷わず承知した。

グラナダの評定所は顔を潰されたままでは済まなくなった。おれたちが捕まらないと見ると、山間《やまあい》にいたふたりの羊飼いの男を引っ捕えさせ、ゾトの弟どもと偽って、首吊りの刑にした。このふたりはおれの顔見知りだったから、やつらがいくども人殺しを犯したことは、おれも知っている。人の話では、ふたりはおれたちの身代わりに首を括《くく》られたのを恨みに思い、夜な夜な絞首台からさまよい出ては、しきりに人騒がせをやっているそうだ。おれはそういう実地を知らないから、その点は何も言えない。ただし、実をいえば、おれは何度か絞首台のそばを通ったことがある、夜中、月のある晩だったが、そこには縛り首の死体は見当たらなかった、そのくせ朝になると、ちゃんと戻っておった。

まあ、こんなところです、あんた方が聞かせてくれと仰ったおれの身の上話というのは。うちの弟たちは、これほどめちゃな暮らしはしてこなかったから、もっと面白い話を聞かせるんでしょうが、やつらもその時間はない。船出の支度が整ったもので、明日の朝は発てるように、これから指図をしておかなくてはなりませんで。

ゾトは引き退った。美しいエミナが痛々しい響きを込めて言った。

「あの人の言うとおりね、幸せな時代は人間の一生のうち、ほんの短なものだって。きょうで三日、ここでご一緒したわけだけど、二度と決してこんな時ってもう来ないんですもの」

夕食の席もにぎやかなものではなかった。おれは、従妹たちにおやすみを言うのを急いだ。心のうちで、おれはおれの寝所でふたりに会えること、姉妹の悲しみを吹き払ってやれることを念じていた。

彼女たちは、いつになく早めにやって来た。しかも、いっそう嬉しいことに、いつもの帯《おび》はふたりの手にあった。その意味するところは容易に察せられた。それでもエミナは、おれに説明の労をとった。彼女はおれに言った。

「愛するアルフォンス、あたしたちへのあなたの献身は限りないものでした、そして、あたしたちの感謝の気持ちも、そうありたいと思います。おそらく、あたしたちとあなたとは、このまま永遠に別れることになるでしょう。他の女の人でしたらそれを恨みに思うでしょうが、あたしたちは、あなたの思い出のなかで生き続けるつもりです。ですから、今後、マドリードであなたの見かける女の人が、たとえ、心や姿の魅力にかけて、あたしたちに優ることがあろうとも、優しさや恋の激しさにかけて、その方はあなたに物足りなく思えるはずです。それはと

1　スペイン語の名称は「金ペソ」*peso duro* ではあるが、実際には銀貨で、イタリアのスクードに相当。

もかく、あたしのアルフォンス、もう一度お願いしたいのは、あたしたちを裏切らないとの以前の誓いを改めて立ててくださるのと、どんなに人があたしたちを悪く言おうと信じないと、もう一つ別の誓いも立ててくださることよ」

おれは、おしまいの項目を聞いたとき、吹き出さざるを得なかったが、それでも言われるままに約束を与えた。するとおれは、甘美な愛撫によって報われるのであった。それから再びエミナが言った。

「あたしの愛するアルフォンス、あなたの首に下げた形見の品が、あたしたちの邪魔よ。ちょっとでいいから、はずしてくれないかしら」

おれは断った。ところがジベデは鋏を手にしていて、それをおれの首の後ろへ持っていくと、リボンを切った。エミナは落ちた物を取り上げ、岩の割れ目へ投げ捨てた。

「あした、取り戻したらいいわ」彼女は言った。「それまでは、あたしと妹の髪の毛を編み合わせてこしらえたこの飾りを首につけてらして。ここについているお守りは浮気防止の効き目があるの。もっとも男の浮気に効くものがあればの話ですけど」

そう言い終わると、エミナは髪を留めていた金のピンを抜き、それを使っておれの寝台の帷幕《とばり》をぴっちり閉ざした。

おれも彼女に倣おう、そしてこの先の場面には、一切カーテンを下ろしてしまおう。ただ、眉目《みめ》麗しい姉妹が、おれの妻となったとだけ知っていただければ十分である。たしかに、暴力が汚れなき血を流して罪なきを得ない場合は多々ある。だが、それほどの残酷さが清く汚れなきものに奉仕して、それを明るみのなかに現出させる場合もあるのだ。おれと従妹たちのあいだに起こったことが、そうであった。そして、おれはそこから結論を下した——おれの従妹たちは、〈ベンタ・ケマダ〉の宿でのおれの夢とは些かも現実の繋がりは持たないのだと。

やがて、三人の官能が静まり、われわれがいくらかひっそりとなったころ、運命の鐘が夜半を打った。おれは、思わず身震いした。そして何か不吉な事件に脅やかされねばいいがと、おれの不安を従妹に打ち明けた。

「あたしも心配なの、あなたと同じに」エミナは言った。「危険は迫っているわ。でも、あたしの言うことをよく聞いて。あたしたちを人が悪く言うのを聞いても、信じてはいけません。耳だけでなしに、あなたの目も信じては駄目」

その瞬間、寝台の帷幕が乱暴に開けられた。モーロ人の服装をした堂々たる体軀の男が見えた。男は片手にコーランを、片手に剣を持っていた。おれの従妹たちは、その足元に平伏して声をあげた。

「偉大なゴメレス家の長老さま、お宥《ゆる》しください」

長老《シェイク》は物凄い声で答えた。

「どこじゃ、おまえらの帯は」

それから、おれのほうに向いて言った。

「哀れなナザレ人よ、貴様はゴメレス家の血を汚したのじゃ。イスラームを信ずるか、さもなくば、死んでもらおう」

おれの耳に恐ろしい唸り声が聞こえた。見ると、あの悪魔憑きのパチェコが、部屋の奥のほうから、おれに合図を送っているのに気づいた。従妹たちも彼を目に留めた。姉妹は憤然として身を起こすと、パチェコを捕え、部屋の外へ連れ出した。

「哀れなナザレ人よ」もう一度、ゴメレスの長老が言った。「この杯の中身を一気に飲み干せ、さもなくば、貴様は恥辱の死を遂げることになる、貴様の体は、ゾトの弟どもの死体のあいだに吊され、禿鷹の餌じきにされ、悪魔の慰みものとなる、よいか、やつらの魔物めいた変身のたびに使われることになるのじゃ」

かくなるうえは、名誉の命ずるところ、自殺しかないとおれには思われた。おれは悲痛の叫びをあげた。

「ああ、父上、ぼくの立場に置かれたら、潔く父上も毒を呷《あお》られるでしょう」

それから、おれは杯を取って、一息に飲み干した。とたんに、目のなかがくらみ、意識を失っておれはその場に倒れた。

第八日

　現に、こうして身の上話をしているからには、ご判断のとおり、飲み干したと思った毒で、おれは死なずに済んだわけだ。気を失って倒れたのだが、そのままそこにどれほどの時間いたのかはわからない。わかっているのは、目が覚めたその場所は、兄弟たち《ロス・エルマノス》のあの絞首台の真下だったことだけである。そして、こんどばかりは、目覚めたおれに一種の喜びがあった。というのは、おれには、少なくとも、死んでいなかったという満足感があったからだ。そのうえに、目覚めたところは、首吊り男のあいだではなかった、おれはふたりの左側にいたのだったが、右に目を向けると、もうひとり、首を括《くく》られたらしい男がいた、男は生きている様子はなく、しかも首には縄がかかっていた。が、よく見ると、男は眠っているだけだった、そこで、おれは男を揺さぶり起こした。見知らぬ男は、自分の居場所に気づくと、かっかと声を立てて笑いだし、それから言った。

「全くの話、カバラ[1]の修行ともなると、お互い嫌な目に遭わされますな。悪魔のやつらときたら、いろんな形になりすますもんで、どれが正体やら見分けもつかん。それにしても」と彼は言い足した。「なんで、わたしは首に縄なんぞつけているんだろう。毛を編んだ紐のつもりだったのに」

それから、彼はおれの顔を見上げて言った。

「ああ、カバラの修験者にしては、あなたは若すぎる。しかし、あなたも首にやってますね、縄切れを」

言われたとおりたしかに縄切れだった。エミナが自分の髪と妹の髪とで編んだと言いながら紐を首にかけてくれたことがおれの記憶にふと蘇《よみがえ》った。それならどういうわけなのか、おれは途方に暮れた。

カバラの修験者は、しばらくおれの風体《ふうてい》を見直し、それから言った。

「いやいや、あなたは、わたしたちの仲間なんかじゃない。お名前はアルフォンス、お母さまがゴメレス家の出身だ。あなたはワロン人近衛隊の隊長、勇敢だが、まだちょっと単純すぎる。それはいいとして、まず、ここを出なくちゃ。どう手を打つかは、それから考えましょう」

絞首台の柵の出入口は難なく開いた。おれたちはそこを出た。おれの目の下に再びロス・エルマノスの呪われた谷が見えていた。この先どこへ行くのか、修験者がおれに尋ねた。マドリード行きの街道へ出るつもりだとおれは答えた。

「それはよかった」彼は言った。「わたしもその方角ですよ。しかし、その前にちょっとお腹へ入れときますか」

彼は懐中からまず柄付きの金めっきのコップを一つ取り出した。次にガラス瓶（これには阿片の一種が詰まっていた）、最後にクリスタルの容器（これは黄色っぽい酒を入れてある）。彼はコップに一匙《さじ》ほど阿片を盛ってから酒の数滴をそこへ垂らし、飲めとおれに差し出した。おれは、もう一度言われる手間を省いた、それほど疲労困憊していたからだ。この秘薬は効果覿《てき》面《めん》であった。すっかり体力が回復した気分になり、おれはすたこらさっさと歩きだした。薬なしには、思いも寄らないことである。

陽がもうかなり高くなったころ、前方に因縁の〈ベンタ・ケマダ〉が見えてきた。

「この宿なんですよ、ゆうべひどい目に遭わせてくれたのは。でも、行ってこなくちゃ。食料を置きっぱなしできましてね。あれがあると、ぐっと違う」

おれたちは、そのとおり、荒れ果てたベンタに足を踏み入れた。食堂の卓にフォークの類が並び、山鶉《やまうずら》のパテとワインが二本出ているのを、おれたちは見つけた。修験者はなかなかの食欲を発揮した、彼の示す手本がおれを元気づけた。そうでなければ、食べようという勇気はと

1（一五三頁）カバラ（より正確にカバラーの表記もある）とは元来は口伝の意。中世ユダヤ哲学では十二世紀ごろから、カバラは新プラトン派の理論に基づいた神秘主義的な神学・哲学的体系へと発展する。聖典の真意は文面に隠されているというのがカバリストの考え方で、神の名の文字をさまざまに組み合わせることにより自然や社会の現象が左右できると彼らは信じた。フランス、イタリア、スペインに流行し、パレスティナへも及んだ。現代では俗にカルタ占い程度の意味に用いられることもある。

ても出なかったろう、なにしろ数日前ここで目にした一切に、おれは今も気が顚倒《てんとう》して、手足が竦《すく》んでいる有様だった。もし、だれかがその気になりさえすれば、われとわが身の存在をおれに疑わせることだってできたに違いないのだ。

腹ごしらえを済ませ、おれたちは部屋べやの一巡にとりかかった。するうちに、おれがアンドゥハルを発った日に泊まったあの部屋へ来た。おれの寝た不幸な寝床にも見覚えがあった。おれはそこに腰かけ、しばし振り返ってみた。このところ身辺に起こったすべての出来事、殊に洞窟のなかでのさまざまを思い返したのである。人が彼女について悪く言おうと信用してはいけない、というエミナの言葉が思い出された。

思案に耽っていると、カバラの修験者が、床板の隙間《すきま》に何か光るものが見えると、おれに言った。そばに寄って覗いたおれの目に映ったのは、ゆうべふたりの姉妹に首からはずされたあの形見の品だった。あのとき、投げられたそれが洞窟の岩の割れ目に落ちたのはたしかに見とどけた。そして今、それが板と板の隙間に光って見えている。おれはこんなふうに思い始めていた――本当は、おれはこの不吉な宿から出てはいなかったのだな。すると、あの隠者も、異端審問の僧も、ゾトの弟たちも、魔法の幻惑が生んだ幻にすぎないわけか。やがて、おれは、おれの剣の助けを借りて形見の品を取り戻し、再び首にかけた。

修験者は声をあげて笑い、そして言った。

「ほう、あなたのものでしたか。こちらで眠ったのなら無理もないですよ、絞首台の真下で目が覚めるのは。まあ、いいでしょう、そろそろ出かけなくちゃ。僧庵に着くのは晩になりますね」

おれたちは、また歩きだした、すると半道も行かぬうちに、向こうから修道士の隠者が来るのと出会った。すっかり歩き疲れている様子である。かなり離れているのに、こちらに気づき、隠者は大声に呼ばわった。

「おお、お武家さま、探しましたじゃ。また庵室へお出かけ召され。サタンの鉤爪から魂を引き抜くことじゃよ。すまんが、支えてくれるか。そなたのために、ひどい苦労を致しましてな」

一休みしてから、われわれは先を急いだ。老僧は、交替で肩を貸すおれたちに倚りかかりながら同行した。こうしてようやく庵室へ辿り着いた。

まずそこでおれの目に入ったのは、部屋の真ん中で横になっているパチェコであった。彼は断末魔の苦しみにあるかと見えた、少なくとも、死を間近にした人の恐ろしい喘ぎが彼の胸をかき裂いていた。おれは声をかけようとしたが、おれの見分けさえつかないのだった。隠者は聖水の容器を手に取り、パチェコに撒《ま》きかけてから言った。

「パチェコ、パチェコ、おまえの贖主の名において、おまえに命ずる、ゆうべおまえの身に起こったことを話すのじゃ」

パチェコは身を震わせ、一声、長く唸りをあげてから、こんな言葉で話した。

パチェコの話

坊さま、あなたさまが礼拝堂においでになり、連禱をなさっているときでした。こちらの戸口のところでとんとん音がして、山羊の声がしました。うちの白い牝山羊とそっくりそのままの声でした。うちのだな、わたしが乳を搾るのを忘れたのでせがみに来たんだな、と思いました。何日か前にも同じことがあったので、なおさらそう思ったわけです。庵室を出てみると、やっぱり白山羊で、こちらへ背中を向けて膨んだ乳を見せていました。せがまれたとおりにしてやろうとしますと、山羊はわたしの手を嫌って逃げる。立ち止まっては逃げているうちに、とうとう近くの断崖のすぐそばまで来てしまいました。

そこまで行ったとたんに、白山羊は姿を変え黒い牡山羊になった。わたしは、あっと息を呑んで、こちらへ逃げ戻ろうとする、ところが黒山羊はその前に立ちはだかる。次には後ろ脚で立ち上がり、燃えるような目でわたしを睨まえた、その恐ろしさに体じゅうが凍りつくほどでした。すると、呪われた牡山羊は角をわたしに突き立て、断崖のほうへ押しやる。すれすれのところまで追いつめると、黒い山羊は脚をとめ、わたしの死の恐怖を眺めて楽しんでいる。次の瞬間、山羊はわたしを突き落としたのです。お陀仏だ、とわたしは観念した。ところが山羊は谷底に先回りして、背中でわたしを受け止めた。わたしは何一つ痛い思いをせずに済んだのでした。

それも束の間、次の恐怖がわたしを捉えた。というのは、わたしが背中に乗るが早いか山羊は全速力で駆けだした、それも並みの走り方ではありません。一跳びすると、もう高い山を越え、次の山を飛び越える、千仞《せんじん》の谷さえ溝を跨《また》ぐほどなのでした。最後に山羊が体を大きく揺すぶると、わたしは振り落とされた、と、どういうわけか、わたしは岩屋の奥に来ているではありませんか。見ると、若い男がいる、先日、うちの僧庵に泊まったあのお方です。男は寝台の上にいて、そばには美しい娘がふたり、モーロの服を着た女でした。若いふたりの女は、いくどか男の人を優しく抱いたあと、男の人の胸飾りをむしり取った。そのとたんにどうでしょう、女たちは見る見る元の美しさが消え、目の前に現れたのは。ふたりの首吊り男、あの〈兄《ロス》弟たち《・エルマノス》の谷〉の男どもなのです。それなのに、若い男はまだ元どおりの美女を相手にしていると思い込んで、それはそれは甘い声で女の名を呼んでいました。すると首吊り男のひとりが、首にかけた紐をはずして、若い男の首にかけた。若い男はさも嬉しそうに、相手をちやほやしてやるのでした。そのうちにカーテンが閉まったからどうなったかわからない、ですが、さぞかし恐ろしい罪を犯したに違いありません。

　わたしは大声で叫ぼうとしました、けれどそれが声にならない。どのくらい経ったでしょうか、そのうち夜中の鐘が鳴った。すると間もなく、一匹の悪魔が入ってくるのが見えた。火の角を突き立て、しっぽからは焔が燃え立ち、数匹の小悪魔がそのしっぽを後ろから支えていました。

悪魔は片手に一冊の本を持ち、片手には鉾《ほこ》を構えていた。そしてムハンマッドの教えを受け入れぬならば貴様を殺す、と男を脅《おど》しました。キリストさまの教えを戴く者の魂の危険を見るに見かねて、わたしは必死の努力をしました。そのかいあってか、わたしの意見は向こうに通じたように見えたのです。ところが、そのとき、首吊り男は、揃ってわたしに跳びかかり、わたしを岩屋の外に引き立てました。すると、そこには黒い山羊が待っていました。首吊り男のひとりが山羊に馬乗りになり、別のひとりがわたしの首に跨ると、わたしたちを駆り立て、山越え谷越え、突っ走らせました。

わたしの首に跨った首吊り男は、踵《かかと》でわたしの横っ腹をしきりに蹴立てるのです。しかし、思いのままにならぬと知ると、すっ跳びながらも二匹の蠍《さそり》をつかみ、それを拍車のように両足にくっつけて、めったやたらにそれでわたしの腹を引っ裂き続けるのでした。ようやく僧庵の戸口に着き、悪魔らはわたしを残して去りました。けさになって、わたしが意識を失っておりますところを、坊さま、あなたさまが見つけてくださいました。あなたさまの腕に抱き取られていると気づいたときには、助かったと思いましたが、蠍の毒がわたしの血に入り込んで、全身の腸《はらわた》が引き裂かれるよう、これではもうとても命はございますまい。

こう言うと、悪魔に憑かれた男は恐ろしい唸りをあげ、あとは沈黙した。

やがて隠者が口を切り、おれに言った。

「お武家さま、お聞きのとおりじゃ。そなたが、二匹の悪魔と肉の交わりを持つなどとは、あり得たことかな。さあ、告白なされ、そなたの罪を懺悔《ざんげ》なされ。神のご慈悲は無限でござるぞ。お答え召されぬか。あくまでも頑《かたく》なで通すおつもりかな」

しばし思案ののち、おれは答えた。

「坊さま、悪魔に憑かれたこの若殿が見たものと、わたしの見たものとは違っております。わたしたちのうちどちらかの目が幻惑されていたか、それともふたりがふたりともよく物が見えなかったか、どちらかでございましょう。しかしながら、ここにお見えのカバラの修験者は、やはり〈ベンタ・ケマダ〉に泊まってこられた方です。この方の話を伺えば、この数日来、わたしたちの気がかりとなっている事件の性質に新たな光明が見つかろうかと存じます」

「セニョル・アルフォンス」カバラの修験者は応じた。「わたしのように、オカルトの勉強に携わる人間は、何でもあけすけに話すわけにはいかない。でも、あなたの好奇心を満たすだけのことは、できる範囲でやってみましょう。でも、今夜じゃなしにね。よかったら、これから夕食をいただいて、休むとしましょう。一夜明ければ、お互いまともに戻れるでしょうし」

隠者はつましい夕食をわれわれに供した。そのあと、だれしも眠ることしか考えなかった。カバラの修験者はいくつかの根拠をあげ、魔に憑かれている男のそばで夜を過ごすことを主張した。そしておれは、先夜と同じく、礼拝堂へやられた。帆布張りのベッドは、そのまま置かれていた。おれは、そこに横になった。隠者はお休みを告げ、より安全を期するがため、戸口には鍵をかけていきましょう、とおれに断った。

ひとりきりになると、おれはパチェコから聞いた話のことを考えた。おれがあの洞窟で彼を見かけたのは間違いなかった。同じく、おれの従妹たちが彼に躍りかかって、部屋の外へ連れ出したのも紛れもないことであった。だが、おれはエミナから、自分のことにせよ妹のことにせよ、悪く思ってはならない、との警告を受けている。一つには、パチェコに取り憑いた悪魔どもが彼の五感をかき乱し、ありとあらゆる幻想を吹き込んでいる場合もあり得る。そう考えた末、おれはおれの従妹たちを正当化するための、また彼女らを愛するための動機の数々を心のなかに探った。そのうちに夜半を告げる鐘が聞こえた。

たちまち、おれの耳に表戸をたたく音と山羊の鳴き声が響いた。おれは剣をひっつかみ、戸口へ立って一喝した。

「貴様は悪魔か。なら、この戸を開けて見やがれ、坊さまの閉めた鍵だぞ」

山羊の声が消えた。

おれは寝床に戻り、翌朝まで眠り込んだ。

第九日

隠者が、おれを起こし、おれの寝床に腰をおろして言った。

「お若い方、けさ方、愚僧の不幸な僧庵はまたもや新たな魔の事件に襲われましたじゃ。大昔、エジプトはテバイ地方にこもった隠者たちも、かほどまでサタンの悪企《わるだく》みに曝されたとは思えませぬ。それに、そなたとともに参ったカバリストと自称致す人物についても、どう考えればよいものやら。パチェコを治してやると申して、なるほど、目立って快方へ向かうようにはしてくれたものの、そのやり方が特別で、カトリック教会の定めどおりの悪魔祓いの方法は全く無視しておった。庵のほうへおいでなされ。食事を済ませたら、ゆうべの約束に従って話を聞かせてくれるよう頼みましょうぞ」

おれは起き上がり、隠者に従った。聞いたとおり、パチェコの状態はかなりよくなり、その形相もきのうまでほどではなかった。片目のままは変わらぬが、垂れていた舌はちゃんと口のなかに収まっている。涎もこぼさないし、残った片目もそう不気味には見えない。おれはカバリストに、その腕前を褒めた。なあに、こんなことはほんの朝飯前で、と彼は応じた。やがて、隠者が朝食を運んできた。舌の焼けそうなほど熱い乳と栗の実が出た。

おれたちが朝食を摂っているあいだに、ぎすぎすに瘦せた男が入ってきた。その姿はいかにも恐怖を覚えずにはいられないのだが、いったいそのどこが薄気味悪いのかとなると、はっきりは言いがたい……。男はおれの前に来て膝をつくと、帽子をとった。それで、男が額に鉢巻をしているのにおれは気づいた。彼は施しものを乞うかのように、その帽子をおれに差し出した。おれは一枚の金貨を投げ入れた。異様な乞食はおれに謝し、それから言った。

「セニョル・アルフォンス、ご厚情は必ずや報われましょう。さて、申し上げますが、重大なお手紙がプエルト・ラピチェにてあなたを待っております。カスティーリャにお入りになります以前に、必ずご覧いただけますよう」

そう告げたあと、男は隠者の前に跪いた。隠者は彼の帽子を栗の実で満たしてやった。それから男は、カバラの修験者の前にも膝をついたのであったが、にわかに身を起こして言った。

「貴公からは何もほしくない。おれの正体をここで明かしたら、きっと後悔するぞ」

そうして男は僧庵から出ていった。

乞食が行ってしまうと、修験者は声を立てて笑い、われわれにこう言った。

「あんな男の脅しなど、平気の平左です、その理由をわかっていただくために、まず、あれは何者かを言いましょう。あれこそは、さまよえるユダヤ人[1]、と言えば、噂に聞いたことがおありでしょうね。あの男はかれこれ千七百年、腰もかけねば横にもならず、休息も睡眠もとらずに来た。ずうっと歩きながら、そのあいだにあなたの栗を食べ、そして明朝までに六十里は行くでしょうよ。ふだんですと、あの男はアフリカの砂漠をあっちこっちと歩き回っている。野生の木の実で飢えをしのぐのがせいぜい、そして獰猛《どうもう》な野獣どもも、あの男に危害を加えない、それは、ヘブライ文字のタウの字、[2]神聖なその徴を額に刻まれているお蔭です。ご覧のように、ああして鉢巻で隠していますがね。こちらの国々に姿を見せることはめったになく、来れば、どこかのカバリストの秘術に迫られてのこと。もっとも、お断りしておきますが、あれを呼んだのは、わたしじゃない、やつが大嫌いなもんですからね。かといって、あの男が、あれでなかなか万事に通暁していることは、認めます。ですから、セニョル・アルフォンス、あの男の知らせを握りつぶしてよろしいとは、わたしは申しません」

「修験者殿」おれは答えた。「ユダヤ人の知らせは、プエルト・ラピチェに一通の手紙がぼくを待っているということでした。あさってにはあちらに着くでしょうから、必ず読むようにしましょう」

「そんなに長く待つ必要はないよ」カバリストは言った。「その手紙をさっそく手許にお届けできないほど、霊界に信用の低いわたしじゃない」

そう言うと彼は右の肩のほうへ顔を向け、命令調で何やら唱えた。五分後、テーブルの上に、分厚い一通の封書の落ちるのが見えた。宛名にはおれの名が書いてある。開いて読むと、次のような文面だった。

謹啓
畏れ多くもドン・フェルナンド四世陛下の御意に基づき当分の間、貴殿のカスティーリャ立入罷不レ成旨の趣きしかと申付候者也。右の厳命はエスパーニャ国に於ける信仰の純潔維持の大命を担ひ候異端審問所に対する貴殿の不埒なる振舞ひに専ら起因致す者にて候。国王への忠勤は些かも懈怠ある間敷候。向後三箇月間の賜暇命令書は本状に添附仕候間御受納可レ有レ之候。右の期間貴殿はカスティーリャ並びにアンダルシア両地方の国境周辺に滞留可レ有レ之候も当該両地方へ推参は一切罷不レ成候。尚御尊父に対しては心配御無用にて事態静観被レ遊候様手配相済候事為レ念申添候。

敬具

軍事奉行　ドン・サンチョ・デ・トル・デ・ペニャス

1 （一六四頁） ヨーロッパの伝説上の人物。十字架を背負っていくキリストをなぐりつけた。その劫罰として死ぬことを許されず永遠に地上をさまよう。七世紀には、すでに語り伝えられていたといわれている。

『サラゴサ手稿』ポーランド語版の編者、レシェク・ククルスキ教授 *Prof. L. Kukulski* によると、これに関する史上に有名な著作には、まず、イギリスの年代記作者 *Roger of Wendower* （一二三七年没）の記述がある。

　これはアルメニアのある司教の証言として、カルタフィロス *Kartafilos* なる〈さまよえるユダヤ人〉がアルメニアに生きていると述べたもの。カルタフィロスはローマの司政官ピラトの門番を務めていたが、キリストとは知らず、つい早く歩かせようと乱暴を働いてしまった。今は入信して赦しを待ち受けている。カルタフィロスは千二百年以上前のことを、はっきり覚えていて、なぐられたときキリストは「わたしは行くが、おまえはわたしの戻るのを待つのだ」と、仰ったという内容である。

次に出たのが一六〇二年出版のドイツ語のもの。この本では、〈さまよえるユダヤ人〉は一五四七年ハンブルクに現れた。男と会ったのはシレズヴィヒの司教 ***Paul von Eitzen*** だ。男は司祭に話した——わたしは、当時、エルサレムで靴屋をしていた、十字架を担いでキリストが家の前を通りかかったとき、疲れきったキリストに休むことを許さず、さっさと行けとばかり、キリストをなぐった、するとキリストは、こう仰った、「われは休まん、汝は、わが帰るときまで歩き続けん」そのとき以来、新約聖書（マタイ伝一六の二八）にあるようにキリストの再来を待ちながら、こうして世界を放浪しているのでございます、と。著者はウェストファリアの ***Chrisost Dudulaeus***、出版社は ***Kristof of Grutzes*** というが、共にこしらえた名前であることは明瞭と教授は指摘する。この本の原題は ***Kurze Beschreibung und Erzälung von einen Juden mit Namen Ahasverus***。一六三四年版では題名を変えた。この本は十七世紀のベストセラーであったらしく、四十版を重ね、数か国の言葉に訳されもした。

そして〈地上のUFO〉ともいうべきこの人物を見たとの報告は、にわかに増えるのだ。同世紀中の出現（目撃）の報告は「一六七二年のアストラハン付近で」も含めてヨーロッパ全体で十数回、十八世紀に数回、一八六八年、アメリカはソルトレーク・シティ付近の出現が最後となっている。

中世イタリアでは一四五〇年までの二百年間に四件が報告された。かくて〈さまよえるユダヤ人〉を巡って世界各国さまざまな伝説が生まれたが、スペインではこの人物は ***Juan Espera en Dios***（いかにも作った名！）と名乗り、額に押された劫罰の刻印を隠すため黒い鉢巻をしている。

なお教授は触れていないが、これとは別に神を呪ったがため永遠に航海する運命に遭う船長、〈さまよえるオランダ人〉 ***The Flying Dutchman*** の伝説が十七世紀なかごろに生まれた。童話集に『幽霊船』として書かれたドイツのハウフ ***Wilhelm Hauff***（一八〇二—二七）による物語がある。詩人ハイネ ***Heinrich Heine***（一七九七—一八五六）の ***Der Fliegende Holländer*** からはワグナーの同名のオペラが成立した。

書状には三か月間の賜暇命令書が同封され、公文書の書式に従って署名が連なり、封蠟を施してあった。

われわれはカバラの修験者に向かい、彼の飛脚たちの迅速ぶりを称賛した。そのあと、われわれは、前夜の約束どおり〈ベンタ・ケマダ〉の一件を話してくれるよう彼に頼んだ。カバリストは、きっと話のなかには、あなた方の理解に苦しむことが多々あると思いますよ、と前置きして、しばし考えをまとめる様子であったが、こんなふうに切り出した。

カバラ修験者の物語

わたしの名は、エスパーニャではドン・ペドロ・デ・ウセダといい、ここから馬に乗って一日がかり先にこの名儀で結構な館を構えています。ところが、本当の名はラビ・サドク・ベン・マムゥンと申して、ユダヤ人なのです。こんなことを明かすのは、エスパーニャではちょっとした危険[1]ですが、あなた方を信頼して申し上げるのと、それに、わたしを痛めつけるなんてそう簡単じゃないと見得を切っておきましょう。わたしの運命に対する星の影響は、生まれた瞬間からはっきり出始めました。わたしの星を占った父親は、わたしの誕生が太陽の乙女座《おとめざ》入りのときに当たると知って大喜びをしたものです。実を言えば、父はちょうどそうなるように万事、手を尽くしておいたのですが、そんなにぴったりといこうとは期待していなかった。わたしの父、マムゥンが当代きっての占星術師であったことは、改めて言うまでもありますまい。もっとも占星術は、父のほんの手慰みの一つでした。というのも、父はカバラの造詣の深さこそ一流で、その点、父と肩を並べるラビはひとりもないほどだったからです。

　わたしが生まれて四年後、父は娘を持ちました。妹は双子座《ふたござ》の生まれでした。星の違いはあっても、わたしと妹とは同じ教育を受けました。わたしがそろそろ十二、妹が八つの年には兄妹はもうヘブライ語、アラム（カルデア）語、シリア（シロ・カルデア）語、サマリタ語、コプト語、アビシニア語、そのほかいくつかの滅んだ言語、ないし滅びつつある言語[2]に通じてい

2（一六五頁）　タウ תּ tof の文字がなぜ神聖であるのか、あるいは一六六頁から始まる註1にあるように〝劫罰の刻印〟となるのかは不詳。

1　ユダヤ人追放令が出たのはイザベラ女王の時代である。ユダヤ人追放も、グラナダのアラブの最終的な滅亡も、コロンブスのアメリカ大陸発見と同じ年、すなわち一四九二年であることは記憶に値する。追放された数は十五万ないし二十万、ユダヤ人は隣国ポルトガルのほか北アフリカおよびフランス、イタリアなどに四散したが、ポルトガルも九七年に追放令を出し、多くはネーデルランドへ移住した。

2　いずれもユダヤ教の成立と不可欠の言語である。旧約聖書関係の著作は、初めはヘブライ語だったが、紀元前三—四世紀ごろから用いられなくなり、代わってアラム語が登場する。アラム語の東の方言がシリア語、西の方言がサマリタ語。このアラム諸言語も九世紀には滅びた。ユダヤ教関係の文献は、ヘブライ語の原典が失われたものも、その大部分は翻訳の形で保存された。コプト語もその一つ。コプト語は古代エジプト語の最も新しい形だが、十七世紀には話されなくなる。同じく翻訳文献の残る北アビシニア語は十三世紀に用いられなくなる。（それにしても、言語が滅びるとは何なのだろうか）

ました。そのうえに、兄妹はある単語に用いられたすべての文字をカバラの法則が示すあらゆる方式に則って組み合わせることも[1]、石筆《せきひつ》の助けを借りずにできるようになりました。

わたしが十二歳の終わりに、兄妹とも、耳元にきちんと捲毛を縮らせてもらい、わたしの生まれ星の品格を損わぬように、食べる肉は、わたしの場合は童貞の、妹には処女の動物の肉と決まっていました。

わたしが十六になった年、父はカバラの根本となる神性十因 *Sefiroth*[2] の神秘を兄妹に手ほどきしました。最初に父がわたしたちに持たせたのは〈光明の書〉[3]、その名はこの書の放つ光明が悟性の目を眩ますほど明るすぎ、内容が理解できないことから来ています。こうして読んだのが〈神秘の書〉 *Sifra Dizniutha*、この書物はそのなかの最もわかりやすい一部が、そのまま謎として通用する。そして、〈大ホール〉 *Idra Rabba* と〈小ホール〉 *Idra Suta* の二書、このホールとは裁判所、つまりサンヘドリン *Zanhedrin*[4] のことです。この二書は、ヨハイの子でほかに二巻の著作を遺したラビ・シメオンが、特に文体を和らげ、友人仲間にごく卑近な事柄を説くという会話形式の著だが、実は、ここには最も驚嘆すべき神秘が啓示されている。手っとり早く言うと、それらの啓示は、すべてが預言者エリヤ[5]から直接に発している、エリヤはひそかに天上から降臨なされ、ラビ・アバという仮の名で、その友人仲間の集まりの席に同席なさったのでした。

たぶん、あなた方は、こうした聖なる書についてはおよそのことはわかっておる、とそうお思いかもしれない、一六八四年にカルデア語の原語を付けたラテン語訳[6]が出ていて、あれを読んでおいでだろうから。出版はフランクフルトという小さな街でしたね。ところがですよ、そういう思い上がりは、われわれには笑止千万なのです。なにしろ書物を読むためには、視覚、つまり目という肉体的器官があれば、それで十分であると思い込んでるわけですから。なるほど、あれこれの現代の言語については、それで足りるかもしれない。だが、ヘブライ語はそうはいかない。ヘブライ文字は、一字一字が数を表す、一語一語が英知の結合である。さらに一つ一つの言い回しは、一個の驚くべき定式なのであって、声調気息、相共に正しく発音された

1　カバラの術には各文字の数的価値の組合わせが重要である。聖書の各文字、単語、数字の組合わせから、この世ならぬ思想を汲み取ることができるとカバリストは考えた。数字の持つシンボルについては、例えば十は宇宙の完璧を意味するというピタゴラス派の考えを採り入れた。

2　神性を形づくるのは十の基本元素《エレメント》によるものであるとするカバラの定義。

3　〈光明の書〉***Sefer ha-Sohar*** 十三世紀にレオンのモーセス・ベン・シェムトプなる人が古い伝承を集大成したカバラの聖典。モーセスはこの著作があたかも二世紀のラビ、シメオン・ベン・ヨハイの著であるかのようによそおったが、ベン・ヨハイ自身の筆に成ったはずの ***Sefer ha-Sohar*** そのものは今日《こんにち》まで発見されていない。〈光明の書〉は、次頁の〈神秘の書〉***Sifra Dizniutha***、〈大ホール〉***Idra Rabba***、〈小ホール〉***Idra Suta*** の三部から成る。

4　裁判権のある議会のこと。古代エルサレムで七十人から成った大法廷は俗世の事件を、二十三人から成った小法廷は信仰上の事件を扱った。長老会議と訳されることもある。

5　ユダヤ伝説にしばしば登場する聖書中の預言者。不死身であったと言われ、旧約の「視よエホバの大なる畏るべき日の来るまへにわれ預言者エリヤを汝らにつかはさん」（マラキ書四の五）に従って再度、地上に現れると信じられている。

場合には、山をも動かし川をも涸《か》らす力があるの[1]です。ご存じのように神アドナイは言葉によって世界を創られた、そのあと神アドナイ自身が言葉となった。言葉は大気を打ち、精神の戸を叩く、言葉は感覚に霊魂に作用を及ぼす。いかにわれらとは異教のあなた方でも、ここは、容易に結論づけ得るところでしょうが、言葉こそは物質とあらゆる次元の霊的存在とのあいだの真《まこと》の仲立ちなのです。これについてわたしが申し上げられること、それは毎日毎日、わたしたち兄妹が新しい知識を獲得するばかりではなしに、新しい能力をもわがものとして行なったことです。そしてたとえ、その能力を敢えて役立てないまでも、わたしたちは少なくとも、われわれ自身の力を感じる喜び、それについての内的自信を抱く喜びを持てたのです。しかし、わたしたちのカバラ学の喜びは、痛ましい事件のためやがて中断されました。

　父マムゥンの体が日に日に弱っていることにわたしたち、妹とわたしは気づいていた。父は純潔な霊魂そのものが人間の形をまとい、地上界に姿を現したような人でした。ある日、父は兄妹を書斎に呼びました。いかにも厳《おごそ》かで霊気に満ちた様子ですから、兄妹は思わず父の前に跪いてしまう。父はそのままにさせておき、砂時計を指さして、兄妹に言いました。

「あの砂の流れ切らぬうちに、わしはこの世のものではなくなるだろう。わしの言葉を、一言も聞き洩らさぬように。息子よ、まずおまえに言っておく。わしはおまえに天上生まれの伴侶を定めておいた。ソロモン王がシバの女王に生ませた娘たち[2]だ。この娘らは単なる人間として生まれる運命にあった。ところがソロモン王は、存在し賜う者の大いなる御名を予め女王に明かしていた。女王はいよいよ出産のそのとき、その御名を唱えた。大いなるオリエントの精霊たちが駆けつけ、一組の双子の娘らを手に受けた、人呼んで地上と名づける不浄の場に触れぬうちにだ。精霊はふたりの赤子を神エロヒムの娘らの領内に運び込んだ。ここで双子の赤子は不死身という恵みを授かった。しかも双子が共通の夫として選ぶこととなる相手にその恵みを伝える能力まで授かった。ソロモン王が、かの〈歌のなかなる歌〉[3]のなかで称《たた》えているのは、まさしくこの妙《たえ》にも妙なる双子の娘のことなのだ。おまえは、あの神聖な祝婚の歌の九つの唱句を別の九つの唱句に置き換えて読みなさい。そしておまえ、わしの娘よ、おまえのためには、いっそうすばらしい結婚を運命づけてある。一組の双子、ギリシアではディオスクレス[4]の名で、

6（一七一頁） ***Cabbala denudatta*** と題する訳書は ***Christian Knorr von Rosenroth***（一六三一―八九）の執筆。上巻が一六七七―七八年に ***Sulzbach*** で、下巻が一六八四年に ***Frankfult am Mein*** で出版され、ヨーロッパのカバラ研究者の必読書となった。

1 聖書の片言隻句には、表面上の意味のほかに神秘が匿されており、その秘めた意味をつかみ取れば、神通力が発揮できるとカバリストは信じた。

2 旧約によれば、ソロモン王は、妻七百人、愛人三百人（列王紀略上一一の三）があったが、シバの女王とのあいだに娘が生まれたとするのは、アラブの伝承である。

3 ***Schir hasch-schirin*** ふつうソロモン王の〈雅歌〉と訳される。旧約の詩篇中に収められ、紀元前四世紀以前の形式が保たれている。

4 ギリシア語で〈神ゼウスの息子たち〉の意。ギリシア神話によると、白鳥に姿を変えたゼウスがレダと結び、そのあいだにカストル ***Kastor*** とポルックス ***Polluks*** の男の双生児が別々の卵から生まれた。兄弟の生まれたのはスパルタの地、レダはスパルタ王ティンダレウスの妻であった。

フェニキアではカビル[1]の名で知られる天上の双子の兄弟、そのふたりがおまえの夫となる。ああ、わしは何を話しているのかな。おまえの感じやすい心よ。わしは心配だ、それは一個の人間……砂が流れる。わしは死ぬ」

こう言い終わると、父は息絶えました。そして今まで父のいた場所に、わたしたち兄妹が見つけたのは、光り輝く軽やかな一握りの灰ばかりでした。わたしはその貴い灰を拾い集めました。わたしはそれを壺に納め、わが家の祭壇の智天使《ケルビム》たちの翼の下に祀ったのです。

不死身となれるうえ天上のふたりの妻を娶るという希望に励まされ、わたしのカバラ研究にいちだんと熱が入ったことはご想像のとおりです。しかしながら、そのような天の高みへ舞い昇る勇気の出ないまま数年の年月が過ぎました。そしてわたしは、せいぜいが第十八天界の精霊たちをわたしの呪文のままに動かす程度に甘んじておったのです。そのうちにも、わたしは次第に自らを鍛え上げ、昨年は〈歌のなかなる歌〉の冒頭の唱句の研究に取りかかりました。その唱句をもとに最初の一行を書き上げたとたん、物凄い物音が起こり、わたしの館はその土台ごと揺れ動くかのようでした。わたしは微塵の恐れも覚えず、却ってわたしの仕事の成功を告げるものと確信しました。わたしは二行目に移りました。それが済むと、机の上のランプが床に跳び、いくどか跳《は》ねていき、部屋の奥の大きな鏡の前で止まりました。寄って見ると、鏡のなかに女の足が映し出されています。美しい足ですが、その先端しか見えません。それからもう一組の足が見えました。この惚れ惚れとする足はソロモン王の双子の娘の足に違いない、とわたしは思い込むことにしました。しかし仕事の先を急ぐべきだとは考えませんでした。翌晩、さらに仕事にかかると、こんどは四つの足とも踝までが見えた。そして次の晩には膝まで脚が現れた。しかし太陽が乙女座から出てしまったので、そこで仕事を中断せざるを得ませんでした。

やがて太陽が双子座に入り、妹がわたしのと似た作業にかかると、妹はこれに劣らぬ不思議な幻を見たのですが、わたしの物語とは無関係なので、その話は致しません。

ことしになって、わたしは作業再開の心づもりでいましたところ、さる有名な導師がコルドバに行脚《あんぎゃ》されると聞いたのです。この人のことについて妹と議論し合った末、わたしは彼に会いに出かける気になりました。少し遅く館を出たため、その日は《ベンタ・ケマダ》に着くのがやっとでした。幽霊が出るため捨てられたあの宿を見つけ、わたしは幽霊など怖くはないので食堂に腰を落ち着け、連れのネムラエルに夕食を仕入れてくるよう言いつけました。このネムラエルというのは身分の低い小妖精で、こうした用事によく使いますが、先ほどプエルト・ラピチェから手紙を取ってきたのは、この男妖精です。言いつけられたネムラエルはアンドゥハルへ行き、泊まり客のベネディクト派僧院長の眠っている隙に苦もなく夕食を盗み出し、わ

1　*Kabir*　フェニキアの神。父親と独り息子のカビル父子が、船の守り神とされた。この信仰がフェニキアの船乗りを通じてギリシアの港にもたらされると、ギリシア人は前項のディオスクレスと混同した。

たしのところへ運んできました。翌日、あなたと食べた山鶉のパテは、その夕食の残りです。前夜は疲れきって殆ど手をつけなかったものですから。さて、わたしはネムラエルを妹の許へ返して、息《やす》みに行きました。

夜中、わたしは十二時を告げる鐘の音《ね》に目が覚めました。これを前奏として何か化物が現れるんだろうと覚悟して、もしも出てきたら追っ払ってやる気でいました。幽霊ってやつは邪魔くさいし、不愉快ですからね。そんなつもりでいると、部屋の真ん中の食卓がぱっと明るくなった。次には空色をしたこびとのラビが現れ、ふつうのラビがお祈りするときのように書見台の前で小刻みに体を動かしていた。背の高さは一尺足らず、着ているものが青いだけでなく、顔も顎ひげも書見台も本も、すべてが青い。間もなくわたしは、これは幽霊ではなく、第二十七天界の妖精だと気づいた。名前も知らないし、だいいち、面識もない妖精です。ともかくも、わたしはどこの妖精に対しても、ある程度の効き目を表す呪文を唱えたのです。すると、こびとの空色のラビは、わたしに顔を向けて言いました。

「おまえは仕事を逆《さか》さまから始めた。それゆえソロモンの娘らは足元から先に、おまえに姿を見せた。終わりの唱句から始めよ、そして、まずふたりの天の美女の名を求めよ」

そう言い終わると、ラビは消えました。こびとのラビの言は、カバラのすべての法則に反することでした。でも、わたしは弱気からその入れ知恵に従いました。〈歌のなかなる歌〉の最後の唱句に取りついて、ふたりの不死身の女の名を求めると、その答えがエミナとジベデと出ました。奇妙だな、と思いながらも、わたしは霊寄《たまよ》せの術を施し始めたのです。すると大地が恐ろしく揺れ動きました。頭上の天空が裂けたと見るや、わたしは意識を失って倒れました。

気がつくと、わたしは光まばゆい室内におり、天使より美しい数人の若者の腕に抱かれているのでした。ひとりが言いました。

「アダムの息子よ、汝の霊魂を取り戻せ。汝はここ、不死身の者たちの住まうところへ来ておる。われらを統《す》べるのは神エロヒムの先導をなさったがゆえ、地上より召され賜《たまわ》った長老エノク[1]であられる。われらが大祭司は預言者エリヤが務め、そのお召し車は、汝がいかなる惑星への散歩を欲するときにもつねに汝の自由となろう。われらの身分はといえば、われらは神エロヒムの息子らと人界の娘らとの交わりより生まれたエグレゴル[2]である。見るように、われらのあいだにはネフリム[3]と呼ぶ巨人もおる、だが、その数は少ない。来たれ、われらは汝をわれら

1　旧約では、三百六十五歳まで生き、神とともに歩み、神に召された人物。（創世記五の二三）エノクは、聖典に収められていない経外書を著したとされていたが、「死海文書」から紀元前一世紀のアラム語による「エノク書」が現れた。それまでは一七九六年発見のエチオピア訳を一八二一年に出版したものが知られていた。天使から明らかにされた目に見える、また見えない世界の秘密、太陽と月の運行の理論、死後の人間の運命などを記している。

2　***egregor***　「エノク書」によると、天使たちが人間の娘らとのあいだに設けた子らはすべて巨人で、エグレゴルと呼ばれた。

3　***neflim*** はヘブライ語で大男の意。ネピリムとも。前項と同じく天使と人間の娘のあいだの子。（創世記六の一―四）

の王に引き合わせよう」

わたしは彼らのあとに従い、エノク王の坐《ざ》す玉座の足元に出ました。わたしは王の眼《まなこ》から発する火に耐えられず、王の顎ひげの高さまでしか目が上げられませんでした。その顎ひげは月の暈《かさ》のようにうっすらとした光を放つかと見えました。その声は耳を劈《つんざ》くかと恐れたのに、それは天上のオルガンの響きよりも優しい声でした。

「アダムの息子よ、汝の妻たちをここへ導かせよう」

間もなく見えたのは預言者エリヤの入ってくるお姿です。預言者が両の手に引くふたりの美女の色香はとうてい人間の思いもよらぬものでした。その艶《えん》なる様はあえかなあまり、魂が透けて見えるのです。そしてその女ごころの焔が、その血脈のなかを滑り流れて血と混ざり合う様子もはっきり見て取れるのでした。そのあとから、ふたりの巨人《ネフリム》が燃えさかる篝火《かがりび》を台ごと運び入れました。この三つ足の台は金より数等も貴《とうと》い金属で作られており、それに比べれば金も鉛にすぎません。わたしは両手をソロモンの娘たちの両手に預けられ、姉妹の毛髪を編んだ紐がわたしの首にかけられました。そのとき篝台から吹き出す生気に満ちた清らかな焔が一瞬にしてわたしのなかの生者の不浄を焼き尽くしたのです。わたしたちは栄光の光輝を放ち、熱情に灼けた床《とこ》へと導かれました。大きな窓が開け放たれると、それは第三[1]の天界に通じていて、そこから流れてくる天使たちの合奏の調べが、わたしの恍惚をいやがうえにも高めてくれるのでした……ところが、申すまでもなく、翌朝、目覚めると、わたしはロス・エルマノスの絞首台の真下にいた。わたしの傍らには、あのおぞましい死体が並び、そして、それ、あなたも寝ていらした次第です。どうやら、これは甚だ悪辣《あくらつ》な悪霊の仕業というのが、わたしの結論ですが、それが何者であるか、その正体はわかりかねます。わたしが大いに恐れるのは、こうした出来事が、ソロモンの本当の娘たちのわたしに対する心証を損いはしないかという点なのです。わたしは、まだ彼女たちのほんの足の一部しか見ていないのですが。

「不幸な盲人じゃ」隠者が言った。「それに、何を後悔しておるか。すべては、そなたの不吉な技からくる幻にすぎぬ。そなたを弄《もてあそ》んだ夢魔は、不運なパチェコに最も恐るべき呵責を加えおった。そして同様の運命が必ずやこちらのお若い方を待っておるのじゃ。もっとも、こちらは頑なに口をつぐんで自分の過ちを打ち明けなさらん。アルフォンス、わが子アルフォンス、悔い改めなされ、今からでも遅うはないによって」

こうも執拗に告白を隠者から迫られるのは、ひどくおれの気にさわった。お勧めのお志はありがたく存ずるが、当方には名誉の掟という指針があると、おれは冷ややかに返答した。それをきっかけに話題が転じた。

カバラの修験者がおれに言った。

1 「エノク書」は天界を七つに分け、第二の天界には堕《お》ちた天使が住み、第三の天界には天国があり、第七の天界には神がまします、という。

「セニョル・アルフォンス、異端審問所から告発され、国王からはこんな辺鄙《へんぴ》な場所で休暇をとれと厳命を受けたあなただ、ひとつわたしの館を提供しますよ、妹のレベッカにも会えるわけだし。あれは頭も切れるが、それと同じくらい別嬪《べっぴん》でね。そうだ、来てくださいよ、あなたはゴメレス家の血筋だ。この血はわれわれにも関心を持つ義務がある」

おれは隠者の顔を窺った。この申し出をどう思っているか、その目を読み取るためである。カバラの修験者はおれの考えを察したらしく、隠者に向かって言った。

「坊さま、あなたのことは、あなたのお考え以上によく存じ上げていますよ。あなたは、信仰によって多くのことがおできになる。わたしの道は、さほど神聖ではないが、しかし、決して悪魔の道でもありませんよ。あなたも、うちへいらしてください。パチェコをお連れになれば、治療にも好都合だし」

隠者はそれに答える前に、まず祈りを上げ、それからしばし瞑想すると、われわれのほうへにこやかな表情で戻ってきて、喜んでお伴しましょうと返事をした。カバラの修験者は右の肩へ首を回し、馬を差し向けるように命じた。またたく間に、二頭の馬が僧庵の戸口の前に現れた。おまけに騾馬の二頭も揃っていたから、これに隠者とパチェコを乗せた。ベン・マムゥンの話では、館は馬で一日の行程のはずだったが、一行は一時間たらずで着いた。

道々、ベン・マムゥンは、学に勤《いそ》しむ妹の話を、たっぷりおれに聞かせた。そのせいで、髪の黒いメディア[1]のような女が手には魔法の杖を握り、何やら口に呪文を唱える姿をおれは心に思い浮かべた。ところが、この想像は全く当てがはずれた。館の表門でわれわれを迎えに出たレベッカは、いかなる想像をも超えて愛想よくまめまめしい女だった。美しい金髪は手を加えないまま肩まで届いている。純白の長衣をただ投げやりにまとっているふうだが、それを数か所で留めているピンは測り知れぬ値《あたい》の品である。その外見からして、もともと身なりには一向にかまわぬ人柄と見えたが、いっそう気を用いたとしても、これ以上のみごとさは望めなかっただろう。

レベッカは兄の首に飛びついて言った。

「ずいぶん心配させたわ。ずっと連絡は入っていたけれど、最初の晩だけはなかったもんだから。いったい、何があったの」

「あとで、すっかり話して聞かせるさ」ベン・マムゥンは答えた。「今は、お連れしたお客さまのご接待だけを考えてくれよ。こちらは谷の隠者さん、こちらの若い方がゴメレスの一族の人」

1 *Media* 太陽神ヘリオスの孫娘、魔法にたけていた。恋人イアソンが叔父である王の厳命により〈黄金の羊毛〉を求めて大船アルゴに乗り勇士五十人と船出するのに同行、これを助けて皮ごろもを得させた。帰国すると留守のあいだにイアソンの父王を殺めた叔父を魔法によって煮殺す。イアソンが彼女を裏切り、コリントス王の娘を娶《めと》ろうとするのを知ると、イアソンとのあいだのわが子を殺し、さらにコリントス王とその娘を毒殺する。メーデイアという表記もあるが、ここでは慣用に従う。

レベッカはそっけないほどの目で隠者を見たが、その目をおれへ向けたとき、彼女の顔は朱《あか》らむかのようだった。レベッカは悲しげな面持ちで言った。

「あなたが、わたしたちのひとりでないことが、あなたの幸せに通じますように」

一同がなかへ通されると、跳ね橋がするすると上がって閉じた。館は広大なものだが、すべて十分に掃除や手入れが行き届いている様子であった。それでいて、召使はふたりしか見かけなかった。共に黒人の血を受けた混血の男女で、年のころも同じだった。

ベン・マムゥンはまず書庫に案内した。これは円形の広間で食堂も兼ねていた。混血の男はテーブル掛けを広げると、そのあとオリャ・ポドリダと四人分の食器を並べた。レベッカは食卓に着かなかったからである。隠者はいつになくたくさん食べ、いちだんと人間らしい顔つきになった。片目のパチェコは魔に憑かれていることも忘れたようであった。ただ深刻な顔で黙りこくっている。ベン・マムゥンも食事は弾んでいたが、何やら気に懸るふうで、きのうの夜中の事件についていろいろと考えることができた、とわれわれに洩らした。テーブルを離れると、彼はわれわれに言った。

「お客さま方、これだけ蔵書がありますから、暇つぶしにご覧ください。ご用があれば、男の召使が何でも致します。わたしはこれで失礼、妹と大事な仕事がありますので。では明日、食事の時間にお目にかかります」

ベン・マムゥンは、そう言って引き退り、われわれは、いわば、この館の主人公として気ままに残された。

隠者は書棚から砂漠の修道士たちの伝説を取り出し、パチェコに命じてその数章を読み上げさせていた。おれはテラスへ出て眺望した。眺めは前方の断崖でとぎれ、その底には、むろん目には見えないが急流が奔《はし》っている気配で、水の轟きが聞こえた。味けない風景ではあったが、眺めているおれは深々と心の和む思いを覚えた。いや、むしろ、その眺めがおれに引き起こすさまざまな感情に身を任せていた。それは憂愁ではなかった。それはここ数日のあいだ、おれが投げ込まれた苛酷な動揺のなかで、精も根も尽き果てたための殆ど無感覚のようなものであった。わが身に起こったことに考えを巡らせながら、皆目、実体の摑めない結果、おれはもうそれを思い患う気力が持てなかった。気が狂うのを恐れたのだ。ウセダの館で静穏な数日を過ごせるという望みが、今のおれにはいちばんの慰めであった。テラスを離れて、おれは書庫へ戻った。やがて若い混血の男が軽食を供した。乾した果物の類と冷たい肉だった。そこには不浄の肉はなかった。それから、われわれは別れた。隠者とパチェコとは一緒に一つの寝室へ導かれ、おれは別の部屋だった。

おれは横になり、寝込んだ。しかし間もなく、おれを起こしたのは美しいレベッカであった。彼女は言った。

「セニョル・アルフォンス、ごめんなさい、お息《やす》みのところをお邪魔して。兄に言われて参りました。実は、兄がベンタで関わった二匹の悪霊の正体を突きとめようと、それは恐ろしい呪術をふたりでかけてみました。しかし、うまい結果が出ないのです。わたしたちはバール神[1]の仕業と考えていますが、あの連中ですと、わたしどもの手には負えません。けれども、エノク王の宮殿は、実際にも兄の見たそのままなのです。この点は、わたしどもにとって肝腎なところです。それにしても、あなたのご存じの限りを、ぜひお聞かせ願えませんか」

そう言うと、レベッカはおれのベッドに腰かけた。だがそれは、あくまでそこに坐るためだった。そして、今、おれに求めた事件の説明にもっぱら気を取られている風情に見えた。しかし、その説明を彼女は入手できなかった。他人には洩らさないと名誉にかけて約束してありますので、おれは、それだけを言うにとどめた。

「でも、セニョル・アルフォンス」レベッカが続けた。「二匹の悪魔に与えた名誉の約束が、あなたを拘束するなんて、どうして考えられるんですか。だって、わたしどもには、それが二匹の女の悪魔だということ、それに名前はエミナとジベデだということ、それだけはわかっているんですよ。ただ、わからないのは、この悪魔の正体なんです。なにしろ、わたしどもの学問でも、他の学問と同じように、一切を突きとめ尽くすのは不可能なことで」

おれはあくまで突っぱね通し、その話はもうしないでほしいと彼女に頼んだ。すると、彼女は、一種の好意を含む目でおれを見つめ、そして言った。

「なんてあなたは幸せなんでしょう、美徳の原理というものがおありになって、すべての行動をそれで律し、良心が平静でいられるのですもの。それに比べて、わたしどもの定めは、なんという違いでしょうか。人間の目に許されないものを見ること、そして人間の理性には理解できない事柄を知ること、わたしどもはそれを願ってきました。わたしという女は、そんな崇高な学問のためにできてはいません。悪魔を支配する空しい帝国なんか、どうでもいいの。わたしは、ひとりの夫の心をわがものとするだけで十分に満足な女です。父の遺志だからこそ、わたしはわたしの運命に従わねばならないのです」

そう言いながら、レベッカはハンカチを取り出し、涙を隠す様子であったが、すぐに言い足した。

「セニョル・アルフォンス、明日の晩も同じ時間、お伺いすることを許してくださいね。あなたの頑固さを——あなたの言い方に従えば、約束の固執を——打ち破る些かの努力をさらに続けるために。もうじき、太陽が乙女座に入ります。そうなったら、もう時間切れで起こるべきことが起こってしまうでしょう」

さようならを言いながら、レベッカは友情の表現を込めておれの手を握った。そしてカバラの仕事へ戻るのが、いかにもつらそうに見えたのだった。

1 *Baal* 古代セム族が信仰した豊饒の神々。

第十日

　おれは、いつもより早く目覚めた。テラスに出て、太陽が大気を灼く前に、おれは思う存分、朝の空気を吸い込んだ。辺りは静かだった。渓流の音もいくらか鳴りを潜めたかのようで、小鳥たちの鳴き交わす声が聞こえていた。

　外界の自然の休らぎがおれの魂にまで届き、カディスを発ってからこちらの幾日か身辺に起こったことどもを、多少、平静に振り返ることができた。カディス知事のドン・エンリケ・デ・サ将軍の口からふと洩れた言葉を、今となっておれは思い起こした。それは将軍もまたゴメレス家の秘密と関わりを持ち、少なくとも秘密の一部は関知していると思わせるものだった。おれのふたりの従者、ロペスとモスキートを見つけてくれたのも、この将軍だった。して見ると、ロス・エルマノスの荒涼たる谷にさしかかる前に、あの二人がおれを置き去りにしたのは、将軍の命令であるかもしれなかった。人があなたを試練にかけたがっているのね、従妹たちは、よくそうおれに言ったものだ。だとすれば、おれはベンタ・ケマダの宿で薬を盛られ、眠っているあいだに絞首台の下へ運んでいかれたのであるとも思えた。パチェコが片目を失ったのは、ふたりの首吊り男と関わりを持ったからではなく、まるっきり別の事故によるとの考えも成り立つ、それならばパチェコの初めの怪談は作り話なのだ。しきりに懺悔を迫ると伴《よそお》い、おれの秘密を探り出そうとするあの隠者は何者か、あれはゴメレス家の回し者で、おれの口の堅さを試練にかける狙いかもしれない。

ようやく事件のあらましがほの見え、妖怪変化の手を借りなくとも説明がつきかけたそのとき、遠くからひどく陽気な音楽が、おれの耳に響いてきた、音は山を巡って登ってくるようである。その調べは次第に聞き分けられるようになり、やがて楽しげなヒターノスの一団が、歌いながら、また独特のタンバリンやカスタネットの伴奏つきで、調子をとりとり近づいてくるのが見えた。彼らはテラスから遠からぬ場所に小さな天幕を張った。お蔭でおれは、彼らの服や箱馬車の華やかな様子を容易に見物できた。おれは、これが隠者から聞いたベンタ・デ・カルデニャスの旅人宿の用心棒役を務めている例のヒターノスの一味かと想像したが、それにしては品がよすぎるように見えた。おれが眺めているあいだに、彼らはテントを立て並べ、焚火に鍋をかけ、近くの木立に赤子たちの揺籃《ゆりかご》を吊った。そうした支度がすべて整うと、再び流浪の暮らしと切り離せない楽しみ――その最大のものが何もしないことだが――に身を委ねた。

親方のテントは、金色の玉のついた長い棒が出入口に立ててあるばかりか、ふつうのテントには見られない立派な縁飾《ふちかざ》りなどもついていて真新しいので目に立つ。見ているうちにおれは、あっと息を呑んだ。そのテントが開き、なかから立ち現れたのは、従妹たちではないか。エスパーニャのジプシー服 *gitana maja*《ヒターナ・マハ》と呼ばれるあの豪華な衣裳を翻している。ふたりはテラスの足元まで近寄ったが、おれに気づいた様子はなかった。それから彼女らは仲間の女たちを呼び、ポロ[1]という踊りを始めた。その民謡の文句は、よく知られている。
わたしがパコに誘われて
手に手をとって踊るとき
わたしの体は柔らかになって
甘いケーキのようになる
Quando me Paco me azze
Las palmas para vaylar
Me se puene el corpecito
Como hecho de marzapan
もしも甘やかなエミナとかわいいジベデが裾長のモーロ服をまとって踊って見せてくれていたなら、目新しいこの服の姿に劣らずおれを魅惑しただろう。ただ、きょうのふたりに、おれはどこか意地悪い嘲笑するような様子を見ないわけにいかなかった。それは手《て》相見《そうみ》の彼女らにふさわしくないではなかったが、同時にそれは、そういう新しく思いがけぬ姿で現れておいて、この先、おれを相手に何やら新趣向を見せつけようとの企みを予告するかに思われた。

館は念入りに鍵がかけられ、鍵はもっぱらカバラの修験者が握っていたから、外に出てヒターナスたちに立ち混じることはできなかった。しかし、地下室へ降りれば、その向こうは急流になり、こちら側には鉄格子が嵌《は》まっていて、あそこなら近くから眺められ、話しかけることさえ不可能ではない、しかも館の住人に見咎められることもなかろう。そう考えて、おれはその秘密の場所へ降りていった、踊子たちとのあいだは河床を隔てるだけである。だが、従妹たちと見たのは、目の狂いだった。しかし、雰囲気も年恰好もよく似ていた。

思い違いを自分に恥じながら、おれはゆっくりとテラスへと引き返した。そこへ戻ってもう一度、目をやると、そこにあの従妹たちを認めた。ふたりもおれに気づいたのか、高々と笑い声をあげ、それからテントのなかへ引き揚げていった。おれの鬱憤が爆発した。

〈ああ、なんということだ。あんなに優しい、あんなにかわいいふたりが、あれこれと姿を変えては人間をからかういたずら妖精だとは。ひょっとして魔法使、悪くすると、首を吊られた男どもの忌まわしい肉体に乗り憑って悪業を働く呪うべき吸血鬼であろうとは〉さっきまで、すべては妖怪変化の助けを借りず説明がつくと思われたのに、今はまたどう考えてよいかおれにはわからなかった。

そんなことを思いつつ、おれは書庫へ入っていった。机の上に厚い一巻が載っており、ゴシック文字の標題には、『ハペリウス綺譚』[2]とある。本は開かれたままで、ページが折ってあっ

1　*polo*　アンダルシア地方の舞踊。四分の三拍子の歌つきの音楽につれて踊る。

2　*Happelius* とはドイツの多作な小説書き *Eberhard Werner Happel*（一六四七—九〇）のこと。この綺譚集 *Relations curieuses do Hapelius* は *Grössesten Denkwürdigkeiten der Welt oder so gertannten Relationes curiosae* と題する五巻物。ハンブルク版の第三巻には *Die stincksnde Bublschaffi* と題して、このチボーの物語に似た、しかし遙かに長い作品が収められている。

た様子なのは、新しい一章の始まる目じるしなのだろう。以下は、おれの読んだその章の物語である。

チボー・ド・ラ・ジャキエールの物語

その昔、フランスはローヌ川の畔の街リヨンに、ジャック・ド・ラ・ジャキエールという名の富裕な商人がいた。もっともド・ラ・ジャキエールという立派な苗字は商売をやめてリヨン市の市長となったときからのものだ。この要職に就けるのは、大財産もあり品行方正の定評ある人物に限られていた。事実、このド・ラ・ジャキエール市長もなかなかの人で、貧しい人々には慈善を、僧侶らの聖職者（つまり主《しゅ》によれば、真に貧しき者ら）には恩恵を施した。

ところが、その市長とは似ても似つかぬのが独り息子で近衛兵の小隊長を務めるチボー・ド・ラ・ジャキエールだった。暴れん坊で大の刃傷好き、手当たりしだいに女も騙せば、骰子《さいころ》賭博にうつつを抜かし、窓ガラス、街灯はぶち割り放題、悪口雑言は喚き散らす、路上で人を呼び止めては自分の古いマントを新品と、中古のフェルト帽を極上ものと無理無体に取っ替える恐喝沙汰も数知れない。パリ、ブロワ、フォンテヌブローと、国王のお出ましの行く先々《さきざき》、何かといえばチボー青年の悪評が立った。この噂は今は亡きフランソワ一世陛下[1]の上聞《じょうぶん》に達し、国王はこの若き士官の不行跡を遺憾に思し召し、リヨンへ送り返して自宅謹慎を仰せつけになった。父親の名市長、ド・ラ・ジャキエール邸に舞い戻ったわけだが、当時、そのお邸はベルクール広場の一角、サン・ラモン通りの入口にあった。

家では、まるで息子がヴァティカンから免罪符を頂戴して戻ったかと思われるほどに御曹子の帰宅を歓迎した。よく肥えた犢《こうし》一頭を潰したばかりか、名市長は息子のために友人知人を招いての宴会を催したが、その費用《かかり》は招待客一名について一エキュを遙かに上回った。それにとどまらない。一同は若者の健康を祝って乾杯し、こもごも彼に分別と悔悟とを要望した。ところが、この寛大な挨拶が若者の癇にさわった。彼は卓上から金杯を取り上げ、ワインを満たして言った。「おれがまともな人間になるくらいなら、この杯におれの血と魂を注《つ》ぎ込んで、悪魔の大王に献杯してやるぜ」その恐ろしい言葉は居並ぶ客の毛を逆立たせた。人々は十字を切り、なかにはその場をそっと立つ者もあった。

御曹子チボーも席を脱け、ベルクール広場へ息抜きに出た。すると、昔馴染みの仲間ふたりに行き会った。出たらめにかけては引けを取らぬ連中である。息子は仲間を抱擁し、自分の家へ連れ帰って、おやじや客のことはそっちのけに、どっと酒瓶を運び込ませた。

帰った日がそうなら、翌日も同じ、その後も連日、同様の行状が続いた。これには名市長も心を痛めた。そこで、守護神の聖ジャック様にお願いしようと思いつき、重さ十斤もある大蠟燭をその聖像の前に持ち込んだ。ところが、市長はそんな大蠟燭を祭壇の上に立てようと欲張ったから、蠟燭が倒れ、そのはずみでそこに灯っていた銀のランプを引っくり返してしまった。

1 *François I* フランス国王（在位一五一五―四七）。

もともとこの大蠟燭は別の機会のために作らせておいたものだが、息子の改心しか心中にない市長ゆえ、喜んで奉納したわけだ。にもかかわらず、蠟燭が倒れ、ランプが覆《くつがえ》ったのを見て、市長は、これはきっと不吉な前兆としょげ返って家へ戻った。

その日も、御曹子のチボーは仲間と一緒にお祭騒ぎだった。酒瓶をしこたま空《から》にしたあと、夜もだいぶ更け、真っ暗闇のなかを若者どもはベルクール広場へと繰り出した。外へ出た三人は肩を組み合い、粋《いき》がった様子で、こうすれば若い娘たちにもてるとのぼせ上がったやくざよろしく、通りをのしていった。ところが、今夜に限って何の獲物もない。娘も女も通りかからないせいだが、前にも言ったように月のない闇夜だったから、窓の向こうに女を見つけることも叶わなかった。とうとうチボーは、いつもの呪いの雑言を一声高く喚き立てた。「やい、悪魔の大王。おまえさんの娘っ子が通りかかったら、酔うほどたっぷりかわいがらせてもらうぜ、お礼にはおれの血と魂をおまえさんにくれてやろう」

連れのふたりは、それほどの女蕩《たら》しでなかったから、この言葉には眉を顰《ひそ》めた。ひとりがチボーに言った。

「滅相もないこと言うなよ。悪魔は人間の永遠の敵だ、頼みも呼びもしなくたって、悪さをしかけてくるに決まってる」

チボーは、やり返した。

「口にしたからには、おれはやってみせるさ」

そう言っているうちに、ベールを被った若い貴婦人が向こうの道から出てくるのに三人は目を留めた。ぴちぴちした体つきは初々《ういうい》しい年ごろを思わせる。女の後ろからは小さな黒人が小走りに来る。黒人が蹴つまずいて、つんのめり、提げたカンテラが壊《こわ》れた。若い女ははっと立ち竦み、どう足を踏み出してよいかわからない。そこへ御曹子のチボーが慇懃鄭重《いんぎんていちょう》に近づいて腕を差し出し、おうちまでお送りしましょうと買って出た。気の毒なダリオレットは、しばらくもじもじはしたが承知した。御曹子のチボーは連れのふたりを振り向いて小声に言った。

「見ろよ、お誂えどおり、さっそくよこしただろう。それじゃ、これで、お息《やす》み」

意中を察して、にやにやしながら、仲間はお楽しみ、と冷やかしを言って別れを告げた。

チボーが美人に腕を預けると、小さなカンテラを台無しにした黒人が先に立って歩いた。若い女は初めのうち、ひどく恥ずかしがり、足元も危うげに見えたが、少しずつ気を取り直し、遠慮なく若者の腕にすがるようになった。女は何度かつまずいたから、そのたびに若者は転ばぬように腕をきつくした。そんなとき、若者は彼女を支えながら、彼女の胸の辺りに自分の腕を押しつけた。それも獲物を怖がらせてはまずいので、そっと、目立たぬようにこっそりとやるのである。

こうして長いこと、どこまでも、どこまでも歩いた。しまいにチボーは道に迷ったかと思ったほどである。それでも彼は至極満悦だった、これほどの美人のためならお安いご用というわけである。それにつけてもまず知りたいのは、相手がどこのだれなのかである。そこでチボーは、腰かけて一休みしようと、とある門の辺りに見えた石のベンチに女を誘った。女は同意し、チボーはそのそばに腰をおろした。それから彼は上品に女の片手を取り、こんな気の利いた物言いをしてみせた。

「美しい迷子のお星さま、ぼくという星があなたに行き会えたこの夜、どうぞ、お聞かせ願えないでしょうか、あなたはどういうお方なのか、どちらにお住まいなのかを」

若い女は、初めひどくためらっていたが、だんだんと気を取り直し、こんなふうに答えるのだった。

〈闇の岩《ソンブル・ロッシュ》〉城の令嬢ダリオレットの物語

わたしの名はオルランディーヌと申します。ピレネー山中の〈闇の岩《ソンブル・ロッシュ》〉の城でわたしに付き添って暮らした実にわずかな人たちは、少なくともわたしをそのように呼んでおりました。あのお城のなかで、わたしの周りにいた人と申せば、まるで耳の聞こえない養育係の女と、あまりどもるので口がきけないと言ってもよいほどの召使の女と、目の見えない年寄りの門番とだけでした。

この門番には殆ど仕事がありません。なにしろ城門の鍵を開けるのは一年にたったの一度だけでしたから。年に一度そこを開けるのは、ある男の人が来るせいで、来るたびにその人がやるのは、わたしの顎をひょいと手で摑むこと、それにわたしのわからないビスケー地方の言葉[1]

で養育係と話すことだけなのです。わたしは〈ソンブル・ロッシュ〉の城に閉じ込められる前に、幸いなことにも言葉ができるようになっていましたけれど、わたしの牢屋のふたりの女が相手では言葉を覚えられるわけがありません。目の見えない門番はといえば、わたしたちの部屋のたった一つの窓の鉄格子の向こうから食事を差し入れに来るときのほかは見かけたことがありません。本当を言うと、耳の聞こえない養育係は、しきりにわたしに何やら躾のことで喚き立てるのでしたが、こちらも耳が駄目になったようにさっぱり耳に入りません、そのわけは、養育係は結婚の心得について話すのに、結婚とはどういうものか話してくれないからです。そのほか彼女は、いろいろ言うことは言うのに、何の説明もしてくれませんでした。やはり始終あったことですが、どもりの召使も、とても滑稽な話だから聞いてと、何やらわたしにその話を聞かせようと懸命にがんばってみるのでした。しかし、前置きから先は言葉に詰まってにっちもさっちもいかず、結局、諦めて行きかけるのですが、わたしに詫びを言おうとしても、話のときと同じに、どもってしまい、うまく言えた例《ためし》はありませんでした。

たった一つの窓と言いましたが、それは城の中庭に向いた窓のことです。別の窓はもう一つの庭（木が植わっていましたから、庭園とも言えるのですが）に向いていて、わたしの部屋からそこへ出入りできますが、あとの出口はありません。その庭で草花を育てるのが、わたしの唯一の楽しみでした。と、これは言いすぎで、わたしはもう一つ、これも同じ程度に罪のない

1　バスク語は大別して西部方言と中部・東部方言から成り、前者はビスケー方言とも呼ばれる。

楽しみがありました。それは大きな姿見で、毎朝、起きてから、というより起きぬけに、その前に行ってはつくづく自分を眺めるのでした。養育係も、わたしのように服を脱いで、鏡に映しに来ましたから、わたしの体と彼女の体とを比べては喜んだものです。養育係が眠ってしまったあと、寝るまでの一時《ひととき》、わたしはこの楽しみに浸りました。時には、姿見のなかに、わたしの身振りに応えて気持ちを分け合う、同じ年ごろの女友達が映っているとわたしは想像しました。そんな幻想に身を委ねることが重なれば重なるほど、その遊びが好きになりました。

毎年、一回だけ現れては、わたしの顎をひょいと手で摑み、それから養育係とバスク語で話をしていく男の人のことは、さっき申し上げました。ある日、この人は、わたしの顎を摑む代わりに、わたしの手を摑み、荷物運びの箱馬車《カローサ》に養育係ごとわたしを閉じ込めたのです。閉じ込めた、というのは本当です。馬車には上のほうから陽が射し込むだけだったからです。わたしたちは三日目、というより三日目の晩、少なくとも日が暮れてずいぶん時間が経ってから降ろされました。ふたりの男の人がドアを開け、わたしたちに言いました。

「ベルクール広場にお着きです。サン・ラモン通りの入口に当たります、こちらが市長のド・ラ・ジャキエールさんのお邸です。どちらへおいでになりますか」

「市長さんの邸のお隣の大門から車を入れてくださいな」養育係が答えました。

そう聞くと、若いチボーはにわかに緊張した。彼の隣にはたしかにソンブル・ロッシュという苗字の貴公子が住んでいたからだ。この人物は嫉妬焼《やきもち》きで通っていたが、そのうちにぼくだって貞節な奥方が持てることを見せつけてやると、いくどとなくチボーに吹聴《ふいちょう》し、ダリオレットとか呼ぶ娘を自分の城中で養わせていて、これが自分の奥方になる女だ、今に実証して見せる、と話して聞かせていた。だが、そのダリオレットが、よもやリヨンに来ていようとはチボーの及びも知らぬことだったから、その女が今や手中にあると知って心中ひそかに喜んだ。

それとは知らぬげに、オルランディーヌは、さらにこう言葉を継《つ》いだ。

そこで、わたしたちは通用門を抜けてから、案内されて広いきれいな部屋をいくつも通り抜け、そこから螺旋階段を伝って、昼間だったらリヨンの街全体が見晴らせそうな高い塔まで上がりました。ところが明るくなっても、そこから何も見えません。窓という窓は深い緑色の布でふさがれていたからです。その代わりに、塔のなかは水晶や色ガラスの美しいシャンデリアで明るくされていました。養育係は、わたしを椅子にかけさせると、自分の数珠をわたしの手慰みに与えて出ていきましたが、戸には鍵を二回も三回も回していったのです。

ひとりきりになると、わたしは数珠をほうり出して、帯のところに持っていた鋏を取り上げ、窓をふさぐ緑の布地に穴を開けました。すると、わたしの目の前近くに別の窓があり、その窓の向こうのとても明るい部屋のなかでは三人の若い男の人と三人の若い女の人とが食事をしているところで、みんな揃って美しく楽しそうな顔は、どんな想像も及ばぬほどでした。歌ったり笑ったり、飲んだり抱き合ったりしています。ときたま、相手の顎を摑んだりもしましたが、その様子は〈ソンブル・ロッシュ〉の城へ一年に一度、そのために来る男の人とはまるで違うのです。そのうえ、男の人も女の人も、着ているものを少しずつ脱いでいくのでした。それはわたしが夜ごと大きな姿見の前でしたこととそっくりそのままですが、ほんとうに、あの人たちには似つかわしく、わたしの年寄りの養育係とは違うのでした。

ここで御曹子のチボーは、それが前夜の自分たちのことだとはっきり知った。彼は腕を伸ばしてオルランディーヌの柔らかな肉づきのいい腰に回し、その体を自分の胸へ押しつけた。

「そうなの」女は言った。「ちょうど、そんなふうにしてたの、若い男の人たちが。たしかに、みんながみんな、とても愛し合っているように見えましたよ。ところが、どうでしょう、男のうちのひとりが、愛し方のいちばん上手なのはおれだって言いだしたのね。嘘《うそ》つけ、おれのほうだ、いや、おれだって、別のふたりの男の人が言ったの。この人よ、いや、こちらよ、女の人が言い合ったわ。そしたら、おれが一番だって言いだして自慢してた男の人、物は試《ため》しと、それは奇妙な発明を思いついたんです」

ここでチボーは、ゆうべのことを思い浮かべて、あやうく吹き出すところだった。

「そうですか」彼は言った。「美しいオルランディーヌ、その若い男の思いついた発明というのは、どんなのですか」

「ああ」オルランディーヌが言った。「お笑いにならないでね、あなた、たしかにあれはすばらしい思いつきでした。わたし、それは全神経を集中してたんです。そしたらドアの開く音がしました。わたし、大慌てで数珠を手に掛けたら、養育係が入ってきたんです。

養育係は、またわたしの手を摑んで、何も言わずに馬車にわたしを乗せました。こんどは、前と違った作りでしたから、なかにいても街の様子は見ることができました。でも、もうすっかり暗くなったあとなので、どこか遠い遠いところへ行くとしかわかりません。おしまいに馬車の停まったのは、街のずっとはずれの野原でした。郊外のいちばん端の家に馬車を停めたのです。見かけはまるであばら屋で、茅葺きだったりもするのですが、なかは、なかなかきれいにできています。あなたにもじきお目にかけられるわけですけど、黒人が道を覚えてさえいれば。そら、カンテラの具合が直ったとみえて、今、灯をつけていますよ」

オルランディーヌは、そこで言葉を切った。御曹子チボーは彼女の手にキスして言った。

「美しい迷子さん、そのきれいな家に、女ひとりで住んでいらっしゃるんですか」

「ひとりです」美しい女は言った。「この黒人とわたしの養育係がついていますが。でも、今夜は彼女は家には戻らないはずです。わたしの顎を摑みに来ていた男の人から伝言があって、今夜、自分の姉妹のところへ養育係と一緒に来るように、ただ、馬車は司祭を迎えに差し向けたので、わたしたちに回すことはできない、とそう言ってよこしたのです。ですから、わたしたちは歩いて出かけました。途中で、どこかの男がわたしたちを止めて、わたしのことを、きれいな女だって言いました。わたしの養育係は耳が聞こえないせいで、男がわたしに失礼なことを言ったと思い込み、男にやり返しました。ほかの人たちが大勢寄り集まってきて、その喧嘩に混ざり込みました。わたしは怖くなって走りだしました。黒人があとから駆けてきました。黒人が転んでカンテラが壊れたら、そこに、運よくあなたが来合わせ、巡り合えたというわけです」

御曹子のチボーは、この話のいかにも無邪気なのに魅せられ、何か気の利いたことを言おうとしかけた。そのとき小さな黒人が灯のついたカンテラを手に近づき、その明かりがチボーの顔を照らした、と、オルランディーヌが声をあげた。

「あらまあ。あの方ね、あなたは。あの面白い発明をなさった……」

「ええ、ぼくですよ」チボーは言った。「しかし、あのときぼくのしたことは何ほどのものではありません。あるぴちぴちした真っ正直なお嬢さんが、ぼくから期待できる事柄と比べるならば」

「でも、あなた、ぜんぶ愛しているみたいでしたよ、女の人三人とも」

「というのは、どの女も愛してなかったことになりますね」チボーは言った。

男からも、女のほうからも話が弾んだ。おしゃべりしながら歩いていくままに、男女は郊外のはずれ、茅葺き屋根の一軒家に着いた。小さな黒人が帯に吊した鍵で戸を開けた。

たしかに、家の内部は茅葺きの家のそれではなかった。フランドル産の壁掛《タピスリ》に織り込まれた人物画は、さながら生ける者のようなみごとな出来であった。シャンデリアの枝には細かな細工の銀が惜しげなく使われている。豪奢な飾り棚は象牙と黒檀、ジェノヴァ製のビロードを張った肘掛椅子は金糸の総《ふさ》で飾られ、寝椅子はヴェネツィアの波形模様《モアレ》の織物がきらきらと光った。だが御曹子チボーにとって、そんなものはすべて眼中にない。彼はオルランディーヌしか見ていなかった。彼はアヴァンチュールの大詰めにわくわくしていたのである。

そのとき、小さな黒人がテーブルを整えにやって来た。チボーは、それが初めから思っていたような子どもではないのに気づいた。それは真っ黒な小男で目も当てられぬ面相をしていた。そのうちにその男は、何やら見た目にも醜《みにく》からぬものを運び込んできた。金めっきの深い容器に、山鶉が四羽、こんがりと焼けていかにも食欲をそそる。それに黒人は香料入りの甘いワインの一瓶を小脇にしていた。飲み食いを始めるなりチボーは、液体の火が血管を循環するような気がした。オルランディーヌは少ししか口に運ばず、客のほうばかりを見ていた。その目は時に優しく無邪気ではあったが、別のとき、その目には、チボーをどぎまぎさせるほどのあだっぽさがたっぷりとあった。

ようやく小さな黒人がテーブルを片付けて去った。するとオルランディーヌはチボーの手を取って言うのであった。

「ねえ、今夜はどうやって過ごしましょうか」

チボーは答えに詰まった。

「わたし、いい考えがあるの」オルランディーヌが、さらに言った。「ここに大きな姿見があります。あの前で、いろんなふうに嬌態を演じてみましょうよ、わたしが〈ソンブル・ロッシュ〉の城でやったみたいに。あのころは養育係の体が、わたしの体と違うのを見て楽しんだのだけど、こんどは、わたしの体が、あなたの体と作りが違うのかどうか知りたくって」

オルランディーヌは姿見の前にふたりの椅子を移した。それから、まずチボーの首元の襞襟《ひだえり》の紐を解いて言った。

「首の作りはわたしのと殆ど変わらないのね。肩もそうだわ、でも、胸はずいぶんと違いますねえ。わたしの胸も、一年前にはこんなだったけど、すっかり膨らんできて、まるで昔と違うの。お取りになって、その帯。それからその下着も。何のためなんですか、この総飾《ふさかざ》りは」

チボーはもうとても堪《こら》えられなくなり、オルランディーヌを抱きかかえてヴェネツィアのモアレ張りの寝椅子に横たえた。彼は思った——おれみたいに幸せな男はこの世におるまい……。が、たちまち、その思いは消しとんだ。鋭い鉤爪が自分の背中に食い込むのを感じたからである。

「オルランディーヌ、オルランディーヌ」彼は叫んだ。「これはどういうわけだ」

オルランディーヌは、もういなかった。チボーの目の前には、打って変わった得体《えたい》の知れぬ醜怪な形の塊があった。

「あたしはオルランディーヌなんかじゃない」怪物は胆《きも》も潰れるような声で言った。「あたしゃベルゼブルさ[1]」

チボーはイエズスの名を呼ぼうとしたが、それと知ったサタンが彼の喉元に食らいつき、聖なる名を口にのぼすことを妨げた。

翌くる朝、リヨンの朝市へ野菜を売りに出かける途中のお百姓が、道ばたのごみ捨て場になっているあばら屋のなかから人の呻き声を聞きつけた。行ってみると、そこにはチボーが半分腐った死体の上に腹這いで寝ていた。お百姓は彼を抱き上げ、野菜籠を並べた上に横たえて、市長宅へと運んだ……不幸なド・ラ・ジャキエールは、息子に間違いないと認めた。若者はベッドに担ぎ込まれた。やがて彼はいくらか正気づく様子であったが、かすかな、殆ど聞き取れぬ声で、こう言った。

「ドアを開けてやって、お坊さんが来てる、お坊さんが」

1 ***Beelzebul*** 古代カナン人の神で地獄と悪魔の主《ぬし》。マタイ伝（一二の二四—二七）では、きけなかった口を治したイエズスに向かって、パリサイ人は、その神通力は悪鬼の頭《かしら》ベルゼブルの力を借りたのかと迫る。ヨーロッパの言語によってはベルゼブット、ベルゼブッブとも。

初め皆は何のことやらわからなかった。そのうちに、ドアを開けてみると、お年寄りの僧が入ってきて、チボーとふたりだけにしてほしいと頼んだ。言われたとおり、ふたりを残してドアが閉ざされた。長いあいだ、老僧の諄々と諭《さと》す声が聞こえ、その合間合間にチボーの力強く答える声がした。

「はい、お坊さま、悔い改めます。神のお赦しを心から願っております」

何も聞こえなくなるのを見計らって、人々はなかへ入った。老僧の姿は消えていた。そしてチボーは十字架を握りしめたまま死んでいたのである。

物語を読み終えたとたん、カバラの修験者が入ってきた。彼は物語から受けた感銘を、おれの目に読み取ろうとするかに見えた。実を言うと、それほどの感銘はなかったが、しかしそれを見抜かれたくはなかった。おれは自室に引き退った。そこへきて身辺の出来事を振り返るうちに、おれの考えはほぼ固まった。やはり悪魔が、おれをたぶらかすために首吊り男の体に乗り憑ったのだ、そしておれはチボーの二の舞いを演じたのだ、と。

食事の合図の振鈴が鳴った。カバラの修験者は来なかった。皆が皆、気がかりなことがあるように思われた。おれ自身がそうであったせいである。

食事のあと、おれはテラスに戻った。ヒターノスたちは館からいくらか遠くへテントを移していた。正体不明のヒターナスたちは姿を見せなかった。

夜が来て、おれは部屋に入った。おれは長いことレベッカを待った。彼女の来ないまま、おれは眠りに就いた。

第十一日

おれはレベッカに起こされた。目を開けると、優しいユダヤ娘は、もうおれのベッドに腰をおろし、おれの片手を取っていた。「アルフォンス」彼女は言った。「きのうは、ふたりのヒターナスに会いに行こうとなさったけど、地下室の鉄格子が閉まっていましたね。わたし鍵を持ってきたんです。きょうも館の近くまで来るようでしたら、あとを蹤《つ》けてくださいね、テントのところまでだってかまわないし、兄に知らせを持っていってやればきっと喜びますよ。わたしは……」彼女は沈んだ調子で言い足した。「遠くへ出かけねばなりません。わたしの定め、奇妙な定めが、そのように望んでいるからです。ああ、お父さま、どうしてあなたはあたりまえの運命をわたしに残さなかったのでしょう。わたしは現実のなかで愛せるはずの女なのです、姿見のなかではなしに」

「その姿見って、何のことですか」

「何でもないの」レベッカが言った。「今におわかりになります。では、さようなら」

ユダヤ娘は、乱れる心を抑えかねた風情で遠ざかっていった。そのとき、おれの心をよぎった考えはこうだ。レベッカの兄が言っていたように、彼女が天上の双子の妻となるとしたら、その夫たちに対して清らかな妻であるために、彼女はきっと苦しい思いをするに違いない、と。

おれはテラスへ出た。ふたりのヒターナスは、前の日よりもいっそう遠いところにいた。書庫から一冊の書物を取り出したが、殆ど読めなかった。気も心もよそに取られているのだった。やがて食事の席に顔が揃った。話題はいつものように悪霊や妖怪や吸血鬼のことを巡った。館の主人公の説によると、ギリシア・ローマ時代にはこの点の概念に混乱があり、幽鬼 ***empuse*** 怨霊 ***larve*** 魔女神 ***lamie*** などの名で知られていた。しかし、カバリストたちは古代以来、現代人に少しもひけを取らない、もっとも彼らの知識ももっぱら哲学者たちによるものであったが。これは錬金術や魔術[1]がいかなるものか、片鱗の弁えもない当時の一般人と共にする通弊である。隠者が黒魔術師シモン[2]の話を出すと、ウセダはあの当時の最大のカバリストと見なされたのはティアナのアポロニウス[3]に相違ない、なにしろ魔界のあらゆる存在を支配する強大な帝

1 古代エジプトの神 ***Thot*** がギリシア人のあいだでは ***Hermes Trismegistus***（三倍大いなるヘルメス）と名づけられた。この神が錬金術、魔術の開祖であったことから、これらの術はその形容詞（英語ならば ***hermetic***）の名で呼ばれるようになった。

2 サマリアの魔術師として新約聖書（使徒行伝八の一八—二四）に登場し使徒ペテロに迫って聖霊を金で買おうとした。聖職売買の意の ***simony*** の語源となる。

3 ***Apollonius de Thyaneo*** 紀元前一世紀のギリシアの哲学者、新ピタゴラス派に属した。アッシリア、バビロニア、インドを旅し、のち黒魔術の達人としてギリシア、イタリア、スペイン各地を広く行脚した。ローマでは死んだ女性を生き返らせたと伝えられる。

国を引き取ったのだから、と話した。そう言うと、彼は一六〇八年のモレル ***Morel*** 版のフィロストラトゥス[1]著作集一巻を取り出してきて、そのギリシア語の原文に目を走らせた。それから、意味を摑むのに些かの滞《とどこお》りも見せることなく、すらすらとエスパーニャ語に訳して聞かせた。それが、次の物語である。

リチアのメニペの物語

コリンティオスの街にリチア生まれにてメニペと申す男ありけり。齢《よはい》はたちあまり五つ、才長《た》け眉目麗し。街の人の口の端に言ひけらく、この男、異邦《とつくに》の人にて、美しう甚《いた》く富める女に寵愛せらる、そは偶々知り合ひたる行きづりの女なりと。男、ケンクレアへの道にありし折嫣《えん》に優しきさまにて女、近づきて言ふ。

「こはメニペならずや、われ汝《なれ》を慕ふこと久し。われはフェニキア人《びと》にてコリンティオスのいと近き町はづれに住まひす。わが家《や》へ来たるならば、わが歌声を聞かせ申さん。未だ啖《くら》ふことなき美酒《うまざけ》を献げ申さん。恐るべき恋敵《こひがたき》のあるべくもあらず、かつは永遠《とことは》にわが操の正しきを見ん、そは汝が誠《まこと》を信ずるに均し」と。

うら若き男、学問の道に励みしが、佳《よ》き唇より出づる美《うま》し言葉に抗ふべくもあらず新しき女と契《ちぎ》りけり。

アポロニウス、初めてメニペに見《まみ》ゆるとき、熟々《つらつら》これを視《み》ること恰《あたか》も像を作らんとする彫工に似たり。しかるのち言ふ。

「美《よ》き若人《わかうど》よ、汝は蛇を抱《いだ》き、蛇、汝を抱く」と。

メニペ、この言にたぢろぐ、アポロニウス、言い継ぎて言ふやう。

「汝、ある女に愛せらる、されど、この女、汝の妻たるべからず。この女の愛を信ずるか」と。

男、言ふ。「然り、女、甚くわれを愛す」

アポロニウス、問ふ。「女を娶らんとするや」

若者、言ふ。「慕はしき女を娶るは男の幸せなるべし」

「婚礼はいつの日か」アポロニウス、問ふ。若者、言ふ。「明日にてもありなん」

アポロニウス、祝ひの時に気を配り、客人《まらうど》らの集へる頃ほひを見て広間に立ち入りて言ふ。

「この宴《うたげ》を設けたる女、いづくにかある」

メニペ、答へて言ふ。

「女、遠からず」

それより男立ち、やや恥入るさまなり。

アポロニウス、続けて言ふ。

1　***Flavius Philostratus***（一七〇―二四五）前述のアポロニウスの伝記を書いたローマ居住のギリシア人。フランスのギリシア古典研究家 ***Frédéric Morel*** は一六〇八年、フィロストラトゥス全集を編纂、出版した。メニペの物語は、その ***Vila Apollonii Thyanensis*** 第四書の第二五章にある。

「この黄金《こがね》、この銀《しろがね》、この広間にある調度、なべてたれのものたるか、汝の持ち物なるか、女のものなるか」

メニペ、答へて言ふ。

「すべて女のものなり。わが携ふるは、ひとり学者風のマントのみなり」

さてアポロニウス、客人に向かひて言ふ。

「タンタロスの庭[1]、かの、存在すれどまた存在せざる庭を目《ま》のあたりにせしことありや」

客人ら答へて言ふ。

「われらホメーロスのなかにこれを見たり、何となれば、われら地獄に下りし者にあらざればなり」

アポロニウス、この人びとに言ふ。

「卿《おんみ》らのここに見るは、すべてこれタンタロスの庭のごとし。すべては外見のみ、何らの実体なし。わが言の真《まこと》なるを知らんとせば、先ず知るべし、かの女は幽鬼の一なり、人、広く呼んで怨霊、魔女神とも言ふ。その渇望する所は同じ、愛の快楽にあらず、人肉なり、而《しか》うして、これを食《くら》はんとするとき、快楽の餌を以てこれを誘《いざな》ふを常とす」

フェニキアの女を名乗る者、このとき言ふ。

「もう少し、ましなことを言ったらどうだい」

女、やや色をなし、哲学をなじり、哲学に従ふ人びとを罪人と呼ぶ。見よ、そのとき、アポロニウスの言ひけるごとく、金銀の器、消えたり。また酒を注ぐ者、炊ぐ者も同じく失せにけり。幽鬼、泣かんばかりとなりて、切にアポロニウスに請ふ、「これ以上、いぢめないでよ」と。アポロニウス、聴《ゆる》さず、さらに激しくこれを責む、幽鬼、遂に屈して、その正体を明かして言ふ、「メニペは殺しちまつたよ、食べる楽しみのためにね。あたしや、若くてきれいな男の子を食ふのが大好きなのさ、あの血がとても体にいいもんでね」

「愚僧に言わせれば」隠者が言った。「その女が食らいたかったのは、男の体よりは男の魂、そしてこの幽鬼は色欲の魔と申すものじゃろう。ところで、アポロニウスについて言えば、この人物にあれほどの権威を与えた言葉が、いったいだれから発したものか、愚僧には解しかねる。それと申すのも、アポロニウスはキリスト教徒ではなかったゆえ、教会がわれわれの手にお与えくださる強力な武器を使うわけにはいかなんだ。なるほど、キリスト降誕の以前には、哲学者は悪魔どもに対してある程度の支配力を横取りもできたろうが、いったん十字架が権威者どもの口を封じたからには、これが偶像崇拝者どもの権力の一切をも骨抜きにしたのは至極当然の成行き。じゃからによって、身どもが思うに、アポロニウスは、ごく下らぬ悪魔を追っ

1 *Tantalos* ゼウスの息子でフリギアの王であったが、秘密を洩らした罪で冥界の沼に立ちつくす罰を受け、水を飲もうとすれば水が引き、木になる果物を食べようとしても届かず、飢えと渇きにせめられた。〈タンタロスの庭〉という表現は、存在しないもの、の謂いとして用いられた。ホメーロスの『オデュッセイア』第一一節、五八二行以降にタンタロスに関する記述がある。

払うことはおろか、幽霊の屑《くず》の屑だに、何ともできなんだに相違ない。何となれば、この種の悪霊は神の許しを得たうえで地上に現れる、その目的はつねにミサを求めることじゃ、異教の時代にはなかったミサをな」

カバリストのウセダは別の意見であった。彼によると、異教徒も幽霊に取り憑かれることではキリスト教徒と変わりはなかったが、それにはそれなりの動機が存在したのだ。このことを証拠立てようと、彼はプリニウス[1]の書簡集を取り出し、それを読み上げた。

哲学者アテナゴラスの物語

昔、アテナイに一軒の宏壮な邸宅があった。十分に住める屋敷であるのに、嫌われて無住となっていた。夜中静まり返ったころ屋内から物音のすることがよくあった、それは鉄と鉄がぶつかり合う音で、耳を欹《そばだ》てると、鎖の触れ合うらしい物音は奥のほうより漸次接近するがごとく聞こえた。するうちに、老人の亡霊が姿を現す。痩せ衰えてひげ長く垂れ、髪はおどろに乱れ、手にも足にも鉄鎖《てつぐさり》を嵌《は》められている、その手足の動かしようがいかにも不気味である。この亡霊に取り憑かれると、人は眠れなくなる、そして不眠の果て、儚《はかな》い最期を遂げる者も少なくなかった。というのも、日中には幽霊は姿を消しているのだが、夜中にそれを見たが最後、消えたあとあとまで、亡霊はいつまでも眼前に立ち現れ、執拗に人をさいなむがためである。そんなことが度重なって、この家はとうとう幽霊屋敷として見捨てられた。それでも、そこには「貸し豪邸、売却にも応ず」と立て札があったのは、こんな凶事を知らぬ人間がいたら巧みに騙してやろうとの魂胆からである。

そのころ哲人アテナゴラスがアテナイへ到来した。哲人は立て札を見つけ売り値を問う。格安を訝《いぶか》しんで人に尋ねる。事の次第を聞くと、哲人は話を断念するどころか言い値で売買契約を結ぶ。彼はこの家の住人となるが、夜になると、表通りに向いた部屋に牀《ねどこ》をとらせ、書きものをするために板と燭台を運ばせ、召使は家の奥へ引き取らせる。自分は気紛れな恐怖心から勝手な幽霊像を頭に描くまいと、一心不乱、目も手も書くことに集中する。

夜陰、周囲が静まると、屋内は森閑となった。突如として鉄鎖の触れ合い、ぶつかり合う音がした。哲人は目を上げず擱筆《かくひつ》もせず、ひたすら何も耳に入れまいと、自らを励ます。音は愈々《いよいよ》強大となる。部屋の戸口で音がしているようだ。次にはそれが室内となる。顔を上げた、幽霊が見える、聞いていたとおりの様相である。幽霊は立ち姿で指一本を動かし手招きする。アテナゴラスはしばらく待てと手振りをし、端然として書き仕事を続ける。幽霊は再び鉄鎖をがちゃつかせ、哲人の耳にそれが響く。

哲人が振り向くと、再び一本指で招くのが見える。彼は席を立ち、燭を取り幽霊のあとに従う。幽霊は鎖の重量が苦痛と見え、緩歩して先行した。邸宅の院子《にわ》に出るや忽然として幽霊は

1　*Gaius Plinius Secundus Minor*（六二―一一三）ローマの散文家。「哲学者アテナゴラスの物語」は『書簡集』第四書に収められている。

消滅した。哲人はひとり残された。彼は草や木の葉を毟《むし》って幽霊の消えた場所の目じるしに置く。翌日、哲人は衙門《やくしょ》に行き、この場所を掘るよう指示を求める。人、これを行なう。鉄鎖に縛られ、肉の落ちた白骨が出現する。肉は歳月と土中の湿気に腐敗し、白骨と鎖のみが残ったのである。これを拾い集め、市《まち》が命じて埋葬させた。死者のためすべての礼を尽くしたるのちは二度と亡霊がこの邸宅の安寧を脅やかすことはなかった。


読み終わるとカバリストは付け加えた。

「幽霊は、いつの時代にも出ていたわけです。預言者サムエルの霊を呼び出したエンドルの妖術者[1]の例もあることは、お坊さま、あなたもご存じのとおり、しかも幽霊を呼び出すのは、いつでもカバリストの権限でした。もっとも、魔界にも大きな変化があった。例えば吸血鬼、これはわたしに言わせれば、まだ新しいものです。これには二種類があると考えられる。一つはハンガリーやポーランドの吸血鬼、こちらは夜ごと墓を脱け出して人間の生き血を吸う、そのもの自身は死体です、もう一つはエスパーニャの吸血鬼、このほうはもともと悪霊ですが、人間の死体を見つけると、それに乗り憑り、自由自在、さまざまな姿に変えて……」

カバリストが話をどこへ持っていこうとしているか、おれはそれを見抜いたからテーブルを立った、あまり不意な立ち方だったかもしれぬが、おれはテラスへ歩いていった。三十分もそこにいたころ、おれは例のふたりのヒターナスを見かけた。ふたりは館のほうへ来るところしいが、遠目にはどうしてもエミナとジベデそのままに見えた。とっさにおれは預った鍵を役立てようと思いついた。おれはマントと剣を部屋に取りに行き、踵を返して鉄格子へ駆け降りた。だが、格子を開けても難関が待っていた、急流を渡らねばならぬ。それには、まずテラスの支えの壁を伝っていく必要があった。そのために取りつけた鉄の手がかりにしがみつくようにして行き、岩の多い箇所へ出た。石づたいに急流の向こう岸へ渡ると、目と鼻の先にヒターナスたちが来ていた。違う、それは従妹たちではなかった。身ごなしもまるで違うし、モーロ人の女に共通の物腰の影さえなかった。芝居で言えば、登場人物を減らさぬために代役を務めてきたということにもなろうか。ふたりはまず、おれの手相を占おうと言いだした。ひとりがおれの手を開かせ、もうひとりが、そこにおれの未来の一切を読み取ったふりを見せて、方言の言い回しで言った。

その意味は「おやまあ、なんという手相かしら。たいへんなもてようね。でも、その相手はだれでしょう。悪魔ばっかりよ」といったところである。

だが、ヒターノスの言葉で「たいへんなもてよう」を意味する ***dirvanos kamela*** なる表現が、おれに通じようはずもない。ふたりはその説明をしてくれ、こんどはひとりずつ両側からおれ

1 ***Baltoyve d'Endor*** 旧約によると、紀元前十一世紀のイスラエルの王、サウルはペリシテ人との戦いを前にして預言者サムエルの霊と話し合ったが、この霊を呼び寄せたのが〈エンドルの女妖術者〉である。（サムエル記上二八の七）

の腕をとって宿営地へ案内すると、恰幅《かっぷく》のいい年寄りにおれを引き合わせた。娘らの父親ということだが、まだ矍鑠《かくしゃく》としていた。老人は、多少いたずらっぽく、おれに言った。

「国じゅうで悪く言われている連中のなかへ入ってきたわけだが、あんた、わしらのこと、怖いと思いなさらんかな」

怖い、という言葉に、おれは剣の柄《つか》に手をかけた。が、親方は、親しげにおれに手を差し出して言った。

「すまん、気にさわることを言うつもりはなかった、それどころか、何日かこちらにお泊まり願いたいと思っておるほどで。山の旅がお好きなら、いちばんに美しい谷、物凄い谷、どちらもお目にかけましょうし、のどかな景色かと思えば、その近くにぞっと胆を冷やすような絶景のある場所なども。また狩りがお好きなら、ゆっくり楽しんでいただきましょう」

おれはこの申し出を喜んで受け入れた。一つにはカバリストの卓見高説が些か鼻につき、館の寂しさに嫌けがさし始めていたせいである。

それから親方は自分の天幕へおれを導き、そして言った。

「お武家《セニョル・カバリエロ》さま、わしらどもとおいでのあいだは、ずっとこの天幕をお使いなされ。わしはすぐ脇に小さなテントを張らせ、そこに寝ましょう、そうすれば十分に身辺をお守りできます」

おれは、これでもワロン人近衛隊の隊長を務める光栄を有する身ゆえ、自分の剣以外に護衛は不要と辞退した。

この返事に老人は破顔一笑して言った。

「お武家さま《セニョル・カバリエロ》、山賊どものマスケット銃は近衛隊の隊長であろうが見さかいはない。だが、やつらに知らせておけば、わしらどもから離れても安全ですわ。それまでは、危ないと見なくては」

言われて見れば、そのとおり、おれは蛮勇を恥じた。

その夕方、おれは親方と連れ立って野営地を一巡したり、例のヒタ―ナスたちと話したりして過ごした。いかにも気違いじみた、しかし世界で最高に幸福な女たちとおれには思われた。

それから夕食が供された。親方の天幕のそばの金雀枝《えにしだ》の木の下に食事の場がしつらえられた。一同は鹿皮を敷いた上に寛ぎ、食べ物はモロッコ革のように鞣《なめ》された水牛の革に載せて出され、その革がナプキン代わりにもなった。ご馳走はうまかった、殊に野生の動物の肉が飛び切りだった。親方の娘たちがワインを注《つ》いだ。しかしおれは、数歩先の岩から湧き出る泉の水を好んで所望した。親方が如才なく会話を運んだ。おれの冒険も心得ている様子で、まだこれからですぞというような話題も出た。

いよいよ寝る時間となった。親方の天幕におれの床《とこ》がとられ、出入口には見張りが付けられた。にもかかわらず、夜中近く、おれはものの気配に目が覚めた。気がつくと、おれの掛けぶとんの両側が同時に掲げられ、だれかがおれの体にすり寄ってくる。

「やれやれ」とおれは自分に言った。「またもや、ふたりの首吊り男のあいだで目を覚まさねばならぬのか」

だが、その不安はすぐに消えた。これがヒターナス流の歓待というものであろうか、その風習に同調しないのは、年ごろの武人としてふさわしかるまいと、次には思った。やがて、おれは共にいるのは首吊り男ではないと固く確信しつつ眠りに落ちた。

第十二日

　そのとおり、おれはロス・エルマノスの絞首台の下ではなく寝床のなかで、野営地をたたむヒターノスたちの物音に目覚めたのだった。

「お起きなされ、セニョル・カバリェロ」親方が言った。「きょうはきつい行程ですぞ。ただあんたにはエスパーニャに比べるもののない騾馬に乗ってもらう。これなら乗っているという気もしないくらいでさ」

　おれは急いで身支度すると騾馬に跨った。おれは四人の武装したヒターノスと先頭の一団に加わった。残りは遙か後ろから蹤《つ》いてきたが、その真っ先には、おれが一夜を共にしたと思っている二人娘がいた。山奥の小道が九十九折《つづらおり》に入ると、何度もおれはふたりの何百尺か上になり、またその下になるのを繰り返した。そんなとき、歩みを止めてじっと目を凝らすと、ふたりがあの従妹たちのようにおれには思えてならなかった。親方は、そういうおれの惑《まど》いを楽しむように見えた。

　かなりの急ぎ足で四時間も来たころ、一行はある山の高みの高原に着いた。そこには無数の梱包《こんぽう》した荷物が届いており、親方はさっそくその目録づくりに忙殺された。それが済むと親方はおれに聞かせた。

「セニョル・カバリェロ、この荷物はすべてイングランドとブラジルからの品で、これがアンダルシア、グラナダ、バレンシア、カタルーニャの四つの地方へと流れていく。わしらのこういう些《ささや》かな商売には、国王もいくらか迷惑しておるが、それなりの得もないわけではない。それに多少の密貿易は人々の楽しみにも慰めにもなるってわけでさ。だいいち、エスパーニャじゃ、だれだってこいつに関係しない者はない。この梱包にしたって、一部は兵営に行く、僧房へも行く、死人の地下納骨所にまでも行く。赤い印をつけた梱包は税関に没収させるやつで、やつらが関税をごまかしてくれるから、それだけこちらの得にもなろうって算段でさ」

そんな話をすると、親方は荷物をあちこちの岩穴へ隠すように命じた。それから洞窟での食事を言いつけた。洞窟のなかからは却って視野が遠くまで開けて、遙かな地平が青空と溶け合う彼方まで目が届くのだった。自然の美しさに、日々心を惹かれるようになっていたおれは、その景色に茫然と見とれているうちに、姉妹が食事を運び入れてきた。近くから見ると、前にも言ったが、彼女たちはあの従妹の姉妹とは似ても似つかなかった。ふたりのひそかな視線は、おれに満足していると告げるように見えたが、ゆうべおれのところへ来たのは彼女たちではなかったのだ、となぜかそうも思えるのだった。

姉妹が運んできたのは、先行隊の男たちが昼前、十分に煮込んでおいた熱いごった煮《オリヤ・ポドリダ》であった。われわれ、親方とおれはたっぷりそれを食べた。ふたりの違いは、親方が食べる合い間に上等のワインを入れた革袋からしきりに呷るのに、おれは泉水のほかは飲まずにいたことである。

　食欲を満たすと、おれはそれとなく親方の身の上に寄せる好奇心を示した。尻込みしかける相手にせがむうち、向こうは折れて、こんなふうにその物語を始めた。

ヒターノの親方、パンデソウナの物語

　エスパーニャのどこへ行こうと、ヒターノスのあいだでわしは、パンデソウナという名で通っておる。これはわしの生家の苗字、アバドロ[1] ***Avadoro*** の意味を取って、彼らの俗語に訳し変えたものだ。つまり、わしはもともとヒターノスの生まれではない。おやじはドン・フェリペ・デ・アバドロといい、四角四面の几帳面な男という評判を取っていた。おやじはその点では終始一貫していたから、おやじのある一日の話をすれば、もうそれだけで、おやじの一生の様子がわかってしまうようなものだ。正確には一生というよりは、少なくとも二つの結婚生活に挟まれる年月、わしが生まれた初めの結婚と、二度目の結婚（これで暮らしがすっかり乱調になり、おやじの命取りになったのだが）のあいだの年月のことになろうか。

　おやじはまだ親元にいたころ、遠い親戚の娘が好きになり、一人前になると、さっそくその

1　スペイン語の動詞 *avadar* は、激情を和らげる、落ち着く、ほどの意を持つ。

子を嫁にとった。初めて生まれた子がわしだが、母親はそのお産がもとで亡くなった。おやじは悲嘆のあまり何か月も家に閉じこもったなり、身内の者が来ても会おうともせなんだ。どんなこころの痛手《いたで》も時が経てば少しは和らぐ。おやじの悲しみもこうして薄らぐ時が来て、そのうちにはマドリードのトレド通りに面したバルコニーの戸を押して現れるおやじの姿が見られるようになった。十五分ほどもそこで新鮮な空気を吸ってから、おやじは、通りと交叉する道に面した窓を開けに行く。向かいの建物に住む顔見知りの人たちを見かけると、機嫌よく挨拶した。そのあとは来る日も来る日も同じことの繰り返しであった。おやじが立ち直ったという知らせは、テアティノ修道会の修道士[1]でフライ・ヘロニモ・サンテスという、おれの母の伯父にも伝わった。

フライ・ヘロニモはおやじのところへやって来ると、元気になったことの祝いを述べ、信仰からはたいした慰めを受けるわけにはいかないが、大切なのは、何といっても気晴らしをすることだと、しきりに父親を説いた。そして、ひとつ芝居にでも出かけてはどうかとまで勧めた。おやじはフライ・ヘロニモをたいへん信頼していたから、その日、さっそく十字架劇場《ラ・クルス》へ芝居見物に出かけた。ちょうど新しい芝居がかかっていて、〈波蘭人《ポリヤコス》〉という劇団の出演だったが、そこと人気を争うソリチェス劇団の連中がさかんに妨害の野次を飛ばして騒然としていた。おやじはこの両劇団の競争を面白がり、それ以来、新しい演《だ》しものがあると一度も欠かさなかった。おやじの贔屓《ひいき》は〈ポリヤコス〉のほうで、十字架劇場が休みのあいだに限って、公爵座《プリンス》というのに出かけた。

芝居のあと、男どもは出口のところで向かい合わせに二列になり、そのあいだを女たちがひとりずつしゃなりしゃなりと歩いて出るように仕向ける。おやじはその列の末端にぽつりと立つだけで、女の品定めに興ずる男たちの仲間入りはしなかった。むしろ、そんなことはどうでもよいといった顔つきで、最後の女が通り過ぎると、すぐさま〈マルタの十字架〉という宿屋に足を運び、軽い夕食を摂って家へ帰る。

朝になると、おやじは真っ先にトレド通りに面したバルコニーの戸を開け、そこで十五分間だけ涼んでから横町の窓を開き、向かいの窓にだれかがいると、愛想よく〈アグール〉と挨拶の声をかけてから、その窓を閉める。おやじの一日は、この〈アグール〉の繰り返しだけで終わることも珍しくなかった。十字架劇場の芝居に熱を上げるといっても、おやじの場合、せいぜい拍手だけで何も口には出さないのだ。向かいの窓にだれも見かけない朝もある。そんなとき、おやじは気ながに人が現れるのを待ち受けては声をかけた。

そのあと、おやじはテアティノ修道会のミサに出かける。戻ってくるまでには女中が部屋の掃除を済ませてある、おやじは家具の置き場所が前日と少しずれていても気になるほうだし、女中の掃き残した藁の一本、埃の一かけらも立ちどころに見つけるのだった。

1 *l'ordre des theatins* テアティノ（テアト）修道会。一五二四年、イタリアの町 *Chieti*（古名 *Theate*）に創設された修養団。信者の施し物によってのみ生活するのを理想とした。

部屋の整頓に満足がいくと、おやじはコンパスと鋏を取り出して同じ大きさに二十四枚の紙を切る。その紙の上にブラジル舶来のタバコの葉を敷きつめ、巻きのよさも太さも、きちんと揃ったやつを二十四本巻き上げる。そしてこれこそエスパーニャ第一の完璧な葉巻だと眺めわたせるほどでないと気が済まないのだった。

おやじは、アルバ公の宮殿の屋根瓦を一つ二つと数え、それに合わせて葉巻のうちの六本を吸う、それから大門を通ってトレド通りへと入ってくる人の数をひとりふたりと数えては、次の六本を吸う。そのあとは、部屋のドアから向こうに目を向け、昼食の運ばれるときまでそうしている。

あとの十二本は昼食のあとである。それからは時計の振子に目を当てる。芝居へ出かける時間が来るまではそのままだが、芝居がどこもないときは、書店のモレノへ足を運んだ。当時、そこは文筆家たちのたむろする場所になっていたから、その種の人士の話に耳を傾けるのが楽しみで出かけたが、自分から話に加わりはしない。病気にかかると、おやじはモレノ書店に人を遣わして本を買いにやる。買うのは十字架劇場で上演中の芝居の戯曲と決まっていた。芝居小屋で幕の開く時刻と合わせて、おやじは戯曲を読みだす。ポリヤコス一座が大向こうを唸らせる台詞《せりふ》のところへ来るたびに、おやじは必ず拍手を忘れない。

極めつきの罪のない生活であったが、それでも信仰の決まりごとは実行しなければならんとの心構えから、父はテアティノ修道会に告解聴聞の僧を頼んだ。連れてこられたのが大伯父フライ・ヘロニモ・サンテスで、大伯父はこれをいい折と見て、この世にはわしという息子がちゃんといて、亡妻の妹で彼にとって姪に当たるドニャ・フェリス・ダラノサの家で養われていることを、おやじに思い出させた。わしに会って死んだ愛妻の顔を思い出すのがつらかったのか、それとも静かな日常を子どもの声でかき乱されるのが嫌だったのか、ともかくも子どもをそばへ連れてくるのは勘弁してほしいと、おやじがフライ・ヘロニモに頼んだのは確かなことだ。そのくせ、同時に子どもの養育費に気を配り、マドリードの近郊に持っていた農場からの収入《あがり》を息子に回すこと、またテアティノ修道会の責任者を息子の後見人とすることに決めた。

いやはや、おやじがこうしてわしを遠ざけたのについては、息子が自分とどえらく違う性格だと直感していたせいじゃないかな。おやじは、今、見たように、暮らしに決まりというものがきちんとある、それに引き換え、わしみたいに気の変わりやすい人間は世の中でもめったにない。なにしろ気の変わりやすい点にかけてさえ、変わりやすいわしなんだから。言ってみれば、根なし草の暮らしをしながらでも、わしはいつも引っ込んで安穏に暮らすのがいいと夢見る、そのくせ変化が好きな性分だから引っ込むのはお断りとなる。結局、そういう自分と見極めをつけ、あっちかこっちか迷うのはやめて、ヒタ一ノスの仲間に身を落ち着けたってわけでさ。これだって一種、浮き世離れした、お決まりの暮らしじゃあるがね、目の前にいつも同じ木があって、同じ岩があるって按配じゃない。もっとほっとするのは、同じ通り、同じ建物、同じ屋根がどっかり目の前から動かない生活とはみごとに手が切れたっていうことさね。

ここで、おれは言葉を挟んで親方に言った。

「そうやって、ほうぼう巡り歩いていると、不思議な冒険もいろいろとあったでしょうね」

親方は言った。

「無人荒蕪《こうぶ》の地を生活の場とするようになってからは、たしかに変わったことも経験したが、それまでは、万事、平凡なもんだ。まあ、目立つのは、ありとあらゆる職業に夢中になったが、そのたび一、二年で飽きがきたことかな」

そう答えると、親方はこんな言葉で話を続けた。

叔母の許へ引き取られていたことは、さっき話したが、この叔母には子どもがなかったせいもあり、わしとしては叔母の甘やかしと母親の甘やかしをすべて一身に集めたようなものだった。要するに、わがままっ子じゃった。体も大きくなり知恵のつくにつれ、日増しにわがままはつのる、他人に優しくされると、いっそうつけ上がる始末だ。その半面、いつも我《が》が通せるもんだから、他人の我意に楯つくことは殆どしない。その点ではおとなしい子どもに見えてもいた。これには叔母の功もある。何か命令するときは、満面に優しい笑みを浮かべて言う、だもので、わしとてつべこべ言いようがない。そんなわしを、お人よしの叔母はひどく高く買い、生まれつきに、叔母の世話も加わって、たいした子どもが出来上がったと自慢した。それほどになったわしをおやじに見せて、立派なものだと感心させたいのだが、おやじは会いたくないと言い続ける、そこが叔母の唯一の不満だった。

が、女の執念は必ず実る。叔母はしつこくフライ・ヘロニモに食いさがったから、大伯父にしてもおやじの告解を聞く最初の機会を利して、罪のないわが子に対するすげなさにおやじの反省を求める気になったわけだ。

こうしてフライ・ヘロニモは叔母への約束を果たした。ところが、おやじにしてみれば自宅で子どもに会うなどとは身の毛もよだつことなのだ。そこでフライ・ヘロニモはブエン・レティーロ[1]で会ったらどうかと持ち出してみた。几帳面に日課を守るおやじには、そんな特別な散歩など思いもよらない。それよりは、と自宅で会う気になってくれたから、フライ・ヘロニモはその足で叔母にこの朗報を伝えると、叔母の喜びようは尋常ではなかった。

十年間の憂鬱症《メランコリ》が、家に引っ込みがちなおやじの奇人ぶりに輪をかけたことを言っておかねばならん。あれこれ凝ったなかでも、そのころおやじはインキ造りに夢中になっておった。これに取り憑かれるようになったいきさつはこうじゃ。ある日、モレノ書店へ行っていると、来合わせていたエスパーニャ一流の文士やら法律家たちのあいだで、話はたまたま良質のインキが見つからないという談義となった。ろくなインキがない、自分で造ろうとやって見たが骨折

1 *Buen Retiro* よき引退所の意、フェリペ二世が造営したマドリード市の中央公園。一七六四年以降、市民に開放された。

り損だった、と口々に話す。すると書店主のモレノが書庫に『処方大全』があるから、あれに造り方の指南が見つかりそうなものだと言いだした。長いこと探して、やっとその本を持って戻ってきたころには、もう話題はよそに移って新しい芝居の大評判を巡る話に花が咲き、インキの話もそっちのけなら、問題の箇所を読み上げても、だれひとり聞かなかった。ところが、おやじは違った。おやじはその本を手にすると、さっそくインキの調合法に目を通し、難なくそのこつがわかった。エスパーニャ一流の文士たちにこれほどのことが呑み込めないのかと不思議な気がしたほどである。つまるところ、没食子《もっしょくし》の色素を稀硫酸で溶き、そこにアラビア・ゴムを加えるだけのことではないか。著者は注意事項として、良質のインキは同時に大量に製造しなくてはできない、ゴムは金属性物質と親和性を欠き分離しやすいので混合液は高温に保ち、頻繁に攪拌《かくはん》する、またゴム自身も腐敗しやすいため少量のアルコールを添加してこれを防止する、などと述べていた。

おやじはこの本を買い、翌日には、必要な材料を仕入れ、薬品を秤り分けるための天秤《てんびん》やら、さらに著者の意見を入れてマドリード全市で見つかる限りのいちばんでっかい壺《つぼ》を買い込んだ。イ細工は流々であった。おやじは自家製のインキを小瓶に分け、モレノ書店の常連に配った。インキは絶賛を呼び、皆がほしがった。

世間離れしてひっそりと暮らす身だから、おやじは、だれかに親切にするとか、まして人から褒められることはまるでなかった。人の役に立つうえに、賛辞が集まるとなると、まんざらでもない気分である。こんなに良いことずくめならば、とインキ造りにせっせと身を入れた。街じゅうで最大の壺がたちまち空《から》にされたのを見て、おやじはバルセロナから柳の枝細工で包んだ細首の大瓶《おおびん》、地中海の船乗りが航海中にワインを入れるフランス語で〈ダム・ジャンヌ〉と呼ぶやつを取り寄せた。これなら一時《いちどき》にインキの瓶二十本は造れた。文士連たちから褒めそやされたり、礼を言われたりで、おやじはご機嫌であった。

ところが容器が大きくなればなったで苦労も増えた。溶液の熱を保つことも、よく攪拌することも難しければ、特に他の容器への移し替えが厄介だった。そこでおやじがトボソから取り寄せたのは、硝石を作るのに使う大きな土製の甕《かめ》である。これを竈の上に据えつけ、いつも炭火を絶やさずにおく。インキの取り出し用に甕の下のほうには蛇口を取り付けてある。液体は、竈に乗って棒でかき混ぜればよい。この種の甕は、だいたい人の背丈ほどはあるから、おやじが一度に造ったインキの量《かさ》の推量がつく。しかも減れば減っただけ、あとに造り足しておくことを忘れない。有名な文士連が女中だとか召使をよこしてインキをもらいに来る、それを見るのが、おやじには嬉しくてたまらない。そのうえ、そのご当人が何かの作品を発表して文壇の評判になり、モレノの本屋でも話題に上ろうものなら、おやじは、おれも多少は一役買ったとばかり得意満面なのだった。とうとう、しまいには、マドリードの街でおやじのことと言えば、ドン・フェリペ・デル・ティンテロ・ラルゴ ***Don Felipe del Tintero Largo*** 〈大インキ壺のフェリペ〉さんの名で知られ、本名のアバドロが通用するのはほんの数人となった。

奇行、部屋の整頓ぶり、ばかでかいインキの甕、そんなおやじの話を聞かされていたから、こうしたことは、わしもすっかり知っていた。わしは、自分の目でそれを見たくてうずうずした。叔母は叔母で、この子を一目見たら、おやじは幸せでいっぱいになり、気違いじみたことは一切さっさとやめて、朝から晩までこの子をほれぼれと見るしかすまい、と自信満々だった。そのうちに父子対面の日取りが決まった。おやじは月末の日曜日ごとにフライ・ヘロニモの前で告解するようになっていた。大伯父がもう一度、おやじの決心を促し、ようやく、子どものほうから親の家へ出かけて会うことに話がついた。それを知らせに来た大伯父は、向こうへ行ったら部屋のなかの物品には手を出すんじゃないぞ、とわしに言い聞かせた。

待ちに待った日曜日が来た。叔母は薔薇色の晴れ着を着せてくれた。銀の総飾りがさがり、ブラジル産の黄玉《トパーズ》のボタンが並んでいる。叔母は、まるで愛の神クピドーみたいだよ、お父さん、きっと大喜びなさるよ、と請け合った。希望と虚栄に満ちてわれわれは心も軽くウルスリネス通りを突っ切り、プラド広小路[1]に出た。広場では何人かの女の人が立ち止まって、わしにキスしてくれた。やがてトレド大通りに着き、ついにおやじの住む建物に来た。おやじの居間に通されると、叔母はわしの活発さを懸念して肘掛椅子にわしを坐らせ、自分は向かい合わせに腰をかけたうえ、わしの肩掛けの総を摑み、わしが席を立つことも、何かに手を触れることもできないようにした。

初めのうち、その窮屈の埋め合わせに、わしは部屋のあちこちを眺め回した。なるほどその整頓と清潔には目を瞠《みは》った。インキ造りに使う一隅まできれいに片付いている。トボソの大甕はまるで装飾品みたいだし、そのそばには大きなガラス張りの戸棚があって、材料やら器具やらが整然と並べてある。

戸棚は奥行が浅いわりにはぐっと高く、大甕の据わった竈のわきに聳《そび》え立っている。それを見ると、とつぜん、わしは無性にそこへよじ登りたくなった。お父さんが入ってくる、ぼくの姿が見えない、部屋じゅうを見渡す、やはり見つからない、そのあげく頭上高く見上げたところに隠れているぼくを見つける――痛快だろうなと、わしは思ったわけだ。そう思いつくが早いか、わしは、肩掛けを叔母の手に預けたまま、竈に跳び上がり、そこから戸棚の上へとよじ登った。

わしの身軽さに、叔母は思わず拍手をしたほどだ。が、それはほんの初めのうちで、次には降りなさいとしきりに言った。そのとき、お父さまが階段を上っていらっしゃる、と案内の声がかかった。叔母は跪いて、降りなさいとわしに祈った。その悲愴な頼み方に、わしは負けた。さて、竈へ降りようとしたわしは、足先が甕の縁に乗ったと感じた。踏みこたえようとすると、戸棚もろとも倒れそうになった。慌てて手を放したとたん、わしはインキの甕のなかへと落ち込んだ。危うく溺れるところを、叔母が攪拌棒を取り上げ、えいやっと振りおろしたからたまらない、大甕はこっぱ微塵となった。おやじが入ってきたのは、その瞬間だ。床を浸して流れ

1 *Paseo del Prado* マドリード市民が好んで散歩する大通りの名。有名なプラド美術館がある。

るインキ、真っ黒な人間が部屋も割れよと悲鳴をあげている。おやじは階段へ駆け戻ったが、足を踏みはずし、そのまま気絶した。

わしの悲鳴は長くは続かなんだ。飲み込んだインキのせいで体に変調がきたのだった。わしは気が遠くなり、意識が回復したのは長びいた病気の末のことで、その後も静養が必要なありさまだった。わしの立ち直りにいちばん貢献したのは、マドリードを引っ越してブルゴスに移り住む計画を叔母から聞かされたことだった。旅と思っただけでわしはのぼせ上がり、気でも違ったかと心配されたほどであった。有頂点でいると、旅は馬車にするか、それとも轎にするかと叔母に尋ねられ、たちまち夢のしぼむ思いがした。

「どっちもいやだ、絶対に」かっかとして、わしは叔母に言った。「ぼくは女じゃない。自分で馬に乗るんだ、騾馬でも我慢してあげるけど、鞍にはセゴビア製の上等な鉄砲を吊って、帯にはピストル二挺と長剣をさげる。このとおりにしてくれなけりゃ、出発しないからね。だいいち、ぼくが叔母さんを守ってあげるんだから、これは叔母さんの得だよ」

こんなたわいもないことをおとなぶってまくし立てた。十一歳の坊主の口には、何ともいい気持ちの文句だったのだ。

旅支度に、わしは大活躍した。用事に出かける、用事から戻る、馬車に乗る、運搬を手伝う、指図をくだす、わしは出しゃばってお節介を焼いたから、やることはいっぱいだった。なにしろブルゴスへ引っ越すのだから、叔母の家財道具そっくり運ぶのである。いよいよ楽しい出発の日が来た。大きな荷物はアランダ街道経由で運ばせ、われわれはバリャドリードへの道についた。

初め馬車で行く気でいた叔母も、わしが騾馬に乗ることになったので、それに倣った。もっとも鞍の代わりには、荷鞍に坐り心地のよい椅子を取り付け、それに陽除《ひよ》けを立てた。もののしく武装した馬方が叔母の前を歩いたが、これは実際に危険から守るというよりは気休めだった。十二頭の騾馬を連ねた一隊は、なかなかの壮観であった。子どもながらわしは隊商の親玉を気取って、絶えず何かしらの武器を手に、先頭に立ったり殿《しんがり》に付いたりして、道の曲り角やその他の危険な場所へさしかかると、大いに張り切るのだった。

実力発揮の機会がついに訪れなかったことは、ご想像のとおりで、道中無事にアラバホスに着いた。そこにはわれわれと同じくらいのキャラバンが二組も先着していた。馬が秣棚《まぐさだな》についているあいだ、旅人たちは厩《うまや》のはずれの台所にたむろしているわけだが、厩との仕切りは石の階段が二段あるばかり、あの当時のエスパーニャの宿場の宿は、殆どがそんな造りだった。細長い家のいい場所が騾馬に、ほんの狭い場所が人間さまに割り当てられるという按配だ。それでもみんな陽気にやっていたものだ。馬方は、馬櫛《まぐし》を使いながら宿のおかみを相手にしきりに毒舌をふるう、するとおかみも負けじと、女の減らず口と商売柄とで勢いよくやり返す、そのうち亭主がしかめっ面でそれをたしなめる、当座はやむが、すぐにまた口喧嘩のやりとりが始まる。使用人の女たちがカスタネットの音もにぎやかに山羊飼いのしゃがれ声に合わせて踊りまくる。旅の者たちは互いに名乗り、夕食に誘い合う。それが済むと、一同は炭火を囲んで集まる。自分は何者で、どこから来たと話しだすうち、身の上話をすっかりぶちまけるのもいる。楽しい時間だ。きょう日《び》じゃ、ずっとましな宿屋こそ増えたが、旅人同士、がやがややっていたあの団欒のすばらしさは、いくら話して聞かせてもわかってもらえまい。言ってみれば、あの日の雰囲気に当てられて、一生わしは旅しようと、幼い頭で思ったってわけだ。そしてそのとおりになった。

もっとも、そこまで踏み切るには、もう一つ特別な事情がある。夕食後、そうやって大火鉢の周りで、旅の道すがらの経験談などをやっていた最中、それまで口をつぐんでいた男が言った。

「皆さんの旅の話を伺ってると、どれも面白く記憶に残ることばかりです。わたしも、ぜひ皆さんにあやかりたいところですが、このわたしとても、カラブリアの旅でそれは不思議なことに出会いました。驚き呆れると言おうか、身の毛のよだつと言おうか、あれは片ときも忘れられません。それどころか、あのときの思い出はわたしに絶えずつきまとって、どんなにか楽しいはずのことも、心から楽しむ妨げになるのです。これほど気の滅入る思いをさせられながら、気も狂わずこられたのは、せめてもの幸せとしなければなりますまい」

こう切り出すのを聞いて、聞き手の一同は身を乗り出した。そういうただならぬ話は、他人に話して聞かせることでずっと気持ちが楽になるもの、と一同は促した。男はいつまでも心に決めかねていたが、しまいに、こんなふうに話を始めた。

ジュリオ・ロマティの物語

わたしの名はジュリオ・ロマティですが、父はピエトロ・ロマティと申して、地元のパレルモはおろかシチリア全土で知らぬ者のない稀代の法律家です。父は、当然のことながら、それほどの名誉をもたらす自分の職業に打ち込んでいます。しかしそれよりももっと執心しているのが哲学で、仕事から離れられる時間は一刻を惜しんでそのほうに余念ありません。

自慢したくありませんが、わたしも父に倣って二つの専門の道を歩みました。法律学で博士となったのが二十二歳のとき、引き続いて数学と天文学を学び、コペルニクスやガリレオの業績を説くなどはお手のものになりました。こんなことを自慢めいて言い立てるのは、これから摩訶不思議な出来事をお話するに先立って、わたしという男が、妄信したり迷信を持ったりする人間ではないと知っていただきたいからです。終生、わたしの軽蔑してきた唯一の学問として、おそらく神学があると言えば、今、申したような欠陥からいかに遠い人間か、わかっていただけるでしょう。それ以外の学問でしたら、それこそ寝食を忘れて熱中したもので、退屈すると、別の分野の勉強に切り替えるのが、わたしにとっての気晴らしでした。

あまりに身を入れすぎて、わたしは体をこわしてしまい、わたしに向いた気慰みの思案にあまった父親は、わたしに旅を勧め、ヨーロッパを漫遊してくるがよい、四年経つまでシチリアには戻ってくるな、と申しつけました。

そう言われた当初、わたしの書物、わたしの書斎、わたしの天文台と別れるのは身を切られる思いでした。でも、父の言いつけには従わぬわけにいかない。旅へ出てみると、その効果は絶大だった。食欲は回復する、体力もつく、すっかり健康を取り戻した。初めのうちこそ轎の旅だったが、三日目からはもう騾馬の背に乗り換え、それが実に快適なのでした。

世界じゅうを知っている人は多いが、そういう人も自国だけは例外です。わたしは、そんなけちをつけられたくないので、まず自分の島から旅を始め、惜しげもなく自然が故郷《ふるさと》に恵んだ驚異の数々を見て回りました。パレルモからメッシナまで海沿いの道を辿る代わりに、わたしはカストロ・ノヴォからカルタニセッタを経てエトナ山麓の、名を忘れたが小さな村に着いた。一か月がかりで山歩きをする計画を立て、その支度を整えたのがこの村です。山中の一か月は、そのしばらく以前に気圧計を使って学者のやった実験[1]の追試に主として取り組みました。夜は星の観測です。お蔭で嬉しいことに、パレルモの天文台では地平線に隠れて見えなかった二つの星が見られました。

わたしは本当に名残りを惜しみつつ山を下りました。山にいるあいだは、天上の光のなかに、また、わたしがその運行の法則をあれほど学んだ数々の天体の崇高な調和のなかに身を置くように思えたからです。もっとも、高山の稀薄な空気は人体に特別の作用を及ぼすもので、脈拍も早まれば、肺臓の運動も加速されます。それもあって、わたしは山をあとにカタニアへ下りました。

　カタニアの街はパレルモ同様、著名な貴族の住む街ですが、人々はパレルモに比べると、ずっと開明されている。かといって、シチリア全土と同じく、ここも精密科学の愛好者が多数いるわけではない。その代わり、盛んなのは芸術や古美術の研究、それから古代史、近代史、シチリア先住民の歴史の研究です。殊に遺跡の発掘はしきりに行なわれ、出土するさまざまな美しい物が、あらゆる会話の話題となるのです。

　ちょうどそのころ、実にすばらしい大理石が掘り出され、そこに刻まれた文字が謎とされた。仔細に検討した結果、これはプニック語[2]ではないか、とわたしは睨んだ。心得のあるヘブライ語を当てはめると、わたしにはこれが解読でき、世間も満足してくれた。この成功でわたしは大歓迎され、街の名士たちから、食指をそそる金目の申し出をいろいろと受けることになった。しかし、そんな考えで故郷をあとにしたわけではないから、わたしはすべて辞退して、メッシナへの道を踏みだした。商業の取引にかけては有名なこの街にわたしはまる一週間を過ごした。そのあと、メッシナ海峡から半島に渡り、レッジオで船を下りた。そこまでのところ、わたしの旅はもっぱら苦労知らずだったが、レッジオに来て、はたと難儀にぶち当たった。カラブリ

1　イタリアの物理学者トリチェリ ***Evangelista Torricelli*** が初めて大気圧を測定したのは一六四三年である。
2　***Punic***　カルタゴの言語。ギリシア語の「フェニキアの」を意味する ***Phoinix*** からきている。

ア一帯にはゾトという名の山賊が荒らし回っているうえ、海は海でトリポリを根城とする海賊どもが網を張っている。ナポリへ旅立とうにもにっちもさっちもいかない。何やら不面目な気分に引き留められなかったら、わたしはさっさとパレルモに帰ってしまうところだった。

レッジオに足を止め、どうしようかと迷ううちに一週間が過ぎた。ある日、港の辺りを長い時間ぶらぶらしたあと、人影の少ない浜へ出てそこの砂利《じゃり》に腰をおろした。すると、傲岸不遜な感じの男が近づいてきた。真紅のマントを着ている。男は挨拶もなしにわたしの横に坐ると、こう話しかけた。

「シニョル・ロマティ、代数だか天文学だかの問題に頭をひねっておられるのかな」

「どう致しまして」わたしは答えた。「ロマティの若殿の願いは、レッジオを発ってナポリへ行くこと、それから、たった今、頭をひねっているのは、どうやってゾト一党の難を逃れようということですよ」

するると、未知の男は不快げな顔になって言った。

「シニョル・ロマティ、あなたの学才は故郷に聞こえが高い。こんどの旅で見聞が広まれば、名声はますます上がるでしょう。ゾトは物のわかった男、そういう高尚な旅の妨げなどはしません。この赤い羽飾りを差し上げます。一本は帽子に付けてください、あとは伴の者にそれぞれ配り、勇気を出して出発なさい。そう申すわたしは、あなたの怖がっておられるそのゾトです。嘘だとお思いならば、これをお目にかけましょう、さあ、これがわたしの商売道具で」

いきなりマントの前を開くと、その腰の革帯にピストル、短剣のずらりと並んでいるのが見えた。彼は心のこもる握手をして姿を消した。

おれは、そこで親方の話を遮り、そのゾトなら噂に聞いているし、ゾトのふたりの兄弟には面識もあると口にした。

「わしも連中は知っておる」親方は言った。「あの兄弟たちも、わしと同様、ゴメレス家の大長老に仕える身じゃ」

「何ですって、あなたまでが」おれはあっけに取られて声をあげた。

そのとき、ひとりのヒターノが来て親方に耳打ちした。親方はすぐさま立ち上がった。その暇に、おれはたった今、知ったばかりのことについて考えを巡らせた。

〈いったい何なのだ〉おれは自問した。〈いったいこの強大な組織は何なのか。この組織は何やらの秘密をおれの目から隠すのに躍起のようだし、さまざまな魔力を使っておれの目をたぶらかし、手の内をちょっぴりしか見せない。するうちに、矢つぎばやに新手の状況を作り出しておれをまたもや疑問のなかに落とし込む。どうやらおれ自身、その見えない鎖の一部であるらしい。しかも、その結びつきをいっそう強めようとするのが、だれかの狙いらしいが〉おれの考えは、散歩へ誘いに来た親方のふたり娘のために中断された。おれはふたりに従った。会話は上品なエスパーニャ語で交わされ、ヒターノス流の俗語は一つも混じらなかった。娘たちは躾もよく、性格も陽気で開放的だ。散歩から戻ると夕食を摂り、そして息《やす》んだ。しかし、夜中、従妹たちとのことは何もないまま終わった。

第十三日

ヒターノの親方は豊富な朝食を届けに来ながら言った。

「セニョル・カバリェロ、敵が近づいています、税関の監視員ですがね。戦場は明け渡したほうがいいようです。連中が彼ら宛の梱包を見つけたら、あとの分はもう安全だ。ゆっくり食事をなさってから出かけるとしましょう」

谷の反対側には、早くもその連中の姿が遠目に見えていたので、おれは大急ぎで朝食を済ませた。そのあいだにも大部分は先発隊として出発した。われわれは山から山へとさまよい、次第にシエラ・モレナの無人の境へと奥深く入っていった。すっかり奥まった谷まで行き着くと、先回りの仲間が待っていて、食事の用意も整っていた。食べ終わると、おれは親方に話のつづきをねだった。彼はこんなふうに話し始めた。

ヒターノの親方の物語——承前

ゆうべはわしが夢中で聞き入ったジュリオ・ロマティの話の途中までじゃったが、そのつづきは、だいたいこんな具合だ。

ジュリオ・ロマティの物語――承前

ゾトの人となりは聞いていたので、これまで請け合ってくれたからには何の心配もない、とわたしは思った。わたしは上機嫌で宿屋へ戻り、騾馬曳きの男を探させた。何人かが見つかった、というのも、山賊は馬丁や騾馬には一切、手出しをしなかったからだ。わたしは仲間うちでもいちばん評判のいい男を選んだ。わたしの乗る一頭、召使用に一頭、荷物を運ぶのに二頭を借りた。馬丁の親方が自分用に一頭を使い、手伝いのふたりが徒歩で従った。

発ったのは翌日の夜明け方だが、出発して間もなくゾトの手下らしい連中が遠くから蹤《つ》いてくるらしいのに気づいた。何里かごとに交替が引き継ぎしてやって来るようだ。この調子ならば当然、危ないことの起きるはずもなかった。

実に気持ちのいい旅で、わたしは日に日に丈夫になった。ナポリには二日間の滞在だけだった、そのあいだに、わたしはふとサレルノに寄ってみる気を起こした。これはごく自然な好奇心からだった。わたしはルネサンス美術の歴史に非常な興味を持っていたが、サレルノ派と言えば、イタリアにおける美術復興の揺籃《ようらん》の地である。さらには、不可思議な運命がわたしをこの不吉な旅へと連れ込んだ、とも言える。

モンテ・ブルジオから街道をはずれ、わたしは村の案内人に導かれて、想像を絶するような荒れた地方へと入り込んでいった。正午ごろ、とある廃屋に着いた。案内人に言わせると、これが宿屋だという。しかし亭主の出迎えようからも、とてもそんなものではなかった。なにしろ、向こうから食べ物を出すのではなしに、こちらが携えた食料のなかから一部を分けてくれと言いだす始末だ。幸い多少の乾肉があったので、わたしは亭主と、それにわたしの案内人と従者とに分けて食べた。騾馬曳きたちはモンテ・ブルジオに残してきていたのだ。

　この粗末な宿をあとにしたのが午後の二時ごろだった。間もなくわたしは、ある山の高みに宏大な城が聳えているのに気づいた。わたしは、案内人にこの場所の名前を聞き城は無住かどうかを尋ねた。この地元では、ただ、お山《ロ・モンテ》とか、お城《ロ・カステッロ》と言い習わしている、城そのものに住人はなく荒れ果てたままだが、構内に礼拝堂と僧坊が建てられ、サレルノのフランチェスコ会の聖職者数人が住んでいる、と案内人は答え、いかにも朴訥《ぼくとつ》な調子で付け加えた。

「あのお城については、いろんな話があるが、おらはどの話も覚えとらん。そういう話が始まると、おらは勝手口から逃げ出して義理の姉のラ・ペパのところへ行っちまう。フランチェスコ会の坊さんがだれかしら来ているから、袈裟に接吻させてもらうのさ」

　わたしは若い案内人に、城のそばを通るかどうかを訊いてみた。城山の中腹を通る、という返事であった。

　とかくするうち、空には雨雲が広がりだし、夕方ごろには恐ろしい夕立がまともにわれわれを襲った。われわれは折悪しく山の背にいて雨宿りの場所一つなかった。岩屋ならあるが、道が険しすぎてと案内人が言う。無理でも行こうとわたしが言いだし、岩のあいだを下りかけたとたん、すぐ近くに雷が落ちた。わたしの騾馬が倒れ、ほうり出されたわたしは数丈の高みを転がり落ちた。立ち木に引っかかり、助かったと気づいて、連れを呼んでみたが、だれひとり応答はない。立て続けに稲妻が光り、その明かりで辺りの様子の見当をつけて、わたしはもう少し安全なところに身を移した。そこから木を伝い伝いして進むうち、小さな洞穴の前に出た。そこには道がついていなかったから、案内人の言う岩屋ではないらしかった。

吹きなぐりの大雨がしぶくように降り、雷鳴は引きも切らなかった。わたしはぐしょ濡れの服に震えながら夕立のやむまで二、三時間も洞穴のなかで小さくなっていた。小降りになったころ、にわかに、谷の窪みに松明の明かりがちらちらと動くのが見え、人声もした。うちの連中だな、とわたしは思い声をかけるが、何の返事もない。

間もなく、上品な顔立ちの若者が近づいてきた。数人の従者を連れ、松明をかざす者もあれば、衣服の包みらしいのを手にしている者もいる。若者は恭しく一礼すると、わたしにこう言った。

「シニョル・ロマティ、わたくしどもはモンテ・サレルノ公女の使いの者でございます。あなたさまがモンテ・ブルジオでお雇いになられた道案内から、山中で道にお迷いと知りまして、公女さまの命によりお捜ししておりました。どうぞ、これにお召し替えになって、城までおいでくださいますよう」

「これはこれは」わたしは答えた。「そう致しますと、山の頂のあの無人のお城へ」

「とんでもない」若者は応じた。「今におわかりいただけます。それは結構な御殿で、ここから二百歩ほどの近さにございます」

それでは、この近所にどこやらの貴族令嬢が居を構えているのか、とわたしは考えた。わたしは着替えをして若い男に従った。じきに来たのは、黒大理石の門構えの前であった。松明の光では、そこしか照らし出されないから、どれほどの規模の建物とは知りかねた。なかへ通されると、若者は階段の上り口でわたしを置き去りにした。わたしが最初の踊り場まで階段を上がったとき、そこにはこの世ならぬ美しさの貴婦人がわたしを迎えて言った。

「シニョル・ロマティ、モンテ・サレルノ公女さまからのお言いつけにて、あなたさまの接待役を授かりましてございます」

おつきのお方にお目にかかっただけで公女さまのお人柄がしのばれます、というような言葉で、わたしはそれに応じた。

たしかに、案内に立った貴婦人は、今、申したように、この世に絶えてない美しさであった。その堂々とした様子から、わたしは一見して、これが公女その人だと思い込んだ。

もう一つわたしの気づいたのは、この貴婦人の服装が、前世紀に描かれたわが家の先祖の肖像画にあるのとよく似ていることだった。もっとも、わたしは、それがナポリの上流婦人のあいだの流行で、昔風の服装を取り入れたものかと思った。

まず通された大広間は、すべて銀無垢《むく》のこしらえであった。床の嵌め板《いた》もすべて銀で、いぶし銀のものと磨き立てたものとが使われていた。壁掛《タピスリ》にも銀を織り込み、ダマスカスの緞子《どんす》に似せてあったが、地は光った銀、花模様はくすんだ銀になっている。天井は古い城の格子細工と同じように彫りが施されていた。そして腰羽目、壁掛の縁取り、燭台、窓枠、大小の卓、どれ一つとってもみごとな銀細工でないものはない。

「ロマティさま」接待の貴婦人が言った。「あれこれと調度にお目を留めておいでですね。これはまだ、召使どもの控えの間でございますよ」

わたしは何も言わなかった。次の広間も最初の部屋と似通っていたが、ただ、ここではすべての装飾に金《きん》が使われている、五十年ほど昔に流行した様式だ。

「こちらは」と貴婦人が言った。「侍従長はじめお城の役職にある貴族の控えの間でございます。公爵令嬢のお部屋には金銀は一切、使っておりません。公女さまは簡素なのがお気に入りでございまして。それは、こちらの食堂をご覧になるとおわかりのとおりです」

そう言って彼女は脇の戸を開けた。足を踏み入れた広間は色大理石が壁を埋め、浅浮き彫りのある白い大理石が四囲の縁飾りに使われていた。豪奢な食器棚にはクリスタルの花瓶やらインド渡来の目を奪うような磁器の壺が並んでいる。

そこから、こんどは、もう一つ控えの間を抜けて、応接用のサロンへと入っていった。

「いかがです、このお部屋はお気に入りでございましょう」貴婦人が言った。

わたしはうっとりと見回した。まず驚いたのはその床であった。床はいちめんに瑠璃《るり》が敷き詰められ、宝玉の象嵌《ぞうがん》はフィレンツェのモザイク模様なのだ。こんなタイル一枚だけで数年はかかる大仕事である。タイルの模様には一貫した意匠があり、全体でよくまとまっていた。しかし個々に細かく見ていくと、細部には実にいろいろな変化がつけてある、それでいて左右の均斉は少しも崩されない。なるほど、模様は同じようでも、こちらがみごとな色合いの花々の組み合わせなら、そちらは七宝の色とりどりに工夫した貝、あちらには蝶、さらに向こうに蜂鳥のさまざまという按配である。こうして、この世の最も美しい石が、自然の最も美しいものを模するために動員されていた。この目も彩《あや》な床の中央には、思い切り多色の玉を鏤めた宝石箱の形が描き出され、その輪廓は大粒の真珠が象《かたど》っている。すべてはフィレンツェのモザイク・テーブルのように、くっきりと本物のように模様が浮き出して見える。

「シニョル・ロマティ」貴婦人は言った。「そんなにいちいち足を止めていらしては、いつまでも行き着かないじゃございませんか」

わたしは目を上げた、と、その目はラファエロの筆になる一幅の画に吸いつけられた。それはヴァティカンにあるフレスコ画〈アテナイ学派〉[1]の人物群像の最初の構想とおぼしき作品で、油画ではあるがその色の冴えはすばらしかった。

1　プラトン、アリストテレスらギリシア哲人の群像を描いたラファエロのフレスコ画（一五一〇年作）は、ヴァティカンのスタンツァ・デラ・セニャトゥラ〈署名の間〉にある。

次には〈オンファラ山の麓のヘラクレス〉[1]に目が留まった。ヘラクレスの人体画はミケランジェロの筆で、女の姿にはグィド・レーニ[2]の筆勢が認められた。このサロンを飾るどの画も、それまでにわたしの目にしたすべての名画よりいちだんと完璧の域に達していた。壁掛《タピスリ》は緑一色のビロードで、額の画の色をいっそう引き立たせた。

二つの入口の両側には、等身大よりわずかに小さめの彫像が一対ずつ立っている。四つの像は、モデルになった遊女フリネが大いにねだりものをしたと言われる有名なフィディアスの〈エロス〉、次が同じ作者の〈サテュロス〉、第三はプラクシテレス[3]作の〈アフロディテ〉、フィレンツェのメディチ家所蔵のものは、この模作にすぎない。そして四番目がローマ皇帝アドリアヌスに寵愛された美少年〈アンティノウス〉[4]の像である。このほかにも窓ごとに、群像が配置されてあった。

サロンの四囲には抽出し付きの小箪笥が並んでいた。装飾にはブロンズ代わりに細かな宝石細工が使われ、その中心の一つ一つにカメオが嵌め込んである。そのカメオも国王の居間にしか見当たらないような品である。抽出しのなかには標準よりとび抜けて大きな金の古代貨幣の蒐集が収められていた。

「ここで」と貴婦人が言った。「公爵令嬢は昼食後のひと時をお過ごしになるのです。この金貨のコレクションをいちいち調べますと、それは有益で、しかも面白い話題がございましてね。でもまだお目にかけるものがいろいろとあります。では、こちらへどうぞ」

次に入ったのは寝室であった。八角形に造られた部屋である。八辺のうちの四辺が寝台の収まる窪みになっていて、その一つ一つに特別に大きなベッドがある。ここには凝った装飾も壁掛も天井もない。すべては丹念な刺繍《ししゆう》のある趣味のよいインドのモスリンで覆われていて、極めて薄地のその布は、かの織の名手アラクネが縫いとりのなかに閉じ込めた霧か霞かと怪しま

1　ギリシア神話によると、リディアの女王の結婚式に出たヘラクレスは、この女王に命ぜられて家事にこきつかわれた。オンファラの麓へ急ぐ使い走りのヘラクレスは、しばしば画題とされた。

2　*Reni, Guido*　（一五七五―一六四二）イタリアの画家。

3　*Praksyteles*　この部分は故意にであろうか、また当時の通説に則ったものか史実と異なる。すなわち、ククルスキ教授の註に従えば、〈エロス〉、〈サテュロス〉および〈アフロディテ〉の三像は、ともに紀元前四世紀のギリシアの彫刻家、プラクシテレスの作にかかる。うちオリジナルが今日《こんにち》に残されているのは、ルーヴル博物館所蔵の〈サテュロス〉像のみ（コピーがローマのカピトル美術館にある）。〈アフロディテ〉像は、そのコピーがヴァティカン美術館にあり、フィレンツェのメディチ美術館蔵のものは作者不明のもの。さらに〈エロス〉像も、ヴァティカンにあるのはコピーである。遊女フリネ *Phryne* がモデルとなったのは、〈アフロディテ〉像のほう。そして「〈エロス像〉の失われたオリジナルを、テスピエのエロス神殿に献納したのが、この遊女フリネである」と記されているところを見ると、彼女はモデル料として彫刻家からこの像を得たものか。フィディアス（フェイディアス）は紀元前四九〇―三〇年ごろのギリシアの彫刻家。パルテノン建立の総監督を務め、本尊のアテナ・パルテノス像を完成したが、嫉視の的となり讒言《ざんげん》によって投獄された。実作は残っていないようだ。

4　*Antinous*　ローマ皇帝アドリアヌスに愛された美少年。紀元一三〇年、ナイル河で少年が水没すると、皇帝は少年を神の列に加えた。少年美の理想として、しばしば美術の題材とされた。ヴァティカン美術館には作者不明の〈ベルヴェデルのアンティノウス〉と題する大理石像がある。

れた。

「なぜですか、寝台が四つとは」わたしは貴婦人に尋ねた。

「これはね」彼女は答えた。「温まりすぎたり、眠れなかったりするときに、寝る場所を変えるためです」

「しかし」わたしはさらに言った。「どれも、こんなに大きいわけは」

「これですか」貴婦人は答えた。「公女さまがお休みになる前に、話をご所望なさることがございます。そのときお相手の女たちとご一緒するためですよ。では浴室をお目にかけましょう」

ここは円形の部屋で、壁には真珠母を鏤め、豪華な縁飾りがある。壁の高い部分は織布を使わず、代わりに真珠玉を貫いた目の粗い網が張り巡らされ、それにやはり真珠の玉飾りがさがっている。どれも粒も艶《つや》も揃った真珠ばかりである。天井は大きなガラス一枚で、そのガラスを透かした上にシナ産の金魚の泳ぎ回っているのが覗かれる。浴槽の中央には丸い洗面用の台がしつらえられ、その周りには人工の苔《こけ》が円く取り囲み、色も形も美しいインド洋の貝がその上に配置されていた。

ここで、もはや感嘆の声を抑え切れず、わたしは言った。

「ああ、天国もこれほどすばらしいところとは思えません」

「天国」貴婦人はとまどいと失望の様子を見せて言った。「天国と仰いましたか。シニョル・

ロマティ、お願いです、どうぞこれ以上、そういう言い方はなさらないでください。本気でお願いしますよ。こちらへどうぞ」

通されたところは南国のありとあらゆる鳥がその佇《たたず》まいを見せ、イタリアの愛らしい鳥が囀《さえず》る大きな鳥小屋のなかだった。そこにはわたしのためだけの食卓の用意ができていた。

「ああ」わたしは美しい案内役の貴婦人に言った。「こんなにすばらしいお宅で食事をいただくなど夢のようです。拝見するところ、あなたは食卓にお着きにはならないようですね。たったひとりで食卓に向かうためには、これだけの物持ちでいらっしゃる公女さまについて、せめてお話でも伺わなくては、とてもその気になれません」

貴婦人は品よく微笑を見せ、わたしに食事を勧め、自分も腰をおろして、こう話を切り出した。

「わたくしは故モンテ・サレルノ公爵の娘でございます」

「どなたが。あなたが、ですか」

「わたし、ではなしに、モンテ・サレルノ公女と申すお方は、と言うつもりでしたのに。でも、どうぞ口出しなさらないでくださいまし」

モンテ・サレルノ公女の物語

モンテ・サレルノ公爵は、サレルノの昔からの大公の家柄の流れで、エスパーニャの大公爵、元帥、大提督、主馬頭《しゆめのかみ》、王室侍従武官長、狩猟長の栄位を受け、ナポリ王国でもあらゆる枢要な職を一身に集めた人材でございました。国王陛下に忠勤を励みます一方では、公爵自身もお屋敷を構えておりますから、大勢の家人を抱え、なかには爵位を持つ者も何人かおりました。そのひとりに筆頭の家老役で公爵の信任厚いスピナヴェルデ侯爵があり、その奥方がこれまた腰元頭《こしもとがしら》ですから、夫婦揃って公爵の覚えめでたかったわけです。

わたくしが十歳……いいえ、モンテ・サレルノ公爵の独り娘が十歳のとき、母を失くしました。それをきっかけに、スピナヴェルデ侯爵夫妻は公爵のお膝元を去って、全領地の差配の仕事を侯爵が司《つかさど》り、奥方はわたくしの教育係となりました。夫妻はナポリに姉娘ラウラを残していきましたが、このラウラは公爵のお側《そば》で些か曖昧《あいまい》な存在でございました。侯爵夫人は幼い公爵令嬢を伴ってモンテ・サレルノに住まうことになりました。

公女エルフリーダの教育係とは申せ、侯爵夫人は公女のことは一向おろそかにし、もっぱら公女のおつきの女たちの教育に熱心でした。わたくしのわずかな気持ちの動きも察し取るように仕込んだのです。

「わずかな気持ちの動きもね……」わたしは貴婦人に言った。

「口をお出しにならないようにお願いしたはずですが」彼女は些か気を損って言った。

それからこう話を継いだ。

わたくしは、おつきの女たちをさんざんひどい目に遭わせては楽しんでおりました。どうしても半分しかできないような辻褄《つじつま》の合わない命令を出して、あとで罰を加えるのです。抓《つね》ってやることもあれば、腕やらお臀《しり》やらに針を刺してやりもしました。女たちは辞めていきました。スピナヴェルデの奥方が、別の女たちを連れてきますが、その子たちも逃げ出してしまいます。そうこうするうちに、父が病気になり、わたくしはナポリへ参りました。わたくしはあまり父を見舞いませんでしたけれど、スピナヴェルデ夫妻は片時も父の側を離れませんでした。とうとう父は亡くなりますが、その前に遺言状を作り、娘の後見役も、領地や財産の管理も、すべてスピナヴェルデ侯爵に一任しました。

葬儀は数週間も続きました、それを済ませてから、わたくしたちはモンテ・サレルノへ戻り、わたくしはまた小間使の女たちを抓ることを始めました。こんな罪のないことをするうちに四年の月日が流れました。それは屈託のない歳月でした、と申すのも、スピナヴェルデ夫人が毎日のようにこう言ってくれたからです。あなたは正しいのですよ、世の中はあなたの言うことを聞くためにできているのです、あなたに命じられたとおりに早く立派にできないような者はどんな罰を受けても当然なのです、と。

ところが、ある日、わたくしの侍女たちが次から次へ去り、その夜、わたくしは自分で自分の服を脱がなくてはならない破目になりました。わたくしは悔しくて泣きだしてしまい、スピナヴェルデ夫人のところへ駆けていくと、こう宥《なだ》めてくれました。

「愛する優しい公女さま、涙をお拭いなさいまし。今夜は、わたくしがお脱がせ申し上げましょう。そしてあしたになりましたら、新しく六人の侍女をお連れします。こんどは必ずご満足なさると存じますよ」

翌日、目が覚めると、わたくしはスピナヴェルデの奥方が六人のたいへんに美しい娘たちを連れてきました。わたくしは一目見るなりある種の感動を覚えたほどです。女の子たちも同じ気持ちのようでした。そんな気分から真っ先に正気を取り戻したのはわたくしでした。わたくしは、下着のままベッドから跳び出し、侍女たちをひとりびとり抱きしめました。そして、これからは叱りつけることも、抓ることもしないと皆に約束したのです。そのとおりに、たとい服の着せ方が下手でも、また口答えするようなことがあっても、わたくしは二度と腹を立てたりはしませんでした。

「というわけは」わたしは公女に言った。「その娘たちは、若い男が女を装っていたのではありませんか」

公女はいかめしい態度になって言った。

「ロマティさま、口出しなさらぬようにお願いしたはずでございますよ」

それから公女は、こう言って物語を続けた。

わたくしが十六歳になりました日、わたくしは貴いお方がお出ましになると教えられました。それは国務大臣、エスパーニャ大使、グァダラマ大公のお三方で、大公がわたくしに求婚にお見えになったのです。あとのお二方は介添役です。お若い大公は、それは立派な風采でした。わたくしがそのお姿に感じ入らなかったとは、とても申せません。

夕方、皆さまと散歩に出かけることになりました。さほど歩かないうちに、恐ろしげな牡牛が茂みの奥から跳び出し、わたくしどもに襲いかかってきました。大公は、マントを小脇に抱え、もう一方の手に剣を振りかざして、そちらへ駆け寄りました。牡牛は一瞬、立ち止まると大公に突進しました。牛は大公の握った剣に自分から突き刺さって、あっけなくその足元にどっと倒れたのです。大公の勇気と腕前のお蔭で命を助けられたと、わたくしは思いました。ところが、その翌日、わたくしの耳に入ったのは、こうです。あの牡牛は大公の馬丁がわざわざあの場所に隠しておいたもので、大公はエスパーニャの流儀に従ってわたくしに男らしさを見せつけるのにこの機会を役立てたのでした。そうと知ると、わたくしは大公に感謝するどころか、わたくしをあれほど恐ろしい目に遭わせたことが許せませんでしたから、結婚の申し込みを断りました。

侯爵夫人は、わたくしが肘鉄砲を食わせたことを喜びました。彼女は、このときとばかり、わたくしのことをしきりに褒め上げ、せっかくの独身の境遇を捨てて主人を持てば、どれほど失うものが大きいかを諭《さと》して聞かせるのでした。それからしばらくのち、同じ国務大臣が、わたくしのところへやって参りました。こんどの連れは前とは別の大使ともうひとり、ヌーデル・ハンスベルクに所領を持つ公爵とでした。この公爵というのは、のっぽの、でぶの、ぶよぶよの、金髪、白面、蒼ざめた男でしたが、国に持っている財産のことばかりわたくしに話して聞かせたものです。しかもそのイタリア語はチロル訛《なまり》でした。わたくしも、さっそくチロル訛を使ってお話の相手を務め、その言い方そっくりに、お国にお持ちの財産のためには、わたくしという人間の存在が非常に役立つことでしょうと見得を切ってやりました。公爵は少し酸っぱい顔をなさって退散なさいました。スピナヴェルデ侯爵の奥方は、わたくしを食べんばかりに接吻して、わたくしをもっと確実にモンテ・サレルノに引き留めておくために、いろいろさまざまな美しいものをこしらえさせました。あなたのご覧になっているのは、すべてそれでございます。

「ああ」わたしは叫んだ。「実にみごとにお作りになった。これこそ地上の天国と呼ぶべきです」

その言葉を聞くと、公女は気色ばみ、席を立って言った。

「ロマティ、申し上げたじゃございませんか、その言葉はお使いにならないようにと」

それから彼女は薄気味わるく、ひきつったような声をあげて笑い、しきりに繰り返した。

「そう、天国、天国、よくも言えたものね、天国だなんて」

その場景は次第に悲しく沈んでいった。公女は元の生まじめな顔に戻り、きびしい目でわたしを見つめ、蹤いてくるようにわたしに命じた。


やがて彼女は一つのドアを開けた。そこは天井の高い地下室だった。その向こうには銀の湖のようなものが見えたが、それは銀ではなく水銀なのだった。公女が手を打ち鳴らした。すると一艘の小舟が黄色のこびとに漕がれてこちらへ滑ってくるのが見えた。小舟に乗り込んでからよく見ると、そのこびとは、顔が金、目がダイヤモンド、口が珊瑚でできていた。こびとと見えたのは、からくり人形にすぎず、小さな櫂《かい》を操って巧みに水銀の波を切り、小舟を進めるように作られているのだった。この新奇な船頭は、われわれを岩の下へ導いた。岩が開くと、もう一つの地下へとわれわれは入っていった。そこには無数の機械人形が世にも稀な光景を展開していた。孔雀たちが扇のように大きく羽を広げると、釉《うわぐすり》をかけ宝石を散らした尾羽が燦然と光った。鸚鵡《おうむ》たちはエメラルド作りの翼でわれわれの頭上に飛び交った。黒檀《こくたん》づくりの黒人たちは金の盆にいっぱいのさくらんぼのルビーと葡萄《ぶどう》のサファイアをわれわれに差し出した。そのほか数知れぬ驚嘆すべき品々が、その果てさえしかとは見えぬこの不思議な地下室を満たしていた。

そのときわたしは、再び、なぜともなく、天国というあの言葉を口に出してみたい気持ちに誘われた。それが公女にどんな作用をするか見たかったのだろう。わたしは運命を左右するその好奇心に負けて、王女に言った。

「全く、これが地上の天国でなくて何でしょう」

公女はさもわが意を得たりと満足の微笑をわたしに向けて言った。

「この屋敷の魅力をいっそうわかっていただくために、わたくしの六人の侍女をご紹介申しましょう」

彼女は帯に吊った金の鍵を手にして、大きな木箱の錠を開けた。箱にかかった黒いビロードの布地を取ると、銀の金具が見えた。木箱が開かれ、見守るわたしの前に、一体の骸骨がそこから現れ出ると、挑みかからんばかりにわたしに向かって突き進んできた。わたしは剣を抜いた。骸骨は自分の左腕をぐいと捥《も》ぎとるなり、そいつを剣のように右手に構えて、刃《やいば》も折れよとわたしに斬りかかった。わたしはうまくそれを躱《かわ》したが、見ると、もう一つの骸骨が箱を跳び出し、最初の骸骨の胸から肋骨一本を引き抜き、それを揮ってわたしの脳天に一撃を食らわせた。わたしは、そいつの喉元を締め上げた。やつは負けじと白骨の両腕でわたしを抱え、床へ投げ倒そうとかかった。その腕を振りほどいたとたん、三つ目の骸骨が箱を脱け出て、先の二つの助太刀に回った。続いてあと三体が姿を現した。かくも劣勢では到底、太刀討ちかなわぬと見たわたしはその場に平伏し、公女の宥しを乞うた。

公女は箱へ戻るように骸骨に命じ、それからわたしに向かって言った。

「ロマティ、ここで目にしたことは終生、忘れてはなりませぬぞ」

そう言うと、彼女はわたしの腕をつかまえた。わたしは骨まで焼かれるような痛みを覚え、気を失った。

そのまま、どれほどのあいだ倒れていたのかわからない。ようやく気づいたとき、遠くないところから聖歌の声が聞こえた。見回すと、わたしは広い廃墟の真っただなかにいるのだった。脱け出そうと歩いていくと狭い中庭へ出た。そこに礼拝堂があって早朝ミサの歌声はそこから聞こえるのだった。ミサが終わると、修道院長が現れ、わたしは僧坊へ案内された。わたしは、あとに続き、気を落ち着けながら、自分の身に起きたことを院長に話して聞かせた。話し終わると、院長は言った。

「わが子よ、公女のつかまえた腕には何かの印が残っておりませぬかな」

袖をまくって見ると、なるほどつかまれた片腕は、すっかり火傷《やけど》になり、そこに公女の五本の指痕が残っていた。

すると、院長は寝台のそばに置いた箱を開け、そこから古い羊皮紙の巻物を取り出した。

「ここにあるのが」と院長は言った。「この礼拝堂の建立をご許可なされた教皇の勅書。これを読めば、あなたの見たものの正体がおわかりいただけましょう」

羊皮紙を広げて、わたしの読んだのは、次の文面である。

主の年一五〇三年、ナポリとシチリアの王、フレデリコ[1]の治世第九年、エルフリーダ・デ・モンテ・サレルノなる者、背教瀆神の極まるところ、傲慢不遜にも真の天国を所有し、われらが永久の生命のうちに期するものを自ら放棄するに至る。しかるところ、聖木曜日より聖金曜日にかけての夜、発生せる大地震のため、その宮殿は毀《こぼ》たれ、人間の敵、魔王サタンはこの廃墟を棲処《すみか》とし、ここにあまたのデモンを棲まはせ、長きにわたりかずかずの幻惑を通じてモンテ・サレルノに近づく人々、並びに近隣の善良なるキリスト教信者をたぶらかし、その悪業今に絶ゑず。ここを以て、神の僕《しもべ》たる朕、教皇ピウス三世[2]は右廃墟の構内に礼拝堂建立の允許《いんきょ》を与へ……云々。

勅書のその先を、わたしは覚えていない。わたしが覚えているのは、院長の話だ。それによると、悪魔にたぶらかされる事例は遙かに少なくなったが、それでもときたま繰り返されており、殊に復活祭直前の聖木曜日から聖金曜日にかけての夜が最も油断ができない、ということであった。院長はまた、公女の魂の安らぎのためにミサを奉献するよう、それにはわたし自身も列席するように忠告した。わたしは忠告に従った。それからそこを発ってわたしは旅を続けた。しかし、あの運命の夜、わたしがこの目で見たものは、わたしに消しがたい悽愴《せいそう》の印象を残し、しかも腕の痛みにわたしは今もって苦しんでいる。

話し終わるとロマティは袖をまくり上げて、わしらにその腕を見せた。そこには公女の五本の指の形と火傷の痕《あと》が、はっきりと残されていた。

ここで、おれは親方の話に口を挟み、カバリストの家でハペリウスの綺譚[3]をめぐっていたら、これと殆ど似た物語を見つけたことを話した。

「だとすると」と親方は言った。「ひょっとして、ロマティという男は、その話を作り変えて聞かせたのかもしれぬ。あるいは全くの作り話だったとも思える。が、それはともかく、確かなのは、この話がわしの旅好きの元になり、不思議な冒険への漠《ばく》とした憧れを培《つちか》ったことさ。もっとも一度たりと、そんなものに出会った経験はないがな。ともあれ、若い頭に刻み込まれた感銘は、いかにも抜きがたい力を持つもので、わしの場合も、長いあいだそんな途方もない憧れに頭を痛め、いまだに立ち直れずにいるという次第じゃよ」

「パンデソウナさん」そこで、おれは親方に言った。「こちらの山中に暮らすようになって以来、世に不思議と呼ばれるような事柄を、一度も見たことがないと、そう仰るつもりじゃない

1　ナポリとシチリアの国王だったフレデリコ四世（一四九六―一五〇一）。領有権を争うフランスとの戦争にスペインが勝つと、ナポリとシチリアとはスペイン領に併合された。だとすると、「一五〇三年、治世九年目」の記述は史実に合わない。

2　***Pius III***　ローマ教皇、在位は一か月に満たず一五〇三年九月二十二日から同十月十八日まで。

3　大同小異の物語が「綺譚」第三巻にある（一八九頁註2参照）。

でしょうね」

「言われるとおり」親方は言った。「それは見たとも、今のロマティの物語で思い出したのじゃが……」

　そのとき、ひとりのヒターノが現れ、われわれの話は中断された。親方にいろいろと用事ができたのを知って、おれは鉄砲を取ると、狩猟がてら山歩きに出た。低い山をいくつか越えて、足下に広がる谷に目をやったおれは、思いも設けず、あのゾトの兄弟の絞首台と覚《おぼ》しきものを遠くに認めた。まず鳥肌が立った。それからあの甘美な一夜と、それに続いた恐怖の目覚めとの思いが去来した。次には好奇心がおれを捉えた。おれは急ぎ足で近づいた。

　絞首台の木戸は開いていた。そして絞首台には最初のときのように二つの死体がぶらさがっていた。おれは目を背け、思いに沈みながら帰途に着いた。戻ったおれを見かけて親方が声をかけた――どこへ行ってたのかね。おれは正直に、ゾトの兄弟の絞首台まで足を伸ばしたことを告げた。

「死体はさがっておったかね」親方が尋ねた。

「どうしてです」おれは言った。「まさか、さがっていないはずが……」

「それが始終ある」親方が言った。「夜中過ぎるとな」

　その夜も、おれは前夜と同様、だれからも眠りを妨げられることはなかった。ただロス・エルマノスの兄弟たちの亡霊が、さまざまに姿を変え、おれの夢のなかに現れては消えた。

第十四日

　ヒターノの二人娘がココアを運んでくると、朝食にご相伴させてと言われ、一緒に済ませた。そのあと、おれは鉄砲を手に出かけた。歩き迷ううちに、またもやおれは魅《ひ》き入れられたようにロス・エルマノスの絞首台の近くまで来ていた。きのうと違って絞首台にさがる二つの死体はない。木戸は開いたままだった。地面に二つの死体が横たわり、そしてそのあいだに寝ている何かが見えた。近づくとそれは若い女、レベッカその人だった。

　おれはなるべく静かに彼女を揺り起こした。しかし目覚めた彼女が周囲を見回して受ける衝撃まで、おれには防ぎようがなかった。彼女は狂わんばかりの恐怖に茫然自失した。次には身もだえして泣き、やがて気絶した。おれはレベッカを抱き上げ、近くの泉まで運んでいった。顔に水をかけてやると、ようやく意識を取り戻した。こんな絞首台の下にどうして寝ることになったのか、尋ねる勇気がおれにはなかった。それを言いだしたのは彼女のほうだった。

「よくわかっていました。あなたの口の堅さが、わたしにとって良くないことになりそうだと。ご自分の出来事を明かしてくださらなかったため、わたしまであなた同様、呪われた吸血鬼の手玉に取られたわけです。彼らの身の毛もよだつ企みのお蔭で、わたしを不死身にしようと父のとってくれた長年月の用心が、瞬時にして台無しにされたのです。ゆうべの恐怖は、まだ自分でも納得できかねています。ですが、それを思い起こしながら、なんとかお話をまとめてみましょう。でも、よくわかっていただくためには、少し昔に遡ってわたしの身の上から始めましょう」

レベッカは暫く考え込んでいたが、やがてこう話を切り出した。

レベッカの物語

兄がお話ししたときに、わたしのことも一部、申したはずです。兄の結婚の相手はシバの女王の二人娘、わたしの場合は、双子座の双子《トアミム》と結婚する定めであることもご存じですね。兄は、それが励みとなって、カバラの修行にいっそう身を入れました。わたしの場合はその逆です。双子の精霊と結婚だなんてぞっとすると思いました。カバラについても、わたしは二行と解けた例《ためし》がありません。毎日、宿題をあした延ばしにするうち、わたしは厄介で危険なこの術を殆ど忘れかけたほどです。

わたしの怠け癖《ぐせ》は、すぐ兄の目に留まりました。兄はきびしくわたしを責め、父に言いつけると脅しました。それだけは勘弁してと頼みますと、次の土曜日まで待とうと約束してくれたのですが、その日になっても、わたしは何一つ手をつけてなかったため、夜中、部屋へ来た兄に起こされ、これから父マムゥンの亡霊を呼ぶと言われたのです。わたしは兄の膝にしがみついて勘弁を願ったのですが、聞き入れてもらえません。呪文を唱える兄の声がしました。大昔、エンドルの妖術者が編み出した呪文です。たちまち父が現れました。象牙の座にかけて、睨みつける父の目の怖さにわたしは縮み上がりました。父の口から出る最初の言葉を聞く前に死ぬのではないかと思えたほどです。でもその言葉を、わたしは聞きました。それは「アブラハムの父よ」と聞こえました。それから聞くに堪《た》えない呪詛の言葉が続いたのです。ここで繰り返して口にできないほどの恐ろしい呪いです……。

ここで若いユダヤ娘は両手で顔を覆い、そのときの目にあまる光景を思って身を震わせるように見えた。それでも彼女は、自分を取り戻し、次のように続けた。

父の説教のおしまいのほうは聞かずじまいでした。その前に気を失ったからです。気がつくと、兄が神性十因《セフイロット》の書をわたしに差し出しているのでした。その瞬間、再び気を失うかと思いましたが、兄に従わないわけにはまいりません。兄はこの書に説かれている十の基本元素《エレメント》をわたしと一緒に復習しなくてはと考えて、辛抱づよく、少しずつわたしの記憶を呼びさますようにしてくれました。わたしは音節《シラブル》の作り方から始め、次に単語や呪文の作り方へと進みました。そうするうちに、わたしはこの荘厳な学問に愛着を持つようになったのです。くる晩もくる晩も、わたしは父の観測所に使われていた書斎にこもり、作業の妨げとなる朝の光が射してから、やっと寝に行くのでした。わたしはすぐに眠りに就きました。混血女の召使、スリカが、わたしの気づかぬほどに、そっと服を脱がせてくれました。数時間眠ると、また仕事に戻ります。

でもわたしが、そういう仕事に向いた女でないことは、これからお話しするとおりです。

あの子の魅力に多少お目を留められたと思いますが、それは底なしに魅力のある子です。目は優しさに溢《あふ》れ、口元には美しい微笑を絶やさず、体はその線といい形といい、非の打ちどころがありません。ある明け方のことです、わたしは観測所から戻ってきました。服を脱がせてもらおうとスリカを呼びましたが、聞こえないようです。わたしの部屋と隣り合わせのスリカの部屋へ行ってみました。スリカは窓から体を乗り出すようにして、半ば裸でした。そして谷の向こうに向けて合図をしながら、胸いっぱいの思いを込めて自分の手にキスし、投げキスを送っているのです。恋のことなど何も知らないわたしでしたから、初めて目にする恋ごころの表現に、動揺と驚きとで、わたしは彫像のように立ちつくしました。スリカが振り向きました。淡紅《うすあか》の鮮やかな色が、彼女の胸の胡桃《くるみ》色に滲《し》みわたるかと見ると、それが裸身の全体に広がっていくのでした。わたしも顔を朱らめ、それから蒼白になりました。わたしは危うく失神するところでした。スリカは駆け寄ってわたしを腕に抱き取りました。すると彼女の心臓の鼓動が、わたしの心臓にじかに感じられ、そこから彼女の官能を捉える乱れがそのまま伝わってくるのでした。

スリカは手早くわたしを脱がせました。わたしが床に入ると、彼女はそわそわと部屋を退りました。自室のドアを閉める音は、もっとそわそわと嬉しげでした。時を置かず、わたしの耳に、彼女の部屋へだれかの入っていく音がしました。わたしは思わずベッドを脱け、小走りに彼女のドアへ行き、その鍵穴に目を当てました。そこに見えたのは召使のタンザイでした。タンザイは野原で摘《つ》んできたばかりの花がいっぱいの籠を持っていました。スリカが駆け寄り、花を一つかみ取ると、それを胸に当てました。タンザイはその花の薫《かお》りを吸い込もうと近づいていき、恋人の溜息とともに、その匂いを胸深く入れるのでした。わたしの目には、スリカの腕にも脚にも震えの走るのがまざまざと映りました。その震えは、わたしの体にも伝わるかと思われました。スリカがタンザイの腕のなかに落ち込むのを見てからわたしは自分のベッドへ戻り、わたしの弱さとわたしの恥ずかしさとを秘め隠したのです。

わたしの褥《しとね》は、涙にしとど濡れました。戯欷《すすりなき》が喉をふさぎ、わたしは悲哀のどん底で叫びました。

「ああ。レベッカの名に因むわたしの百二十代前、イサクの優《ゆう》にやさしい妻[1]であったおばあさま、あなたの義父、アブラハムの胸のなかから、もし、わたしのありさまをご覧ならば、どう

1　アブラハムの息子イサクの妻となったのはレベッカである。レベッカの子はヤコブ、ヤコブの子はレヴィ、レヴィの孫がアーロン。こうしてイサクの妻レベッカはウセダ家の直系の先祖となる。詳細は第六十五夜で語られる。

ぞ父マムゥンの亡霊の怒りを和らげ慰め、娘レベッカは父の定めた名誉に値する女ではないとお伝えくださいませ」

わたしの叫び声に兄が目を覚ましました。兄はわたしのところへ来ると、てっきり病気と思い込み、気を鎮めるための薬を飲ませました。兄は正午にまた来て、わたしの脈の乱れに気づき、わたしのカバラの作業を代わってやると言い、わたしは承知しました。とても仕事の気力がなかったからです。夕方近くにわたしはうとうとしました。すると、それまで見たこともない珍しい夢を見たのです。翌日には、目が覚めたままで夢を見続けました。少なくとも、そう思うほど一日夢見ごこちでした。兄と目が合うと、理由もなく顔を朱らめたくらいです。そんな日が一週間も続きました。

その晩、兄がわたしの部屋へ入ってきました。兄は例のセフィロットの書を抱え、手には星を鏤《ちりば》めた広幅のリボンを持っていました。それはザラトゥストラが双子座に与えた十二人の人名[1]の書かれているリボンでした。

「レベッカ」兄は言いました。「おまえにとって不名誉な今の状態から抜け出すのだ。精霊たちに対しておまえにどれほどの支配力があるかを試みる時がきた。このリボンは彼らのいたずらから防いでくれるお守りだ。この周囲の山中で、おまえの力験《ちからだめ》しに最も適切だと思う場所を選びなさい。そして、おまえの運命はここに懸かっていると思わなくてはいけない」

そう言うと、兄は館の門外にわたしを連れ出し、鉄格子を閉めました。

ひとりきりになったわたしは、勇気を振るい起こしました。月のない暗い晩でした。わたしは薄ものをまとい、素足で髪はざんばらのまま、片手には御書を、もう一方には魔法のリボンを持ち、いちばん近くの山を目指して歩き始めました。途中で羊飼いの男がわたしに手をかけようとしたので、手にした御書で押しやると、男は落命してわたしの足元に倒れました。驚くことはありません。御書を綴《と》じた表紙の板は、契約の櫃《ひつ》[2]の板なので、それに触れるものはすべて滅びるのです。

陽が昇りかけたころ、わたしは力験しに選んだ山の頂に着きました。こうなっては深夜まで待たねばなりません。幸い洞窟を見つけて、なかに入りました。仔熊を連れた母熊が潜んでいて、わたしに飛びかかってきましたが、やはり御書の表紙の力で、熊はどうと倒れました。母熊の乳房が脹《は》っているのを見て、わたしは、このままでは餓死《うえじに》しかねないと気づきました。言いつけどおり使い走りしてくれるような妖精は、どんなつまらないいたずら妖精も含め、わたしにはひとりもなかったからです。わたしは母熊の横に腹這いになり、その乳を吸うことにしました。まだ母熊の体は冷えきっていませんから、まだしもそうまずくなく飲めましたが、仔

1　黄道十二宮を分けた東方の占星学者たちは、また各星座のもとに生まれる人たちの名を、七十二ずつ定めたようである。ザラトゥストラ（ゾロアスター）はマズダの神を祀るいわゆる拝火教を開いた前六世紀のペルシャの預言者。

2　モーセの十戒は、複数の板に記して櫃のなかに納め、ソロモンの神殿に置かれた。板とは、十戒を記したそれらの板をさす。これに触れた不心得者を殺す力があると、旧約聖書に記されている。

熊たちと乳首の取り合いになりました。アルフォンスさま、生まれた場所から一歩も出なかった十六歳の娘が、そんな立場に置かれたと思ってもみてください。手には恐ろしい武器こそありますが、それを使う気にはなれません。しかも、少しでも油断したが最後、それはわたし自身に刃向かう武器にもなりかねません。

そのうちにわたしの踏む青草が乾き上がっていき、大気は熱した蒸気を孕《はら》んで、飛ぶ鳥が空中からばたばたと落ちるようになりました。知らせを聞いた悪魔たちが集まり始めたのだ、とわたしは判断しました。一本の立ち木がひとりでに火を噴き、そこから上がる煙は、上へ立ち上る代わりにわたしの洞窟を取り囲み、わたしは闇のなかへほうり込まれました。足元にのびていた母熊が命を取り戻したようでした。その目から発する火花で一瞬、暗闇が照らし出されました。熊の口からは一匹の悪魔が翼のある蛇の形をして現れ出ました。それが最下級の悪魔、ネムラエルで、その後、わたしに仕える運命にあったのです。すると間もなく、堕天使のうちでも最も知られたエグレゴルたちの話し合う言葉を聞きつけました。それは、地上と天上の中間の精霊妖精たちの世界にわたしを迎えるに当たって、めでたくお伴してやろうじゃないかという意味の会話でした。エグレゴルたちの使う言葉は、わたしが特に深く研究したエノクの書に使われている言葉と同じなのです。

そのうちエグレゴル中の貴公子、セミアラスが、開始の時間だとわたしに告げに来ました。洞窟から出たわたしは星を鏤めたリボンを円形に置き、御書を開き、恐ろしい呪文を大声に唱えました。それまでは、やっと黙読するだけの勇気しか持てなかった呪いの文句なのです……。アルフォンスさま、そのとき何が起こったかは、お察しのとおり、わたしの口から申すわけにはまいりません。それに申し上げたとて、おわかりいただけますまい。ただ、これでわたしが霊に対するかなり大きな力を身につけたこと、天上の双子と知り合うための方法を授《さず》かったことだけは言っておきましょう。兄がソロモン王の二人娘の足の先を認めたのは、その当時のことです。わたしは、太陽が双子座にさしかかる時期を待ち受けて、事に取りかかったのでした。上乗の首尾を得るために、また途中で中断のないように抜け目なく気を配ったのはもちろんですが、あまり早くから事にかかりすぎたために、わたしはとうとう睡たくなり、しまいには睡けに負けてしまいました。

その翌日、姿見に向かうと、わたしの後ろにいるらしいふたりの人間が見えました。振り返っても何も見えません。鏡に目を戻すと、ふたりはまだ見えています。それに、この幻は少しも恐ろしげなところがないのです。ふたりは若く、背丈はふつうの人間より大きめでした。肩幅もいくらか広いのですが、人間の女のように丸みがありました。胸元も女みたいに膨らみ上がっています。そのくせ腰は男並みでした。肉づきのいい、完璧な形の両腕は、エジプトの立像に見るように、ぴたりと腰に沿っていました。金《きん》に青が混じった色の髪は、大きくカールして肩まで垂れさがっています。その顔の細かな特徴までは申し上げません。半神半人の美しさはご想像がおつきでしょうから。たしかにそれは天上の双子の星だったのです。ふたりの頭上にちらちらと燃える小さな焰[1]で、それと知りました。

「半神半人のふたりは何を着ていましたか」おれはレベッカに尋ねた。

何も着ていないんです。その代わり四枚の翼があって、二枚は肩のところにたたまれ、あとの二枚は腰の高さで交叉していました。翼は、本当を言ってとんぼの羽のように透明なのですが、紫と金の色の部分があり、不透明な筋目と交じり合って、女ごころにとってきわどいはずのものは、すっかりそれで隠されておりました。

この人たちなのね、わたしは思いました、わたしの宿命の夫たちは、と。わたしは、思わず心のうちで、スリカを熱愛する若い混血の男と、このふたりとを引き比べないわけにはいきませんでした。わたしは、その比較に羞恥を感じました。姿見のなかを確かめたとき、半神半人のふたりが怒りに満ちた眼差しをわたしにぶつけるのを見るような思いがしました。あたかもそれは、わたしのこころを読み取り、わたしの無意識の心の動きにむっとしている目つきであるかのようでした。

それからの数日間、わたしは鏡に目を上げる勇気もなしに送りました。最後に、わたしは意を決しました。双子は胸の上に腕を組んでいました。ふたりの優しい表情が、わたしの弱気を取り除いてくれました。けれども、わたしはふたりに何を言えばいいかわかりません。気まずさから脱け出そうと、わたしはエドリス[2]の著作で、あなた方が〈アトラス〉と呼んでいる書物を取ってきました。わが家にあるいちばんすばらしい詩の本なのです。エドリスの詩の諧調は天体のそれと多少、通い合うものがあります。エドリスの言葉には、あまり馴染《なじ》みがないので、わたしは下手くそな読み方になってしまったのではないかと心配で、そっと鏡に目を向け、聞いていたふたりの反応を窺ってみて、ほっと胸を撫でおろしました。双子たちは互いに顔を見合わせ、わたしを褒める気配でした。そしてこちらに投げかける視線を、わたしは興奮なしには受け止めかねたのです。

　兄が入ってきました。そのとたん幻はあとかたもありません。兄はソロモンの娘たち、足の先を見届けたそのふたりのことを話しました。兄は楽しげで、わたしもその喜びを分かち合いました。わたしは、それまで味わったことのない感情に突き貫かれている自分を感じました。カバラの操作をしているときのこころの緊張が、ついぞ知らぬ魅力に満ちた何とも甘やかな気安さに場を譲ったのでした。

1　ギリシア神話によると、〈黄金の羊毛〉を求めた船アルゴで大海へ乗り出した英雄イアソンの一行が、嵐に襲われたとき、乗組みの双子の兄弟ディオスクレス（一七三頁註4参照）の頭上から焔の舌が出た。船のマストの尖端から燐光を放つ現象は、今日《こんにち》〈聖エルモの火〉と呼ぶ。これはディオスクレスの妹で、パリスに愛されたヘレナの名が訛って *Elma* となったと説明される。

2　エノクと同一人とされる。これはコーランのなかに二度、登場する預言者エドリスをイスラム神学者たちが、旧約のエノクと同一視したもので、「エノクの書」もエドリスが著したとされる。

兄は館の門を開けさせました。いつかわたしが山へ出かけたときから閉まったままの門です。わたしたちは散歩の喜びを満喫し、野山は最高の彩に輝いて見えました。兄の目にわたしが見たのは、兄が修行へ寄せる熱意とはまるで違った得体の知れぬ火でした。わたしたちはオレンジの林の奥深く入っていきました。わたしはわたしで、兄は兄で、それぞれに夢を見、わたしたちはまだ夢見ごこちで館へ帰りました。

わたしを寝かせに来たスリカが鏡を持ち込みました。わたしは、わたしひとりでないことを知っていたので、鏡を戻すよう言いつけました。こちらから見なければ、向こうから見えはすまいと、砂に頭を隠す駝鳥のように考えたのです。わたしは横になり、眠りに就いたのですが、間もなく奇妙な夢に取り憑かれました。空の深淵のなかに二つの明るい星が見え、星たちは厳かに黄道帯《ゾディアック》を歩いていく。

二つの星は不意に遠ざかったと見ると、馭者座の小さな星雲を伴って戻ってきた。二つの星と星雲とは連れ立って天の道を歩み続けるそのうちに、ふと動きを止めた。そして一つに固まり、尾を引いた彗星の姿となる。次には三つの光る輪に分かれ、しばらくくるくると回った。それから同じ中心に寄り集まって動かなくなった。こんどは、それが一種の光背か後光に似たものに変わって、サファイアの玉座を取り巻いた。双子の星がわたしに腕を差しのべ、ふたりのあいだにわたしの占めるべき場所を指し示している。わたしはそのほうへ急ごうとする。ところが、そのとき召使のタンザイが目の前に現れ、わたしの腰を抱き止める。ぎゅっと緊《きつ》く締められ、もがくうちに跳ね起きて目が覚める、そんな夢でした。

　部屋のなかは真っ暗でした。気がつくと、戸の隙間からスリカの部屋に明かりが灯っているのが見えます。スリカの呻き泣く声が聞こえるので、病気なのだな、ととっさに思いました。声をかけてみればよかったのですが、そうはしませんでした。わたしは何を血迷ってか、またもや鍵穴から覗き込んでいたのです。わたしは、タンザイがスリカを相手に思い切りしどけないさまを繰り広げるのを目にして、恐ろしさに凍りついてしまいました。目の前が暗くなり、そのままわたしは気を失って倒れたのでした。

　気がつくと、わたしのベッドのそばには兄とスリカがおりました。わたしは火の出るような目をスリカに向け、わたしの前には二度と現れないでと命じました。兄がそのわけを尋ねるので、わたしは顔を朱らめながら、夜中の事件について話しました。兄は、前の日、二人の結婚を許してやったのだが、こんな結果になろうとは思いもよらず、すまなかったと申します。問題は、わたしが神を瀆《けが》す女の目を持ってしまったことで、双子に知れたらどうなるかしれない、と兄はそれを不安がりました。わたし自身は、どんな感情も消え失せて、ただもう恥ずかしさがいっぱいで、鏡に目を向けるよりは、死んでしまいたい気持ちでした。

　兄は、わたしと双子との関係がどうなっているのか知りませんが、双子に顔を知られているとだけはわかっていました。そしてわたしが憂鬱症《メランコリー》のようなものに落ち込んでしまったのを見て、これではせっかくわたしの始めた作業もおろそかになるのではないかと気にかけていました。太陽は、間もなく双子座を去ろうとして、そのことをわたしに知らせました。わたしは長い夢から目覚めたようでした。もう双子の兄弟に会えないかと思うと、わたしがふたりにどう映っているか知らぬまま十一か月も別れ別れになるのか、わたしはあの兄弟の関心に値しなくなるのか、そう思うと、わたしは身震いが出ました。

館には高さ十二尺のヴェネツィア鏡のある天井の高いサロンがあります。わたしはそこへ行ってみようと思い立ちました。品位を保つために、わたしはエドリスの書一巻を携えていきました。天地創造を歌った叙事詩が収めてあるものです。わたしは鏡からずっと離れた場所に腰かけ、大きな声で朗読を始めました。やがて、読むのをやめ、いっそう声を高めて、天地の創造に立ち会ったかどうか、双子の兄弟に問いかけました。するとヴェネツィア鏡が壁からはずれて、わたしの前まできて停まり、見ると双子が満足そうにわたしに微笑みかけ、揃って頭をさげてうなずいています。それはたしかに天地創造の場に立ち会ったこと、すべてはエドリスの書いたとおりであることをわたしに告げるためなのです。わたしは、それでいっそう大胆になりました。わたしは書物を閉じて、わたしの視線をわたしの半神半人の恋人たちの視線と交えました。その心安さが、わたしには高くついたのです。そのような遠慮のないやりとりをするためには、わたしはまだあまりにも人間の側に近くありすぎました。ふたりの目に光る焔が、わたしを灼きかねませんでした。わたしは目を落とし、いくらか落ち着きを取り戻してから朗読を続けました。そこは、たまたまエドリスの第二の歌で、神エロヒムの息子たちと人間の娘たちのあいだの恋[1]をこの詩匠が歌い上げたものでした。創世の時代にどのように愛し合ったのか、今日《こんにち》、それを思い描くことは不可能です。朗読するわたし自身よく理解の届かぬさまざまな誇張した表現が出るたびに、わたしは読みよどみました。そんなとき、わたしの目は思わず鏡のほうへ向いてしまいます。すると、楽しげに耳を傾けている双子の姿が映るようでした。双子は腕を伸ばし、わたしの椅子に近づいてきました。肩のところにたたまれた光る翼が広げられるのを、わたしは見ました。膝のほうへ下りた翼が軽やかに波打つのさえ見分けられました。わたしはふたりがその翼を今にも開こうとしていると思い、一方の手で両目を覆ったのです。その瞬間、わたしはその手に口づけの感触を感じ取りました。書物を持つ手もキスされています。そのとたんです。わたしは鏡が割れて千々《ちぢ》に砕ける音を耳にしました。今しも太陽が双子座を去ったこと、そして接吻は双子のわたしへの挨拶なのだとわたしは知りました。

　翌日、別の鏡のなかに、わたしはまだ、二つの影のようなもの、いや、むしろ二つの天上の姿のかすかなスケッチのようなものを目にすることができました。そのまた翌日にはもう何も見えなくなりました。双子が立ち去った寂しさをまぎらすために、わたしは毎夜、観測所へ通うようになりました。天体望遠鏡に目を当てて、わたしの恋人たちが地平線に沈むところまで見送ったのです。双子が地平の下に隠れてしまったあとにも、まだ会えそうな気がしていまし

1　「エノク書」には、天使に愛された二百人の人間の娘たちから大男（身の丈一五〇メートルを超える!?）が生まれたとある。

た。とうとう、蟹座が視界から消えようとするころ、わたしはやっと諦めがつきました。わたしの寝床は、いわれもない思わぬ涙にいくどか濡れたのでした。

一方、わたしの兄は愛と希望に満ちて、以前よりもいっそうオカルト学の研究に精出しておりました。ある日、兄はわたしのところへ来ると、空に現れたさまざまな兆候から見て、有名な尊者がお見えになったはずだ、コルドバにお立寄りになるのは、わたしたちの月でいうティビ月、[1]つまり春の第二の月の二十三日午前零時四十分になると話しました。この有名なカバリストは、過去二百年来、スフィサのピラミッド[2]のなかに住んでいたのが、こんどは船でアメリカへ出かける計画がおありなのでした。その晩、わたしは観測所へ行きました。たしかに兄の言うとおりでしたが、わたしの弾き出した計算では、その日付は兄のとは多少、食い違いがありました。兄は自分の計算のほうが正確だと言い張り、なかなか譲らない性質《たち》の人ですので、自分の足でコルドバへ出かけることにしました。自分の正しさをわたしに見せつけようというわけです。

急ごうと思えば、あっという間に着いてしまう術を心得ているくせに、漫然と歩くことを楽しみたいとて、目を楽しませ、心を遊ばせるような絶景の地のある道を選びながら行くのだと、兄は山道を出かけたのです。こうして兄はベンタ・ケマダに着きました。お連れには、わたしの洞窟に現れたいたずら魔のネムラエルを言いつけました。夕食を兄に運ぶよう命じられると、ネムラエルはベネディクト会の僧院長の夕食を失敬してベンタに届けました。そのあと兄は、もう用はないので、ネムラエルをわたしのところへ返してよこしました。そのときわたしは観測所にいて、兄にとってよくない徴《しるし》を天空に見つけ、震え上がったのです。わたしはネムラエルに、ベンタへ戻って兄から目を離さないように命じました。出かけたかと思うとすぐさま立ち戻ったネムラエルは、自分より力の強い何かがいて邪魔するので、宿屋にはとても入れなかったとわたしに報告しました。わたしの心配はつのる一方でした。

そうこうするうちに、ようやっと、あなたが兄とお着きになりました。わたしはあなたの落ち着いた様子を見て、これは絶対にカバリストであるはずはない、と見抜きました。おまえは人間の男のことでたいへんにつらい思いをするぞ、というのが父の口癖でしたから、ひょっとして、あなたがその男ではないかしら、とわたしは不安に思いました。間もなく別の心配事が起きました。兄は、パチェコの話や自分の身に起こった話をわたしに聞かせてくれましたが、驚いたことに、相手になった悪魔の正体が皆目わからないと申すではありませんか。わたしたちはその夜を待ちかねて、呪いのなかでも最も恐ろしい呪文をかけました。それは無駄でした。二つの魔性の正体が全くつかめないうえに、この魔性との関係で兄がほんとうに不死身の権利

1　*tybi*　エジプト暦は三つの季節に分かれ、一つの季節が四か月ずつあった。ティビは春 *pert* の第二の月に当たる。

2　紀元前二八〇〇年ごろのファラオ、ケオプサ *cheopsa* のピラミッド。ギゼーにある。紀元前二七〇〇年ごろのマネトン著の『エジプト史』に、ケオプサがスルフィスの名で登場するところから、この名がある。

を失ってしまったものかどうかもわからなかったからです。わたしは、あなたからなら何がしかの手がかりが引き出せると考えました。でも、わたしにはわからない名誉の約束にかこつけて、あなたは何も話してくださいませんでした。

そこで、兄の役にも立ち、兄を安心もさせたいと、わたしは自分でベンタ・ケマダで一夜を過ごす決心をしたのです。出発はきのうのことでした。谷の入口まで来たときには、夜はもうだいぶ更けておりました。わたしは夜霧を集めて狐火をつくり、ベンタまでの案内を言いつけました。これはわが家の家伝の秘術で、わたしの六十三代前の先祖の家の兄弟に当たるモーセが、砂漠でイスラエル人《びと》を導いたときに火の柱[1]をつくったのも、似たような術によるのです。

わたしの狐火はうまく灯って、先立って歩き始めましたが、近道を通りません。わたしはその不誠実に気づきましたが、たいして気にも留めずにいました。

着いたのはちょうど夜半でした。ベンタの中庭に入ると、中ほどの部屋に灯る明かりが見え、とても快い音楽が聞こえました。わたしは石のベンチに腰かけました。カバラの術をあれこれやってみましたが、一向に効き目が出ません。なるほど、その音楽に魅せられ、気を取られていたのは本当ですが、今となっては、あのときの術の施し方が正しかったかどうか、わたしには申し上げられません。どうやらどこか肝腎な点が欠けていたように思うのです。でも、その場では、わたしはちゃんとできたと信じていたので、宿屋には悪魔も妖精もいないとの判断から、ここにいるのは人間だけと決めました。そこでわたしは、心から歌声を楽しみました。それは絃楽器の伴奏でふたりの声が歌っているのでしたが、抑揚の美しさといい、調子のよく合っていることといい、地上のどのような音楽とも比べようがありません。

その声の調べに聞き惚れているうちに、身も心もとろけんばかりになり、何とも名づけようのない妖しげな思いに誘われるのでした。わたしはベンチに坐ったまま長いこと聞いておりましたが、そのうち、なかへ入る気になりました。なにしろそのために来たのですから。入っていくと、中ほどの部屋には背の高くて立派な若い男の人がふたりいるのでした。テーブルに向かって食べたり飲んだりしながら、心を込めて歌っていました。ふたりの服装はオリエント風で、頭にはターバンを巻き、胸も腕も剝き出しで、腰には金目の剣をつけています。

トルコ人かもしれないとわたしの思ったそのふたりの男は席を立つと、わたしに椅子を勧め、わたしの皿とわたしの杯を満たし、それから、代わりばんこに竪琴《テオルバ》[2]をかき鳴らしながら、また歌うのでした。

ふたりの気がねない態度はどこか人にも感染するようでした。まるで取り繕《つくろ》わないその様子に、わたしも気取りを捨てました。お腹は空いていたから、食べもしました。水がないので、ワインを飲みました。すると、わたしも若いトルコ人に合わせて歌いたくなりました。ふたり

1 「エホバかれらの前に往《ゆき》たまひ、昼は雲の柱をもてかれらを導き、夜は火の柱をもて彼らを照して昼夜往《さき》きす、ましめたまふ」(出エジプト記一三の二一)

2 ***théorbe*** (仏)、***theorbo*** (英)、***tiorba*** (伊) リュートに似た絃楽器、竪琴の一種とも説明される。十七、八世紀に流行した。

はわたしの歌う声に魅せられたように見えました。わたしはエスパーニャのセギディーリャ[1]を一曲歌って聞かせました。ふたりはお返しに別のセギディーリャで応じました。わたしはエスパーニャ語はどこで覚えたかをふたりに尋ねました。ひとりが答えました。

「ぼくらはモレアの生まれで、船乗り[2]を仕事にしています。あちこちの港へ行くうちにエスパーニャ語を習い覚えたのです。じゃ、セギディーリャはこのぐらいにして、ひとつぼくらの故《く》国《に》の歌を聞いてください」

ふたりの歌のメロディを聞いていると、心のなかにさまざまな思いがよぎっていきます。そして、こちらがほろりとしていると、思いがけぬ別の調べが、狂ったような陽気さへと連れ去るのでした。

こんな小細工に引っかかるわたしではありません。船乗りだと名乗ったふたりをまじまじと見つめていると、わたしの半神半人の双子にあまりにもそっくりなように思われました。

「おふたりとも、モレア生まれのトルコ人なんですか」

「とんでもない」まだ口をきかなかったほうが答えました。「ぼくらはギリシア人で、スパルタの生まれ、しかも双子なんです」

「双子ですって？」

「ああ、レベッカ、ぼくがわからないかな、ほら双子のうちのぼくがポルックス、こっちがカストル」

愕然として、わたしは声も出ませんでした。わたしは椅子から跳び出すと、部屋の隅に隠れ込みました。双子を名乗ったふたりは、鏡に映ったあのふたりの姿となり、大きく翼を広げました。わたしは空中高く連れ去られるのを感じました。

なんという幸せな霊感か、わたしは聖なる名を一言《ひとこと》口に唱えました。それは兄とわたしだけが用いることのできる名なのです。口に唱えたそのとたん、わたしは真っ逆さまに地上へ落ち、完全に目を回してしまいました。そして、アルフォンス、あなたが気絶しているわたしを呼び起こしてくれたのです。心奥の声は、わたしの守るべきもののうち何もわたしは失わなかったと告げています。けれども、あれだけの不思議に遭ったため、わたしはくたくたに疲れています。半神半人の双子たちよ、わたしはあなたたちの愛に値しません。わたしは、あたりまえの人間として生まれた女なのですから。

こう言ってレベッカは物語を締め括《くく》った。聞き終わったおれがまず思ったのは、この話は始めから終わりまででたらめで、おれの信じやすさにつけ込んで、一杯食わせようとからかって

1 *seguidilla* スペインの代表的な舞踊曲。独特な3/4拍子で、情熱的に演奏される。ビゼーの「カルメン」にも採り入れられた。ボレロはここから派生、ややポロネーズに似る。

2 一七三頁註4、一七五頁註1および二七三頁註1に見るとおり、ディオスクレス兄弟は航行と関係が深く、やがて船の守護神とされた。ホメーロスの讃歌三〇番に、嵐に遭った舟人が、仔羊のいけにえを献げると、ディオスクレスが焔に乗って現れ、嵐を鎮めたとある。

いるということであった。おれは、すげなく彼女のそばを離れ、聞いたばかりの話の内容を考えながら、こころのなかで呟いた。

〈この女はゴメレスの連中とぐるになっておれを試練にかけ、イスラーム教に改宗させようとしているか、さもなくば、他の動機からおれの従妹たちの秘密をおれから探り出そうと狙っているのだ。ところで、あの従妹たち、あれが悪魔でないとすれば、これもゴメレス家の回し者に間違いなかろう〉

そう思いながらちらと見やると、折しもレベッカは、宙に円を描くなど妖魔の術を施している最中であった。程なく彼女はおれの近くへ来て言った。

「わたしの居場所を兄に知らせておきましたから、きっと夕方にはこちらへ様子を見に来るはずです。そのあいだに大急ぎでヒターノたちの野営地へ行ってみましょう」

レベッカは打ち解けておれの肩に倚りかかった。

親方のところへ行き着くと、彼は尊敬の態度を見せてレベッカを迎えた。その日一日、レベッカは極めて自然に振舞い、カバラの修行のことは忘れたかのように見えた。夕刻、レベッカの兄が来て兄妹は戻っていき、おれは自分の天幕へ戻った。寝床に横になって、おれは再びレベッカの物語について考えを巡らせた。しかしカバラ、尊者、空の徴など耳慣れぬことばかりで、これといって結論の見つからぬまま、おれはいつの間にか眠り込んだ。

第十五日

　朝早く目の覚めたおれは朝食までの暇つぶしに散歩へ出た。遠くにカバリストとその妹の姿があり、ふたりは話に熱中の様子と見えた。兄妹の会話の中断を気遣って、とっさに向きを変えたおれが程なく見やると、カバリストは天幕のほうへ戻っていき、レベッカがいそいそとおれに向かってくるところだった。おれのほうからも彼女を迎えに歩み寄り、ふたり並んで散歩を続けたのだが、さして話はなかった。

　そのうちに美しいイスラエル女が沈黙を破っておれに言った。「アルフォンスさま、打ち明けて申したいことがございます。もしもわたしの身の上に興味がおありならば、あなたにも無関係ではない話と存じまして。と申すのは、わたし、カバラの学問を投げ出すことに決めたのです。ゆうべ、あれこれ考え抜きまして。父がわたしに授けようとした不死などいかにも空しくはございませんか。人間だれしもが不死ではありませんか。だって、ひとり残らず義人の座に着くはずですもの。わたしはこの短い命を生きてみたい。配偶者と一緒に人生を送りたい、双子のあいだに暮らすのはお断りにして。わたし母親になりたい、自分の子どもらの子たちを見たい。それから生活に疲れ、堪能もしたら、その子らの腕に抱かれて眠りに就き、そしてアブラハムの胸に飛んでいきたいのです。こんな計画、どうお思いになりますか」

「ぼくなら大賛成だけど」おれはレベッカに答えた。「でも、お兄さんがどう言うか」

「兄は初めのうち激怒しました」彼女は言った。「それでも最後には、兄はおれもそうするとまで譲ったのです。たとえソロモンの娘らとの婚約が破談になろうとも、と。兄は太陽が乙女座の徴に入るまで待ち、そのうえで決心します。その前にベンタ・ケマダで兄を嬲《なぶ》りものにした吸血鬼の正体を突き止めたいとか。あの二匹の魔女の名は、兄によれば、エミナとジベデですが。この件であなたに質問するのを兄はやめました。自分のほうがよくわかってるからですって。その代わり、今夜、兄は〈さまよえるユダヤ人〉を呼び出す考えです。あなたが隠者のところで見かけたあの人です。多少の情報が摑めればと願って」

レベッカがそこまで話したとき、朝食を知らせる使いが来た。朝食は広々とした洞窟のなかにしつらえられ、天幕も残らずそこへ取り込まれていた。それは険しい空模様のせいで、今にも大降りに降りだしそうな気配があった。この様子では一日じゅう降り込められそうに思えたので、おれは親方に彼の物語のつづきをせがんだ（物語の始まりは「第十二日」）。

ヒターノの親方の物語――承前

覚えてましょうな、セニョル・アルフォンス、ロマティからわしの聞いたモンテ・サレルノ公女の物語のことは。わしが話に感じ入ったことも含めて、前に話したとおりだ。わしどもが床に就いたとき、寝室に灯るのは一つきりのランプの薄明かりだった。

　わしとしては部屋のいちだんと暗い辺りに目を向ける気になれなかった。あるじがふだんから大麦をしまっておく櫃はなおさらのことだ。そのなかから公女の六体の骸骨が今にも現れ出はすまいか、わしははらはらしていた。これ以上、何も見ずに済ませたい思いで毛布を被ると、わしは間もなく寝入った。

　翌くる日の早朝、騾馬の鈴の音に目を覚ましたわしは、いちばんに起き出したひとりだった。わしはロマティのことも公女のことも忘れ、旅を続ける喜びをひたすら夢見た。それは実に快適な旅であった。いくらか雲のベールを被った太陽は些かの妨げともならずに済んだから、騾馬を曳く馬丁らは、この日一日を一行程で乗り切ることに決め、一度だけ、水飼いのために二《ド》頭の獅子《ス・レオネス》 ***Dos Leones*** で足を止める予定とした。セゴビアへの街道とマドリードに出る道とが行き合う地点だ。そこは美しい木蔭があり、地名に因む二頭のライオン像の口から吐き出される水が大理石造りの池に落ち、その風情は甘美を限りなく増してくれた。

　そこに着いたのは正午ごろで、しばらくすると、セゴビアへと通ずる街道をやって来る別の旅の一団がわしらの目に留まった。先頭の騾馬にはわしと同じ年ごろと見えた少女――実はいくつか年上なのだが――が乗り、その騾馬の手綱を取るサガル ***zagal*** の役は、これも同じく十六歳ぐらいらしい。服装は厩舎番のふだん着のお仕着せとはいえ、それがしっくりと身に合う美少年であった。すぐあとには年かさの奥方が続いた。奥方は叔母のダラノサに似た人だったが、それは外見というより漂う雰囲気が似通い、ことにその面立《おもだ》ちの優しげな表情のせいである。そのあとに召使の数人が続いた。

わしらが先着であったので、われわれ一行は旅の母娘《おやこ》を食事に招じた。昼食はすでに林の木蔭に広げられていたのだ。招きに応じたものの、ふたりはひどく打ち沈んだ様子で、ことさら娘はそのように見受けられた。時折、娘が優しげな眼差しで若い従僕を見やると、少年のほうでも心のこもる奉仕に余念なかった。するど、年の行った貴婦人は、そういうふたりに涙でいっぱいの思いやりの目を向けるのだった。三人それぞれの悲痛を見るにつけても、何か慰めの言葉をかけてやりたかったが、それをどう取られるかわからぬまま、わしは食べることに専念した。

やがて共どもに、一行はそこを出発した。善良な叔母は乗った騾馬を貴婦人の騾馬の傍らに付け、わしは少女のほうに近寄った。気をつけて見ておると、サガルの若者は、鞍付けの作業をしながら、こっそりと少女の足やら手やらにさわり、一度はその足に口づけさえした。

二時間後、今夜の宿を取る手筈となっておるオルメドに到着した。叔母は旅籠屋の門先に二脚の椅子を運ばせ、奥方と並んで腰かけた。間もなく叔母はわしに、ココアを淹《い》れさせるよう言いつけた。宿に入り、うちの召使を探そうとしたのだが、ある部屋に踏み込むと、先刻の若い男女がひしと抱き合い、接吻しながらしとど涙に暮れておった。その光景にわしの胸はふさがれた。わしはとっさに少年の首に飛びつき、わっと泣きだすともう涙が止まらず、いつまでも嗚咽《おえつ》した。そうこうするうちに、ふたりの貴婦人が部屋に入ってきた。叔母は心を動かされ、わしを部屋の外へと連れ出し、涙の理由を尋ねた。三人揃って泣いたそのわけがわしには皆目わからなんだから、説明のしようもない。わけも知らずに泣いたと知ると、叔母はちょっと笑わずにおれなかった。向こうの奥方は若い娘とふたりきり部屋にこもり、両人の泣きじゃくる声がそこから洩れた。母娘は夕食の時間まで姿を見せなかった。

夕食は湿りがちのまま、たちまちに終わった。

テーブルの片付けが済むのを見計らって、叔母は年配の貴婦人に尋ねて言った。「奥《セニョラ》さま。天に在《まし》ます神よ、お願いでございます――近隣の者について、殊にお優しいキリスト者の魂をお持ちの奥さまについてはなおさら、悪念を抱くことから、なにとぞわたくしをお守りくださいますよう。でも、わたくしこうして奥さまと夕食を共にする名誉をいただきましたからには、この先、事あるたびにこのことを吹聴することでございましょう。それはともかく、こちらのお嬢さまが馬番の従僕（ほんとうに美少年とお見受けしますが）と接吻なさるのを甥めがお見かけしました。当方ではこの子を咎めることは何もございません。そちらさまでも、この件については、咎め立てのご様子は全くないようにお見受けしております。わたくしとて、それはもう、何の権利もないわけですが……。ともかく、夕食の名誉を頂戴し……これからまたブルゴスまでの旅も……」

ここまで言うと、叔母はすっかり混乱してしどろもどろとなり、言葉に詰まった。運よく貴婦人が叔母を遮り、こう言った。「さようですとも、奥さま、仰るとおりです。お目に留まった以上、わたくしが甘やかし、大目に見てやる事情についてお知りになる権利はあなたさまにおありですとも。申し上げにくいことではございますが、何もかもお話し致すのがわたくしの義務と存じます」

言い終わると、貴婦人はハンカチを取り出して目を拭い、次のような言葉で切り出した。

マリア・デ・トレスの物語

わたくしはセゴビアの審問法廷判事、ドン・エマヌエル・デ・ノルニャの長女に生まれ、十八歳の年、退役大佐、エンリケ・デ・トレスに嫁ぎました。

母はその何年も以前に亡くなり、わたくしは結婚二か月後に父を喪います。そこで妹のエルビーレ・デ・ノルニャをわが家に引き取りましたが、妹はそのころまだ十四歳ながら世間では美人の噂がたいへんに高かったのです。父の遺産はないに等しいものでした。夫のほうはといえば、かなりの財産があるものの、親族一同の取り決めにより、マルタ[1]騎士団に出仕する身内の五人の騎士に対しては月々の手当て、修道院入りする親戚の女たち六人のためその持参金をすべて負担してやる約束でした。という次第で、わが家の収入はつましい暮らしにやっと間に合う程度だったのです。それでも王宮から賜る夫の軍人恩給でいくらかは凌げました。

その当時、セゴビアには高貴な家柄とは申せ、暮らし向きの苦しさではわが家とおっつかっつな家が数家族ありまして、そういう内実の事情で結ばれておるものですから、どの家でもなるたけ物入りを節約するのが流儀となっていました。お互いに訪問はめったにしない。奥方は窓際にじっとして、殿方ばかりが街へ出る。男たちはギターを掻き鳴らし、溜息をつくことならもっと頻繁、すべて鐚《びた》一文もお金は要らない。派手な暮らしぶりは毛織物の織元ともっぱら決まっていました。でも、それを見倣うこともかなわぬわたくしどもは、彼らを軽蔑したり、笑いものにしたりで、憂さ晴らしをしたものです。

妹が大きくなるにつれて、わが家の通りはギターを鳴らす若君らで混雑するようになりました。幾人《いくにん》かが溜息をついていると、ほかの連中はギターを鳴らす、かと思うと、溜息をつきながら同時に弾いている者もある。街じゅうの美人たちは嫉妬に息絶えんばかりでした。ところが、当の妹はそんな騒ぎに些かの関心も示さない。ほとんどいつも本人は顔を見せず引っ込ん

1 *l'ordre de Malte* マルタ島を本拠とした騎士団。巡礼の救護、十字軍の戦闘部隊として一一一三年に創設のヨハネ騎士団（三大騎士団の一つ）が、まずキプロス島、のちロードス島に本拠を移してロードス騎士団と改称、一三〇九年に同騎士団は解消して、一五三〇年、マルタに本拠を移してマルタ騎士団となる。医療制度をイスラームに学び、西ヨーロッパ各地に病院を設けた。十五―十六世紀にはオスマン・トルコのイスラーム軍勢と執拗に戦った騎士団は、海軍力で知られた。同島の要塞化を完成して間もない一五七一年、レバントの海戦で活躍、これにより対トルコ戦勝へと導いた。一七九八年、ナポレオンに島を奪われたあと、一八三四年、ローマに本部を復活し、現在では慈善活動に専念する。聖俗の会員は合わせて九千人。

だきりです。わたくしはといえば、礼儀知らずと思われたくないばっかりに、窓辺に出ていてひとりびとりに何かしら丁重な言葉をかける。それだけは礼儀上、欠かせません。

最後のギター弾きが帰ってしまい、窓を閉める——その満足感の深さは得も言えぬものでした。夫と妹は食事の間でわたくしを待ち受けています。それは貧しい夜食でしたので、おいしくいただくためには求愛者たちのことで次々に冗談を言い合って味付けします。ひとり残らず笑いものにしましたから、もし彼らが立ち聞きしていたら、皆が皆懲《こ》りて二度と足を運ばなかったでしょう。そういう辛辣な会話を楽しむあまり、つい話が長引き、深夜に及ぶこともたびたびでした。

例によって夜食時に好きな話題を交わし合っていたある晩、エルビーレがちょっとまじめな顔つきになってわたくしに申すには「お姉さま、お気づきになりまして。ギターの人たちがすっかり引き払って、うちのサロンの明かりが消えたあと、毎晩、決まってセギディーリャを一、二曲、玄人はだしの声とギターで歌うのが聞こえてくるのですよ」

そうだね、わしも気づいていた、と夫が応じ、それに近いことをわたくしも言ってから、有力新人の登場かしら、などとふたりで妹をひやかしました。ところが、その冗談を妹がいつもの剽軽《ひょうきん》さとは違う表情で受け取るのにわたくしたちは気づいたのでした。

翌くる晩、ギタリストらに挨拶を済ませ、窓を閉めたあと、わたくしは明かりを消してそのまま部屋に残っておりました。すると間もなく聞こえてきたのが、妹の言う歌声でした。凝りに凝った前奏を一続き奏で終わると、まず秘め事の喜びを称《たた》える歌、その次に内気な恋ごころを惣《うった》える歌と続けざまに二つを歌い、それっきり静かになりました。サロンの出がけにわたくしは戸の陰で聞いていた妹に気づいたのですが、見ぬふりを決め込みました。ところが、夜食の席で観察すると、妹は夢見るように物思わしげな様子でした。

謎の歌い手はセレナーデを捧げに夜ごと通い詰め、わたくしどもはそれを聞き終わらねば夜食には降りていかないようになったのです。この男の不思議さといい、粘りづよさといい、エルビーレはそこに気を惹かれたようで、それが薄々こちらにも感じられるほどでした。

そうこうするうち、新しく街に住むこととなった人物がセゴビアに到来します。皆の頭を動転させ、また財産を覆させもした男、それがロベリャス *Rovellas* 伯爵という方で、宮廷から追放を蒙ったばかりという曰く因縁が地方住まいの目からは大物と目されたのでした。

伯爵はメヒコ東部のベラクルス *Veracruz* 生まれ、嫁いできた際に母堂が巨万の資産をロベリャス家にもたらしたのと、当時、王宮ではアメリカ大陸出身者を歓迎したのとで、この息子は大公爵の称号ほしさに、はるばる海を渡ってきました。新大陸の生まれだから、お祭しのとおり、この人は旧大陸の習わしに通ずるはずもない。ただ、その華美なことは目の眩むほど、王さまご自身も伯爵の直情径行の気性を愛《め》で遊ばした。もっとも、そのがむしゃらぶりは、元がご当人の自惚《うぬぼ》れに発するものが殆どで、そのうちこれが周囲の人々の笑いものとなります。

その当時、貴族の若君のあいだでは、めいめいが淑女のなかから思い慕う人を選ぶという習慣があって、名家の青年たちは選んだ女性の徴の旗を掲げ、晴れの席には相手の名前の花文字を派手に飾り立てました。パレヨス *parejos* と呼ばれる騎馬パレードの折などがその機会です。

ロベリャスは自負心が強い男なので、これ見よがしにオーストリア公女の旗を立てました。国王はこの思いつきを興がるが、公女その人は大いにお冠で、王宮の捕吏一名を伯爵邸に差し向けてロベリャスを召し捕え、〈セゴビアの塔〉上の牢へ連行させたのです。そこで一週間、幽閉されたのち、伯爵はマドリード追放の身とされる。所払いとは不名誉の極致ですが、何ごとにせよ虚勢を張りたがるのが伯爵の性癖ゆえ、伯爵はわが身に降りかかった失寵を逆に吹聴し、実は公女のほうこそ心中まんざらではなかったのだと匂わせました。

事実、ロベリャス伯爵の自尊心は万事に及び、不得手なことは何一つなく、手がけることはすべてみごとにこなすと自信満々でした。なかでも最大の自慢、それが闘牛と歌とダンスです。歌とダンスの技について面と向かって異議をさし挟むほどの非礼はだれひとり冒しませんが、闘牛の牛どものほうでは、そうやすやすと引き退るわけもない。さりながら、伯爵ご本人は、馬番たちの加勢を頼みに、向かうところ敵なしの気概でございました。

先ほども申したように、街じゅうの名家という名家は門を閉ざしておりました。でも、初の訪問だけは例外として、客をお迎えする決まりでした。わたくしの夫は生まれもよく、軍功がありましたから、挨拶回りはぜひともわが家を皮切りにとロベリャス伯爵は考えたのです。わたくしはいちだんと高い壇上の椅子に控え、伯爵のほうはそこをはずして腰かける形の引見でした。初対面の際、婦人方と殿方のあいだには大きく隔たりを設けるのが、この地方ではまだ当時、行われていた風習なのです。

ロベリャスは打ち解けてよく話をなさいました。伯爵のお話の途中に妹が加わり、わたくしの隣の席につきました。伯爵はエルビーレの美貌に打たれてか、石のように動きません。二言三言、意味の通じない言葉を呟き、やがてやおら妹へのお尋ねは、お好みの色は何でしょうとの質問でした。特別にはございませんの、とはエルビーレの返事です。

その返事を引き取って伯爵の申されるには「マダム、すげないご返答をいただいたからには、拙者、悲嘆の気持ちを申し上げるほかござりません。その徴に今後、焦茶の色を当方の色と致しましょう」

そんなやりとりに全く不慣れな妹は、返事の言葉も出ません。ロベリャスは立ち上がり、わが家を辞しました。さっそく、その晩のうちにわたくしどもへ伝わった評判では、当日、訪問なさった先々で、伯爵の話題はもっぱらエルビーレの美しさに終始したとのことでした。翌くる日ともなると、こんど伯爵の注文したお仕着せの色は焦茶色で、金と黒の飾り紐付きとの噂が飛び交いました。

その日の訪問を境にして、夜ごとの身に沁みる歌声はばったりと聞かれなくなったのです。

ロベリャスは、原則として来客をお迎えしないのがセゴビアの名家の習慣と知って、夜ともなればわが家の窓の下に通うのを諦めたのでした。ほかの若君らは相変わらずやって来て、わたくしどもに名誉を奉ってくれましたが……。ロベリャスにはエスパーニャの大公爵の称号がないし、セゴビア住まいの若君の大半は、特権を持たないカスティーリャの貴族 *titulados castillans* なので、若君たちは伯爵に対しても同格と見て隔てなく仲間扱いをしていました。ですが、お金の力は争えず、伯爵の鳴らすギターの前ではすべてが鳴りを潜め、座談の席でも演奏会でも伯爵に一歩を譲るようになってしまいました。

こうして人の上に奉られても、ロベリャスにはまだまだ満足と行かず、牡牛をねじ伏せる腕前をわたくしたちの目の前で見せたい、ぜひとも妹相手にダンスをしたい、との思いに身を焦がしていたのです。牡牛百頭をグァダラマから取り寄せたこと、闘技場から百歩のところにある広場を板張りにして、闘牛見物のあと連夜、そこでダンスが踊れるようにすることを伯爵が大々的に世間に発表したのは、このためでした。それだけの発表でセゴビアの街は大騒ぎ、先ほど「皆の頭を動転させ、また財産を覆させもした男」と申したのはこのことで、財産を覆しはしなかったとしても、その口火となったのは確かなことです。

闘牛の噂が広まるやいなや、若者という若者が狂ったように駆け回り、勝ち負けの行方を論じ合い、金ピカの衣裳やら真紅のマントやらを注文する光景が見られました。ご婦人方のなさったことはご想像に任せましょう。簞笥の衣裳やら被り物をすっかり取り出して試してみたとだけではとても言い足りません。仕立て屋、帽子屋が呼びにやられ、金満家たちへの借金が嵩《かさ》みもしたのです。

世間じゅうがじたばたとして、うちの通りまでが大にぎわいとなったその日、ロベリャスはお定まりのあの時刻にわが家の窓の下にやって来るなり、お菓子屋、レモン水屋など二十五名をマドリードからこちらへ出張させたから、連中の腕前についてご批評願いたいと、わたくしどもに告げました。と、折から、どっと道に溢れ出したのは焦茶と金のお仕着せ姿の人たちで、よく見れば全員がそれぞれ飲み物とかお菓子の載った真っ赤な盆を捧げ持っているのでした。

その翌晩も同じことが繰り返されたので、夫が気色ばんだのも無理からぬ話でした。わが家の正面の門口を公衆の集会所とするとは不穏当ではないか、と申すのです。そのことでわたくしに相談を持ちかけてきたのは、さすがに夫の優しさです。いつものことですが、わたくしはすぐさま賛成し、しばらく街を離れよう、それにはわが家の持ち家と地所のある田舎町、ビリャカ *Villaca* がよかろう、と決まりました。あちらへ行けばそれなりの得になる、節約ができるから。ロベリャスの闘牛も舞踏会もいくどかはずせるので、その分、衣裳代が大助かりという次第です。ところが、ビリャカの家屋はあいにく修繕の要があって、出発は三週間だけ延期としました。この計画が披露されると、ロベリャスは悲しみの色はもちろんのこと、妹に寄せる恋情も隠しません。エルビーレはといえば、夜ごとの身に沁みる歌声を忘れたと見え、ロベリャスの思い入れにはまるで無関心そのものの様子でした。

もっと早くに申すべきだったとは思いますが、そのころ、うちの息子は二歳でした。その子というのがほかでもない、お見かけのあの馬係を務める小柄な従僕です。当時の呼び名をロン

セト *Lonzeto*（*Alonzo*の愛称）といったあの子は一家の喜びでした。エルビーレもわたくしに負けぬほどあの子をかわいがり、うちの窓の下のくだらぬ騒ぎにうんざりしたときなど、家じゅうの唯一の慰めがあの子なのです。ビリャカ行きを決めて間もなくロンセトが天然痘《ほうそう》にかかりました。どれほど心配したことか、おわかりいただけるでしょう。日夜、看病に明け暮れているわたくしたちの耳に、あの身に沁む声がまたも聞こえだしました。ギターの前奏が響くなり、エルビーレは顔を朱らめるのでしたが、ロンセトから目を離せません。ところが、ようやく子どもが全快して、わが家の窓が再び開かれるようになると、謎の歌い手の声は、なぜかやまったのです。

窓を開けて以来、ロベリャスのほうは毎夜、欠かさず現れました。闘牛の予定を先延ばししたのはわが家のためだから、どうか日にちを決めてほしいとロベリャスが申しました。わたくしどもは、その心遣いにしかるべく応えました。ようやく、その日は次の日曜日と決まったものの、気の毒なロベリャスには、その日取りでは早すぎたのでした。

闘牛の細部は省きましょう。一度でも見れば、千回も同じですから。もっとも、同じ闘牛といっても、貴族と平民では流儀が違うのです。貴族はまず馬上からレホン *rejon* と呼ぶ投げ槍で牡牛を攻撃します。一槍、相手を仕留めたあと、牛の一撃を受けねばなりません。ただし、馬は常づねこの場合の構えを仕込まれていますから、反撃は臀部をかすめる程度です。そのあと、貴族は馬から地面に降り立ち、短剣を握りしめる。これらが終始、事なく運ぶには、トロ・フランコ *toro franco* といって温順な牡牛を使う。ところが、伯爵の馬番がうっかり曳き出したのは、別の機会専用のトロ・マラホ *toro marrajo* でした。のっけから玄人連はこの手違いに気づいたが、ロベリャスがもう競技場に現れたあとだから、今さら退場させることはできない。この先どんな危険が待つか、本人も気づいていない様子。ロベリャスはまず牛の周囲を巡りつつ隙を窺い、とっさに槍の一撃をその右の肩に突き立て、その腕を引くと、全身を傾けたまま牛の角と角のあいだに身をかがめた。これは闘牛のしきたりどおりの型です。

手負いの牛は一目散に戸口のほうへ逃げるかと見えたのですが、とつぜんくるりと向き直り、ロベリャスに躍りかかって、体を角で持ち上げた、と見ると、その猛烈な勢いに馬はもんどり打って柵の向こうへと倒れ込み、乗り手だけがこちら側に残されたのです。立ち尽くす伯爵に狙いを定め駆け戻った牡牛は、片方の角を上着の襟首に引っかけ、その体をくるくると空中に回転させ、次には闘技場の遠くへ投げ飛ばした。そうしておきながら、敵に逃げられたと思った牛は、獰猛そのものの目つきで、隈なく獲物を探し回っていました。そしてついに敵を見つけると、ますます昂《たかぶ》る怒りを込めて睨みつけ、脚で地面を掘りむしり、巨体の横っ腹をしっぽでやたらに叩くのでした……。その折も折、ひとりの青年が柵を越えて躍り出たかと思うと、ロベリャスの短剣と緋色のケープを引っ摑み、牛の前に立ちはだかったのです。狂い立つ牛がいくども脅しを試みる、が、その見知らぬ男はびくともしません。ついに牛は地面すれすれに落とした角で男に襲いかかる。次の瞬間、短剣を突き刺された牛は、あえなく男の足元にどうと倒れた。してやったり、勝利者は剣とケープを牡牛の骸に投げかけ、わたくしどもの桟敷席に目を向けて挨拶するなり、かるがると柵を乗り越え、群衆のなかへ紛れ込みました。エルビーレがわたくしの手を握りしめ、こう言いました。「間違いないわ、いつもの歌い手はあの方なのね」

ヒターノの親方がここまで話し終えると、腹心のひとりが来て、彼に用を告げた。話のつづきは明日としようとわれわれに断りを言い、親方は自分の小帝国の所用を片付けに席を立った。「親方の意地悪。話が途切れて、ほんとうに残念」とレベッカが言った。「ロベリャスを苦境に立たせたままなんですもの。あしたまで、このまま闘牛場にほっといたら、助からないんじゃないかしら」

「心配無用さ」おれは彼女に言った。「お金持ちが見捨てられるなんて、絶対にありっこないもの。だいいち馬番がほうっておかない」

「それもそうですね」ユダヤ娘が応じた。「でも、気がかりなのは、牡牛をやっつけた人の名前、その人が謎の歌い手と同一人かどうかですね」

「おやおや、あなたならなんだってお見通しじゃなかったかな」

「アルフォンスさま」彼女が言った。「オカルト学の話はもうよしてくださいね。わたしについて人がどう言おうと、もう知りたくないし、わたしの好きな人を幸せにできる学問のほかには、何も勉強しようと思いません」

「だれか決めたのかい」

「ぜんぜん。選ぶのは簡単なことではないもの。なぜかわからないけど、同じ信仰の男はとても好きになれないような気がします。あなた方の宗教の人も絶対に駄目。すると、残る結婚の相手はイスラーム教徒。チュニスとかフェズの男は美男で感じがいいって評判よ。優しい人さえ見つかればね、それが一番」

「でも、どうしてそうキリスト教徒に反感を持つんだろう」おれはレベッカに言った。

「その問題は訊かないで」彼女は答えた。「わたしの信仰に従えば、改宗の許されるのはイスラーム教だけなの、それだけ知ればあなたには十分です」

ふたりはそんな調子でかなりの時間、おしゃべりした。しかし、会話がだれかけたのを見計らって、おれは若いユダヤ女と別れ、その日は殆ど一日じゅう狩りに過ごした。夕食の時間ごろに戻ると、一同はかなり和《なご》やかな気分でいた。カバリストが〈さまよえるユダヤ人〉の話を持ち出し、あれはアフリカの奥地にいたが、今、旅の途中で、間もなく着くはずだと言った。

レベッカがおれに言った。「アルフォンスさま、直接ご存じの大好きな方に会えますね」

その言葉はおれをむっとさせた。だから、別の話題ばかりに逃げた。一同は、けさの物語のつづきを今晩にも聞きたがったが、親方は明日まで待ってほしいと許しを求めた。そこで一同は寝に就き、おれの眠りに邪魔はなかった。

第十六日

　夜明けにまだ間のある時刻、おれは蟬の合唱に起こされた。アンダルシアの蟬はひどく元気がよい。このところ、おれは大自然の美しさに対して敏感になってきた。おれは天幕を出て、広大な地平線に目を凝らし、射し初める陽光の輝きに見入った。レベッカのことが思われた。彼女の考えはもっともだ――おれは胸のなかでひとりごちた――遅かれ早かれわれわれの行く理想の世界について空しく論を重ねるよりは、現世の生命を享受するほうがずっと楽しくて好きだと話していたが……。この世界はさまざまな感動や甘美な印象やらをわれわれに提供してくれるではないか、短い寿命の間にわれわれを喜ばせようとして……。そのような感慨が、本当の夢想に似て、しばらくのあいだおれを魅惑した。やがて、洞窟に通ずる道を行く人影に気づいて、おれもそちらへ歩みを向けた。山々の空気に浸りながら安眠した人々にふさわしく一同の食事は弾んだ。そして、食欲の満たされたあと、皆が物語のつづきをヒターノの親方にせがむと、彼は話の糸をこう紡ぎだした。

ヒターノの親方の物語――承前

これまでは、マドリードからブルゴスへの旅の二晩目、騾馬曳きに身を窶《やつ》す年若い少年、実はマリア・デ・トレスの令息に、若い娘が惚れ込んでおるというのが、マドリードの話。で、このマリア・デ・トレスが聞かせてくれた物語は、伯爵ロベリャスが闘牛場の片隅で今や虫の息、その伯爵危うしと見るや猛《たけ》り立つ牡牛を一刺しで仕留めた見知らぬ青年が現れたところでおしまいじゃった。そこで話のつづきをマリア・デ・トレス奥方から伺うとしよう。

マリア・デ・トレスの物語――承前

血塗れの牡牛の巨体が横転したと見届けるや、伯爵の馬係たちは闘牛場へと飛び出し、主人の急に馳せつけました。ぐったりした伯爵は生きた様子すらない。そのまま担架に乗せてお邸へと運び出されました。もう見物どころでないことは、お察しのとおり、観客は総引き揚げとなりました。でも、その夜のうちに、ロベリャスが危険を脱したと知りました。翌日、夫は見舞いの者を遣わしました。使者を務めた小姓《ページ》は長いあいだ戻りませんでしたが、ようやくわが家に携えたのは次のような文面の書状でした。

陸軍大佐、セニョル・ドン[1]・エンリケ・デ・トレス殿

神の御慈悲により候て余輩に猶《ナホ》多少の余力をお残し賜られ候こと御高覧の如くに御座候

さりながら胸部に覚え候激痛に鑑《かんが》みるに全治本復は到底これあり得べからずと観念 仕《つかまつ》り候 神の摂理は余輩に対し惜しみなく当世の財貨をば恵与なされ候こと御承知の如くに御座候 財産の一部につきては余輩を救ふべく一命を賭され候温情あふるる未知の御仁に贈与仕るべく存じ候 残余については御愛妹、可憐喩《たと》へ様も無きエルビーレ・デ・ノルニャ殿足下に是《これ》を差し出し候こそ最良の用途と存じ居候 予《かね》てよりエルビーレ嬢が余輩に鼓吹賜り候深甚なる敬意をその儘同嬢に御伝達の程宜しく御願ひ奉り候 余命幾何《いくばく》か 程も無く灰と埃に帰すべき身には候へども天は今日猶数々の称号を余輩に許し賜ふこと下記の如くに御座候

ロベリャス伯爵、ベラ・ロンサ及びクルス・ベラダ侯爵、タリャベルデ及びリオ・フロロ世襲指揮官、トラスケス、リガ・フエラ、メンデス、ロンソス各領主などその他多数

これだけの肩書をよくも思い出せると驚きでしょうが、戯れにこうした称号を次々と妹に与えまして冗談を致すうちに、すっかり覚え込んだようなわけで。

この書状を頂戴するなり、夫は内容をわたくしどもに伝え、返書にはどう書こうかと妹に尋ねました。お義兄《にい》さまと相談抜きでは何もできません、とエルビーレは申しましたが、その一

方、伯爵は美質もあるとは申せ、あのあまりの自尊心、お話にも行動にもそれが如実に剝き出しなのには、開いた口がふさがらない、とも打ち明けました。

夫はその気持ちを易々と呑み込み、伯爵宛のご返事には、お申し出の真価を感得致すべくエルビーレの幼すぎること、さりとて、八方、手をお尽くしのうえ「閣下」のご快癒を願う真情にかけては彼女も決して人後に落ちないことが綴られました。伯爵はこれをお断りの意と解さず、エルビーレとの結婚については話し合い済みのように書いてきました。そうするうちに、一家はビリャカへと旅立ったのです。

村のはずれに立つわが家は田園風の魅力ある場所にあり、家具や調度も気が利いていました。ところが、すぐのお向かいにある百姓家の持ち主の趣味は特有で、表口のポーチには花の鉢が並び、窓は飾られ、鉄の鳥籠は大きい。ともかく手入れが行き届いて、どことなく気持ちがよい。聞けば、買い取ったのはムルシア出身のラブラドルだという。うちの地方では貴族と農民の中間をそう呼んでいます。

ビリャカに着いたのは遅い時間でした。まず地下室から天井裏の物置まで家内の一巡を済ませてから、表口の前に椅子を並べさせ、ココアを飲みました。貧しい造りの別荘だ、未来のロベリャス伯爵夫人をお招きできないね、などと夫が冗談を飛ばすと、エルビーレはそれを楽しげに受けていました。しばらくすると、野良仕事から戻ったのか、四頭の屈強な牛に牽《ひ》かせ、

1（三〇三頁）　敬称を二つ重ねて苗字をつけるのは最も丁寧な呼び方。

従僕の操る車が田舎道をやって来るのが見えました。すぐ後ろを若い男女が腕を組んで歩いてきます。青年は堂々の体軀の目立つ人でした。近くまで来たとき、エルビーレとわたくしは、それがあのロベリャスの危急の救い主と知ったのです。夫は別に気を取られていたのですが、妹がこちらに向けた目に驚きの色をわたくしは見ました。青年はわたくしどもに会釈して、お向かいの家に入っていきましたが、その様子は正式の挨拶を避けたがるふうでした。

若い女のほうは、通りがかりに穿鑿するような目を向けました。

「お似合いのご夫婦」と言ったのは別荘番のドニャ・マヌエラです。

「ご夫婦なの？」エルビーレが言いました。「結婚している？」

「そうですとも」マヌエラが応じました。「本当を言えば、結婚には両親の反対があって、どこかからかどわかしてきた娘なんで。人の目は節穴じゃない、ありゃ百姓じゃないね」

夫はエルビーレの声の大きさを聞き咎めて、そのわけを尋ね、「謎の歌い手なのかね」と言い足しました。

折から、お向かいの家からギターの前奏が鳴って歌が聞こえだし、夫の言葉どおりになったのです。

「おかしいな」夫が言いました。「結婚したからには、あのセレナーデは近所の別の人のためだったんだろうね」

「違うわ」エルビーレが言いました。「あれはわたしのためよ」

彼女の無邪気さにわたくしたちは少し笑いましたが、この話はそれっきりになりました。ビリャカ滞在の六週間、向かいの家は鎧戸を閉めたきりで、隣人を見かけることはありませんでした。わたくしどもより先にビリャカをあとにしたのでしょう。

滞在の終わるころ、知らせがあって、ロベリャス伯爵がかなり恢復したこと、闘牛の見世物が再開されること、ただし、本人は出場しないことなどを知りました。セゴビアに戻ると、街じゅうがお祭り気分でした。伯爵の心遣いはとうとうエルビーレのハートを捉え、盛大を極めた結婚式が祝われたのです。

結婚式の三週間後、伯爵の追放を解き、宮廷に出仕を差し許すとのお達しがありました。伯爵は妹を同伴できると有頂天でしたが、それはそれとして、セゴビア出発前にぜひとも命の恩人の名を知りたいと言いだしました。そこで、救い主の所在を知らせた者には報酬として金貨百枚を取らすとのお触《ふ》れを街じゅうに出したのです。それも、一枚が各八ピストレ[1]に相当する巨額でした。翌日、伯爵が受け取ったのは次の書状でした。

伯爵殿

閣下の努力は無用なり。人捜しの試みは放棄されよ。吾人は閣下が一命を奪ひたるかの被害者その人なり。これを以て宜しく満足されたし。

1　ピストレは重さ約六・七四グラムの貨幣であったと原本＝一九八九年版＝は註訳している。

ロベリャスはこの書状を夫に見せると、高飛車な調子で、これは恋仇《こいがたき》の怨みの仕業に相違ない、エルビーレにそんな男があったとは心外至極、そうと知ったら結婚など……と語気鋭く迫りました。夫はどうぞ言葉をお慎みください、と席を立ち、二度と伯爵家の敷居を跨ぎませんでした。

王宮に伺候するなどは論外のこと、ロベリャスは落胆と憤怒の人と変わりました。もともと伯爵の虚栄のすべては負けず嫌いの嫉妬に発したもの、今やそれが怒りの火の玉と化したのです。夫から匿名の書状の中身を聞かされて、わたくしどもは、てっきりビリャカのラブラドルこそが身を窶《やつ》した恋仇そのもの、と結論しました。偵察のために人を出すと、男はすでに姿を消し、家も人手に渡ったあとと知ったのです。

エルビーレは妊娠していたので、旦那の心変わりの一件は妹にはおくびにも出さず秘密にしてありました。もっとも、妹は様子に気づいたものの、皆目、事情がわからない。伯爵は妻に迷惑を及ぼしたくないからと、寝台を別にすると宣言しました。ふたりの顔が合うのは食事時だけ、会話は弾むどころか、口をきいても嫌みたっぷりなのでした。

妹が九か月目に入ると、ロベリャスはカディスに用事があると口実を設けて出かけ、それから一週間後、法務関係の役人がやって来て、エルビーレ宛の書状を取り出し、関係者の立ち会いのもとで読み上げるように言いました。全員が揃いました。書面の内容。

マダム！

貴女とドン・サンチョ・デ・ペニャ・ソンブレとの情事は余の暴くところとなれり。余はこの件に関し久しく疑惑を抱きたれるが、ドン・サンチョのビリャカ滞在は貴下の不貞を十分に立証するものにして、同人は拙劣にも実妹に命じて妻を佯《よそほ》はしめ、隠蔽を謀れり。余の財宝が人を選ぶことは言ふを俟たず。貴女はこれを分有することなく、かつ今後、余と同居することなし。ただし、貴女の生活費は余が保証すべし、しかれども、貴女が出産する子について、余はこれを認知せざるものとす。

ただしエルビーレは最後までは読めませんでした、冒頭を読んで早くも失神しましたから。妹に対する侮辱の言辞の仇を討つと、夫はもうその夜のうちに出かけました。一足違いでロベリャスは海路、アメリカへ立ったあとで、夫はすぐさま別の船の客となったのです。そして大風に遭い、船は難破、ふたりとも儚くなりました。エルビーレは女の子を産み、二日後に亡くなりました。その子があの若い娘です。なぜ、わたくしは死ななかったのでしょう。どうしてなのか、全くのところわかりません。きっと悲嘆の底に突き落とされたお蔭で、却ってあの子を育てる力が出たのでしょう。

わたくしは子どもにエルビーレと名づけました。妹の似姿を見る思いがしたのです。この子は天涯でわたくしだけが頼りなのだ、とそう思うと、何もかもこの子に捧げようと決心がつきました。わたくしは、この子に父親の遺産相続権を取らせてやろうと努力しました。それにはメヒコの司法院へ訴え出るほかないと聞かされ、アメリカに手紙を書きました。返事には、遺産は二十人の傍系親族に配分された、ロベリャスが妹の子を認知しなかったのは周知のことである云々とありました。わたくしの年収では二十人分の法廷手続き文書の経費を支払うにはとても足りません。詮方なくエルビーレについては、セゴビアでの出生と貴族の身分を届け出るにとどめました。わたくしは市内の持ち家を売り、やがて三歳になる息子のロンセトと三か月のエルビーレを連れて、ビリャカに引っ込んだのです。お向かいのあの家と四六時中、鼻突き合わせるのは、いかにもつらいことでした。呪われた男が謎の恋人と身を潜めた家ですもの。そのうち、それにも慣れ、ふたりの幼子《おさなご》が何よりの慰めとなりました。

ビリャカに引きこもって一年にも満たないころ、アメリカから届いたのはこのような書面でした。

マダム！

本状を認《したた》めまするは、心からの愛情が却って御尊家一同様に多大の御不幸の源となった不運なる本人であります。比類なきエルビーレに対する拙者の愛情は、一目惚れ致したるそのときよりつのり、果てはますます、熱烈なものがありました。夜道の静まらぬうち、他人の目につくあひだは、溜息もギターの音《ね》もお聞かせをはばかつたのは、拙者の臆面のなさを曝したくない一心からでした。

拙者の自由を奪ひ、身も世もなき心境に追ひ詰めたかの勝者の魅力に同様に囚はれたるロベリャス伯爵が、魅惑の下僕《しもべ》を宣明しましたとき、拙者としては、御妹君の破滅の火元となるを恐れ、恋情の炎のちひさき火の粉の一つまで胸うちに潜めんと臍《ほぞ》を固めました。しかしながら、御一家さまが暫時、ビリャカ滞在の御予定と知り、敢へて同地に家屋を買ひ取り、鎧戸を閉《た》て切つて、いくどもいくどもその人のお姿を拝み眺めました。一度たりと言葉もかけず、まして、愛を打ち明けることのかなへられなかつたあのお方を。拙者が妹を伴ひ、若妻と偽《いつは》りましたのも、周囲の目に恋する男の正体を見破られぬための配慮でした。

優しき母の死に目に急ぎ戻りますと、程もなく、エルビーレはロベリャス伯爵夫人をお名乗りになりました。かくて、所望の表明はつひに致さずながら、恋焦がれる憧れの良き人を喪ひし身を遙か異郷の森なかに移し、悲哀をひた隠すに至りました。当地に到着後、拙者に関はる無実の原因にて激怒の事情、また拙者の心からの愛情に罪着せられての不祥事の数々を知り、返すがへすも痛ましい限りに存じました。

かかるがゆゑに、拙者は、今は亡きロベリャス伯爵の言明が邪推なることをここに表明致します。すなはち、当時、エルビーレが懐妊された胎内の子の父親は拙者ではあり得ませぬ。
比類なきエルビーレの令嬢が決して我が子にあらざる事実の証明として、拙者はさらにこの令嬢こそ将来の我が妻たるべきこと、その人を除いて絶対に娶《めと》らざる決意を宣言します。右に述べたる一切が真実なることの証《あかし》として、聖女マリア及びその御子イエズスの流したまふ血に御誓い致すものであります。

ドン・サンチョ・デ・ペニャ・ソンブレ

追而《おって》、本状はアカプルコ行政長官《コレヒドール》の副署並びに数名による連署を得、さらにセゴビア法務院の内容証明をお願ひした。

読み終わるなり、わたくしはがばと席を立ち、ペニャ・ソンブレとその〈心からの愛情〉にありったけの悪態を並べてやりました。
「呪われるがいい、このとんでもないサタン、この魔王ルシフェルめが！　牛を殺すよりか、あの牛に腹を一突きにされればよかったんだよ。その死にざまを見たかったね。お蔭で夫も妹も惨めな目に遭わされたじゃないか。よしとくれ、それでも心からの何とかだって言うのかい。その挙げ句、このわたしゃどうだ、涙と苦労の一生をしょわされて。そんな男が言うに事欠いてよくもぬかす、娘さんをどうぞわたしに。へっ、生まれて、たった十か月の赤ん坊だよ。笑わせるのもほどほどにしておくれ！」

　思いつく限りの雑言を吐いてしまうと、わたくしはその足でセゴビアに出かけ、ドン・サンチョの書状を役場で登録してもらいました。ところが、役場ではとんでもないことを知らされました。売り渡した家の支払いが差し止めを食らったのです。マルタ騎士団の五人に渡る手当てが滞納になっていたための措置でした。夫が受けていた恩給も停止、騎士たち五人と修道女六人への仕送りについては最終的な手続きを取り、結局、手元に残ったのはビリャカの地所と邸でした。してみれば、貴重さもそれだけ増すわけで、その日、そちらへ戻ったときの喜びは一入《ひとしお》でした。

　子どもらは元気で楽しげでした。ふたりの世話を見てくれる女中、従僕と畑仕事の下男、それぞれひとり、それが残された召使の全部です。しかし、何一つ不自由のない暮らしでした。

　亡き夫の家柄と勲位の余慶で未亡人のわたくしも町では一目置かれた扱いです。だれからも親切にされました。こうして六年が過ぎ、不吉なことはもうこれ以上、起こらないようにと念じておりました。

　そんなある日、町長《アルカデ》 ***alcade*** がわが家に現れ（この人は例のドン・サンチョの書状のことに通じていたのですが）、マドリードの新聞を差し出して「奥方さま、おめでとうございます。これで、お姪御さんの婚礼はさぞ盛大となりましょうな。これをお読みください」と言うのです。

ドン・サンチョ、大公爵に叙《じょ》さる
豊富なる銀鉱を有するヌエボ・メヒコ北部[1]二州の取得、クスコ反乱鎮定に示せる賢明の配慮など国王陛下に対する傑出せる功績により、ドン・サンチョ・デ・ペニャ・ソンブレはこのほどエスパーニャ大公爵並びにペニャ・ベレス伯爵の爵位を拝受する光栄を得たり。なほドン・サンチョは総督としてフィリピナス諸島へ赴任せり。

「おやまあ、ありがたいこと、神さまのお蔭ですわ」わたくしは町長に申しました。「エルビーレには、もし夫でなければ、少なくとも力になる人ができるわけね。無事にフィリピナスから戻ったら、次には副王になられて、わたくしたちを幸せにしてくれるでしょう」

事実、四年後、その願いがかなったのでした。ペニャ・ベレス伯爵が副王に任ぜられると、わたくしは姪のため伯爵宛に手紙を書きました。やがて届いた返事には、比類なきエルビーレの娘を忘れ果てたに違いないとは、まことに心外、忘却するどころか、必要な手続きをメヒコ法務院で進めている、一件落着までには長くかかろうが、強引に急がせるつもりもない、結婚の相手としてエルビーレ以外を望まないのだから、自分のために法的な例外措置を採らせるのは不都合である、とありました。向こうさまの決心の変わらぬことが、これで確かめられたのです。

しばらくすると、カディスの金融業者を通じて八ピストレ金貨一千枚がわたくし宛に払い込まれたのですが、送り主の名は明かしてもらえませんでした。副王からに相違ないと思いました。けれども、考えた末、受け取りも、手をつけることもせず、全額をそっくりアシエントの銀行に預金するよう依頼しました。

こうしたことは極力、秘密にしてあったのですが、隠るるよりも顕《あらわ》るるはなしの譬《たとえ》どおり、姪に寄せる副王の思し召しはビリャカの町にも知られ、以来、だれもがエルビーレのことを〈小さな副王夫人〉としか呼ばなくなったのです。

そのころ、エルビーレは十一歳でした。よその女の子であれば、こんな事情を知ればのぼせ上がったことでしょうが、あの子の場合、偉ぶる様子を見せない。その陰に特殊な心情があると気づいたときはもはや手遅れでした。ほんの小さいころから、あの子にはろくに回らぬ舌で愛の言葉を口にする癖があり、そのおませな愛情の対象が従兄のロンセトなのでした。ふたりを別々にしようと思ったこともしばしばでしたが、息子にどうしたらよいかわからず、わたくしはエルビーレを叱りました。それがわたくしの目を盗む結果に終わったのです。

奥さまもご存じのとおり、田舎の気晴らしといえば、小説や物語などの読み物か、ギターに合わせて朗誦するロマンスがせいぜいのところ。ビリャカの家《うち》には二、三十冊のそうした書物

1　*Nuevo Mexico*　命名は一五六二年。一八四八年の米墨戦争の結果、米国に割譲され、ニューメキシコ州と改称した。

があり、好きな人が次々に借り出したものです。エルビーレには一ページでも読むことはならないと禁じましたが、もうそのときには、とっくに宙《そら》で覚えたあとでした。

奇妙なことに、ロンセトにも同様、ロマンティックな好みがあって、ふたりは呆れるほど気が合い、わたくしの目をごまかすのは殊に巧みでした。たやすいことですよ、こういうことは旦那方のほうが千里眼が利いて、母親や伯母は得てして目が届かないものですから。

それでも、怪しいと疑われることがあり、エルビーレを尼僧院に入れようと決心したものの、費用《かかり》を負担する余裕がありません。どうやら、結局、打つべき手を打たないままに過ぎるうち、エルビーレは副王夫人の肩書をそっちのけに、あくまでも自分は不幸な恋人、運命の哀れな犠牲という空想の虜《とりこ》となりました。エルビーレはその美しい空想をロンセトに伝え、恋の神聖な権利を守るため、力を合わせて運命の苛酷な定めと戦おうと互いに決意したのです。それが三年も続いたのですが、わたくしは夢にも疑いませんでした。

ある日のこと、庭の鶏小屋のところで世にも哀れな恰好をしたふたりをこの目で見てしまいました。雛鳥の小屋の上にエルビーレがしゃがみ込み、ハンカチを口にくわえ、涙に暮れています。十歩ほど離れてロンセトが跪き、ぼろぼろと泣いている。何をしているの、と尋ねると、ふたり共どもに答えました。『フエン・デ・ロサスとリンダ・モラ』の物語の実演なの。

これはただごとじゃない、とこんどこそは騙されませんでしたが、その場では素知らぬ顔で済ませ、その代わり、どう手を打つべきか、司祭に相談を持ちかけました。司祭は、しばらく黙考し、ロンセトの預け先を友人の聖職者に問い合わせてみよう、と話し、わたくしにはぜひとも聖母マリアへの〈九日の祈り《ノベナ》〉***novena*** をすることと、エルビーレの寝所に鍵をかけることを言いつけました。

　お礼を言って戻ったわたくしは、ノベナも欠かさなければ、寝室の鍵も忘れませんでしたが、不幸にも窓までは気づきません。ある晩、寝室で物音がするのでドアを開けると、エルビーレがロンセトと寝ているではありませんか。下着姿で跳ね起きたふたりは、わたくしの足元にひれ伏し、結婚したのです、と口々に言いました。

「だれの主宰の結婚式ですか。こんな恐ろしいことを、どこの神父さまが」わたくしは叫びました。

「母上さま」ロンセトが真剣そのものの顔で答えました。「神父さまの世話にはなりません。それはマロニエの大樹の下の結婚式でした。自然の女神が、曙の光のなかで、わたしらの誓いを受けてくれたのです。周囲の小鳥たちが、わたしらの法悦の証人です。母上さま、見目麗しいリンダ・モラが首尾よくフエン・デ・ロサスの伴侶として結ばれたのも、そのようにしてなのですよ。そう物語に書かれています」

「ああ、不幸な子どもたち」わたくしは申しました。「結婚は認めません。夫婦になれるものですか。あんたたちは、いとこ同士なんですから」

　悲嘆の大きさにわたくしは叱りつける力も失せました。ロンセトに退るように命ずると、わたくしはエルビーレのベッドに倒れ伏せ、悶え泣きました。

ここまで話すと、ヒターノの親方ははずせない用事を思い出し、許しを求めて席を立った。

親方が行ってしまうと、レベッカがおれに言った。「身に応えるわ、このふたりは。タンザイとスリカの場合は、黒人の血の混じった同士だからチャーミングな愛の姿だったけど、美少年のロンセトと優しいエルビーレの愛し合う姿は、もっと誘惑的でしょうね。これは〈アモール〉と〈プシュケ〉の組み合わせよ」

「なかなかの比喩ですね」おれは彼女に言った。「その調子だと、あなたはオヴィディウスの教えた技巧[1]にきっと上達しますよ。エノク[2]やアトラスの書でも勉強した程度にはね」

「考えてみると、今あなたが仰る学問も、わたしがこれまで携わってきた学問と同じ程度に危険千万だわ。つまり、愛にはカバラ並みの魔法があるっていうこと」

「カバラの話をすれば」と言ったのは、レベッカの兄、ベン・マムゥンである。「〈さまよえるユダヤ人〉はけさ方、アルメニアの山々を通り過ぎ、全速力でこちらへ向かっていますよ」

おれは魔法にはうんざりだったので、それを話題に話が始まると、もう聞く気になれず、その場を離れて狩りに出た。戻ったのは夕方に近かった。ヒターノの親方は、どこへやら出ていた。おれは娘たちをお相伴に夕食を食べた。カバリストは現れず、その妹も不在なのだ。若い娘たちふたりとだけ同席するのは気詰まりだった。しかし、いつかの夜、おれの天幕に来たのは彼女たちではないと思われた。あれはどうやらおれの従妹たちだったらしい。だが、あれが従妹なのか、はたまた魔女なのか、おれ自身、どちらとも説明がつきかねた。

1 『愛技《アルス・アマトリア》』、『愛の薬《レメディア・マモリス》』の著者オヴィディウスはローマの詩人。*Publius Ovidius Naso*（前四三—紀元一八ごろ）。

2 「第九日」の註参照。

第十七日

皆が洞窟に集まっていくのを見て、おれも腰を上げた。朝食は慌ただしく済み、レベッカが真っ先にマリア・デ・トレスの話のつづきを所望した。ヒターノの親方は、せがまれるのも待たず、次のように話を切り出した。

マリア・デ・トレスの物語――承前

エルビーレのベッドで長々と泣き伏したあと、わたくしは自分のベッドに戻ってからも、なかなか涙が止まりません。相談できる人でもあれば、まだしもこの痛手《いたで》に耐えられたかもしれないのですが、ふたりの恥をだれに打ち明けようもなく、目の届かなかったわたくしが悪いのだと自責の思いもあり、まる二日間、それこそ泣きっぱなしに明け暮れました。三日目の日、わが家の前に馬やら騾馬の長い列ができ、セゴビアの代官《コレヒドール》*corregidor* のお出ましとの声が響きました。代官は型どおりの挨拶のあと、エスパーニャ大公爵、メヒコ副王、ペニャ・ベレス伯爵から奥方に手渡すようにとの命令を添えた親書が届き、仰せに従い、畏《かし》まって同親書をお渡しに参りました、と口上を述べ立てました。その文面とは……。

マダム！

エルビーレ・デ・ノルニャ嬢を将来の花嫁として定め、同女を除く余人とは決して結婚すまじ、と宣言申し上げてより、向後二か月にて十三年が過ぎようとしてをります。アメリカにてかの書簡を認《したた》めましたる日は、エルビーレ嬢の生後七か月半でありました。爾来、愛すべき同嬢に対する敬慕の念は、彼女の魅力の増すにつれてひたすら深まる一途であります。彼女の足元にひれ伏すべくビリャカへ急ぎ伺ふ心づもりでをりましたるところ、首都マドリードへの接近は五十里以上は遠慮のこととの国王陛下ドン・カルロス二世より御厳命これあるため、思ふに任せず、セゴビアからビスカヤに至る街道においてお目どほり適はばと期待申し上げます。

恐惶謹言

ドン・サンチョ・デ・ペニャ・ベレス

いかに悲嘆の底とはいえ、この畏れ多い親書に、思わずわたくしの唇はかすかに綻《ほころ》びました。代官さまは辞去する前にかつてアシエントの銀行にわたくしの預けた金額がそっくり入った札《さつ》入れを差し出して、町長《アルカデ》と午餐を共になさったあと、セゴビアへ戻られました。

わたくしはと言えば、片手に親書を、別の片手に札入れを握りしめ、彫像のように立ち竦んだままでした。不意討ちからまだ立ち直れないでいるわたくしのところへ、町長がお越しになり、ビリャカの町はずれまで代官さまをお送り済みだが、奥方の旅の準備はすべて当方で整えるので、騾馬、従僕、道案内、鞍、食料、何なりとご指示をお待ち申し上げると伝えました。町長の親切にお任せすると、細々《こまごま》と手配をいただき、翌日には早くも出発の用意ができました。ゆうべはヴィリャ・ベルデに一泊して、このとおりこちらへ参ったわけです。明日《みようにち》はヴィリャ・レアルに着き、副王とお目にかかる手筈です。でも、副王にはどう申し上げたらよいか。あの子の目に涙をご覧になったら、どう仰るか。息子は家に残そうかとも思いましたが、町長や司祭から怪しまれるのも困るし、息子につらい思いをさせるのも気がかりでした。実を言えば、息子に同行をせがまれ、断り切れなかったのです。そこで騾馬の世話役に姿を変えることを思いつきました。

あとは運を天に委ねるまでです。万事が明るみに出るのは怖いけれども、そうならなくては。何といっても、副王にお会いするのが先決です。エルビーレの財産取り分のためどんな手を打ってくださったか、それも知りたい。あの子がもう妻に値しないなら、未練からでも副王がせめて後見人になってくださったら。それにしても、わたくしはこの年をして、自分のふがいなさをどう言い訳すればよいのやら。本当の話、キリスト教徒でなかったなら自殺したい場面ですものね。

マリア奥方はこう言い終わると、改めて悲嘆に暮れ、涙が滝と流れ落ちた。叔母もハンカチを手にもらい泣きした。わしも泣いた。泣きじゃくるエルビーレのあまりの激しさに、召使は彼女の衣裳を脱がせ、寝かしつけねばならなかった。それをきっかけに一同は就寝した。

ヒターノの親方の物語――承前

わしも床に就き、寝入った。だれかがわしの腕にさわる気配に目の覚めたとき、陽《ひ》はまだ昇っていなかった。寝ぼけ眼《まなこ》で大声をあげかけたそのとき。

「静かに」と相手が言った。「ロンセトです。エルビーレとふたりで苦境切り抜けの名案を思いついてね。せめて、当座の二、三日のあいだだが。従妹の服がここにある。君がこれを着る。エルビーレが君のを着る。優しい母上はぼくらのことを許してくださるそうだ。身代わりに化けてもビリャカから蹤《つ》いてきた騾馬係とかほかの連中に見破られる恐れはない。副王から差し回しの人たちが間もなく交替するから。小間使はこっちの身方だ。大急ぎで着替えてくれ、済んだらエルビーレのベッドに潜るんだ。あの子はこっちで寝る」

反対する理由はなかったから、素早くエルビーレに化けた。わしは十二歳だった。年の割には大きいほうだったが、十四歳のカスティーリャ娘の服はちょうど体に合った。カスティーリャの女は南部のアンダルシアの女と比べると一般に小柄だから。

着替えを済ませ、わしがエルビーレのベッドに横になると、程もなくマリア奥方に話す人声を耳にした。副王の家令が旅籠《はたご》の炊事場でお待ちだという。そこが共用の広間に使われていた。

間もなくエルビーレを呼ぶ声がした。本人になり代わって下りていったのは、むろん、わしだ。それを見るなりマリア奥方は両手を天に差し上げ、後ろにあった椅子にへたり込んだが、その様子は家令の目に映らずに済んだ。家令は跪いて、仕える主人の敬慕の念を表してから、恭しく宝石箱をわしに差し出した。わしは至極、雅やかにそれを受け取り、家令に起立を命じた。副王の大勢の家来が入ってくるとお辞儀をしてから、大声で三唱した。「副王夫人万歳！*Viva la nuestra virreina!*」

続いて、叔母が、その後ろから男の身なりをしたエルビーレが従った。エルビーレはマリア・デ・トレスに同情のこもる目配せをして、その気構えを伝えた――あとは成行きに任せるしかないのよ。

あの貴婦人はどなた、と家令がわしに訊いた。マドリードの人で甥をテアティノ修道会経営の学校に入れるため、ブルゴスへ行くところだとわしは答えた。そこで家令は副王のお輿《こし》の一つを使うように叔母に申し入れた。叔母は病弱で旅に疲れた甥のために一台を所望し、家令はそのように指図した。それを済ませると、家令は手袋を嵌めた手を差し出し、わしを輿に乗せた。その輿を先頭に旅の一隊が動きだした。

ダイヤモンドの詰まった宝石箱を片手に、白い騾馬に曳かせた金塗りの輿に揺られ、厩番の男（彼らは乗り口の辺りで跳ねるようにせかせかと動き回った）の護衛付きで、にわか作りの未来の副王夫人は乗っていく。あの年ごろの餓鬼としては恵まれようもないこの稀有《けう》な立場に置かれてみて、わしは結婚なるもの、世にも不思議なその奇縁について生まれて初めて思いを巡らせた。

それにつけても、副王がわしを嫁にするなど到底あり得ぬことは確かだったから、副王の思い違いができるだけ長続きするように、次の切り抜け策をロンセトが思いつく時間稼ぎに努めるほかないと観念した。

友人のために一役買うのは立派なことと思われた。こうして、わしは若い娘を演ずる決意も固く、まず手始めに輿の席に女らしく深々と腰をおろし、しなを作り、気取って見せる工夫に精出した。ほかにも、歩く際には大股は禁ずべきこと、すべて大きな身動きは控えるべきことと自戒を忘れなかった。

そんな物思いに沈んでいるころ、砂埃の渦巻きが舞い上がり、副王の到来を告げた。助けられて輿から降りたわしに家令は腕に凭れかかるように耳打ちした。副王は馬を下り、地面に跪き、わしに言った。「マダム！　あなたの誕生に始まり、拙者の死に至るまで、終わることなき愛情の証をお受けあれ」それから手に接吻し、こちらの返事も待たず輿に抱き入れると、再び馬上に納まり、道を続けた。

副王は輿のそばを跳ねるように馬で往き来して、こちらを殆ど見ない。そこで、仔細にあちらを観察させてもらう余裕が持てた。それは牡牛を斃《たお》したあの日、あるいはビリャカの町で犂《すき》を曳いて戻ってきたあのとき、トレスの奥方の目に映じた美青年ではもはやなかった。いまだにハンサムな男として通用しないでもなかったが、赤道直下の陽光にやけた副王の肌の色は、白よりはむしろ黒に近かった。両の目に垂れかかる長い睫《まつげ》は、恐ろしげな表情を与え、和らげる手入れをいかに尽くそうとも、優しさのかけらもない渋面に変わりはあるまいと思われた。男にものを言うときは雷のような声、女に口をきくときは甲高《かんだか》い裏声となり、笑いたくなるほど耳がくすぐられた。部下に向かうときには一軍を率いる指揮官のごとく、エルビーレ役のわしに向かっては出陣の命を待つ将軍かと見えた。

　副王の人相を検《あらた》めれば検めるほど、わしは居心地が悪くなった。男と見破られた暁には、彼の性格から判断して、笞刑《ちけい》の罰を下すに違いない。そう考えるだけで、わしは身震いした。だから、内気や臆病を佯《よそお》うまでもなかった。なにしろ、手足が小刻みに震えているうえ、だれにも目を伏せたままだったから。

　われわれ一行はバリャドリードに着いた。家令はわしの手を取り、予め当てられた続き部屋《スイートルーム》に案内した。叔母たちが従った。エルビーレも入ろうとしたが、男の子と見て追い返された。ロンセトは厩番と一緒だった。

　叔母らと三人だけになると、わしはふたりの足元に身を投げ出し、どうか嘘がばれないようにしてほしい、そうなったらどんなに容赦ない笞刑に処されるかしれないから、と懇願した。わしが笞打たれると聞いて、叔母も同様の懇願を繰り返した。しかし、そんな懇願をするには及ばなかった。われわれに劣らずびくびくもののマリア・デ・トレスは、大詰めをできる限り先延ばしすることしか念頭になかった。

やがて、晩餐の案内があった。副王は食堂のドア口でわしを迎え、席に導くとわしの右側に腰をおろして言った。「マダム、今回、余は忍びの身ゆえ副王の威光は停止しますが、それを消し去るものではありません。王妃の右側の席に着く権利を行使させていただきます」

続いて、家令はマダム・デ・トレスを筆頭として、陪食者一同を位階に応じて席に着けた。長いあいだ沈黙のうちに食事が続いた。そのうち、副王がトレスの奥方に向いてこう言った。「マダム、アメリカ宛のお便りで拝見しますと、十三年と数か月の昔のお約束を余が守らないと思し召しのように伺って胸が痛みました」

「あなたさまが真剣にお考えと知っておりましたなら」とマリア奥方は言った。「もっと身も心もあなたさまにふさわしい姪に育てておりましょうものを」

「なるほど。さすがあなたはヨーロッパのお方でいらっしゃる」と副王は言った。「新世界では、余が決して冗談は言わぬ男とだれもが知っております」

会話はそのまま途切れ、二度と繋がらなかった。一同がテーブルを立つと、副王は部屋の戸口までわしを送ってきた。叔母らは心配して本物のエルビーレを探しに行ったが、彼女は家令と同じテーブルで食事を済ませていた。こちらはわしの小間使となった女とふたりきりで残された。彼女はこっちが男だと知っていたが、そのために手抜きをするわけではなかった。その彼女も同様に副王を恐れていた。われわれはお互いに励まし合い、しまいには心から笑った。

叔母たちが戻ってきた。本日中はわれわれと会見の予定はない、との副王からの伝言があったので、叔母らはこっそりエルビーレ、ロンセト両人を部屋に来させた。喜びは完璧であった。子どもらは狂ったように大笑いし、叔母たちも、終日の休息に魅惑されて、われわれの陽気のお相伴をせんばかりであった。

宵がさらに更け、ギターを奏でる音《ね》が聞こえてきた。見下ろすと、暗い色のマントに身を包み、隣の建物に半ば隠された副王の恋に落ちた姿が見えた。その声は、若々しい青年の声でこそなかったが、紛れもない艶を残していた。歌い方は正確だし、かなり音楽に精進した人と思えた。男女の仲のしきたりに詳しいエルビーレが、片手の手袋を脱いで通りに投げた。副王は拾い上げ、キスしてから、それを胸元に収めた。

この様子を見るわしとしては、賛成しがたかった。というのも、エルビーレの正体が判明したなら、わしに振り下ろされる笞《しもと》の回数が、この分について百回増しと恐れたからだ。そう思うと、気が滅《め》入《い》って、もう寝ることしか考えられなかった。エルビーレとロンセトはわしにお別れを言い、またも涙を見せた。

「あした、またな」わしはふたりに言った。

「たぶんね」ロンセトが応じた。

それから、わしは新しい叔母と同じ部屋で床に就いた。服を脱ぐときは、そっと音のしないように気を払ったが、その点、彼女も同じだった。

翌朝、ふたりを起こしに来たダラノサ叔母からエルビーレとロンセトが夜中に姿を消し、所在不明と知らされた。この知らせはマリア・デ・トレスにとって青天の霹靂であった。わしの場合、そう聞くなり頭を掠めたのは、エルビーレに代わって副王の花嫁となる運命を甘受するほかないかもしれない、との思いであった。


ヒターノの親方がここまで話したとき、子分のひとりが用件を持ち込んできた。親方は席を立ち、話のつづきはあしたにしようと許しを求めた。

話が山場に来ると、いつも中断されるのね、とレベッカはやりきれなそうに言った。そのあと、たいして意味もない雑談となった。カバリストは、〈さまよえるユダヤ人〉がバルカンの山を越えたから、そろそろエスパーニャ入りするはずだ、と消息を伝えた。この日、そのあと皆がどう過ごしたかは知らない。おれが次の日に話を移すのは、そのためだ。あれはいろいろと事件の多い日となった。

第十八日

　夜明け前に目を覚ましたおれは、酔興にもロス・エルマノスの不吉な絞首台のほうへ足を向け、新たな犠牲者がいないかどうか、確かめてこようという気を起こした。遠出は無駄ではなかった。吊られたふたりのあいだに男が寝ていたのだ。男は意識を失っているふうに見えた。手に触れてみると、硬直はあるようだが、温《ぬく》もりは残っていた。おれは小川に行って水を汲み、男の顔にかけてやった。すると、男はたしかに生きている兆しを見せたから、おれは男を抱き上げ、絞首台の敷地の外へと連れ出した。

　意識を取り戻した男は、狂った目をまずおれに当て、とっさに逃げようと体を翻し、野原へ駆け込んだ。おれはしばらく男を目で追った。茂みに姿を消せば、そのうち荒野で命を落としかねない。男を追い詰め、連れ戻すのが義務だ、とおれは思った。男は振り返り、おれが追うのを見ると、がむしゃらに足を早め、弾みでしたたかに転倒した。転んだ拍子に男はこめかみの辺りに傷を負った。おれはハンカチを取り出して傷の手当てをし、それからシャツを切り裂き、男の頭に巻きつけてやった。男は何も言わず、されるに任せた。その素直な様子を見て、ヒターノスの野営地へ男を連れていこう、とおれは思った。腕を差し出すと、男はそれを受け、おれの脇を歩きだした。男からはとうとう一言も引き出せずじまいだった。

洞窟に着くころ、ちょうど朝食に集まっていた仲間たちは、おれのために席を取っておいてくれた。これが旅人への心遣いであり、エスパーニャのどこへ行こうと、その風習に些かの変わりもない。男がココアをすする様子は、いかにも体力の回復を必要とする人にふさわしかった。傷は盗賊に負わされたものかどうか、ヒターノの親方がおれに尋ねた。

「違いますよ」おれは答えた。「実はロス・エルマノスの絞首台で見つけた人でして。正気づくと原野へ逃げ込んだので、道に迷いやせぬかと気がかりで追いました。追いつきそうになると、また逃げる、それでとうとう……」

そのとき、未知の男は匙を置くと、大まじめな口調でおれに言った。「そういう説明では話が通らない、それは誤った法則の仕込みを受けたせいですかね」

そう言われたおれの反応は想像がおつきだろう。しかし、おれはぐっと堪《こら》えて、こう答えた。

「見知らぬお方、わたしは幼少の砌《みぎり》から最良の法則の仕込みを受けて育った者、それに加えて、ワロン人近衛隊大尉の体面にかけては、なおさらのこと……」

「いや、その話ではない」未知の男が言った。「ぼくの言うのは、物体の加速の法則、傾斜した平面における加速のことだ。ぼくの転倒を取り上げ、その原因を云々する以上は、絞首台の位置が高みにあるがために、ぼくが傾斜平面を走行した点にあなたは注目すべきであった。すなわち、ぼくの走行ラインを直角三角形の斜線と見なすべきなのだ。その際、三角形の底辺は地平線と平行であり、この底辺と三角形の頂点から下りる垂線との作る角度は直角を成す。その直角が絞首台の下部に当たる。したがって、あなたが言うべきことは、斜線におけるぼくの加速は、垂線に沿う落下に伴う加速に等しい、なんとなれば、この垂線は斜線に対しては斜線であるから、とこうなのです。かくのごとく算出された加速が、ぼくを転倒せしめたのであり、あなたからの逃亡の意志に起因するぼくの速度倍加とは無関係である。もっとも、以上のことは、あなたがワロン人近衛隊大尉たる事実を些かも妨げるものではありませんよ」

こう話し終えると、見知らぬ男は匙を取り上げ、再びココアをすすった。一方、おれのほうでは、男が本気で言ったのか、あるいは、からかったまでか、判別のつかないまま、この理屈づけに対してどう対処すべきか途方に暮れていた。

おれの怒りっぽい気性を見抜いている親方は、会話の流れを変える狙いで言った。「こちらのお方は数学をお究めのようだが、休息なさる必要がありましょうな。きょうは講釈のほうは、そのぐらいにして……。というわけで、皆がよろしかったら、きのうの話のつづきと行きますか」

それがいちばん楽しそう、と言うレベッカの返事に気をよくして、親方はこう話しだした。

きのう中断した話は、ロンセトが男装のエルビーレを連れて駆け落ちし、ダラノサ叔母のその知らせに一同、あっと仰天するところまでだったが、なかでも姪と息子のふたりながらにどこぞに消え去られたトレス奥方の滅入りようは目にあまった。わしにしてみれば、エルビーレに見放された以上、残された運命は身代わりに副王のお妃《きさき》となるか、または、死ぬよりも恐ろしい笞刑に服するか、二つに一つ。どちらに転んでも悲惨な行く末と思い悩んでいると、出発でございます、と迎えに来た家令の差し出す腕にすがり、ふたり並んで階段をしずしずと下りていく。どうしてもお妃になるのか、と魂が打ちひしがれていたわしだったせいか、胸を反らせて家令の腕にすがりつくさまは、いささかも巧まぬ動きなのに、その品位といい、その慎み深さといい、悲嘆の底の叔母たちの微笑をさえ誘うほどであった。

この日、副王はお輿のあたりをちょこまかとせず、トルクマダの旅籠に着いたとき、そこの門口で待ち構えておいでであった。前夜、こちら（実はエルビーレ本人）の示した温情が副王の自信の謂《いわ》れであった。副王は胸元に潜めた彼女の手袋をそっとこちらに覗かせ、そのうえで手を差し出し、輿を降りるのを助けてくれたのだが、こちらの手をかなり強く握りしめ、しかもそこに接吻した。副王ともあろう方からこうも懇《ねんご》ろな扱いをされては、一種、快い気分にもなろうというものだ。だが、その一方では、このような恋慕の情の表明の果てに待ち受ける笞打ちの刑のことが片時も忘られずにいた。

女たちに割り当ての控えの部屋でしばらく過ごすと、午餐の案内が伝えられた。座席の配分はほぼ前夜と変わりはなかった。最初の料理のあいだは、まるで静まり返っていた。二皿目が運ばれだしたとき、副王がマダム・ダラノサ（つまり叔母）に向き直って言われた。

「聞きましたよ、甥御さんが厩番の気障《きざ》な少年とまんまと逃げたとか、一杯食わされましたね。これがメヒコならじきに手が回るころだが、まあ捜査の指示だけは済んでいますよ。見つけたら、ただではおかぬ。甥御さんはテアティノ修道会の法廷により衆人の目前で笞刑の罰、厩番は漕役に服するためガレー船行きは確実でしょうな」

マダム・デ・トレスは、〈ガレー船〉という言葉と息子とが結びついたそのとたん、失神した。〈テアティノ修道会の法廷で笞刑〉と聞くなり、わしは椅子からずり落ちた。

副王は男の優しさの発露としてわしを救い上げた。そのあとはいくぶんか気を取り直し、食事のあいだ取りすました態度を崩さずにいられた。テーブルを立つと副王は、続きの間へとわしを送る代わりにわしと叔母たちの三人を連れ出し、旅籠の向かいの木立ちの蔭に案内した。皆をかけさせてから、副王は言われた。

「メダム！　奥方たちを見ていると、きょうなども、わたしの態度動作に一見、きびしさを感じておどおどしておられる。どうやら要職を歴任するあいだに身につけたらしい。この外見上のきびしさは、実は心情から遠いものでして……。考えてみれば、皆さん、わたしの生き方の一部分しかご存じないわけで、動機とか、結末とかは一向におわかりにならない。だとすれば、わたしの来歴について知りたいとお感じでしょうし、直接、わたしから聞き出したいとお思いかもしれない。少なくとも、多少、知っていただけば、今後はきょうのように、はらはらどきどきなさらないで済むようになるか……とこう考えましてな」

そう話して口をつぐんだのは、一同の返事を待つためで、それはもうぜひとも、と膝を乗り出す様子に感じ入った副王陛下はいよいよ寛いだ口調で次のように切り出した。

ペニャ・ベレス伯爵の物語

わたしの生まれはグラナダ周辺の景勝の地、生家は美しいヘニル川の畔に父の持っていた田舎の別荘でした。あらゆる田園恋愛詩《パストラレ》の舞台にはわたしらの地方が選ばれる。エスパーニャの詩人たちが揃ってそうした、とはあなた方もご存じのとおり。

あそこの風土は人々のなかに恋情を生み育てる、だからグラナダ育ちの男ともなれば、若いころは言うまでもなく、なかには終生、女に恋すること以外、どんな生業にも就かない。そんなふうに詩人はわれわれに吹き込んできた。

あちらでは、男が一人前となり世間に出ると、まず第一の心がけは、懸想の相手となる上流の人妻を探し出すことです。そしてもしも、その女が男の恋慕を受ける気になれば、男はその女性のエンベベシド ***embebecido***、すなわち、〈美貌の虜〉を宣言することになる。こうして、男を出迎える日、彼女は暗黙の約束をします、自分の手袋と扇子を委ねるのはただあなただけだと。女のほうではまた、コップに水を運ばせる相手もこの人と決める。エンベベシドは跪いて水を女に差し出すのです。さらに、輿の扉を開け閉てする、教会で聖水を手渡す、などなど彼女に対する大切な特権を持つことになる。

　こうした関係について、夫たるものは、少しも嫉妬心を持たない、やきもちは筋違いなのだ。というのも、第一に、人妻は自宅に男を迎えない、なにしろ、自宅には取り巻きにドゥエニャ *dueña*（女性の行動を見張る女の監視役）もいればカメリスタ *camerista*（侍女）もいて、自由が利かない、それに正直な話、夫に対して不貞を働こうと思う人妻はエンベベシドには目もくれないからで。そうした連中が秋波を送るのは家に出入り自由のだれか若い身内の男、もっと自堕落な女の場合には最下級の階層に密通の相手を物色する。

　わたしがこの世に生を享《う》けた当時のグラナダの男女関係のありようはそんなものでした。しかし、そういう世間の風に身を染めるわたしではなかった。いや、色気づかなかったのではない。その逆で、わたしの男ごころは人一倍、地元の恋の気風を感じ取り、わたしの青春を彩った最初の感情は恋の一字に尽きました。

　間もなくわたしは一つの信念に達した。それは恋とはこんなものではないという確信でした。貴婦人が崇拝者《エンベベシド》とのあいだに取り交わすくだらぬやりとり、それが全く罪のないことは確かでも、この影響は見逃せず、実は自分を所有してはならない男への女ごころを誘う一方では、身も心も属すもうひとりの男、つまり夫に寄せる愛着を弱めてしまう。この引き裂かれた愛の在り方にわたしは反撥した。恋愛と結婚とは一つ、同一のものであるべきだ、婚姻こそが、（恋愛の粧《よそお》いのもとで美化されて）、わたしの心を砕く最も秘密で最も貴重なもの、わたしの夢の偶像となったのです。

打ち明けねばなりませんが、この考えに執着するあまり、わたしは魂の脱け殻のようになり、何ごとかへの期待感ばかり膨らんで、時には傍目《はため》から本物のエンベベシドかと見られることもあったほどでした。[1]

どこかの家庭に一歩、足を踏み入れるとすると、人々の会話など耳にも入れず、そこがわが家と思い込み、架空の愛妻をそこに坐らせる、そんな空想を楽しんだ。客間には、インド到来の布地やら、シナの花筵《むしろ》やら、ペルシアの絨毯《じゅうたん》など最高舶来の品々を敷き詰めることを思い描き、早くもそこに妻の踏んだ蹠《あしうら》の痕をありありと目にする。また妻の好んで腰かける長椅子、これもまぶたに浮かべました。

新鮮な空気を吸おうと女房が、窓辺から一足、外へと出ていきます。バルコニーがあります。美しい花々で飾られている。そこには大きな鳥籠がある。見ると、飛び交う珍鳥奇鳥の数々。さて、寝室はどうでしょうか。聖なる場ですから、これはうまく想像できませんね。うっかりすると、瀆聖の罪を冒しかねない。こんなことで夢中になっているあいだにも、座談は長々と尾を曳いている。こっちは会話からはみ出しているわけだから、何やら声をかけられても、とんちんかんな返事しかできない。しかも、頭のなかの段取りを邪魔されて、機嫌を損ねている

1　欄外に『マダム・オルノワ回想録』*Memoires de Madame d'Aulnoy* 参照とある。

から、決まって棘《とげ》のある返事が出てしまう。

訪問先では、いつもこういう変人ぶり、それどころか、散歩に出ても似たような奇行の連発でした。小川に行き当たる、橋がない、わたしは膝小僧まで浸《つ》かってずんずん水に入っていく、わが妻はわたしの腕にすがりつき、砂利の中州を濡れずに渡る、わたしの心遣いに妻はにっこりと天使の微笑みをもって報いる。小さな子どもにもわたしは目がありませんでしたね。行き会えば、必ず舐めるほどかわいがった。それに、赤ん坊に乳を含ませる母親の姿、あれは大自然の傑作じゃありませんか。

それから、副王は恭しく優しげな面持ちでこちらに向き直り、そして言った。「授乳する女の美しさ……この点、わたしの意見は昔と変わらない。乳母を雇って不純な乳を子どもの血に通わせる、愛するエルビーレが、よもやそんなことはすまいと固く信じておるよ」

こう言われて、どんなに狼狽したか、想像もつくまい。わしは両手を合わせて言った。「セニョル、後生ですから、そういうことはおっしゃらないでくださいませ。全くわたしには、わかりませんから」

副王は答えて言った。「幼ごころを傷つけて済まなかった。この先の物語では、こういう失敗は二度としませんよ」

こうして、次のように話の穂を継いだ。

考えごとに気を取られ、いつもぼんやりしているものだから、気のふれた男というわたしの評判がグラナダでは広がった。当たらずと言えども遠からず。事実、わたしは気違いに見えたのだが、それはふつうの人間の狂気とは別物のせいである。もしもわたしが覚悟を決めて、グラナダ娘のだれかに狂っていると言ってしまえば、賢人として奉られただろう。

いずれにせよ、こんな評判は感心しない。そこでわたしは祖国を立ち去ろうと心に決めた。それには別の動機もあった。愛妻とともに幸せになり、妻によって幸せになりたい、との念願である。万一、慣習に則り、グラナダ娘と結婚したなら、妻は崇拝者《エンベベシド》の恋慕を受け入れねばと考えることになる。それはお断りだ。

出国を決意したわたしは宮廷に伺候した。同じくだらぬ決まりがここマドリードでは別の呼び方で横行していた。グラナダからマドリードにまで及ぶようになったエンベベシドの名は、当時は通用しなかった。今でこそ、宮廷の奥方たちは、お好みの愛人（といっても不運なことをコルテホ ***cortejo*** と呼び、さらに扱いの粗末な色男どもをガラネス ***galanes*** と呼ぶ。こちらのほうは、にこっと微笑が一つ恵まれるだけ、それも月に一、二度きりである。そのくせ、目を掛けられた男たちは、それぞれの美女の色《カラー》を一様に飾り、乗るお馬車の周りに平《へい》つくばっている。だから、来る日も来る日も王宮のある美しいプロムナード、プラドの通りはもうもうたる砂埃が立ち、近辺の道という道はとても住めたものでない。

わたしは目立つ位階勲等もなし、たいして財産もないから、そのほうで宮廷から注目されることはないが、代わりに闘牛の腕前では知られていた。国王陛下からいくどかお言葉を頂戴したこともあれば、大公爵たちから友誼《ゆうぎ》を求められる光栄も持った。なかでも特に親しかったのがロベリャス伯爵である。ところが、わたしが牡牛をやっつけたあのときは、伯爵は気を失っていたので、あれがわたしとはお気づきでない。厩舎番のうちのふたりは顔見知り以上だが、ほかに気を奪われていたと見える、さもなくば、救い主の情報提供者に対してロベリャスが約束した八ピストレ金貨百枚*の謝礼金に名乗り出るはずだから。

ある日、財務大臣の昼食会の席で隣り合わせになったのが、ドン・エンリケ・デ・トレス、そちらのご主人で、マドリードには所用でお見えでした。お話する光栄を得たのは初めてです。信頼できる人格者と敬服しまして、さっそく、わたしの得意な話題、要するに、結婚と男女関係のことを持ち出した。どうでしょう、セゴビアの貴婦人たちにもああいう風習がありますか、例のエンベベシドとかコルテホとかガラネスとかいう男どものことですが……。

「それはありませんね」ドン・デ・トレスが答えました。「われわれの醇風良俗がまだそこまで許さない。上流婦人が散歩……うちのほうではソコドベル ***le Zocodover*** と呼びますが……に出るときには、必ず顔の半分をベールで隠します。そういうとき、歩いていようが、馬車を使おうが、他人を近づけることはさせない。男性でも女性でも最初の訪問だけは特別で、自宅に迎えるのがわれわれの習慣ですが、それ以外に客は迎えません。その代わりに、日の暮れたあと、各家のバルコンの前を通って挨拶するのは自由です。セゴビア地方では、バルコンと言っても地面からわずかに高いぐらいの造りでしてね。通りがかりの男たちは、バルコンに顔見知りを見かけると、話しかける。年ごろの連中だと、バルコンからバルコンへと歩き回ったあげく、おしまいに適齢期の令嬢がいるお邸の前にたむろする」

「そういう人気のお邸のうちでも」とドン・デ・トレスは続けた。「人だかりの目立つのが、自慢になりますが、断然、わが家でして……。実は妻の妹のエルビーレ・デ・ノルニャというのがわが家にいて、これが狙いなんですな。連れ合いに似てなかなかよくできた女だし、そのうえ欧州と米州と併せた全エスパーニャ領に並ぶものなき美女というわけです」

この話にわたしは心が動いた。よくできた女で、しかも絶世の美人、育ちは崇拝者《エンベベシド》など知ることのない土地……わたしを幸せにするために天が選んだ運命の女《ひと》ではないかと思えたのだ。セゴビア出の人たちに尋ねても、エルビーレほどの女はいないと口を揃えた。この目で確かめるのが一番だとわたしは思った。

マドリードを立つには間があり、まだ見ぬエルビーレへの思いは強まる一方なのに、わたしの弱気もそれだけ増した。セゴビアへ乗り込んではみたが、ドン・デ・トレスにはもちろんのこと、マドリードで知った土地の知人にも会いに出かける勇気がない。わたしの存在をエルビ

＊訳者特記　原作では百枚とせず、千枚としているが、これはポトツキの記憶違い。千枚はデ・トレス夫人にメヒコから送金された額（「第十六日」）である。

ーレに吹き込んでくれる人はいないものか、彼女のことをわたしが耳に入れたように……。名家の生まれで有能な人々なら着く前から評判が立つ。そういう人士が羨ましかった。心配もあった。もしも初対面でエルビーレによく思われなければ、その後に好感を持たれるのは絶望だと。

だれにも会わぬまま旅籠でくすぶること数日、わたしは意を決してドン・デ・トレス邸のある通りに足を向けた。邸の向かいの家の貼り紙が目に留まり、貸し部屋の有無を尋ねると、屋根裏ならという返事で、月に十二レアレの家賃で部屋を取った。アロンソの偽名を使い、商用で来たことにした。

商用は嘘っぱち、わたしの毎日と言えば、もっぱら鎧戸の隙間からの覗き見ばかり。毎夕、目の前のバルコンに現れるは、喩えようなきエルビーレの姿。肝腎なことを言ってしまいますか。一目、見たときは、月並な美人でしたね。しかし、しばし観察するうち、目鼻立ちの完璧な調和が却ってその美しさの迫力を弱めているとわかる。別の女性に目を移して比べると、美しさがにわかに引き立つのだと悟った。マダム・デ・トレス、あなたも人並みはずれた美人に違いないが、それでさえ、こう言っては失礼だが、エルビーレには一歩譲らざるを得ない。

さて、屋根裏部屋の高みから眺めて、気づいたのは、セレナータを捧げる連中にエルビーレがいかにも冷淡なこと、むしろ退屈そうに見えたことです。熱愛者の群れを増やそうというわたしの意気込みは完全に萎《しぼ》みました。彼女をうんざりさせる連中ですからね。こうして、窓から彼女を見つめる一手に絞りました。今にこちらの存在を知らせる好機が訪れるさ、と待ちながら。ぶちまけてしまえば、闘牛のチャンスを多少は当てにしていたのです。

覚えておいででしょうか、セニョラ、あのころ、わたしは声自慢でした。美声を聞かせたくて我慢できなかった。そこで、連中のすっかり引き揚げたあと下へ降りていき、ギターを鳴らしながら、聞き惚れてくれればと、一心不乱にセギディーリャを歌いました。幾晩か続けて歌ううちに、わたしの歌が終わらぬあいだは、お引き揚げにならないと気づきました。それを知ると、わたしの胸は甘い気持ちでいっぱいになるのでしたが、それはまだ遙かに希望から遠いものでした。

ロベリャスの都落ち、セゴビア下りを知ったのは、そのころでした。これはまずい、あの男、きっとエルビーレに夢中になるぞ……悪い予感は当たりました。ロベリャスはマドリードにいる気でさっそく妹さんのコルテホを公言して、エルビーレの色《カラー》、というより勝手に決めた色をいただき、その色のお仕着せを作らせた。ロベリャスの厚かましさの一部始終は屋根裏からたっぷりと見せてもらい、あの男の身辺のうわべの輝きのほうに、エルビーレが目もくれず、品性から相手の値踏みをするのを見て痛快でした。しかし、何といっても、向こうは大公爵の爵位まで手に入れようというほどのお大尽、そんな大差があっては、こちらに勝ち目はない。お手上げだ。もともと、わたしのエルビーレへの恋には損得勘定はこれっぱかりもない、そこで勝負あったと、こんどは本気でエルビーレがロベリャス夫人になることを願った。自分の売り込みには見切りをつけ、恋ごころを愬《うった》える得意の古民謡など歌うのもぷっつりやめにした。ところが、ロベリャス本人は形の上の愛情の表明にばかり精を込め、エルビーレから婚約を取りつけるところまで踏み切れない。そこへドン・デ・トレス一家がビリャカに引っ込むとの噂も聞こえてきた。

以前からお宅のお向かいの家を借り、そちらで過ごすのがわたしの楽しみになっていたので、それならあやかって田舎暮らしもよかろうと、ビリャカに行き、ムルシアのラブラドルという触れ込みで、お向かいの家を買い、好き放題に家を飾りました。恋人同士というものは、どう隠してもつい世間にばれてしまうものですが、いっそグラナダに住む妹を迎えに行き、妻で通すことにしようと思いついた。これなら近所から怪しまれまいと。あちらのことが片付いてセゴビアに戻ってみると、なんとロベリャスが闘牛の秘技を披露するために準備中とのこと……。それはそうと、マダム・デ・トレス、あのころ、息子さんがおありでしたね、二歳ぐらいの……あの方はどうしておいでのでしょうか」

さすがにマダム・デ・トレスは、その子こそつい一時間ほど前、副王から〈ガレー船行き〉を宣告された厩番の従僕……とは言い出せずに沈黙を守るほかなく、ハンカチを取り出して涙するばかりであった。

「ごめんなさい」副王は言った。「つらい記憶がおありなのですね。でも、わたしの話のつづきを聞けば、当然に不幸なそのお子さんの物語もなさってくださらねば……」
「折も折、お子さんが天然痘に罹りましたね。お宅では看病に手を尽くされて、なかでもエルビーレは日夜、付きっきりでした。皆さんとご一緒にこのわたしも心配のしどおしでした。毎晩、窓の下に立ち、その気持ちを込めて哀しいロマンスを歌いました。覚えておいででしょうか、マダム・デ・トレス」
「よく覚えていますとも」彼女は答えた。「きのうも、こちらの奥さまとその話をしたところで……」

副王の話は続いた。

ロンセトの病気は街じゅうのニュースだった。そのために闘牛が延期となったからです。だから、坊やの全快には皆が愁眉《しゅうび》を開いた。祭りは始まったが、長くは続かなかった。ロベリヤスが最初の牡牛に酷い目に遭い、すんでのところで殺されかけたためだ。牛の横腹深く剣を突き貫いて首尾を果たし、わたしがご一家の桟敷のほうに目を向けると、エルビーレがあなたに倚りかかるようにして、わたしのことを話すらしいのが見えた。あのときの表情が嬉しかった。そのまま、わたしは観衆に紛れ込んだ。

翌日、小康を得たロベリャスは書状を認《したた》め、エルビーレに結婚の申し込みをした。書状は拒絶されたとの評判が立ち、ロベリャスはそれを否定した。しかし、ご一家がビリャカに移り住む予定と知り、やはり断られたのだと結論した。わたし自身もビリャカへと出かけ、あれこれの手を使ってラブラドルらしく見せた。犂《すき》を曳くとかですね。あれは、ほんの見せかけでした、召使にやらせたのですから。

何日かして、うちの牛を追いながら、妻ならぬ妹と腕を組みながら戻ってくると、あなたとエルビーレとご主人の姿が見えた。皆さんは戸口の前に椅子を並べ、ココアをお飲みでした。あなたも、それから妹さんも、わたしの正体をさっと見抜かれた。だが、わたしはそんな様子は毛ほども見せなかった。その代わり、いたずらを思いつき、好奇心を掻き立ててやろうと、家に入ったあと、ロンセトの病気中に聞かせた曲をいくつか弾いたのです。エルビーレがロベリャスの申し込みを断ったのだと、わたしが確信したのは、その後、間もなくでした。

「おや、そうでしたの！」マダム・デ・トレスが言った。「確実なのは、あなたがエルビーレに首ったけになり、片やエルビーレがロベリャスに断ったこと。その妹が結局、ロベリャスと結ばれたのは、あなたのことを既婚者と思ってでしょうよ」

「マダム」と副王が引き取った。「至らぬわが身ゆえに神の摂理は特別なお計らいをくださった。もしも、エルビーレをわがものにしていたら、アシニブアン族もアパッチ族もチリグアン族も同時にキリスト教に改宗しなかったでしょうし、メヒコ湾の北、北緯三度に贖罪《しょくざい》の徴《しるし》たる十字架が立てられることもなかったでしょう」

「そうでしょうとも」マダム・デ・トレスは言った。「でも、妹や夫が今も達者でいられたかもしれない。まあ、愚痴はよして、どうぞ話のつづきを……」

ご一家がビリャカへ来られて数日後、グラナダからの急使が母の危篤を知らせ、恋狂いよりは親孝行と、妹とともに馳せつけました。母は二か月、病の床に寝て、ふたりが看取るなかで亡くなった。弔いを済ませ、長く悲嘆に浸る余裕もなく、セゴビアへの道を取って返す途中、知ったのはエルビーレがロベリャス伯爵夫人となったことです。伯爵が救い主の通報者に金貨百枚の謝礼を出すとの約束も同時に知った。わたしは匿名の書面を伯爵に送りつけて、マドリードへ着くと、メヒコの役職を申請し、それが決まると最初の便に乗り込みました。

わたしのビリャカ滞在は妹とわたしだけの秘密でした。少なくも、そう思っていたのに、召使という連中は何でも嗅ぎつける隠密《おんみつ》の鼻の持ち主です。「新世界」行きと決まって辞めさせた使用人の男がロベリャス家に雇われ、ビリャカで買った家のこと、わたしが身分を隠していたことなど洗いざらいぶちまけたのです。秘密を聞かされた女は伯爵夫人の小間使で、この小間使が女中頭に告げ口する。すると、女中頭は、これを手柄にしたいものだから、伯爵に全部をばらした。伯爵当人は、この隠し立てと、匿名の手紙、闘牛場での美技、それにアメリカ渡航のこと、この四つを結びつけて、伯爵夫人の幸せな隠し男はてっきりこいつだと決め込んだ。こういう事情の一切を知るのは、のちのちのことです。ところで、アメリカに着いてみると、一通の書簡がわたしを驚かせた。

そこにはこうあったのです。

ドン・サンチョ・デ・ペニャ・ソンブレ殿

今回、貴殿の醜聞につき細大洩らさず聞き及び候。相手たる女の身分はかつては伯爵夫人なるも、この肩書もはや容認致すべからずと存じ居候。近く同女出産の子については、勝手次第につき宜しくお取り計らひ可有之候。

余輩に関しては近々、アメリカの地を踏み貴殿に見参致すべく、これ生涯において相見《あいまみ》ゆる最後かと覚悟仕候。

この文面はわたしを絶望に陥れました。その後、悲しみの追い打ちをかけるように、まずエルビーレの死を聞き、さらにご主人、ドン・エンリケ、ロベリャスの訃報が相次いで伝わりました。ロベリャスにはぜひ誤解を解きたかったのですが……。ともかくも、わが身に降りかかった不名誉の返上、エルビーレの子の身分確立のため全力を尽くしました。その年齢に達し次第、結婚したい旨を誓言したのもこのためです。この義務を果たしたあとは、教会が禁ずる自殺さえ許されると思いつめました。

そのころ、エスパーニャ人と同盟したある蛮族と、近隣の種族とのあいだに戦争が起きました。わたしは彼らに迎え入れてもらおうと、単身、現地に乗り込んだ。そうするためには、一匹の蛇と一頭の亀の彫り物を全身に針でちくちくと彫らせねばならない。蛇の頭部は右の肩に始まり、尻尾の先端が左足の親指に届くまでにわたしの体を十六回、ぐるぐる巻きにする形となる。

施術者が全身の敏感な部分やら脚やらに次々と針を刺していくこの儀式のあいだ、被術者は苦痛の呻きを発することを絶対に許されない。わたしは、いわば殉教者とされているわけだが、早くも敵の軍勢は大平原に勢揃いして鬨《とき》の声をあげ、わが軍は〈死者のための挽歌〉を唱えていた。隙を見て、わたしは祈禱者らの手を払い除け、武器の棍棒を握りしめるや、まっしぐらに戦闘の場へと駆けつけた。勝利はわが軍のものであった。報告された敵の生首の数は二百三十、この勝ち戦でわたしは大酋長に選ばれた。

それから二年も経つころ、「新世界」の全種族は挙げてキリストの教えに改宗し、エスパーニャ国王の臣民となった。

このあとの物語は皆さんもご存じのところでしょう。わたしは、いわば、位人臣《くらいじんしん》を極めるに至った。だが、しかし、魅惑のエルビーレよ、言っておかねばならないが、あなたは決して副王夫人とはなりません。エスパーニャ政府の方針により、「新世界」の最高の要職に在る者は未婚者に限るからです。挙式のとき、わたしはもう副王ではない。あなたの足元に捧げ得るのは、大公爵の爵位とわたしの財産だけです。財産はふたりの共有だから、ここで細かな話をせねばならぬが……。

ヌエボ・メヒコの北部二州の征服に成功した直後、国王陛下から好みの銀鉱山を選んで開発する勅許を賜った。そこでわたしはベラクルスのある人物と提携した。初年度に得た両人の利益配当金が三百万ピアストル強、採掘権がわたしにあるので、このうち協力者よりも六十万だけ上回る額を受け取った。

「失礼」と言いだしたのは、名の知れぬ男である。「するとですね、副王の取り分が百八十万ピアストル、提携者の分が百二十万になる」

「そうかね」親方が言った。

「すなわち」と男が言った。「総額の半分に足すところの差額の半分。簡単明瞭」

「ご名算」と答えて、親方は先を続けた。

副王は、資産状況をわしに説明するたびに、いつもこう言った。「二年目になると、さらに掘り進むから、坑道、排水坑、立て坑などの増設が必要となった。前にはその出費は四分の一止まりだったのが、八分の一だけ増加して、逆に採鉱高は六分の一だけ減少した」と。

そう聞くと、数学者はポケットから手帳と鉛筆を取り出した。ところが、握ったのが鵞ペンだと錯覚したものだから、ココアの茶碗に鉛筆を突っ込んだ。ココアでは字が書けないと気づくと、着ている黒衣でペン（実は鉛筆）を拭い、次にレベッカのスカートになすりつけ、あとは、手帳にせっせと数字を連ねていた。われわれはこの男のうかつぶりをちょっと笑った。親方は話を続けた。

「三年目には、障碍《しょうがい》がさらに増大した。ペルーから坑夫を呼び寄せる必要に迫られ、この賃金に利益の十五分の一が持っていかれ、一方、出費は十五分の二だけ嵩んだが、坑夫にその分の負担はさせなかった。その代わりに、採鉱量は前年度の十・二五倍だけ増えた」

ここに及んで、これは数学者の計算を混乱させるために親方がわざと数字を並べているのだ、とおれはようやく気づいた。事実、親方は数学の問題を提出するように副王の語りの先を続けた。

「それ以降は、セニョラ、われわれの配当金は年々、二と十七分の十ずつ減少しました。しかし、鉱山から受け取る現金は利子に回し、資本参加の分の利子もそうしたので、あなたの足元に差し出す財産は〆《しめ》て総額五千万ピアストル、これにわたしの称号、こころ《ハート》、そして手を添えます」

そのとき、見知らぬ男は手帳に数字を書き並べる作業を続けながら席を立ち、ふたりが来た道を戻っていき、途中で水汲みのためにヒターノの女たちの辿る小道へ折れたが、それから間もなく、男が急流に落ち込む水音が聞こえた。

おれは助けに駆けつけた。急ぎ川に飛び込むと、流れにもがきながらも、運よくおれは粗忽者を岸に連れ戻すことができた。そのあと、飲み込んだ水を吐かせたり、火を焚いたりして、総がかりの手当てをするうち、男は物憂げな目をとろんと見開いて一同に言った。

「皆さん、間違いない、副王の財産は〆て六千とんで二万五千百六十一ピアストルとなる。ただし、副王と提携者の分け前の比率が千八百対千二百、つまり三対二と仮定して……」

そう言い終わると、数学者は一種の昏睡状態に陥ったが、われわれはそのままにしておいた。男には睡眠が必要と判断したからだ。彼は夕方の六時までぐっすりと眠り込んだが、昏睡状態から完全に立ち直ったとは言えず、絶え間なしにうっかりぼんやりを繰り返すのは、その後も同様であった。

その皮切りは、だれが川に落ちたのか、との質問である。川に嵌《はま》ったのはご自身で、助け出したのは……と説明を受けた本人はこちらへ向き直り、礼儀正しく懇切な口調で言った。

「実際の話、ぼくがあれほど泳げるとは予想外でした。優秀なる士官のひとりの命を救ったとは、国王陛下のためまことにめでたい。たしか、貴殿はワロン人近衛隊の大尉とか。一度、伺ったことは、ぼくは絶対に忘れる男ではない」

この発言に笑い声が起こったが、われらが数学者は泰然自若、彼のぼんやりぶりは、のちのちまでもわれわれを楽しませた。

カバリストは相変わらず心配げで、〈さまよえるユダヤ人〉のことばかりを話題にした。二匹のデモン、エミナとジベデに関する情報待ちなのだ。

レベッカはおれの腕を取り、人に聞かれる心配のない場所まで連れ出すと、こう言った。

「アルフォンスさま、お願いです、こちらの山に来てから見聞きした一切をどうお考えなのか、祟《たた》りを働くあの呪われた首吊り男が何なのか、意見を聞かせてちょうだい」

おれは答えて言った。「セニョラ、そう訊かれても困るなあ。お兄さんが興味を持っている点については、ぼくには皆目わからないし。ぼくの場合は、催眠作用のある液体で眠らされてから、絞首台に運ばれたんだ。そういえば、いつか話してくれたね、この地方ではゴメレス家が密かに神通力を使っているとか」

「そうよ」レベッカが言った。「一家はあなたをイスラームに改宗させたいのだと思うの。言われるとおりにしても、悪いことはないはずよ」

「どうして」おれは尋ねた。「半分は向こうの狙いの肩を持つのかい」

「違うわ」レベッカが答えた。「たぶん、わたし自身の企みよ。もう言ったじゃないの、ユダヤ教、キリスト教の男の人のことは、わたし決して愛さないでしょうって。でも帰らなくっちゃ。この話はまたこんどね」

レベッカは兄を見つけに行き、おれはおれで、見たこと聞いたことを振り返ってみた。だが、考えれば考えるほど、ますます事態はわからなくなるばかりであった。

第十九日

洞窟には早朝から一同残らず詰めかけていたが、親方の影だけはそこになかった。数学の学者先生は、すっかり元気を取り戻した。それなのに、このおれを川から救い出したのは自分なのだ、といまだに思い込んでいた。ぼくが恩人であるぞよ、と言いたげな面持ちで、彼は労《いたわ》るような眼差しをおれに向けていた。

レベッカがそれに気づき、笑いを抑えかねていた。食事の済むのをきっかけに彼女は言った。
「皆さん、親方の不在はたいへんな損失ですね。副王の手から、またその財産からどれほどの頂戴ものをしたか、その次第を親方から知りたくてうずうずしますのに。でも、こちらにおいでの紳士は、それを補ってあまりあるお話のできるお方です。きっと面白い話だと思いますよ。この方はあたしと無関係でない方面の学問をご研究のように見受けます。こういう方の身の上なら何につけ興味津々です」

得体の知れぬ男は答えた。「セニョラ、ぼくと同方面の学問にあなたもご精進とは想像もできかねる。概して女には基礎の理解力が欠けますからな。それはさておき、これほどのご親切を頂戴仕って、このまま身の上を明かさずにいてはぼくの男が廃《すた》る。まず、ぼくの名を申し上げますならば……ぼくは……」

「どうおっしゃるの」レベッカが言った。「お名前さえ失念なさって？」

「とんでもない」数学者が応じた。「ぼくは生来、物忘れはしない。もっともぼくの父親、これはもうひどい物忘れでして……。おやじは、ある公式文書に署名するとき、自分の姓名を書かず、弟の名を書いた。お蔭を蒙り、妻も、財産も、恩給までも、すべて同時に失う大失敗をした。そういう次第だから、二度と同様の不祥事のないよう、ぼくは名前を手帳に控えておく。署名の際には、この手帳に控えたままを書き写す」

「ですけど」とレベッカが口を挟んだ。「今は口で名乗るだけ、署名ではありませんよ」

「これはしたり、いかにも」知らぬ男は言った。それから、やおら帳面をポケットにしまい、こんな具合に切り出した。

数学者ベラスケスの物語

ぼくの名はペドロ・ベラスケスといい、名門ベラスケス伯爵家の生まれ。火薬の発明以来、先祖代々、ベラスケス家の男子は挙げて砲術の軍務に従い、エスパーニャにおいて最良の砲兵士官を輩出した家柄である。フェリペ四世の御代[1]、砲軍総監を相務めたドン・ラミレ・ベラスケスは、次の国王陛下より、忝《かたじけな》くもエスパーニャ国大公爵の称号を賜った。この先祖にはふたりの息子があり、長じて両人とも妻を迎えたが、遺産も称号も共にこの長男の家系が相続したことは申すまでもない。さりながら、当主の面々は、宮廷勤めの軟弱に陥ることを潔しとせず、世々その誇る栄光の仕事に留まった。当主らはまた分家の繁栄ならびに保護にも心を砕いた。

長子ドン・ラミレの曾孫、ドン・サンチョ、すなわちベラスケス公五代目に至るまでこれが続いた。この尊敬すべき貴公子は、同じく砲軍総監の栄位に輝いたのみならず、ガリシア知事にも任ぜられ同地に在住した。夫人はアルバ公の令嬢、この縁組によりベラスケス家はアルバ家の縁戚という名誉および幸福に恵まれた。しかしながら、夫君の願いに反して子宝に恵まれず、得たのはわずか一女、その名をブランカという。公はこの娘を分家のベラスケス家に嫁がせようと決した。さすれば、大公爵の爵位も本家の資産も分家出身の婿《むこ》に引き継がれるからだ。

わが父上、ドン・エンリケ、その弟、ドン・カルロスの兄弟は、幼少にして父親(初代ドン・ラミレの直系で公爵)を喪った。この兄弟を家に引き取ったのがドン・サンチョである。時に兄は十二歳、弟は十一歳、ふたりは性格を異にすることははなはだしかった。兄エンリケ、すなわちわが父は真面目で勉学に勤《いそ》しみ、極めて優しい心根の持ち主、一方、弟カルロスは軽薄、頑固、向学心に欠けた。正反対な兄弟の気質を見抜き、公爵はわが父、エンリケこそを

1　一六二一年―一六六五年。

女婿《むすめむこ》と決め、娘ブランカの意向もそこに落ち着くよう、ドン・カルロスをパリへ送り出し、当時、フランス大使を務めた縁者、ヘレイラ伯爵に養育を委ねた。

先にも申したとおり、心優しく無類の勉強家だった父は日増しに公のお覚えめでたく、これが未来の夫と知る幼いブランカにしても、父親の選択への愛着が同様に深まっていった。ブランカは若き恋人と好みを共にし、またその学問の成果についても遠くから見守っていた。仲間がまだろくに基礎さえ弁えぬ年ごろに人間万般にわたる知識を会得した早熟な天才の姿を思い浮かべてほしい。さらに、彼を理解することに貪欲で、彼の成功を自分のこととして喜ぶ稟質《りんしつ》並ぶなき同年の女性を恋の相手に持つ少年を想像してほしい。そうすれば、生涯に短い期間ながら父の享受した最高の幸せが、些かわかろうというものだ。そういうエンリケをブランカが愛さぬはずはない。エンリケは老公爵の誇りであり、ガリシア地方挙げての人気者であった。そして、弱冠二十歳《はたち》に至らぬ前から、エンリケの名声はエスパーニャの国外まで轟いた。

未来の夫に対するブランカの愛は自己愛からだが、純情なエンリケの彼女に寄せる感情は、もっぱら優しさそのものであった。彼の愛は、その父、ドン・サンチョに対しても変わりがなかった。またエンリケの念頭には、いつも弟カルロスがあった。

エンリケは事あるごとにブランカに言った。「ぼくらは幸せだけど、カルロスはさぞ寂しかろうね。カルロスをしっかりさせてくれるような愛らしい女の子がこちらに大勢いる。あいつはかなり軽薄なやつで、ぼくにもめったに便りしない。しかし、気立てのいい女性が付けば、きっと心遣いも身に具わる。ブランカ、君のことは大好きだし、お父上も好きだ。でも血を分けた弟がいながら、どうして別れ別れに暮らさなくてはならないのだろうか」

ある日、公爵は父を呼び出して言った。「ドン・エンリケ、国王陛下から勅書を頂戴したので伝えておこう。こういう内容だ」


親愛なる従弟！

わが王国防衛の枢要地点の堡塁建設に関し、内閣はこのほど新計画に基づき、決議を採択せり。

ヨーロッパを見渡すに現行方式はヴォーバン *Vauban*[1] 式とコエホールン *Coehoorn*[2] 式とに分かたる。この問題に関し最も有能なる人士を動員し、その企画書を送付ありたし。満足すべきものについては、提出計画による工事担当を本人に委嘱し、かつ国王より褒賞金の下賜あるべし。

貴下の健康に神のご加護のあらんことを。

国王

1 *Sebastien Vauban*（一六三三―一七〇七）ルイ十四世時代のフランス工兵元帥。築城術で知られた。
2 *van Coehoorn Menno*（一六四一―一七〇四）オランダの軍人。築城術の大家。湿地帯の要塞造りを得意とした。ヴォーバンが斜堤、堡塁を主としたのに対し、こちらは壕を重視した。

「どうかね、エンリケ君」ドン・サンチョが言った。「参加資格ありと思わんかな。エスパーニャどころか、全ヨーロッパの技師の選りすぐりに立ち交ざっても、君なら太刀打ちできる」

父は一瞬、考えて、自信満々で答えた。「やってみます。恥ずかしい思いはさせません」

「よろしい！　しっかり頼むぞ」ドン・サンチョが言った。「論文が完成したら、おめでたのほうも急ごう。ブランカは君のものじゃ」

父がどんな意気込みで仕事に取りかかったか、それはご想像にお任せしよう。父は日に夜を継いで精を出し、精神が枯渇してやむなく休息するときには、ブランカを相手に気晴らしをし、将来の夢を語り合った。そんなとき、弟カルロスとの再会の楽しみが話題となることも珍しくなかった。かくて一年は過ぎた。

時、至って、エスパーニャの各地、ヨーロッパの諸方面から企画書が続々と集まった。それらはすべて厳重封印のうえ、サンチョ・ベラスケス公の尚書局に保管された。父は時機到来と見て、総仕上げに力を傾注したが、それについてはごく大まかなことしかぼくには申し上げられない。第一が、攻撃と守備の大原則の確立である。そしてコエホールンが、この原則に適っている点、またそれから逸脱している点を列挙し、ヴォーバンがコエホールンに優ること数等であると父は評価した。このヴォーバン式にさらに大幅の改良を加えるであろう、と父は予告し、事実そのとおりとなった。こうした論述には、卓抜の学術理論ばかりか、それぞれの地形の詳細、工費の内訳などの確たる裏付けを用意した。なかでも刮目《かつもく》されたのが、父の恐るべき計算能力で、数学の専門家さえこれには一目《いちもく》を置いた。

企画書の末尾の一行にかかったとき、もともと気づかずにきた手落ちが文中に百か所も発見されたように父には思えてならなかった。父は全身ぶるぶると震えながら、書き上げた書類をドン・サンチョに渡した。翌日、公はそれを取り出して父に言った。「愛しい甥よ。ご褒美は君のものだ。さっそくわしは提出の手続きにかかろう。これから君は結婚式のことだけを考えたまえ。もう間もないぞ」

父は公の足下に平伏して言った。「伯父上、どうぞ弟を呼び戻してください。もう久しく会っておりません。弟を抱きしめなくては、わたしの幸せはあり得ないのですから」

公は眉を顰《ひそ》め、それから言った。「やれやれ、カルロスが戻った日にゃ、ルイ十四世の偉大さ、宮廷の華やかさの吹聴で、さぞかし耳に胼胝《たこ》ができるじゃろうて。だが、ほかならぬ君の頼みだ、呼び戻すとしよう」

父は公のお手に接吻してから、いそいそと許嫁《いいなずけ》の許へ足を運んだ。もはや数学の問題とは手が切れた。今となっては、刻一刻、全身全霊を占めるのはただ愛ばかりであった。

さて、堡塁建設に特別ご熱心な国王の命に応じ、慎重な審査が進められた結果、父の企画が断然、他を圧して優秀と満場一致で決定した。父の許に届いた担当大臣からの通告には、父の企画書が国王の御嘉納を得たこと、褒賞金の御下賜は親しく陛下より行わるべきことが記されていた。ドン・サンチョ公宛の別の文書には、同〈青年〉からの申請あり次第、砲兵大将の位を授けられよう、とあった。

通告書を見せに公の部屋へ伺った父に、その知らせが伝えられた。そのような高い位には値しないので申請を辞退したいと父は述べ、この件についての大臣宛の御返事はドン・サンチョ公からぜひ、と依頼した。公はこの頼みをお断りになり、父にこう言った。

「君の問題なのだから、当然、君が書きたまえ。これだけのことを大臣が書かれた以上、お考えがあるに違いない。ここに君のことを同〈青年〉と書いたのは、君の若さに国王陛下が心動かされておいでだと思える。君の自筆の返事を見たいと思し召しなのじゃ。よろしいか、些かも思い上がりの色を見せぬようにな」

そう言うと、公は書斎机に向かい、次のような返書を綴った。

閣下!

国王陛下におかせられては畏くも御嘉納の旨相承り、カスティーリャ貴族として有り難き倖せと恐縮仕り候。

御懇篤なるお言葉に甘ゑ、敢へて言上仕り候へば、私事、此の度、本家の資産および爵位継承者、ブランカ・ベラスケスと挙式仕り候に就いては国王陛下の御同意を仰ぎたく、宜しくお願ひ申し奉り候。

斯く一身を固め候上も、軍務に対する熱意に相変る事無之、僥倖《ぎょうこう》にして、勲功により将来、何れの日にか、砲兵大将の位階に列し、其の職に任ずる光栄を得候はば、家名の面目これに過ぐるもの無之と存知奉り候。

平伏頓首

父は公の労に感謝し、返書を手に部屋へ戻ると、一語一句、慎重に書き写した。いよいよ署名の運びとなった折しも、中庭に案内の声が響くのを父は聞いた。「ドン・カルロスさま、お成り。ドン・カルロスさま、お成り」

「カルロス？　本当か。さあ、再会の接吻だ！」

「ご署名を、エンリケさま」すかさず、返書を届けに急ぐ使いの者が言った。弟カルロスの到来にのぼせ、しかも男に急《せ》かされ、即座に父は〈ドン・カルロス・ベラスケス〉と署名を済ませ、封印すると、弟を迎えに駆けだした。

兄弟はめでたく抱擁を交わした。しかるに、ドン・カルロスはにわかに身を退き、呵々大笑して言った。「親愛なるエンリケ、兄さんたらイタリア喜劇のスカラムーシュ[1]に瓜ふたつです

1　***Scaramuccia***（西）、***Scaramouche***（仏）　イタリア・コメディィの滑稽役。十七世紀のエスパーニャで大流行をみた。宮廷の黒装束を着た、自慢たらたらのはったり役で登場。幕切れでアルルカンに化けの皮を剥がれる。本名 ***Tiberio Fiorelli***（一六〇六―九四）が創造し、自らそう名乗った。

よ。首の飾り襟が顎に貼りついたところは、髭剃り用の皿みたいだし。でも、そういう兄さんがぼくは好きだな。さあ、お年寄りにご挨拶に行こう」

兄弟は老公にお目見えしたが、ドン・カルロスの抱擁は相手を窒息させんばかりだった。当時、フランスの宮廷で尊ばれた作法なのだ。それが済むと彼は言った。「伯父上、大使ご老人から預かったお手紙があったのですが、わざと湯上がりのガウンに忘れてきました。別にたいしたことじゃない。グラモン[1]さん、ロクロール[2]さん、そのほかお年寄り連がよろしくと」

「わしの知らぬ名前ばかりじゃが」公が言った。

「それはお気の毒です」カルロスが言った。「知り合っておくと力になる人ばかりですから。それはそうと、どこでしょう、ぼくのお姉さまになる人は。さぞ美人になったでしょうね」

そのとき、ブランカが入ってきた。ドン・カルロスは気軽に歩み寄り、彼女に言った。「お姉さま、パリの習慣ではご婦人にはキスしますので」ふたりは固く抱き合った。ドン・エンリケは仰天した。侍女たちに絶えず見守られるブランカのその手にさえキスできなかった自分なのだ。

ドン・カルロスの言うこと為すこと、一事が万事、エンリケの気にさわり、公の眉を顰《ひそ》めさせることばかりだった。呆れ果てた公はきびしく言い渡した。「異国の習わしは捨てねばならんぞ。今夜はあとで舞踏会がある。肝に銘じておくがよい、山の向こうで上品とされることが、こちら側では無礼となるとな」

カルロスは少しも怯《ひる》まず言ってのけた。「伯父上、舞踏会には新調の制服を着飾って出ましょう。ルイ十四世から全宮廷人に賜った品です。ルイ十四世の万能ぶり、その偉大さに感服なさるはずです。ブランカ姉さま、ぼく、サラバンドにお誘いしますから、どうぞよろしく。伯父上には、エスパーニャのダンスがフランス人の手にかかるとどう変わるか、たっぷりと見ていただきます」

そう捨て台詞《ぜりふ》を残すと、ドン・カルロスはリュリ[3]作曲の歌を口ずさみながら退席した。弟の傲慢不遜にむっとしたエンリケは公とブランカに許しを求めたが、それさえ無駄であった。公がご機嫌斜めなのと裏腹にブランカのほうはまるで平気でいたからだ。

いよいよ舞踏会の幕が開いた。現れたブランカの装いがエスパーニャ風ならぬフランス風なのに一同からあっと驚きの声が洩れた。彼女の説明では、このお召し物は大伯父であるフラン

1　*Gramont, Philibert*（一六二一—一七〇七）　ルイ十四世の寵臣。王の怒りを買い、六二年から数年を英国で送り、時のチャールズ二世の宮廷生活について回想録を残した。

2　*Roquelaure, Gaston*（一六一七—八三）　〈フランス第一の醜男〉の定評を得、ウィットのある滑稽な発言や奇行で知られ、それらが生前に一巻の書物にまとめられたほどである。題して *"Aventures divertissants du duc de Roquelaure"*（一七年刊）、すなわち『ロクロール公爵奇行録』である。元帥の子息で、ボルドーを中心とする旧ギエンヌ県知事を務めた。

3　*Lully, Jean-Batiste*（一六三二—八七）　ルイ十四世時代の宮廷バレエの作曲家。フランス・オペラの創始者として十六曲を残す。フィレンツェ生まれで帰化し、初めはバレエの踊り手だった。

ス大使からの贈り物で、ドン・カルロスが持参したという。だが、そんな説明では十分と言えず、慮外の思いはわだかまった。

　ドン・カルロスはなかなか姿を見せない。ようやく登場したその服装はルイ十四世の宮廷そのままであった。ジュストコルと呼ばれる体にぴったりと貼り付く長い上着が、金の刺繍のあるブルーなら、肩から斜めに掛けた綬も飾り紐も純白の繻子《サテン》、その下げ紐にも金糸の刺繍が施され、折り返し襟にはアランソンレースを用い、頭に載せた巨大なふさふさの鬘《かつら》はブロンドに輝いた。

　この拵《こしら》えはそれだけでも堂々たるものであったが、オーストリアのハプスブルク王家出身の代々の国王[1]によりエスパーニャへ持ち込まれた貧弱なコスチュームに立ち交じると、それはいっそうみごとに引き立った。いくらかは品よげに見せるはずの襞襟の着用までが廃され、代わって飾り襟の採用となったが、きょうこのごろ、警吏や法務官に愛用されるあれが、スカラムーシュの身なりにそっくりなことは、ドン・カルロスの名言にあるとおりだ。

　服装一つでエスパーニャの若き貴公子たちに大差をつけたわれらが軽薄児は、舞踏場に登場する仕儀でもいちだんと目立った。相手かまわず挨拶は省略、礼儀作法のかけらも繕わず、声も届かぬ遠くからいきなり楽師に向かって大音声にどなりつけたそのありさま。「やめろ、喧《やかま》しい。注文どおりのサラバンドを弾くんだ。それ以外のを鳴らしやがったら、貴様らの耳をヴァイオリンでぶっ叩くぞ」言うなり彼は抱えてきた楽譜を配り、小走りに行くとブランカを見つけ、ホールの中央へと彼女を連れ出した。

ぼくの父親に言わせると、カルロスの踊りも最高だったが、持って生まれた無限の優雅さゆえに、ブランカの踊りは群を抜いたという。サラバンドが終わると、貴婦人らはいっせいに立ち上がり、ブランカの踊りの出来映えを褒め称えに押し寄せた。しかし、賛辞を連ねる彼女らの目はカルロスその人に向けられた。それはカルロスこそが感嘆の真の対象だと語りかける目つきであった。ブランカもそれを見誤らなかった。女性たちの投じる秘密の人気票に、ブランカの目に映ずるカルロスの価値がぐっと高まった。

その夜会のあいだじゅう、カルロスはブランカに付きっきりで、近づいてくる兄に向かってこう言った。「兄貴、兄さんは戻って代数の問題でも解いたらどうかな。ブランカを退屈させるのは、お嫁さんにしたあとたっぷり時間があるさ。なあ、エンリケ兄さん」

ブランカは嬌声の高笑いで、この暴言を励まし、哀れなエンリケは複雑な気持ちでその場を立ち去った。

夜食の時間が来ると、ドン・カルロスはブランカと腕を組み、さっさとテーブルの上席に並んだ。またまた公は眉を顰《ひそ》めたが、エンリケは弟をかまわないでほしいと伯父に頼んだ。

1　一五一六―一七〇〇年のほぼ二世紀、エスパーニャはハプスブルク家の治下となる。カール五世が兼ねたカルロス一世（一五一六―五六）に始まり、フェリペ二世（一五五六―九八）、フェリペ三世（一五九八―一六二一）、フェリペ四世（一六二一―六五）、カルロス二世（一六六五―一七〇〇断絶）まで国威は没落を辿るが、文化は黄金時代を謳歌した。

食事のあいだ、ドン・カルロスはルイ十四世の催したあれこれの祝祭のイベントの話で座をにぎわせた。特に国王が自ら〈太陽〉の役を買って出たバレエ〈オリンポス山上の恋〉の楽しさについて語った。カルロスはその役のステップならできると言い、ブランカには〈ディアーナ〉役がふさわしく、さぞ立派にこなすだろうと言いだした。カルロスはほかの配役もすっかり割り振り、ルイ十四世のバレエ劇上演の手筈は、一同がテーブルを立つ以前に整った。エンリケはこっそり舞踏会を後にしたのだが、彼の姿が消えたのにさえブランカは気づかなかった。

翌朝、父がいつもの時刻にブランカに敬意を表しに行くと、折から彼女はカルロスを相手にステップの練習中であった。こうして三週間が経った。ドン・サンチョ公は日に日に憂いの色を深め、エンリケは悲痛を呑み下した。カルロスの口からは次々と不躾《ぶしつけ》な言葉がばらまかれたのだが、全市の女どもはそれらをまるでご神託のように受け止めた。パリやらルイ十四世のバレエ劇で頭がいっぱいのブランカは、周囲に起こっていることには耳も貸さなかった。

ある日、食事のテーブルに揃っているとき、宮廷からの公用文書がサンチョ公に届けられた。公が声に出して、読み上げた大臣署名のその文面は……。

ベラスケス公爵殿

主君、国王陛下は畏くも貴殿御子息、ドン・カルロス・デ・ベラスケスとセニョリタ・

ブランカ・デ・ベラスケスとの婚姻を嘉《よみ》せられ、同人を大公爵に叙し、砲兵大将の要職に任ずる思し召しと洩れ承る。

恐惶謹言

「これはなんじゃ？」公が憤然として言った。「カルロスの名があるとは、いったい何ごとだ。ブランカは絶対にエンリケの嫁じゃぞ！」

ぼくの父親は、我慢強く聞いてほしいと公にお願いしてから、こう話した。「伯父上、わたしに代わってカルロスの名がどうして紛れ込んだのか、そのわけは知りません。しかし、わたしの確信するところでは、ここには弟の罪も、いや、だれの罪もないのです。名前の変更はひとえに神の摂理によるものです。事実、セニョリタ・ブランカがわたしに愛想をつかし、却ってドン・カルロスに気持ちの傾いていることは、お気づきのとおりです。ですから、今となっては彼女の意志も、人格も称号も、すべて弟のもの、わたしにはもはや何の権利もありません」

公は娘に向かって言われた。「ブランカ！　ブランカ！　おまえはそんなにも不実な女なのか」たちまちブランカは失神したが、やがて声をあげて泣き、ついにはカルロスへの愛を告白した。

失意の公は父に言った。「エンリケ君、君は恋人に捨てられたが、砲兵大将の位まで君から奪うことはならぬ。君にこそふさわしい任務だから。その職務のためにわしの財産の一部を譲ろう」

「伯父上」とエンリケは言った。「伯父上の全財産はセニョリタ・ブランカのもの、それに大将の責務は、国王陛下が弟に賜ったのだから、ご立派です。なにしろ、今のわたしの精神状態では、どんな位階にせよ、軍務に向くはずがないのですから。お許しください、わたしは世を捨てます。どこか聖地へ赴き、祭壇の前に平伏して悲しみを癒し、われらのために苦難の道を歩まれたお方にその悲しみを捧げます」

父は公爵の邸を立ち去ると、カマルドリ派の某修道院に入り、修練士の法衣を着た。ドン・カルロスはブランカと挙式した。式は地味なものであった。公は列席をはばかった。ブランカは父親を絶望に突き落とした自責の念に苦しんだ。さすが不遜なカルロスも、周囲の悲嘆に多少の当惑を覚えた。

その後、間もなく痛風が悪化した公は、死期の近いことを感じた。公はカマルドリ派に使いを送り、ぜひもう一度エンリケに会いたいと伝えさせた。使命を果たすため修道院へ遠出したのは公の家令のアルバレスである。カマルドリ派の修道士たちは、黙りこくって何の返事もしない、無言の行が掟なのだ。代わりに、アルバレスはエンリケの個室に導かれた。藁に横たわり、ぼろに身を包み、腰を鎖で結ばれているのがエンリケその人であった。

父はアルバレスと知るなり、こう言った。「わが友、アルバルよ、ゆうべわたしの踊ったサラバンドの出来映えはどうかね。ルイ十四世はご満悦であられたが……。演奏がひどすぎたよ、あのろくでなしの楽士どもが。ブランカ、ブランカはどう言ってるね。ブランカ！　ブランカは！……。アルバルよ、すまないが、返事を聞かせてくれ」

そう言うと、父は鎖をじゃらじゃらと動かし、両の腕に嚙みつき、烈しい狂乱に陥った。アルバレスは涙にむせびながらそこを辞し、見たままの悲話を公に伝えた。

翌日、公の痛風は胃にまで及び、人々は絶望に眉を曇らせた。死を覚悟した公は、側《そば》に付き添う娘へ顔を向けて言った。「ブランカ！　ブランカ！　エンリケがあとに続くのは間近い。ふたりともおまえを許すよ」それが公の最期の言葉となった。その言葉はブランカの魂に沁み入り、悔恨の毒をそこに運び込んだ。彼女は仮借ない憂鬱症《メランコリー》の底に落ちた。

跡継ぎの新公爵カルロスは、若き新妻の気散じのため躍起に努めたが、はかばかしい効果のないまま、彼女を見放して悲嘆に沈むに任せた。ドン・カルロスはパリからラジャルダンと綽名された評判の遊女を招き寄せ、一方、ブランカは修道院入りした。

砲兵大将の責務はカルロス公爵にとって任が重すぎた。苦心して務めはしたが、面目に添わぬと見切りをつけ、国王に辞表を呈し、宮廷勤めの希望を申請した。陛下は国王衣裳部屋の総主任に命じ、カルロスはラジャルダンと連れ立ってマドリードへ赴任した。

父エンリケは三年間をカマルドリ派の修道院で送った。神父たちの懸命な看護と天使のごとき忍耐心のお蔭で父はようやく正気が取り戻せた。恢復した父はやがてマドリードへと赴き、大臣に案内を求めた。大臣は執務室に父を招じ入れて言った。「ドン・エンリケ、あなたの事件は天聴に達し、この手落ちは何ごとかと担当大臣のわたくしも部下もお叱りを蒙りました。そこで、〈ドン・カルロス〉と署名のあるご書面をお目にかけました。ほら、まだ、ここに。聞かせていただけませんか、どうしてお名前どおりサインなさらなかったのか」

父は書面を取り上げ、肝腎の箇所を確かめてから、大臣に言った。「これはこれは、いや、驚いた。そう言えば、署名の瞬間が思い出せますよ。折から、弟の到着が知らされて、嬉しさのあまり、うっかり弟の名を書いたのでしょうね。しかし、この失敗がわたしの不運の原因ではありません。大将に任命の勅許状を賜ったあの当時、わたしはこの職責に堪える能力を持ち合わせなかった。正常に立ち返った今の頭なら、御聖慮に十分にお応えできようとは思いますが……」

「親愛なるドン・エンリケ」大臣が言葉を引き取った。「堡塁の増設計画はすべてお流れとなりました。古い話は二度と話題としないのが宮中のしきたりです。現在のところ、あなたに提供できるのはセウタの司令官の地位ぐらい、これが唯一の欠員でね。もう一つ言えば、赴任には国王の拝謁まで待てませんよ。あなたほどの才能にはもったいない地位だし……。しかも、そのお年でアフリカの大岩の上に閉じ込めるのはいかにも残酷だ」

「いえいえ」父が言った。「わたしには、うってつけの職場です。ヨーロッパを去れば、つらかった運命も忘れられるし、別世界に行けば別人になれます。より幸せな星の下できっと平安と幸福に恵まれるでしょう」

父は大急ぎで司令官の赴任手当てを受け取り、アルヘシラス[2]から船出すると、無事、セウタに着いた。船を降りるとき、父は甘美な思いを味わった。何日も続いた嵐の果てに陸地を踏むかのような気がしたのだ。

新任司令官は任務の把握にまず心を砕いた。それは任務の遂行に落ち度のないばかりか、それ以上のことをしたいからなのだ。堡塁好きの父ながら、やることは何もなかった。ベルベル族が押し寄せようとも、ここは難攻不落の砦だったからである。その代わりに、守備隊や住民の生活改善、陣地として可能なあらゆる楽しみの提供に父は全知全能を傾けた。その目的のためには、代々の司令官が恣《ほしいまま》にしてきた数多い役得や特権とは惜しげもなく手を切った。このような人徳によって父は小植民地の信望を集めた。さらに父は監督下にある国事犯に対しても細かな配慮を忘れなかった。厳格な取り扱い規則を彼らのために緩和したことも一度や二度で済まない。それは囚人の家族との文通の便を図ったり、息抜きの機会を増やすことだったりした。

セウタの明朗化が成ると、父は元どおり幾何や代数などの学問研究に没頭できるようになった。

1 *Ceuta* モロッコ北部の港だが、ジブラルタル海峡を挟むアフリカ北端にあるエスパーニャの飛び地。
2 *Algesiras* ジブラルタルの対岸にあるエスパーニャ南部の港。

た。その当時、学界を騒がせていたのがスイスのベルヌーイ[1]家の兄弟同士、ふたりの論争であった。

この兄弟を父はふざけて〈エテオクレースとポリュネイケース[2]〉と呼んだ。しかし、本心を明かせば、父はこの兄弟喧嘩に興味津々で自らも論争に加わり、しばしば匿名のメモを送りつけては、その折々に兄弟のどちらか側かに肩入れする予期せぬ援軍となった。〈等周〉を巡る大問題[3]が当代ヨーロッパ数学の最高権威四人の審判に委ねられると、父は彼ら宛に解析法を次次と送りつけた。その着想の斬新さは傑作中の傑作として人を唸らせ得るものだったのだが、これほどの学者が匿名を決め込むわけがないとされ、そのつど内容に応じてこちらは兄の仕事、あちらは弟の仕事と片付けられた。大きな見当違いである。もっとも、父が愛したのは学問であって、それによる名声ではなかった。数々の不運が父を引っ込み思案な性格に変えてしまったのだ。

完全な勝利を収める寸前にヤコブ（ジャック）は死亡した。戦場には巨匠として弟ヨハン（ジャン）が残った。ヨハンが〈曲線上の二点〉にのみ注目したのは誤りだ、と父は見抜いていた。しかし、父は学界の荒廃を招いた論争がこれ以上、長引くのを望まなかった。だが、ヨハン・ベルヌーイはおめおめと安穏に生きられる男ではない。彼はロピタル[4]侯爵に挑戦して、その業績の一切が自分のものだと主張し、その数年後にはニュートンにまで食ってかかる。新たな敵対関係の主題はライプニッツとほとんど時を同じくしてニュートンが発見したとされる微積分学に関するもので、イギリス国では国家的事件となっていた。

そのような大いなる戦いを遙か遠望しながら、父はこうして人生最良の年月を送った。それ

1 *Bernoulli* 家　著名な数学者、物理学者を輩出したスイスの一族。もとアントウェルペンに居住したがバーゼルに移った。最も著名な名を挙げれば、ヤコプ（またはジャック、一六五四―一七〇五）、ヨハン（またはジャン、一六六七―一七四八）は〈指数計算〉や〈級数論〉で知られ、ヨハンの子ダニエル（一七〇〇―八二）はペテルブルグに留学して流体力学の開祖となった。いずれもバーゼル大学教授。ほかにも同名の子孫・親類が数あるうち、ダニエルの兄ニコラス（一六九五―一七二六）が有名。〈ベルヌーイ数〉、〈ベルヌーイの定理〉は今日の日本の百科事典にも詳述され、平凡社版では家系図を含めてこの一家の記述が一ページを占める。医学から転じたヨハンに数学の手ほどきをしたのは兄ヤコプである。「無限級数に関するある重大な発見を弟が先に証明したと譲った」とされるこの兄弟間に喧嘩騒ぎがあったかどうか、ポトツキと数学との関係と同様、素人の悲しさ、確かめられない。

2 テーバイ王オイディプースの息子たち、アンティゴネーの兄。両者に確執が絶えなかった。ソポクレース作『アンティゴネー』、アイスキュロス作『テーバイを攻める七将』に扱われている。ギリシア神話。

3 「周囲の長さが一定である平面図形のうち最大の面積を持つものを求めよ」という出題が古典的な〈等周〉*isoperimetres* の問題の一つ（常識的には、答えは円であるが、その厳密な証明は今日なお与えられていないという）。一六九六年、ヨハン・ベルヌーイが、この種の〈等周〉問題二題を提出して、ヨーロッパの学者らに呼びかけ、期限を六か月以内と限ってその解を求めた。九七年一月、出題を知ったアイザック・ニュートンは数時間でこれを解き、匿名で解答を送る。受け取ったベルヌーイはその解法から解答者がニュートンであることを見抜いた。兄のヤコプは一七〇一年、〈等周〉問題の全体を扱う論文を発表したのだが、弟ヨハンはこれを不十分だとしたため、兄弟間の論争へと発展した。

は世界最大の天才たちが、初めて人間精神の鍛え出した不世出の名剣を揮いつつ、互いに切り結ぶ戦《いくさ》の場であった。

数学に寄せる父の熱情は、それ以外の学問の軽視に繋がらなかった。セウタの岩浜は無数の小動物の隠れ家であり、なかには植物に極めて類似の生態を保つものもあって、動植物両界の過渡的段階を現出している。それらを何種類もガラス鉢に入れておいては、生態の不思議を観察するのが父のいつも変わらぬ楽しみであった。父の蔵書にはラテン語の本と並んでラテン語からの訳書も揃っていた。そこに目を留める人は歴史の文献かと思いがちだが、それは違う。蔵書の動機はヤコプ・ベルヌーイの著作『推論術』*Ars Conjectandi*[1] の出版であり、そこに展開された確率論の諸原理の支えに事実から引き出された論証を集める意図からなのだ。

観察と思索の間《かん》を往復しつつ、想念によって生きた父は、殆ど家に閉じこもり、精神を常に張り詰めていた。そのお蔭を蒙って不運の重圧に負け発狂したあの残酷な一時期を忘れていることがしばしばだった。とは言え、同じようにしばしば、無性に胸が騒ぎ立つこともあった。それは特に夕闇が迫り、一日の仕事で頭の疲れきった折にやって来た。自室の外に気晴らしを求めない父も、このときばかりは、テラスへ出て海を見つめ、水平線に遠く続くエスパーニャの岸を眺めやった。その眺めは父に栄光と幸福の日々――家族に大切にされ、恋する人に愛され、貴顕紳士の尊敬を一身に集めていた――あの日々を思い起こさせた。すると、父の精神は青春の火に掻き立てられ、熟年の光明に照らし出されて、人生の悦楽のもとであるすべての感情に向かって、また人間精神の名誉のもとであるすべての概念に向けて開かれるのであった。

そのあと、父が思い浮かべるのは、自分の恋人と財産と地位とを横取りした弟、そして敷き藁の上に狂人となって横たわる自分の姿であった。時たま父はヴァイオリンを手に取り、ブランカをカルロスになびかせた運命のサラバンドを弾いた。その調べに父は涙し、泣くうちに気が慰められた。かくして、十五年の歳月が流れた。

ある晩、いくぶん遅い時間にセウタ駐在の国王補佐官が所用で訪れたとき、彼の見たのはメランコリーに打ち沈む父の様子であった。補佐官はしばし思案してから父に言った。

「司令官さん、ちょっとわたしの話を聞いていただけますか。あなたは不幸です、苦しんでおいでだ。秘密どころか、このことはみんなが知っている。うちの娘も知っていますよ。あなたの赴任当時、あの子は五歳でした。それ以来、あの子があなたのことを褒めて言わない日は一日たりとありません。あなたはこの小植民地の守護神なのですからね。娘は始終、こう言います。『司令官さんの苦しみは、分け合う相手がいないからよ』。ドン・エンリケ、どうぞうちにお運びください。海の波を数えるよりも、そのほうがずっと気が晴れますよ」

4 (三七四頁) ***Guillaume de Lhopital***（一六六一―一七〇四）フランスの数学者。微積分学、微分学に業績を残した。ヨハンは一六九一年、パリに出て彼を師と仰ぎ、九五年、フローニンゲン大学教授に迎えられた。辞書により ***L'Hopital*** また ***L'Hospital*** の綴りもある。ヨハンのこうした気性がポトツキの創作でないとすれば、あるいは兄弟喧嘩もあり得たか。

1 出版は死後の一七一三年、甥のニコラスが編集した。

父はそのイニェス・デ・カダンサ嬢の家へ連れられていき、六か月後にふたりは結婚し、それから十か月してこのぼくが誕生した。

かよわい赤子を胸に抱き、目を天に向けながら父は言った。「ああ、冪《べき》の無限を所有し給うお力よ！　一切の昇冪級数の最終項よ！　おお、神よ！　ここにまた感じやすき一つの存在が空間に投じられました。もしも、この子の一生が父親と同じく悲惨の定めならば、御慈悲によりマイナスの減法記号を太々と記し給えかし！」

この祈りを済ませると、父はうっとりと赤子に口づけして言った。「そんなことはさせない、哀れなわが子よ、わしほどの不運には決して遭わせるものか。神の聖なる名にわしは誓う、わが子には絶対に数学は教えないと。代わって、おまえにはサラバンドとルイ十四世のバレエとありとあらゆる傲岸不遜を身につけさせよう」そのあと、父は流す涙で赤子をたっぷりと湯浴みさせたうえ、やっと産婆の手に返した。

さて、ここで目を留めていただきたいのは、わが運命の奇妙な成行きである。数学は教えぬ、ダンスを仕込む、それが父親の誓いなのに、どうであろう、結果は悉《ことごと》くあべこべ。数学は大の得手だが、踊りのほうはからっきし、という体《てい》たらく。もはや今どき廃れたサラバンドは言わずもがな、何一つこなせぬぼくです。近時、大流行《おおはやり》のコントルダンス[1]の足運びがどう覚えられるのか、ぼくには皆目、見当もつかぬ。事実、定則に応じて移動する生成点の積ともいうべきものが、ここには全然、存在しない。つまり、コントルダンスの足運び《ステップ》は数式に表されない。

そんなものが記憶できる連中の存在がぼくには想像できん。

ドン・ペドレ・ベラスケスの物語がそこまで来たとき、洞窟に入ってきたヒターノの親方は、移動のための出発を告げ、アルプハラスの山中に入ることになる、これは一行の利益のためだと話した。

「それならば」とカバリストが言った。「明け方ごろ、予定より早めに〈さまよえるユダヤ人〉と遭遇できる。やっこさんは足休めを禁じられているから、一緒に歩いて話ができる、これは好都合だ。あれほどまで見聞の広い男は世の中にいませんよ」

次に、ヒターノの親方がベラスケスに声をかけて尋ねた。「若旦那《ドン・カバレロ》、わしどもに蹤《つ》いてくるかね、それとも、どこか近辺の街へ出たいかね、護衛を付けてやるが」

ベラスケスはちらっと考えてから言った。「大事な書類を取りに戻らなくては。こちらのワロン人近衛の大尉さんに発見してもらった絞首台のところへ。一昨日、寝た粗末なベッドの脇に置いてきた書類ですよ。目が覚めたら絞首台の下でした。だから、ベンタ・ケマダまで送り返してくれれば結構。あの書類がなくては、旅が無駄になる。ぼくは今にセウタへ帰らなくてはならないのです。ベンタへ人を差し向けてくれれば、しばらくは皆さんと同行できます」

1 *contredanse* 英国に始まり、十七・十八世紀のフランスで流行した急テンポなダンス。一組が向き合う形で踊る。田舎のダンスという意味の *country dance* の誤訳と説明されている。

「用ならうちの連中を使えば」親方が言った。「何人かベンタへ送ろう。最初の休憩地で合流させるから」

皆はいっせいに荷物をまとめて歩きだした。六里ほど行った先で野宿となったが、そこがどこの荒れ地の高みであったか、おれは知らない。

＊作品中、表現に穏当を欠くと思われる部分があるが、時代性、訳者が故人となられていること等を鑑み、原文のままとした。

——編集部

創元ライブラリ

サラゴサ手稿 上

二〇二四年五月三十一日 初版

著 者◆ヤン・ポトツキ

訳 者◆工藤幸雄

発行所◆㈱東京創元社

代表者 渋谷健太郎

郵便番号 一六二―〇八一四

東京都新宿区新小川町一ノ五

電話 〇三・三二六八・八二三一 営業部

〇三・三二六八・八二〇四 編集部

URL https://www.tsogen.co.jp

DTP・フォレスト

印刷・暁印刷 製本・本間製本

ISBN978-4-488-07059-5 C0197

これは事典に見えますが、小説なのです。

HAZARSKI REČNIC◆Milorad Pavič

ハザール事典

夢の狩人たちの物語

[男性版][女性版]

一か所(10行)だけ異なる男性版、女性版あり。
沼野充義氏の解説にも両版で異なる点があります。

ミロラド・パヴィチ
工藤幸雄 訳　創元ライブラリ

◆

かつてカスピ海沿岸に実在し、その後歴史上から姿を消した謎の民族ハザール。この民族のキリスト教、イスラーム教、ユダヤ教への改宗に関する「事典」の形をとった前代未聞の奇想小説。45の項目は、どれもが奇想と抒情と幻想にいろどられた物語で、どこから、どんな順に読もうと思いのまま、読者それぞれのハザール王国が構築されていく。物語の楽しさを見事なまでに備えながら、全く新しい！

あなたはあなた自身の、そしていくつもの物語をつくり出すことができる。
——《ＮＹタイムズ・ブックレビュー》
モダン・ファンタジーの古典になること間違いない。
——《リスナー》
『ハザール事典』は文学の怪物だ。——《パリ・マッチ》